NICK FULLER GOOGINS

DER PLAN ZUR RETTUNG DER WELT

NICK FULLER GOOGINS

DER PLAN ZUR RETTUNG DER WELT

Roman

Aus dem Amerikanischen von
Thomas Salter

HEYNE

Titel der Originalausgabe:
THE GREAT TRANSITION

MIX
Papier | Fördert gute Waldnutzung
FSC® C014496

Penguin Random House Verlagsgruppe FSC® N001967

Deutsche Erstausgabe 03/2024
Redaktion: Tamara Rapp

Printed in Germany
Umschlaggestaltung: Das Illustrat, München,
unter Verwendung des Originalmotivs
von Danielle Mazella Di Bosco. Fotografie von PLOMP.
Satz: satz-bau Leingärtner, Nabburg
Druck und Bindung: GGP Media GmbH, Pößneck
ISBN 978-3-453-27447-1

www.diezukunft.de

Für Ella, Adela, Dario, Henry, Athena, Noah,
Willow, Nirona, Hunter, Felix, Leon, Blair, Samaya,
Isaiah, Solomon, Eli, Liam, Kleio, Sydney, Sabine
und all die anderen strahlenden Zukünfte,
die da draußen noch warten.

Musst den Deinen, die das Grab deckt,
Du den Deinen hienieden erfüllen
Der Liebe grambittern Hass!
Führe so drinnen aus dein blutig Amt,
Den Mord der Mordesschuldigen!

– AISCHYLOS
DIE GRABESSPENDERINNEN (458 V. CHR.)

Wir erwarten hier auf dieser Erde keine Utopie.
Aber Gott hatte sich die Dinge viel einfacher vorgestellt,
als wir sie uns gemacht haben.

– DOROTHY DAY
ON PILGRIMAGE (1948)

Um aus der Asche aufzuerstehen
Muss der Phönix
Zuerst
Brennen.

– OCTAVIA E. BUTLER
DIE PARABEL VOM SÄMANN (1993)

EMI

DAMALS GAB ES AN MEINER SCHULE DIESEN IRREN HYPE UM Retromusik, angefangen hatte es am Tag der Kooperativen mit einer Band namens U2. An diesem Tag halten die ganzen großen Kooperativen in der Aula Präsentationen, mit denen sie dich überreden wollen, dass du dich bei ihnen bewirbst. PepsiCo war da und Alibaba und CareCorps (für Junioren und Senioren) und Uniqlo und die Öffentliche Sicherheit und MemeFeed und noch tonnenweise andere. An sich gar nicht so schrecklich, außer dass es an einem Sonntag ist. Und verpflichtend. Immerhin blieben mir so die Gartenstunden mit meiner Mom erspart, trotzdem war ich nicht gerade begeistert, am Wochenende in die Schule zu müssen. Aber dann hackte Maddie Choi während der ersten Präsentation das Schul-Netzwerk – die Kooperative zur Kohlendioxid-Sequestrierung war gerade auf der Bühne – und ließ einen Song namens »Bloody Sunday« durchs ganze Schulgebäude dröhnen. Es war zum Totlachen. Maddie Choi wurde an dem Tag unsere Heldin – wegen des Streichs und weil sie uns so auf U2 brachte. Ich weiß noch, wie ich in der Aula saß und lachte, aber plötzlich mit den anderen verstummte, weil wir alle dachten: Wie kann es sein, dass wir noch nie so gute Musik gehört haben?

Von einem Tag auf den nächsten waren alle total besessen von U2. Beim Mittagessen in der Kantine bildete sich eine Front quer durch den Raum, wie auf einem Schlachtfeld: Entweder hast du mit deinem Essen auf dieser Seite der Kantine gesessen, weil *The Joshua Tree* das beste Album aller Zeiten war. Oder du warst da drüben, wo man *Unforgettable Fire* dafür hielt. Mein Basketballteam wärmte sich vor Spielen zu »Beautiful Day« auf. Die einzigen Oldies, die ich davor kannte, waren Dolly Parton und Taylor Swift und Valerie June, weil mein Dad mir mal erzählt hatte, meine Großmutter hätte die gehört. Aber ab diesem Sonntag war ich plötzlich wie besessen, wie alle anderen. Bloß dass für alle anderen die Oldies ein Hype waren, der endete, wie alle Hypes es irgendwann tun. Für mich ging's stattdessen weiter und weiter und weiter.

Heute könnte ich willkürlich irgendein Jahr vor der Großen Krise rauspicken und dir sofort für jede Weltregion die Top Hits aufzählen. Ich hab sie mir alle gemerkt. Ich liebe Oldies. Musik von vor der Krise klingt einfach anders. Besser. Echter. Damals gab es noch riesige Probleme. Die Band U2 war zum Beispiel aus Irland, das damals von England quasi schon seit Hunderten von Jahren als Kolonie unterdrückt wurde. Es gab Armut und Pandemien, und höchstens tausend Leuten gehörte quasi alles auf dem Planeten. Niemand hatte auch nur einen blassen Schimmer, was da auf sie zukam. Jedenfalls nicht so richtig. Es ist schwer, sich vorzustellen, wie sich das angefühlt haben muss. Manchmal versuch ich es. Ich tu so, als wäre es 1980 oder 2010 oder 1963, und alle denken: Alles ist super und wird für immer super sein. Oder sie denken es nicht mal wirklich – sie gehen ganz selbstverständlich davon aus. Vielleicht liebe ich Oldies deswegen so. Ich kann mir einfach meine Kopfhörer auf die Ohren schieben und Madonna oder Beyoncé oder Prince aufdrehen und so tun, als würde nie wieder was richtig Schlimmes passieren.

ERSTER TEIL

1 EMI

AM TAG BEVOR MEINE MUTTER ZU IHREM EXTRAKTIONSDIENST abreist, ist sie irgendwie nicht sie selbst. Sie weckt mich nicht wie sonst früh auf. Sie zwingt mich nicht, mit ihr eine Joggingrunde stadtaufwärts zu laufen. Stattdessen macht sie mir Frühstück. Ich kann schon riechen, was es ist, bevor ich es sehe: Eiertacos, Süßkartoffelpuffer, warme Zimtmilch mit Honig. Sie hat ihren Bildschirm auf der Arbeitsfläche stehen und streamt irgend so einen modernen Song, glatt poliert und gut gelaunt und schrecklich. Mit einem Lächeln sagt sie, nein *singt* sie Guten Morgen! und zieht uns die Stühle raus, damit wir uns hinsetzen.

Mein Dad und ich werfen uns Blicke zu, so nach dem Motto: *Wer ist diese Frau?*

Mein Dad ist normalerweise der, der Frühstück macht. Und Mittagessen und Abendessen. So war es schon immer. Er arbeitet als Ernährungsberater für Nuuks Basketballteam Tundra, und er ist gut in seinem Job, auch wenn ich nicht alles esse, was er kocht. Normalerweise, wenn ich was nicht runterbekomme, sagt meine Mom, dass ich verwöhnt bin oder mäkelig oder undankbar. Oder sie wirft mir vor, ich wäre absichtlich kompliziert. Aber das stimmt nicht. Manchmal möchte ich einfach nicht essen. Und manchmal kann ich nicht. Selbst wenn sie sagt, ich muss nur so und so viele Bissen schaffen, als wäre ich ein kleines Kind. Sie fragt dann, ob ich mir überhaupt bewusst bin, wie viel Glück ich habe, dass ich nicht mal weiß, was echter Hunger ist. Sie wird sauer. Ein kleiner Funken, und sie explodiert. Da ist sie sehr vorhersehbar.

Weitere Funken, die Mom zum Explodieren bringen:

Sag ihr, du willst eine Katze.

Sag ihr, du willst deinen eigenen Bildschirm.

Sag ihr, du hasst es, früh aufzustehen.

Sag ihr, du wünschst dir, du würdest irgendwo leben, wo es nicht so voll ist wie in Nuuk.

Sag ihr, Schule ist stressig.

Sag ihr, Sonntage sind nicht dafür gedacht, Kompost im Plaza-Garten zu sieben.

Sag ihr, du hast Angst, an deinem Essen zu ersticken.

Sag ihr, du hast Angst. Egal vor was.

Aber am Tag bevor sie zu ihrem Extraktionsdienst abreist, prallen alle Funken einfach an ihr ab. Sie explodiert nicht. Als ich einen Schluck Milch nehme und meinen Teller wegschiebe, lächelt sie nur und sagt: Vielleicht später.

Ich schaue meinen Dad an, während sie meine Tacos in den Kompost schabt.

Er zuckt mit den Schultern, so: *Mir soll's recht sein.*

Und diese seltsame Stimmung meiner Mom, die geht auch nach dem Frühstück weiter. Normalerweise bringen mein Dad und ich den Kompost in den Garten und dann begleitet er mich zur Schule. Aber heute will sie mich zur Schule bringen. Sie besteht drauf. Bloß statt zur Schule zu gehen, nachdem wir den Kompost weggekippt haben, bleibt sie in der Mitte der Norsaq Plaza stehen und fasst mir an den Arm, damit auch ich stehen bleibe. Die Menschen strömen an uns vorbei. Eine Gruppe Arbeitende packt gerade Kisten mit Werkzeugen aus. Sie bauen auf unserer Plaza schon eine ganze Weile eine Bühne auf, für den Tag Null. Neben der Bühne stellt die McDonald's-Kooperative so einen riesigen Fresspavillon hin. Am Landkratzer hinter dem Pavillon hängt ein Banner und räkelt sich im Wind, sanfte Wellen wandern den Stoff aufwärts, von GEMEINSAM WIEDER AUFBAUEN! am unteren Ende, hoch zu 16 JAHRE UND DARÜBER HINAUS! am oberen Ende. Ich bin tausendprozentig sicher, meine Mom wird sich gleich über die Slogans lustig machen – das liebt sie – und mir eine Rede darüber halten, dass der Feiertag nur eine Ausrede für Erwachsene ist, sich zu verkleiden und Müll zu fressen und sich zu besaufen. Aber tatsächlich ist das nicht der Grund, warum sie stehen geblieben ist. Sie erwähnt den Tag Null noch nicht mal. Stattdessen nickt sie in Richtung der Rambla, die stadtaufwärts führt, und schlägt vor, dass wir spazieren gehen.

Wohin?, frage ich.

Keine Ahnung. Zum Gipfel-Park?

Ich kann nicht einfach Schule schwänzen, Mom.

Wer redet von Schwänzen? Du kommst höchstens ein bisschen zu spät. Es ist der letzte Tag vor den Ferien. Ich reise morgen ab. Deine Lehrer werden es verstehen. Komm schon. Wir machen ein Picknick. Holen wir uns Mittagessen.

Ich hab gerade gefrühstückt.

Und nichts gegessen.

Ich hab keinen Hunger.

Du kriegst einen Smoothie.

Ich hab gesagt, ich hab keinen Hunger.

Meinetwegen, wir müssen ja nichts essen, Emiliana. Wir können einfach spazieren und quatschen.

Erst als ich später im Geschichtsunterricht sitze und Mrs. Helmandi sagt, dass nach den Ferien die Entwürfe für unser Projekt zum Großen Übergang fällig sind, begreife ich so richtig, warum ich nicht mit meiner Mom picknicken wollte.

Erstens: Worüber hätten wir bitte quatschen sollen?

Zweitens: Ich weiß genau, was hier abgeht. Sie hasst diesen Feiertag, hat aber trotzdem ein schlechtes Gewissen, weil sie uns allein lässt.

Sie und mein Dad haben seit Tagen deswegen gestritten. Das war an sich nicht ungewöhnlich. Die Lautstärke allerdings schon. Mir egal. Sie ist ständig von zu Hause weg, um Extraktionsdienst zu machen. Neun oder zehn Mal im Jahr. Und wir feiern den Tag Null eh nicht. Meine Mom erlaubt es nicht.

Ja, wir haben die Erderwärmung verlangsamt, erklärt sie dann immer. Den Untergang verhindert. Aber bei allem, was wir verloren haben, sollten wir eine Beerdigung schmeißen, keine Party. Wir sollten trauern. Organisieren. Doppelt so hart daran arbeiten, dass so was nie wieder passiert.

Also machen wir in der Feiertagswoche normalerweise genau das. Buchstäblich. Wir arbeiten. In den meisten Jahren leistet meine Mom Freiwilligendienst auf den Geothermiefarmen. Hört sich schlimmer an, als es ist. Man muss nach Osten fliegen, um da hinzukommen, und Grönland sieht von einem Zeppelinfenster aus irre hübsch aus. Die Farmen liegen am Meer, mit tonnenweise heißen Quellen und Saunas. Nach deiner Schicht kannst du einfach im heißen Wasser entspannen und den Wellen zuschauen. Letztes Jahr haben wir eine Orca-Familie gesehen. Aber dieses Jahr ist anders. Dieses Jahr teilen wir uns auf. Sie fährt zu ihrem Extraktionsdienst, mein Dad bleibt zu Hause, ich gehe mit meinem Basketballteam Ski fahren.

Oder genauer gesagt: Ich *soll* Ski fahren gehen. Das Problem ist: Ich stell mir ständig vor, wie ich auf der Skihütte Hunger krieg und es keine Suppe gibt, keine Smoothies, nichts, was leicht zu schlucken ist. Und statt mir zu helfen wie ein echtes Team, lachen die anderen Mädchen einfach, als sich mir die Kehle zuschnürt und ich ersticke, Hunderte Kilometer von zu Hause entfernt. Also habe ich beschlossen, nicht Ski fahren zu gehen. Ich hab's meiner Mom noch nicht gesagt. Sie wird explodieren, tausend Prozent sicher. Aber diesen Funken hebe ich mir für später auf. Was mich zum letzten Grund bringt, warum ich nicht Schule schwänzen und mit ihr spazieren gehen konnte, obwohl ein Teil von mir es wirklich wollte: Es fühlt sich gut an, ihr was abzuschlagen.

2 LARCH

AM TAG, BEVOR KRISTINA NACH NEW YORK AUFBRICHT, IST ES, als wären wir als Familie zehn Jahre in die Vergangenheit gereist. Ja, man kann nicht in der Zeit zurück. Nicht über Nacht. Ist mir schon klar. Trotzdem.

Das Erste, was anders ist: Sie rüttelt Emi nicht wach, damit sie mit ihr joggen geht. Sonst ist dieser morgendliche Streit immer mein Wecker. Aber heute geht Kristina einfach alleine laufen, kommt zurück, duscht. Als Nächstes höre ich nicht wie üblich die Vordertür auf- und wieder zugehen. Kristina verlässt das Haus nicht wie sonst in Richtung des Regengartens oder der Windfelder oder der Energiespeicher-Docks. Sie bleibt zu Hause. Sagt zu mir, wehe, ich schwinge auch nur einen verdammten Fuß aus dem Bett, bevor ich Kaffee rieche. Und nach dem Frühstück besteht sie darauf, Emi zur Schule zu begleiten. Sie legt mir sanft die Hand auf die Brust. Küsst mich zum Abschied. Hört sich vielleicht nicht schrecklich aufregend an. Aber. Ihre Hand auf meinem Herz. Ihre Lippen. Als sie wieder zurückkommt, bin ich gerade dabei, den Abwasch zu machen.

Hey du, sagt sie.

Selber hey, sage ich.

Sie stellt den Komposteimer unter die Spüle. Lehnt sich gegen die Arbeitsfläche. Lächelt.

Du siehst glücklich aus, sage ich.

Ich habe Neuigkeiten.

Was du nicht sagst.

Ich halte den Atem an. Bete still, dass sie nicht beschlossen hat, wieder für den Führungsrat zu kandidieren.

Du machst heute mal blau, sagt sie.

Tu ich das?

Ja. Du schwänzt heute die Arbeit und bleibst mit mir zu Hause.

Es ist der Tag vor den Ferien, sage ich und drehe den Wasserhahn zu. Kommt schlecht an, wenn ich da schwänze.

Ich mach's auch.

Für dich ist es einfach, du verreist ja morgen.

Sie gleitet hinter mich. Wickelt die Arme um meine Hüfte.

Komm schon. Bitte.

Ich mustere den Schwamm in meiner Hand. Den Spülmittelschaum. Ihre Hände.

Überzeug mich, sage ich.

Wir holen Sachen nach. Haben Spaß. Feiern uns.

Ich schrubbe weiter den Pfannenwender. Kristina lehnt den Kopf an meinen Rücken. Ich spüre ihren heißen Atem durch den Stoff meines Hemdes. Versuche mich zu entspannen, als wäre das eine ganz alltägliche Szene in unserer Ehe. Aber das ist es nicht. Darauf könnte ich Kristina aufmerksam machen. Könnte ihre verschränkten Hände lösen und sagen, dass es nicht fair ist, einfach eine Seite in unserer Geschichte zurückzublättern. Und das unmittelbar bevor sie aufbricht. Nicht fair mir gegenüber. Nicht fair Emi gegenüber.

Aber andererseits, wenn du gerade einen sanften, warmen Traum träumst: warum riskieren aufzuwachen?

In Ordnung, sage ich, spüle den Pfannenwender mit klarem Wasser ab und lege ihn weg. Feiern wir uns.

3 EMI

NACH DER SCHULE HABE ICH BASKETBALL. NACH DEM BASKETball habe ich CareCorps. CareCorps ist der Laden, wo ich meine Pflichtstunden ableiste, indem ich mit Knirpsen spiele und diese Knirpse sanft säuselnd dazu überrede, ihr Mittagsschläfchen zu machen. Heute zeige ich ihnen eine Band namens ABBA und ein Spiel namens Zombiefangen. Wir tanzen, fressen gegenseitig unsere Hirne auf, und nachdem die letzten Eltern ihre Kinder abgeholt haben, spaziert Maru mit mir nach Hause. Maru ist meine Nachbarin. Sie wohnt unter uns. Sie ist eine der leitenden Betreuerinnen bei CareCorps und unglaublich gut mit kleinen Kindern.

Wie war Basketball heute?, fragt sie, als wir die Lichter löschen.

Ganz okay. Wir haben ein Testspiel gemacht.

Testspiel heißt, du spielst gegen deine Freunde?

Freunde würde ich sie eigentlich nicht nennen.

Ihr Pech.

Yeah.

Wir verlassen das Gebäude und gehen die Rambla stadtaufwärts, dann fragt Maru: Vor einem Spiel, wenn du zu jedem Lied der Welt auflaufen könntest – welches Lied würdest du dir aussuchen?

Nirvana, antworte ich. »Smells Like Teen Spirit«.

Kenn ich das?, fragt sie.

Ich synchronisiere meine Kopfhörer. Sie schiebt sie sich auf die Ohren. Runzelt die Stirn. Lächelt. Gibt sie mir zurück und sagt: Das Fantastische an Musik ist, dass es was für jeden Geschmack gibt.

Ich muss lachen.

Maru kümmert sich um Kinder, hat aber keine eigenen. Nur eine Katze, Alice. Man könnte meinen, jemand, der allein mit seiner Katze lebt, ist sicher schüchtern. Aber nicht Maru. Ich hab sie für mein Projekt zum Großen Übergang interviewt. Sie hat sieben Touren mit dem Rückbau Corps hinter sich. Mein Vater sagt, das waren die schlimmsten Einsätze, wegen der ganzen Leichen. Es war leicht, Maru zu interviewen. Leichter als bei meinen Eltern. Sie redet mit mir, als wäre ich erwachsen. Stellt interessante Fragen. Über die Schule. Über Musik. Über das Leben. Wenn Maru mich heute Morgen gefragt hätte, ob ich Schule schwänzen und mit ihr stadtaufwärts spazieren will – ich glaube, ich wäre definitiv mitgegangen.

Wir sind fast an der Norsaq Plaza, als sie mich nach meinem Skitrip fragt: Schon für den Nordpol gepackt?

Ehrlich gesagt, ich fahre nicht mit.

Was ist passiert?

Fühl mich nicht danach.

Sie öffnet den Mund, als wollte sie mir Kontra geben. Dann lächelt sie: Kluges Mädchen. Kannst dir wann anders den Hintern abfrieren. Tag Null gibt's nur einmal im Jahr. Du wirst es hier lieben.

Wir betreten die Norsaq Plaza. Die Feiertage sind noch ein paar Tage hin, aber die Plaza ist so voll, als könnte Tag Null jede Minute losgehen. Arbeitende bauen Lautsprecheranlagen auf. Schrauben Tanzflächen zusammen. Maru und ich müssen über Verlängerungskabel, Leitungen und Lichterketten steigen, die sich klimpernd über den Boden schlängeln, um dann zwischen die Laternen gespannt zu werden. Zwei Künstler sind damit beschäftigt, ein großes Wandgemälde fertigzustellen: drei Wind-Corps-Arbeiter, die eine Turbine hochstemmen. Ein berühmtes Motiv, aber die Muralisten malen es anders als üblich, mit lauter überraschenden Farben und Linien.

Hab gehört, am Tag Null ist es hier so voll, dass man sich kaum rühren kann, sage ich.

Das ist Nuuk, Schätzchen – nenn mir einen Platz hier, der nicht voll ist.

Und besaufen sich nicht einfach alle?

Falsch. Wir besaufen uns *und* wir tanzen. Es ist der beste Tag des Jahres, Süße. Letztes Jahr war schon riesig, aber dieses Jahr soll es noch größer werden. Ich freu mich, dass du da bist. War auch höchste Zeit, dass du das mal mitmachst.

Dann sind wir in unserem Gebäude und stehen vor meiner Tür. Kurz denke ich, wir sind aus Versehen auf dem falschen Stockwerk gelandet: Die Tür hat zwar die richtige Nummer, aber von der anderen Seite höre ich laute Musik und Gelächter.

Klingt, als hättet ihr eure eigene Party, sagt Maru und küsst mich zum Abschied auf die Wange.

Meine Mom und mein Dad kriegen nicht mit, wie ich die Tür öffne. Sie tanzen. Meine Mutter trägt ein dunkelblaues Kleid, das ich noch nie gesehen habe. Mein Vater eine schwarze Fliege. Die Luft ist warm, wie im Trainingsraum von Tundra. Als hätten sie den ganzen Tag hier verbracht.

Hi?, sage ich und hänge meine Schlüssel an den Haken.

Emi!, jubeln sie, als wäre ich jahrelang weg gewesen.

Gott sei Dank!, brüllt meine Mutter über die Musik hinweg. Du musst übernehmen. Bitte. Dein Vater führt grauenhaft.

Es ist schwer!, lacht mein Dad.

Es ist Rumba, sagt sie. Du musst dich nur an die Schrittfolge halten. Ist nicht anders als ein Rezept.

Es ist *so was von anders* als ein Rezept!

Ich sollte mich wahrscheinlich freuen, dass sie sich ausnahmsweise mal nicht streiten – und ich freu mich ja auch. Aber mir ist auch irgendwie zum Heulen zumute, obwohl gar nichts Trauriges passiert. Ich bemerke den Lippenstift meiner Mom, so purpurn wie Rote Bete. Ich bemerke dieselbe Farbe auf dem Hals meines Dads. Ich bemerke den Wein auf dem Tisch, die Flasche leer, dreckige Teller in der Spüle. Ich bemerke, dass meine Mom ihr Haar nicht wie sonst hochgesteckt hat, sondern offen trägt, sodass es ihr kaputtes Ohr und ihre vernarbte Wange verdeckt. So hübsch hab ich sie noch nie gesehen.

Komm, Emiliana. Tanz mit mir.

Sie gehört ganz dir, sagt mein Dad. Viel Glück.

Ich starre ihn an, warte auf ein Zwinkern oder ein Achselzucken – irgendein Zeichen, wie er es mir beim Frühstück gegeben hat, damit ich weiß, wir spielen einfach mit, was auch immer sie da tut. Aber er gibt mir kein Zeichen. Er lächelt nur dümmlich, was mir das Gefühl gibt, dass die zwei jetzt das Geheimnis haben. Ohne mich.

Ich bin gerade eklig, sage ich und zupfe an meinen Klamotten. Ich stinke nach kleinen Kindern und Basketball. Ich muss duschen.

Warte!, sagt meine Mom. Ich hab dir einen Smoothie gemacht. Steht im Kühlschrank.

Ich hab keinen Hunger.

Aber er ist mit Blaubeeren und Erdnussbutter. Dein Lieblingssmoothie.

Trink du ihn. Ich muss mit meinen Hausaufgaben loslegen.

Hausaufgaben über die Feiertage?, fragt mein Dad. Was haben deine Lehrer für ein Problem?

Mein Projekt zum Großen Übergang, sage ich und gehe zu meinem Zimmer. Hab ich dir doch erzählt. Macht die Hälfte meiner Endnote aus.

Sie versuchen noch ein bisschen, mich zu überreden; ich soll bleiben und tanzen. Aber glaub mir: Ich habe sie schon entschlossener argumentieren hören. Eine Million Mal entschlossener.

4 LARCH

KRISTINA UND ICH LIEGEN IM BETT UND KÜHLEN AB. DIE Lichter der Stadt leuchten sanft durch unser Schlafzimmerfenster, ich lasse einen Finger über die Täler und Hügel ihrer Wirbelsäule wandern. Dem Namen nach ist es *unser* Bett, aber zusammen schlafen wir eher selten drin. Viele Nächte benutzen wir es solo. Abwechselnd mit dem Futon. Ich weiß schon: Wir sind nicht das einzige Pärchen, das sich streitet, verträgt, streitet, verträgt. Aber wir stecken schon so lange im Streiten fest, dass sich das Vertragen jetzt anfühlt wie ein unerwartetes Geschenk, das wir schon bald wieder zurückgeben müssen. Und ich will es nicht zurückgeben. Ich will weiter die Topografie des Körpers meiner Frau erkunden. Mit meinen Händen ihre muskulösen Beine streicheln. Ihre Wärme aufsaugen. Zusammen einschlafen. Aufwachen. Das Ganze wiederholen und wiederholen, bis wir alt und weich sind und unsere Gehirne so bröckelig, dass nur die glücklichen Erinnerungen übrig bleiben.

Was wirst du die ganze Woche alleine anstellen, Herr Junggeselle?, flüstert sie.

Dich und Em vermissen.

Lügner.

Wir versuchen, Emi zuliebe leise zu sein, aber da Kristina mir aus Versehen mit dem Knie in den Arsch tritt, als sie auf mich draufklettert, können wir uns ein Kichern nicht verkneifen.

Ernsthaft, sagt sie und streicht mir ihr Haar aus dem Gesicht.

Ernsthaft. Und während ich euch vermisse, werde ich vielleicht ausschlafen. Ausschlafen und mir ein riesiges widerliches Frühstück kochen.

Frühstücksnachos?

Da kannst du einen drauf lassen.

Mmm. Was noch?

Die Küche im Clubhaus neu organisieren. Meine Messer schärfen. Die Pfannen pflegen. Inventur für die zweite Saisonhälfte machen. Ein paar Pflichtstunden im Garten abarbeiten. Aufregendes Zeug eben.

Was ist mit Tag Null?, fragt sie nahtlos.

Wahrscheinlich treffe ich Lucas auf ein Bier.

Wahrscheinlich?

Sehr wahrscheinlich.

Nur eins?

Womöglich mehr als eins.

Aber in der Hochstadt, oder?

In der Hochstadt, wiederhole ich.

Du gehst *nicht* runter auf die Esplanade. Auch wenn Lucas will.

Ich atme tief ein. Wenn Kristina über die Feiertage freiwillig Extraktionsdienst macht, ist das ihre Sache. Aber dass sie mir vorschreiben will, wie ich in ihrer Abwesenheit mit meinen Freunden feiern darf? Trotzdem, in dem Punkt bleibt sie hartnäckig: Ich musste ihr ja schon versprechen, dass ich mich nicht der Hauptparade am Hafen anschließen werde. Ich musste ihr versprechen – ihre genauen Worte –, dass ich kein Schaf unter Schafen sein werde.

Larch?, sagt sie, jetzt flüstert sie nicht mehr. Du gehst nicht zum Hafen, oder?

Ich werde mein Bestes geben zu widerstehen. Aber du kennst Lucas. Er kann sehr überzeugend sein.

Sie zieht ihre Beine und Arme weg. Ihre ganze Wärme verpufft. Sie streift sich ein Hemd über. Sammelt ihr dickes Haar in ihren Händen und zerrt es ruppig zurück. Dreht den Kopf zu mir. Zeigt mir dieses Gesicht, das sie immer macht. Ihr kaputtes Ohr. Sie würde nie zugeben, dass sie ihre Narben wie eine Rüstung einsetzt, wenn sie sauer ist, aber ich weiß, dass es so ist. So lässt sie mich jetzt wissen, dass dieser kleine Tagtraum vorbei ist. Sie hat keine Lust mehr, so zu tun, als wären wir als Familie zehn Jahre in die Vergangenheit gereist. Und ich auch nicht.

Was ist los?, frage ich.

Nichts ist los.

Du wolltest, dass ich heute die Arbeit schwänze. *Du* hast gesagt, lass uns Sachen nachholen.

Das haben wir ja auch, sagt sie.

Wir haben Mittag gegessen. Wir haben uns besoffen und getanzt. Wir haben gevögelt.

Wie würdest du all das sonst nennen?, sagt sie und steigt in eine Jogginghose.

Sag doch einfach, was du sagen willst, seufze ich. Die Vorstellung einer weiteren Runde in diesem alten Streit erschöpft mich. Aber die Glocke hat bereits geläutet. Der Kampf läuft. Ich sage ihr, dass das Ganze wie ein politischer Stunt rüberkommt: sich zum Freiwilligendienst melden, während alle anderen feiern. Ich frage sie unverblümt: Hast du wieder beschlossen, für ein Amt zu kandidieren?

Sie lacht. Nein. Das Schiff hat schon abgelegt.

Dann fahr morgen nicht weg. Warte bis nächste Woche.

Ich kann nicht.

Sagt wer? Die Welt wird nicht zusammenbrechen, bloß weil du eine Woche nicht Batterien auflädst.

Sie würde zusammenbrechen, wenn alle das sagten.

Aber das sagen ja nicht alle! Bleib. Emi ist Ski fahren. Wir hätten eine Woche nur für uns. Denk an heute. Wie wunderbar war heute? Wir könnten eine ganze Woche voller Tage wie heute haben. Wir machen keine Feiertagssachen. Wir können einfach arbeiten, wenn das die Art ist, wie du feiern möchtest. Im Garten. An den Docks. Egal wo. Aber wir sollten zusammen sein.

Es tut mir leid, Larch. Ich kann nicht.

Und wenn ich mitkomme?, frage ich, setze mich im Bett auf, lehne mich mit dem Rücken an die kühle Wand, die unser Zimmer von Emis trennt. Wir könnten zusammen nach New York.

Sie schüttelt den Kopf: Ich muss alleine hin. Hab ich dir doch schon gesagt.

Dir ist schon klar, dass ich einfach trotzdem nach New York könnte. Ich könnte einfach in Gowanus antanzen und neben dir arbeiten. Ich brauch deine Erlaubnis nicht.

Sie lacht. Du und freiwilliger Extraktionsdienst? Über die Feiertage?

Klar. Warum nicht?

Sie hebt skeptisch die Augenbraue, dann schüttelt sie den Kopf. Nein, sagt sie und zieht sich den Pulli an. Die Antwort ist nein.

Sechzehn verfickte Jahre, sage ich.

Nicht so laut. Emi schläft.

Sechzehn verfickte Jahre, flüstere ich. Es ist nicht alles perfekt. Das weiß ich. Aber es gibt viel, was sich zu feiern lohnt.

Nicht für alle, sagt sie.

Für uns, sage ich. Also feiere es. Mit mir.

Ich kann nicht.

Du *könntest.*

Ich werde es nicht machen.

Mir rutscht das Offensichtliche raus, und das nicht zum ersten Mal: Hast du jemand anderes?

Sie schaut mich im Zwielicht einen langen Moment an, dann

stellt sie ein Knie auf das Bett. Und das andere Knie. Kriecht zu mir rüber, auf diese Weise, der ich nie widerstehen kann. Nimmt mein Gesicht in ihre Hände.

Larch. Hör mir zu. Jemand anderes ist das Letzte, woran ich denke.

Was ist es dann? Woran denkst du?

Sogar im Zwielicht bemerke ich das Glänzen in ihren Augen. Als wollte sie weinen. Oder als wünschte sie sich, dass ich ihr erlaube zu weinen. Ihr erlaube, ihre Rüstung abzulegen.

Stattdessen bin ich es, der weint. Wie immer.

Sie hält mit dem Handrücken meine Tränen auf, bevor sie mein Kinn erreichen. Sie trocknet ihre Hand an meiner Brust. Du hattest recht, was heute betrifft, flüstert sie. Heute war so wunderbar. Lass uns das nicht ruinieren.

5 EMI

MIT NIRVANA AUF DEN KOPFHÖREN, SO LAUT ES GEHT, HÖRE ich Mom und Dad nicht mehr durch die Wand. Aber ich bilde mir immer noch ein, sie zu hören, was irgendwie noch schlimmer ist. Jedes Mal wenn ich kurz die Kopfhörer abnehme, um die Sache zu checken, versuchen sie gerade, leise zu sein – und scheitern. Am schlimmsten ist das Gestöhne. Also lasse ich die Musik laut. Liege in der Dunkelheit. Fühle meinen Herzschlag in den Fingernägeln und reite die Welle meines Hungers.

Ich weiß nicht, ob Hunger sich für alle so anfühlt, aber bei mir fängt er immer klein an – eine winzige Welle in meinem Bauch, die ohne Vorwarnung anschwillt zu einem riesigen panischen Bedürfnis, das mich anfleht, befriedigt zu werden. Wenn ich mich konzentriere, kann ich die Welle vorsichtig reiten, langsam zum Kamm der Welle aufsteigen und dann auf der anderen Seite sanft runtergleiten. In dem Fall geht die Welle in eine flache, ruhige, funkelnde Oberfläche über, die mir ein schwindelerregendes Gefühl von Leichtigkeit gibt, das alles andere wegschmelzen lässt. Auch wenn die Welt sich gerade viel zu schnell dreht, auch wenn alles, was schiefgehen kann, schiefgeht: Wenn ich die Welle genau richtig erwische, kann ich es kontrollieren. Wie von Zauberhand hört die Welt auf, sich zu drehen, ich tauche ein in ein Gefühl, das sauber und ruhig und ganz allein meins ist.

Das ist ein möglicher Ausgang, wenn ich diese Welle reite. Der andere: Ich stürze. Von der Welle zu fallen fühlt sich an, als würde sich der Ozean öffnen und mich und alles andere verschlucken. Dann bricht rauschend die Welt über mich herein – Schule, Noten, Mitschüler, meine Eltern streiten, meine Mom brüllt mich wegen der Krise an, dass sie jederzeit wieder passieren könnte – und alles dreht sich noch schneller als zuvor.

Zu so einem Sturz kommt es am leichtesten nach dem Basketballtraining. Oder in der Schulkantine. Auch spät in der Nacht, wie jetzt, wenn im Kühlschrank ein Blaubeer-Erdnussbutter-Smoothie steht. Zeiten wie diese erfordern höchste Disziplin. Deine Hände zittern. Dein Herz hämmert. Aber die Belohnung ist es wert. Denn es ist wichtig, Hunger zu kennen. Meine Mom ist in einem Flüchtlingslager an der Grenze aufgewachsen. Einmal hat sie vier Tage ohne Essen ausgehalten. Sie sagt, es hat sie stärker gemacht. Sie hat nicht in allem recht, aber in einem schon: Du musst Hunger nicht nur kennen, sondern ihn in deinem Innersten fühlen. Wie willst du ihn sonst kontrollieren?

Ich mache was anderes als Nirvana an und dreh die Lautstärke runter. Endlich Stille auf der anderen Seite der Wand. Zumindest ist es leise. Aber dann.

Emiliana?

Meine Tür ist eine blasse Raute aus Licht. Ich schließe die Augen. Atme langsamer. Zucke ein wenig. Tue so, als würde ich schlafen. Ich will, dass sie mich in Ruhe lässt. Gleichzeitig will ich, dass sie mich nicht in Ruhe lässt. Ich will nicht beides gleichzeitig wollen, aber bei meiner Mom geht mir das oft so.

Sie setzt sich auf meine Bettkante. Wenn sie mir meinen Smoothie mitgebracht hat, werde ich ihr sagen, dass ich ihn nicht will. Sie legt mir die Hand auf den Unterarm, rüttelt mich an der Schulter.

Hi Mom, sage ich und schiebe mir den Kopfhörer von einem Ohr, das andere Ohr bleibt geschützt.

Hi Süße, sagt sie. Was hörst du?

Musik.

Was für Musik?

Sagt dir nix. Ist superalt.

Bin ich auch. Probier's aus.

Britney Spears.

Sie lacht sanft: An Britney erinnere ich mich.

Okay.

Sie sitzt da und hält meinen Arm. Ihr Haar ist nicht mehr offen. Sie duftet warm. Und süß. Meinen Smoothie hat sie nicht dabei. Sie überkreuzt die Beine, löst sie wieder. Als würde sie wollen, dass ich was sage. Aber das ist ihre Aufgabe. Sie ist die Mom. Nicht ich.

Hast du dein Projekt geschafft?, fragt sie.

Es ist nicht das ganze Projekt, erinnere ich sie zum millionsten Mal. Es ist nur ein Entwurf.

Okay. Hast du deinen Entwurf geschafft?

Nein. Das Projekt ist riesig. Wenn ich Glück habe, krieg ich es bis Ende der Feiertage fertig.

Ich rechne schon zu tausend Prozent damit, dass sie gleich explodiert: Wie viel Glück ich habe, dass die Schule meine größte Sorge ist, und nicht ein Flüchtlingslager oder Waldbrände. Aber heute Nacht ist es genau wie heute Morgen: Sie explodiert nicht. Sie drückt bloß sanft meinen Arm und sagt, dass ich eine gute Schülerin bin.

Danke, sage ich.

Du gibst dir so viel Mühe in der Schule, Emiliana. Ich bin froh, dass du mich bei deinem Projekt um Hilfe gebeten hast. Ich wünschte, ich hätte meine Mutter so interviewen können.

Ja, sage ich.

Dann folgt eine lange Pause. Die Pause kommt mir ewig vor. Ich bin dankbar, dass Britney da ist, auch wenn sie mir nur in ein Ohr singt.

Dann fragt sie: Bist du aufgeregt, weil du mit deinen Freundinnen Ski fahren gehst?

Das wäre ein guter Moment, um ihr zu sagen, dass die Mädchen nicht meine Freundinnen sind – sondern Mitspielerinnen, die mich wahrscheinlich nur eingeladen haben, weil unser Trainer sie gezwungen hat. Und dass ich beschlossen habe, nicht hinzugehen. Aber meine Mom ist schon den ganzen Tag so nett. Sie hat mir nicht wie sonst ein schlechtes Gewissen wegen irgendwas gemacht. Sie hat mir einen Smoothie gemixt. Sie gibt sich Mühe.

Ja, Mom. Ich bin superaufgeregt.

Du wirst Spaß haben, sagt sie, dann flüstert sie noch mal meinen Namen: Emiliana?

Ja?

Sie senkt die Stimme und wechselt ins Spanische: Alles, was ich tue, tue ich für dich. Für deine Zukunft. Das weißt du.

Danke, sage ich auf Englisch.

Wirklich? Weißt du das?

Ja, Mom.

Vergiss nie, was passiert ist. Wie kurz davor sie waren, alles zu zerstören. Und wie viel Glück wir haben. Du kannst das noch nicht verstehen. Du bist fünfzehn. Deswegen sage ich es dir. Wir haben so ein Glück. Wir haben so hart für das alles gekämpft. Aber der Kampf ist nicht vorbei. Lass dich durch die ganzen Feierlichkeiten nicht ablenken.

Okay.

Und vergiss nicht, dass du stark bist.

Danke.

Du bist so stark, wenn du es nur willst.

Okay, Mom.

Sie küsst mich auf die Stirn, dann geht sie. Sie schließt die Tür, das Licht verschwindet. Ich starre in der Dunkelheit an die Decke und schwöre mir: Wenn ich irgendwann Mutter bin, werde ich meinem Kind nie Schuldgefühle für etwas machen, das es nicht kontrollieren kann. Zum Beispiel dafür, nach der Krise geboren zu sein. Dafür, zur Highschool zu gehen, statt die Welt zu retten. Dafür, ein eigenes Zimmer zu haben und Essen, wann immer ich es will. Ich schwöre meinem zukünftigen Ich, mich daran zu erinnern: Wenn du deiner Tochter sagst, wie viel Glück sie hat, dann fühlt sie sich nicht, als hätte sie Glück. Sie fühlt sich schrecklich. Als wäre es ihre Schuld, Glück zu haben. Und ihre Schuld, immer wieder daran erinnert werden zu müssen, wie viel Glück sie hat. Und wie alle alles geopfert haben, damit sie so viel Glück haben kann, ohne zu kapieren, wie viel Glück sie hat.

Ich falte mein Kissen und drehe mich mit dem Gesicht zur Wand, mein Magen krampft sich zusammen, die Welt dreht sich. So fällt man von der Welle. Ich konzentriere mich, suche mein Gleichgewicht. Ich bin froh, dass sie mir nicht den Smoothie gebracht hat. Gleichzeitig wünsche ich mir, sie hätte es.

In dem Moment geht meine Tür auf. Meine Mom ist zurück. Sie hat doch an meinen Smoothie gedacht.

Aber nein. Schon wieder daneben. Vier schnelle Schritte durchs Zimmer.

Rutsch mal, Süße. Mach Platz.

Sie schlüpft unter meine Decke. Legt einen Arm um mich. Faltet ihre Beine hinter meinen. Mein ganzer Körper ist angespannt. So was machen wir eigentlich nicht. Jedenfalls nicht mehr, seit ich ganz klein war. Aber nach ein paar Minuten wird ihr Atem tief und ruhig und ich entspanne mich. Muskel für Muskel. Sogar mein Magen entspannt sich. Es ist wie Schmelzen. Die beste Art von Schmelzen. Irgendwas hat sich verändert. Zwischen ihr und meinem Dad. Vielleicht hat sie ja die gleiche Entscheidung getroffen wie ich: diese Woche nicht zu verreisen. Am Morgen wird sie immer noch hier sein, die Taschen wieder ausgepackt, wird mich wachrütteln, damit ich mit ihr joggen gehe. Und ich sage: Okay Mom, und wir laufen Seite an Seite zum

Gipfel von Nuuk und sie trägt ihr Haar offen und ich auch und unsere Haare wehen hinter uns wie ein langer Schal, ein Banner, ein Umhang …

Aber natürlich nicht. So plötzlich, wie ich eingenickt bin, bin ich auch wieder wach.

Ich bin wach und sie ist weg. Nicht weg wie: nicht in meinem Bett. Nicht weg wie: beim Joggen. Richtig weg.

Ich ziehe mir einen Pulli an und schleppe mich in die Küche, wo es nach Kaffee und Toast duftet. Mein Dad streamt eine Sportsendung. Der Tisch ist für zwei gedeckt ist, nicht für drei.

Guten Morgen, Em! Was kann ich dir bringen?

Den Smoothie, den Mom gemixt hat.

Wie wär's mit was Warmem? Haferbrei? Eier? Tapioka?

Nur den Smoothie, danke.

Sicher? Kann dir machen, was du willst.

Ja Dad. Ich bin mir sicher.

Emi Vargas Brinkman
Nordamerikanische Geschichte
Mrs. Helmandi
Projekt: Der Große Übergang (erster Entwurf)

EINLEITUNG

Stell dir vor, dein Zuhause steht in Flammen, aber statt die Feuerwehr zu rufen, schaust du einfach dem Feuer zu und lebst weiter dein Leben, als wäre nichts geschehen. So war die Klimakrise. Es ist schwer, sich das heute vorzustellen, aber während der Krise wussten alle, was passiert, und taten im Prinzip nichts, um die Verbrecher aufzuhalten, die dafür verantwortlich waren. Als meine Eltern in meinem Alter waren, um ein Beispiel zu nennen, förderten die zerstörenden Klassen immer noch Erdöl und produzierten Autos und Flugzeuge mit Verbrennungsmotoren und wurden damit reicher und reicher. Manche Leute, wie Mama Greta, versuchten das aufzuhalten, aber scheiterten. Dann stürzte der Westantarktische Eisschild ein, und der Große Übergang begann.

Vielleicht einen weniger wertenden Begriff? »Privatkonzerne« oder »Rohstoffindustrie«?

Der Große Übergang hat zu all den guten Dinge geführt, die Leute heute für selbstverständlich halten, etwa die Solarbehörde Südwest, die Halbe-Erde-Abkommen, die Buchtsperre von San Francisco, das Große U, die Große Grüne Mauer, außerdem die Sequestrierung von Kohlendioxid und Methan, oder auch die neuen Städte wie Nuuk und recycelte Städte wie Miami, wo das Leben unmöglich geworden war aufgrund von Hitzewellen und Überschwemmungen und Moskitos, die ansteckende Krankheiten wie das West-Nil-Fieber und Dengue verbreiteten, für die wir zum Glück inzwischen Impfstoffe haben.

Wow, das ist ein langer Satz! Fantastische Details, die deine These stützen, aber versuche bitte, ihn in mehrere Sätze aufzuteilen

Die Kombination all dieser unglaublichen Anstrengungen ermöglichte es uns, Tag Null zu erreichen. Tag Null war der Tag, ab

Starke Behauptung! Könnte das deine These sein?

dem wir netto keine Kohlendioxid-Emissionen mehr erzeugten. Dieses Jahr findet der sechzehnte Jahrestag statt. Viele Leute sehen Tag Null als Urlaub, aber nicht alle. Manche Leute (~~meine Mom, zum Beispiel~~) sagen, den Tag Null zu feiern ist, wie wenn mein Basketballteam einen Sieg feiern würde, nachdem wir davor tausend Spiele in Folge verloren haben und dabei unsere Halle zerstört und uns alle verletzt haben. Andere (~~mein Dad, zum Beispiel~~) sagen, genau dann braucht man einen Sieg. Zusammenfassend lässt sich sagen, der Große Übergang war unglaublich, aber er hätte viel früher beginnen müssen. Dann könnten Kinder heute noch Tiere wie Koalabären, Giraffen und Elefanten erleben. Außerdem hätten wir noch Sandstrände und Korallenriffe mit neonfarbigen Fischen. Und zu guter Letzt wären Milliarden Menschen nicht gezwungen gewesen, aus ihrer Heimat zu flüchten oder zu sterben. Zum Beispiel meine Großeltern, die den Großen Übergang nicht mehr erleben konnten oder den Tag Null feiern oder mich je kennenlernen.

Emi: Biografische Details über dich und deine Familie waren PERFEKT in unserem Block über Persönliche Erzählungen, aber sie sind nicht wirklich geeignet für informative historische Aufsätze. Bitte lies erneut die Aufgabenstellung und behalte dies im Kopf. Ich bin gespannt, was du als Nächstes machst. Deine Leidenschaft ist auf dem Papier greifbar! Fr. H.

ZWEITER TEIL

6 LARCH

FEUERWERKE SCHON VOR SONNENAUFGANG. DRÖHNENDE Bässe lassen unsere Wände wackeln. Nachbarn lachen laut, arbeiten schon an ihrem Alkoholpegel. Heute ist der Tag. Ich rolle mich zur Seite und schalte meinen Bildschirm an. Paraden in Wellington. Moskau. Johannesburg. Minsk. Uppsala. Der Feiertag arbeitet sich Zentimeter für Zentimeter mit dem Licht der aufgehenden Sonne an uns heran.

Dad?

Emi steht in der Tür.

Ich klopfe auf die leere Seite des Bettes: Feiertagsglotzparty, machst du mit?

Nein, danke. Willst du laufen gehen?

Ich knipse das Licht an. Emi trägt ihre Basketballshorts und ein Sweatshirt. Ihre Turnschuhe in der einen Hand. Meine Turnschuhe in der anderen.

Ernsthaft?, frage ich und gähne. Okay. Ich bin wach. Okay. Los geht's.

Unsere Joggingrunde verläuft schnurstracks stadtaufwärts und dann wieder direkt runter – eine Route, die uns über jede der sechs Plazas führt, die über unserer liegen. Kristina würde jetzt Emis Zeit stoppen. Sie antreiben, dass sie ihre Beine mehr anheben soll. Damit sie ihre Bestzeit schlägt. Aber Emi und ich laufen ein entspannteres Tempo, während wir unter Straßenlaternen, hängenden Gärten und den letzten Resten Polarlicht entlangjoggen. Zwei Morgen, seit Kristina abgereist ist. Zwei Morgen, an denen Emi mich früh zum Joggen aufgeweckt hat: Ihre Art, mir zu sagen, dass sie zu allem bereit ist, solange ihre Mutter sie nicht dazu zwingt. Ich hab eigentlich kein Problem damit. Nur heute. Heute hab ich ein bisschen ein Problem. Es ist extrem früh.

Im ersten Morgengrauen sind wir nicht alleine. Arbeitende mit Stirnlampen legen bei den Essensständen letzte Hand an. Stellen Dixi-Klos auf. Drei ältere Damen sind extra früh auf die Sorlaat Plaza gekommen, um einen guten Platz zu ergattern. Als wir vorbeilaufen, schwenken sie Wunderkerzen.

Im Gipfelpark machen Kristina und Emi immer Liegestützen und Kniebeugen und Lunges. Emi und ich geben uns nur ein High five und streuen ein paar halbherzige Dehnübungen ein. Wir verschnaufen, der Horizont verwandelt sich im Sonnenaufgang in ein dünnes rosa Band. Noch ist es zu dunkel, um die Bucht oder die Fjorde zu erkennen. Unter uns platzen lautlos die ersten Feuerwerksraketen, hinterlassen kleine Wattebäusche am Himmel, lassen kurz die Säulen aus geothermalem Dampf aufleuchten, der von den Pflanzen aufsteigt. Musikfetzen dringen aus der unteren Stadt zu uns. Bläser und Glocken. Eine laute Trommel drischt Viertelnoten. Ich drücke Emis Schulter: Alles Gute zum Tag Null, Em.

Alles Gute zum Tag Null, Dad.

Eigentlich sollte Emi heute Morgen gar nicht mehr hier sein. Sondern mit ihrer Mannschaft im Skiurlaub. Bin ich enttäuscht, dass sie einen Rückzieher gemacht hat? Ein wenig. Sie macht sich so viele Sorgen. Ich will, dass sie ein sorgenfreies Kind ist, das mit seinen Freunden Spaß hat. Aber sie wird erwachsen. Das muss ich akzeptieren. Sie trifft ihre eigenen Entscheidungen. Und diese Woche hat sie sich für mich entschieden. Ich drücke sie noch mal.

Ich hab dich sehr lieb, Em.

Ich dich auch, Dad.

Wir beobachten die Raketen. Genießen die Stille. Dann fragt sie: Bist du froh, dass Mom abgereist ist?

Froh? Nein. Ich bin nicht froh.

Aber es ist lustiger ohne sie. Das musst du zugeben.

Das will ich nicht hören. Deine Mutter liebt dich.

Warum muss sie dann immer …

Emiliana. Sie will nur dein Bestes.

Hey, ihr Feierwütigen! Frohen Tag Null am Gipfel der Welt!

Fünf junge Männer taumeln die letzten Meter hoch in den Park. Hängen lachend aneinander, schwer mit Flaschen beladen. Entweder das Ende einer sehr langen Nacht oder der Anfang eines sehr langen Tages.

Emi macht einen Schritt hinter mich.

Alles Gute zum Tag Null, Jungs, sage ich.

Sie schwanken zu uns herüber. Einer umarmt mich. Ein anderer drückt mir ein Schnapsglas in die Hand. Ich kippe den Alkohol über meine Schulter, als sie einander zuprosten und die Köpfe zurückwerfen.

Auf dem Rückweg stadtabwärts müssen Emi und ich uns durch eine wachsende Menschenmenge fädeln. Auf der Norsaq Plaza klingt es, als wären alle Boxenwände inzwischen fertig aufgebaut, mehrere DJs testen gleichzeitig ihre Anlagen. Die Musik lässt Emi stehen bleiben. Sie nickt im Takt. Macht ein paar kleine Tanzschritte. Das Morgengrauen hat den letzten Rest Polarlicht verscheucht. Emi fragt, ob wir bleiben können.

Lass uns erst nach Hause und was essen, sage ich.

Hab keinen Hunger.

Kriegst du aber. Wir haben einen langen, spaßigen Tag vor uns.

Und danach kommen wir direkt wieder her?

Ihre Aufregung ist ansteckend. Ich spüre den Funken, als ich in unserer Küche an der Spüle stehe: Emi trinkt in einem Zug ein Glas Wasser aus, wischt sich über den Mund und platzt dann – fast schreiend – mit der Frage heraus, ob wir stadtabwärts zur Esplanade gehen können? *Bitte?*

Ich höre Kristinas Stimme in meinem Kopf und sage fast nein. Aber ich sage nicht nein. Ich lasse mir die Idee durch den Kopf gehen. Emi muss das einzige Kind in Nuuk sein, das die große Jubiläumsfeier letztes Jahr verpasst hat. Und dieses Jahr soll es wohl noch spektakulärer werden. Menschenmengen sind nicht ihr Ding, aber an meiner Seite wird sie schon damit klarkommen. Und wie schön wäre es, bei ihrer ersten Parade dabei zu sein? Vor allem in der Tundra-Aussichtsloge mit Lucas und der Mannschaft. Außerdem: Wenn Emi aus eigenem Antrieb darum bittet – ja, bettelt –, ihre Komfortzone zu verlassen, muss ich sie ermutigen. Obwohl sie in diesem Fall nicht nur ihre eigene Komfortzone verlässt. Sie rebelliert damit auch gegen ihre Mutter. Wie mit der frühmorgendlichen Joggingrunde. Aber ein bisschen Rebellion ist was Gutes. Kristina wäre die Erste, die mir da zustimmt. Kristina, die sich nicht ein einziges Mal gemeldet hat, seit sie nach New York abgereist ist. Vielleicht – wenn ich ehrlich bin – ist mir also auch ein bisschen nach rebellieren.

Klar, Em. Wir können stadtabwärts.

Wirklich?

Warum nicht?, lache ich. Wir gehen direkt zur Tundra-Loge, schauen die Parade, dann kommen wir sofort zurück. Deal?

Deal, sagt sie und hüpft zu mir, um mich zu umarmen.

Deal, wiederhole ich. Aber erst Frühstück.

Mahlzeiten sind für Emi schwierig geworden. Sie bevorzugt weiches Essen. Ich versuche das zu berücksichtigen. Heute Morgen gibt es zum Frühstück eine Gazpacho aus Cantaloupe-Melone und Pfirsich. Apfelmus. Ein kurz gekochtes Hühnerei. Ich schäle es gerade, als Emi sich setzt. Das Ei ist warm und cremig und perfekt. Ich schiebe ihr den Salzstreuer rüber. Schenke ihr ein Glas Wassermelonensaft ein. Kaffee für mich.

Ich beobachte, wie sie ihr Essen inspiziert. Ich sage nichts. Esse einfach.

Ich hätte mich wirklich für sie gefreut, wenn sie diese Woche Ski fahren gegangen wäre. Ich fände es toll, wenn sie mit anderen Mädchen lange aufbleibt und ungesundes Zeug futtert. Lacht. Sorglos ist. Kristina findet auch, dass sie mehr Zeit mit Kindern in ihrem Alter verbringen sollte. Emi schien sich auch zu freuen, hatte schon ihre Taschen gepackt – aber dann hat sie vor zwei Tagen einen Rückzieher gemacht.

Was, wenn irgendwas passiert?, wollte sie wissen.

Irgendwas passiert sicher, sagte ich ihr. Nämlich dass du mit deinen Freundinnen Spaß hast.

Und wenn ich vom Skilift falle?

Die haben Sicherheitsbügel.

Und wenn eine Lawine kommt?

Die Skigebiete sind sehr sicher, Em.

Und wenn ich ersticke?

Du wirst nicht ersticken.

Ich könnte.

Dann machst du das, sagte ich und zeigte ihr mit meinem Stuhlrücken, wie man an sich selbst ein Heimlich-Manöver ausführt. Eine Technik, die jeder draufhaben sollte – besonders Emi, die nie ein ängstliches Kind war und es mit fünfzehn plötzlich geworden ist. Angst vor Menschenmengen. Angst, dass sie an Essen erstickt. Kristina und ich haben unterschiedliche Theorien, was da los ist. Was wir tun sollten.

In letzter Zeit kriegt Emi beim Essen Würgereflexe. Sie sagt, sie kann es nicht kontrollieren. Ich sage, das ist sicher eine Art Angststörung. Angst wovor, will Kristina wissen. Sie sagt, Emi hätte es zu leicht: Weil nichts sie herausfordert, erfindet ihre

Psyche Herausforderungen. Als Emi verkündete, dass sie nur noch Smoothies essen kann, war Kristina kurz davor, unseren Mixer wegzugeben. Heute sind es Smoothies, morgen was anderes, sagt Kristina. Wir können nicht einfach so einknicken.

Aber diese Woche, ohne Kristina, habe ich beschlossen, genau das zu machen. Einknicken. Meiner Tochter alles geben, was sie will.

Ich ziehe mich um, meinen alten Forst-Corps-Blaumann, gehe zurück in die Küche und linse auf Emis Teller. Sie hat keinen Bissen gegessen, nur ihr Essen neu arrangiert. Ein Profi.

Und, wie sehe ich aus?

Fett?, sagt sie. Alt?

Falsch, lache ich. Ich sehe aus wie ein Held.

Das ist die Botschaft, die sie jedes Jahr im Vorfeld der Feierlichkeiten immer wieder abspulen. Mit der sie jede Magnetschwebebahn und jedes Windsegel und jedes Werbebanner auf jeder Farm zukleistern. Und die sie vor den alten Folgen von *Corps Power* bringen, die sie um die Zeit so gerne in Dauerschleife zeigen.

Okay, ich korrigiere, sagt Emi. Du siehst aus wie ein fetter, alter Held.

Ich ziehe meinen Bauch ein und sage, dass die meisten Veteranen nicht mal mehr in ihre Uniformen passen, Emi merkt an, dass ich auch nicht wirklich in meine passe, und wir lachen und es fühlt sich so gut an – wie ein Vitamin, das in der Ernährung unserer Familie schon zu lange gefehlt hat.

Können wir jetzt los?, fragt sie.

Versuch erst, was zu essen. Iss was von dem Ei.

Hab ich.

Sieht nicht so aus.

Ich meine: Ich hab's versucht.

Kannst du's noch mal versuchen?

Emi hat dasselbe lockige Haar wie Kristina. Dieselbe schmale Oberlippe. Dieselbe Haut, die schon braun wird und Sommersprossen kriegt, wenn man das Wort Sonnenlicht lediglich erwähnt. Aber da hört die Ähnlichkeit auch schon auf. Kristina ist nicht groß, aber muskulös. Emi hingegen ist nur lang: schon jetzt größer als ihre Mutter. Und zu dünn. Sie hat Kalziummangel, sagt ihr Arzt. Sie braucht mehr Kalorien. Mehr Protein. Sie hatte einen schweren Start ins Leben. Frühgeburt. Musste immer wieder auf die Intensivstation für Neugeborene. Entzündungen und Infusionen und Katheter. Ich mache mir Sorgen, dass sie nie ganz aufholt.

Wir werden den ganzen Tag auf den Beinen sein, sage ich. Du brauchst Energie. Nur ein paar Happen. Bitte, Em.

Sie weigert sich, von ihrem Teller aufzuschauen. Wir lachen nicht mehr.

In der Schule nehmen sie schon den ganzen Herbst die Große Krise durch. Machen große Rechercheprojekte zu Ehren des Großen Übergangs. Sie hat mich interviewt. Und Kristina. Und unsere Nachbarin Maru. Ich glaube, das war zu viel in ihrem Alter. Kristina sieht das anders. Sie findet die Rechercheprojekte zu klein. Es ist unnatürlich für eine Fünfzehnjährige, jeden Tag im Luxus zu beginnen und zu beenden, sagt sie. Der menschliche Körper ist nicht für endlose Bequemlichkeit geschaffen. Emi braucht Herausforderungen – und nein, das Basketballfeld zählt nicht. Sie braucht etwas, über das sie herauswachsen muss. Etwas Reales.

Ich beobachte Emi, wie sie ihr Ei zermatscht. Sie hatte noch nie echten Hunger. Musste sich nie um Wasser Sorgen machen. Musste nie den Rauch eines Waldbrands einatmen oder durch eine versinkende Stadt waten. Oder Freunde beerdigen. Sie hat den Zusammenbruch der Eisschilde nicht miterlebt. Das Aussterben von Tierarten. Die Massenevakuierungen und Flüchtlingsströme. Ich für meinen Teil sehe das als positive Entwicklung.

Ich finde, wir sollten die Vergangenheit nicht überhöhen und eine Religion daraus machen. Sondern neu anfangen. Ein frisches Blatt, unbeschrieben, glücklich.

Trotzdem müssen wir uns erinnern. Wie Kristina immer sagt: Um unsere alten Fehler zu vermeiden und so weiter. Und unsere Kinder müssen wenigstens ein paar Widrigkeiten ausgesetzt sein. Das ist mir schon klar. Als Vater. Als jemand mit gesundem Menschenverstand. Aber das zu wissen – macht es das einfacher? Tut es nicht. Neulich Abend zum Beispiel, als ich Emi beobachtete, wie sie das Heimlich-Manöver an einem Stuhlrücken probte, für einen Moment, wenn mal niemand da ist, um sie zu retten – nicht Kristina, nicht ich –, da habe ich auf einmal einen Tunnelblick bekommen. Ich sagte ihr, sie soll aufhören. Vielleicht hab ich sogar gebrüllt, sie soll aufhören. Vielleicht stieß ich den Stuhl weg und drückte ihren dürren Körper fest an meinen, vielleicht sagte ich ihr, dass sie nicht Ski fahren gehen muss, wenn sie nicht will. Dass sie mich die ganze Woche in der Tundra-Arena begleiten und mir über die Schulter schauen kann. Im Clubhaus abhängen. Bei der Inventur helfen. Zutaten vorbereiten. Das wird spaßig. Versprochen.

Dad?, sagt sie jetzt am Küchentisch.

Em?

Sie blickt auf. Ihre Augen sind feucht.

Ich kann nicht essen, sagt sie.

Das ist okay.

Kann ich mir einen Smoothie machen?

Nein, sag ich ihr. Lass mich.

Die Norsaq Plaza ist eine einzige Masse aus tanzenden und schunkelnden und schwitzenden Menschen. So viele Körper, dass sie die ganze Aussicht blockieren – keine Fjorde, keine Bucht zu sehen. Ein Panorama aus Feiernden. Wir drängeln uns durch. Emis Hand heiß in meiner. Du machst das toll, sage ich ihr. Zerbrochenes Glas knirscht unter unseren Füßen. Ein leichter Geruch von Kotze hängt in der Luft.

Larch, Alter! Emi! Alles Gute zum Tag Null! Trink nen Schluck!

Maru umarmt mich. Küsst Emi. Legt uns feierlich eine der vielen Perlenketten um, die sie um den Hals trägt. Was auch immer sie da für eine Flüssigkeit in ihrem Einmachglas hat, ihre Augen sind davon so rot und ihre Stimmung ist so gut, dass Emi gar nicht anders kann, als zurückzustrahlen – mit diesem sorglosen Lächeln, das sie dann immer kriegt und bei dem ihr Zahnfleisch zu sehen ist.

Hi Maru.

Hey Süße.

Wir haben Glück, dass Maru unsere Nachbarin ist. Sie ist Emis Mentorin bei CareCorps. Begleitet Emi auf dem Heimweg. Lässt Emi ihre Katze füttern, wenn sie selbst auf Extraktionsdienst ist. Heute trägt sie ihre Rückbau-Corps-Uniform. Auf ihrem Ärmel ein Aufnäher: Abteilung Miami. Was heißt, dass Maru sich das Recht verdient hat, so hart zu feiern, wie sie will.

Mach ne Party draus, Larch, Baby! Runter damit!

Ich nehme ihr Einmachglas. Trinke. Es brennt kurz hinter meinen Augen, wie kaltes Feuer, dann fühlt es sich an, als würde sich ein schwerer Vorhang vor mir schließen. Mein Puls sackt ab. Die Musik leiert in meinen Ohren.

Und du, Kleine?

Emi schaut zu mir.

Besonderer Anlass, sage ich und zucke mit den Schultern. Verrat's nicht deiner Mutter.

Wo ist Wonder Woman überhaupt?, fragt Maru.

Emi nippt und hustet.

Brooklyn, antworte ich. Extraktionsdienst.

Maru hebt eine Augenbraue: Sturmsaison. Hartes Los.

Sie hat sich freiwillig gemeldet.

Natürlich hat sie das.

Wir gehen stadtabwärts!, ruft Emi aufgeregt dazwischen. Zur Esplanade.

Nur für die Parade, füge ich hinzu.

Kannst du mich in diese VIP-Loge mit deinen Tundra-Mädels bringen?, fragt Maru.

Ich sage ihr, wo sie uns später treffen soll. Vorausgesetzt, sie kann nachmittags überhaupt noch laufen.

Sie wirft einen kurzen Blick auf ihr Glas und schätzt ihre Chancen auf zwanzig-achtzig.

Wir lachen. Sie gibt Emi einen Kuss. Tanzt davon.

Emi und ich laufen noch ein paar anderen Nachbarn in die Arme, als wir uns einen Weg zur Magnetschwebebahn bahnen. Auf dem Bahnsteig wartet eine Tanztruppe mit bemalten Gesichtern und Kopfschmuck auf den nächsten Zug stadtabwärts. Eine Jugendgruppe in roten Uniformen. Immer mehr Leute drängen auf den Bahnsteig. Emi klammert sich an meinen Arm.

Eine von Marus Aufgaben während des Übergangs war, Ertrunkene zu suchen, sagt sie.

Der Rückbau war kein Spaß, sage ich.

Du hast das auch ein bisschen gemacht, oder?

Nicht wie Maru. Südflorida war als Einsatzgebiet eine andere Nummer.

Ich weiß, sagt Emi. Menschen sind auf ihrem Dachboden ertrunken. Maru musste sich mit der Axt durch die Dächer hacken. Deswegen sollte man bei Hochwasser nie in den Speicher. Immer *aufs* Dach, sagt Maru.

Sie hat Recht. Aber darüber musst du dir hier in Nuuk keine Sorgen machen, Em.

Manche Menschen waren monatelang auf ihrem Dachboden. Ihre Leichen waren verrottet.

Es war keine schöne Zeit, sage ich und frage mich, was Maru meiner Tochter sonst noch so anvertraut hat.

Marus Eltern sind auch gestorben, sagt Emi.

Em, sage ich und schiebe ein paar Leute beiseite, um ihr direkt gegenüberstehen zu können. Wir müssen uns über so was keine Sorgen mehr machen. Nuuk ist eine sichere Stadt. Die sicherste. Der Ozean liegt Hunderte Meter unter uns. Schau. Wir haben Meeresmauern. Regengärten. Barriere-Inseln. Wir haben so viel Glück. Deswegen feiern wir ja auch. Willst du nicht feiern? Willst du nicht ein bisschen Spaß haben?

Sie scheint kurz darüber nachzudenken. Dann entgegnet sie, dass es wieder passieren könnte. Eine zweite Große Krise.

Ich sage ihr, dass sie sich irrt. Das kann nicht passieren. Wird nicht passieren.

Sie sagt, wir hätten nicht so lange mit dem Beginn des Großen Übergangs warten sollen. Ihr hättet früher handeln müssen, sagt sie.

Ich antworte, dass ich das genauso sehe. Was stimmt.

Sie will wissen, warum wir so lang gewartet haben.

Ich antworte: Es war kompliziert. Was stimmt.

Sie will wissen, wie genau es denn bitte kompliziert war – und obwohl es ganz klar meine Tochter ist, die da spricht, höre ich ihre Mutter. Und vielleicht etwas von dem kalten Feuer aus Marus Glas.

Ich nehme meine Perlenkette ab und hänge sie ihr um.

Schau dir Maru an, sage ich. Ihr Leben war hart. Sie hat schreckliche Dinge erlebt. Aber du hast sie eben gesehen: Sie hat keine Angst. Sie macht sich keine Sorgen. Sie ist glücklich!

Sie ist besoffen, sagt Emi und drückt sich an mich, als die Magnetbahn in die Station huscht.

Wenn sich die Magnetbahn stadtabwärts neigt, bekommt man diesen berühmten Ausblick auf Nuuk: ein funkelnder Strom aus sechseckigen Metallkonstruktionen und Sperrholz und photovoltaischem Glas, der in Kaskaden von Plaza zu Rambla zu Plaza zu Rambla fließt. Die ganze Stadt schmiegt sich an die Klippen über dem Ozean, der laut Wissenschaftlern inzwischen fast aufgehört hat zu steigen. Als kleines Mädchen lernte Emi zu zählen, indem sie von der Norsaq Plaza aus die Clipper zählte, die mit Batterien beladen von New York aus zu uns in den Norden gesegelt kommen. Und die Schwärme aus Lastenzeppelinen, die wie Zugvögel zum Brüten heimkehren. Und die Geothermieanlagen, deren Dampf in dicken Säulen in den Himmel strömt. Und die bepflanzten Dächer und hängenden Gärten, die in der Brise wogen und wanken, sodass es aussieht, als würde die Stadt atmen – was Emi als Kind in der Tat glaubte. Leute von außerhalb nennen uns Nuuker gerne elitär. Das kriege ich bei jedem Spiel zu hören. Wir würden so tun, als wäre Nuuk das Zentrum der Welt, sagen sie. Da kann ich nur sagen: Kommt und erlebt es selbst. Wir sind das neue New York. Bloß sicherer. Jünger. Grüner. Einundzwanzig herrliche Stunden Tageslicht im Hochsommer. Polarlichter. Internationaler Knotenpunkt der öffentlichen Finanzwirtschaft. Grundpfeiler der Edelmetallindustrie. Und Heimat der Tundra: amtierende Weltmeister.

Vermisse ich den Wald? Den tropfenden Morgentau? Das Zischen von Wellen auf Sand? Klar, wir alle vermissen was. Aber im Gegensatz zu Kristina stecke ich nicht in der Vergangenheit fest. Ich bin dankbar für das Hier und Jetzt. Für die Sicherheit, die wir geschaffen haben. Für den Planeten, den wir gerettet haben. Für unsere neue Wirtschaft. Die Aussicht aus der Magnetbahn. Emi. Alles davon.

Drei Stationen vor dem Hafen schlendert ein Mann mit verquollenen Augen und roter Nase in die Magnetbahn. Als er meinen Overall bemerkt, nickt er und dankt mir für meinen Einsatz.

Es war eine gemeinschaftliche Anstrengung, sage ich.

Ich war nicht alt genug, um mich zu verpflichten, sagt er. Hab stattdessen Staatsanleihen verkauft.

Sein Atem riecht säuerlich nach Alkohol. Er gibt sich Mühe, nicht zu lallen. Klappt nur halb. Er mustert den Aufnäher auf meinem Ärmel und fragt, ob ich Feuer gelöscht oder Wälder aufgeforstet habe.

Beides, antwortet Emi für mich. Er war Rauchspringer. Hat mit den indigenen Stämmen kontrollierte Rodungen durchgeführt. Und Rückbau in New York. Er war bei *Corps Power* zu sehen. Dritte Staffel.

Der Mann schielt mich an, als versuchte er, mich einzuordnen.

Nur ein paar Folgen, sage ich.

Haben sie dich je nach Jersey geschickt?, fragt er.

Ich schüttle den Kopf.

Wohin dann?

Kansas, die Dakotas, Montana, Idaho, Washington, Kalifornien, Mexicali, Nevada – rattert Emi meine Einsätze runter. Ihr Stolz macht mich stolz.

Verdammt viele Einsätze, sagt der Mann.

Meine Mom hat noch mehr gemacht, sagt Emi.

Nicht *so* viel mehr, sage ich, vor allem als Witz.

Meine Leute waren aus Jersey, sagt der Mann. Haben bis zum Ende durchgehalten. Wären immer noch da, wenn sie uns eine verdammte Meeresmauer gebaut hätten. Stattdessen haben sie dich nach Mexiko geschickt. Wir brauchen wieder Grenzen, wenn du mich fragst. Wenn du mich fragst, ist es an der Zeit, ein bisschen sauber zu machen, verdammt noch mal.

Ich spüre, wie Emi sich verkrampft. Wenn Kristina hier wäre, würde sie diesen Kerl – und den ganzen Magnetzug – daran erinnern, dass die Große Krise sich einen Scheiß für Grenzen interessiert hat und er seinen Rassistenarsch wieder in den Süden schleppen soll, wenn er den so vermisst, und viel Glück damit, dort zu überleben, und wenn er schon dabei ist, soll er sich verfickt noch mal selber ins Knie ficken.

Kristinas öffentliche Belehrungen in solchen Situationen sind in unserer Nachbarschaft berühmt. Ein paar davon wurden bei MemeFeed an die Spitze gevotet. Das war einer der Gründe, warum sie fast einen Sitz im Gemeinderat gewonnen hätte. Und zugleich einer der Gründe, warum sie verloren hat. Und ein Grund, warum ich ein winziges bisschen froh bin, dass sie gerade in New York ist: Wenn ich an Emis erstem Tag Null auf eines verzichten kann, dann auf die x-te Auseinandersetzung über die Politik des Großen Übergangs.

Die Magnetbahn gleitet in einen Bahnhof. Wir sind noch zwei Plazas stadtaufwärts von der Esplanade, aber ich flüstere Emi zu, dass wir zu Fuß gehen können. Sie versteht, was ich damit sagen will. Wir stehen auf.

Mein Dad war auch nicht alt genug, sagt Emi, als wir auf den Bahnsteig steigen.

Hm?, macht der Mann.

Mein Dad war auch nicht alt genug, um sich zu verpflichten. Meine Mom auch nicht. Aber sie haben es trotzdem getan. Das nennt man Mut. Sich für die Allgemeinheit aufopfern. Arschloch.

Sie steckt ihm einen dünnen Mittelfinger entgegen, die Türen zischen und schließen.

Emiliana!, sage ich, als die Magnetbahn losfährt. Das kannst du nicht bringen!

Mom würde es genauso machen.

Du bist nicht deine Mutter. Das war zu hundert Prozent unangebracht.

Warum lächelst du dann?

Ich lächele nicht.

Dad. Das tust du, zu hundert Prozent.

Wir hören die Esplanade schon, bevor wir sie sehen: ein vielstimmiger Chor aus sich verknotenden Basslines und konkurrierenden Trommeln. Das Rauschen der Menge. Das Knistern von Feuerwerken. Das Geräusch wird immer lauter, bis uns die Rambla direkt im Auge des Sturms ausspuckt, mitten in die menschliche Supernova namens Tag Null. Emi bleibt stehen. Kaut auf ihrer Perlenkette rum.

Wir können wieder umdrehen, sage ich. Kein Druck. Wir können von zu Hause aus zugucken.

Sie runzelt die Stirn, als hätte ich sie beleidigt, und zerrt mich an der Hand in die Menge.

Die Esplanade schmiegt sich an die Meeresmauer und folgt der Krümmung der Bucht. In der Mitte verläuft die Dammstraße. An deren Rand wurden Tribünen und Aussichtslogen errichtet, auf denen Leute schon eifrig Plätze besetzen. Auf der Straßenseite landeinwärts stehen die Organisationen für Gegenseitige Hilfe, die Vereine für Veteraninnen und Veteranen des Übergangs und die Gewerkschaften und Kooperativen. Alle mit eigenem Zelt, jedes davon vollgestopft mit Festtafeln und Induktionsgrills und Tanzflächen, auf denen Menschenmassen zu Musik aus meterhohen Boxentürmen auf und ab hüpfen. Es gibt Fahrgeschäfte für Kinder. Spiele und Preise. In den Birken hängen lauter Papierlaternen und Blumen und verwandeln die Esplanade in einen Canyon aus flatternden Farben.

Emi und ich sind auf dem Weg zur Tundra-Aussichtsloge, zumindest theoretisch. In der Praxis ist es eher ein ewiges Stop-and-go. Stop: die Marschkapelle der Lastwagenfahrer durchlassen. Stop: einer Truppe Trommlern auf Stelzen zuschauen. Stop: damit ich einen Lachskebab essen kann. Stop: ein Bier. Aus dem Zelt des Carbon Capture Corps dringt plötzlich ein Lied, dass ich schon Millionen Mal aus Emis Zimmer gehört habe. Sofort lässt sie meine Hand los, läuft rüber und mischt sich unter die anderen Kids. Sie alle tanzen synchron, als hätten sie dieselben Moves eingeübt – was sie wahrscheinlich auch haben.

Ich schaue von der Bar aus zu. Eine Gruppe CCCler schunkelt Arm in Arm und singt ihre Hymne. Eine von ihnen winkt mich rüber: Alles Gute zum Tag Null, Bruder!

Sie schenkt mir ein pechschwarzes Bier ein, dann noch eins für sich.

Frohen Tag Null, erwidere ich.

Wir stoßen an.

Ohne Emi aus dem Blick zu lassen, singe ich mit der CCC-Crew mit, obwohl ich nur etwa die Hälfte des Textes kenne. Sie lachen und klopfen mir auf den Rücken. Umarmen mich fest, heben mich kurz von den Füßen. Wir hatten immer eine freundschaftliche Rivalität am Laufen, das Forst Corps und die Leute von Carbon Capture. Gleiches Ziel, andere Mittel. Aber heute ist es Liebe pur. Wie damals, als Tundra die Meisterschaft gewann – alle in Nuuk waren plötzlich beste Freunde. Fremde umarmen Fremde. High fives auf jeder Plaza.

Kristina würde das gefallen. Die Solidarität.

Ich nehme meinen Bildschirm raus und pinge sie an. Keine Antwort. Ich versuche es noch mal. Ich richte meinen Bildschirm auf Emi und filme, wie sie tanzt und lacht. Ihre Freude ist wie ein Band, das direkt von ihrem Herzen zu meinem führt. Es zerrt an mir. Treibt mir Tränen in die Augen. Reißt mich fast von meinem Hocker. Das Band fühlt sich so real an, als könnte ich es packen und daran ziehen.

Das ist meine Tochter!, brülle ich der Frau zu, die gerade mein Glas wieder auffüllt.

Die Kleine hat Moves, sagt sie und lächelt zurück.

Ich werde diese Frau wahrscheinlich nie wiedertreffen, aber ich bin begeistert, dass sie meine Emi zu sehen bekommt. Die echte Emi. Wie sie früher war. Nicht so ängstlich. Sondern unverschämt glücklich.

Ich schicke Kristina die Aufnahme. Sie wird nicht froh darüber sein, uns stadtabwärts zu entdecken, aber ich möchte meine

Freude gerade mit jemandem teilen. Und ganz sicher freut sie sich über Emis Glück. Sie muss.

Em hat einen Riesenspaß. Wir denken an dich. Liebe dich so sehr. Frohen Tag Null.

Emi kommt rübergelaufen, völlig außer Atem. Sie will noch ein Lied länger bleiben.

Mach ruhig, sage ich und winke ab.

Ich sage mir, dass es die Musik ist, die bei Emi den Knoten aus Sorgen gelöst hat. Und die Feiertagsstimmung. Und der Schluck Alkohol von Maru. Aber ich weiß, dass es eigentlich die Abwesenheit ihrer Mutter ist. Kristina setzt das Mädchen so unter Druck. Sie will, dass Emi resilient ist. Stark. Auf alles vorbereitet, was die Zukunft vielleicht bringen mag. Das alles will ich auch. Natürlich. Welcher Vater will das nicht?

Die CCC-Frau geht, um mir noch ein Bier zu zapfen.

Wasser ist besser, sage ich. Hab nen langen Tag vor mir.

Das kann man wohl sagen, sagt sie und füllt das Glas trotzdem mit Bier.

Wir genießen noch eine Weile die Esplanade. Als wir endlich an der Tundra-Box ankommen, trägt Lucas über seiner Forst-Corps-Uniform schon eine Kette aus Perlen, und tatsächlich: Maru ist da.

Ich sehe, du hast dein Paar nüchterne Beine wiedergefunden, sage ich.

Und du deine verloren, sagt sie und zwinkert Emi zu.

Maru interessiert sich weniger für Basketball als für Frauen in Sporttrikots. Zu ihrer herben Enttäuschung sind die Spielerinnen jedoch in Zivil. Lucas stellt ihr Dani Te vor, unsere gefeierte Spielmacherin, die gerade ihre erste Saison spielt. Maru ist locker doppelt so alt wie Dani, aber sie schafft es sofort, dass Dani rot wird und ihr ein Getränk holt, und wir sagen nur: Go, Maru, go!

Lucas schlägt mir liebevoll auf den Rücken. Umarmt Emi. Bringt uns an einen Platz ganz vorne, den er uns freigehalten hat, damit Emi was sehen kann. Die Parade hat schon begonnen. Riesige geschmückte Wagen mit mehreren Ebenen, manche davon so lang wie eine Magnetbahn. Überall Musiker und Tänzer. Als der Wagen von Forst Corps vorbeirollt, pfeift und jubelt Emi. Lucas und ich verbeugen uns.

Danach kommen Ballons und Bands und Jongleure, gefolgt von den größten Wagen der Parade: die vom Führungsrat und der Nuuk-Bergbau-Kooperative. Unter den Jubel mischen sich vereinzelte Buhrufe. Manche davon gutmütig. Manche nicht so gutmütig. Die Rufe werden immer lauter und weniger freundlich, als die zwei Wagen vorbeizuckeln.

Warum buhen die?, fragt Emi.

Du weißt, warum, sage ich.

Weil Menschen immer einen Buhmann suchen, sagt Lucas.

Weil sie von der Großen Krise profitiert haben, sagt Emi.

Nicht alle, sage ich.

Und genau in dem Moment – als würde Kristina spüren, dass ihr gerade eine Gelegenheit durch die Lappen geht, gemeinsam mit Emi über den Rat und die großen Kooperativen herzuziehen – pingt mein Bildschirm, und nach zwei Tagen Funkstille ist sie dran.

Ich öffne den Mund, um sie zu begrüßen, aber sie schneidet mir das Wort ab.

Warum ist Emi nicht auf ihrem Skiausflug? Warum bringst du sie ausgerechnet stadtabwärts? Du hast es mir versprochen, Larch! Du hast versprochen, nicht auf die Esplanade zu gehen!

Mom?, fragt mich Emi.

Ich nicke und drehe mich weg, damit sie nicht jedes Wort mithören kann.

Lucas wirft mir eine mitfühlende Grimasse zu.

Beruhige dich, sage ich. Emi geht's gut. Du hast sie tanzen sehen. Sie hat einen Riesenspaß.

Haut da ab, sagt sie. Nimm Emi und geht nach Hause. Sofort. Ihr müsst.

Nein, müssen wir nicht, sage ich, meine Stimme wird lauter. Wir haben das Recht zu feiern. Besonders heute. Lass sie doch mal durchschnaufen, Kristina. Lass sie mal ein bisschen Spaß haben. Lass sie ein Kind sein, verdammt.

Larch! Halt die Klappe. Hör auf zu reden. Hör mir zu! Wenn du unsere Tochter liebst, musst du sie jetzt von dort wegbringen. Lauft stadtaufwärts! Sofort! Bitte, meine große Liebe. Bitte. Geh!

In mir legt sich ein Schalter um: *meine große Liebe.*

Stimmt was nicht?, frage ich.

Geht einfach! Nimm Emiliana und lauf!

Ich habe Gänsehaut auf den Armen. Mir wird schlecht. Ich schaue Emi an.

Okay, sage ich zu Kristina. Wir gehen. Wir gehen sofort.

Ihr geht?, fragt Lucas.

Wir gehen?, fragt Emi.

Wir gehen, sage ich und packe sie an der Hand. Lucas folgt uns, als wir uns durch die Menge drängeln. Ich nicke ihm zu, dass er Maru Bescheid geben soll, damit sie sich uns anschließt, aber es ist zu spät.

Es klingt wie Feuerwerksraketen. Zwei kurze Knalle. Und es sind keine Raketen.

Ein Mitglied des Aufsichtsrats bricht auf dem Wagen der Finanzleute zusammen.

Bei einem Mitglied des Führungsrats verschwindet der Kopf plötzlich in einem roten Nebel.

Eine Schockstarre legt sich über die Menge. Dann schwillt die Panik an.

Die Esplanade würgt. Menschen springen von den Paradewagen. Drohnen füllen mit einem Schlag den Himmel. Alle schreien und hasten durcheinander, um zu flüchten – aber wovor und wohin?

Ich umklammere Emi. In meinen Armen fühlt sie sich plötzlich ganz klein an. Sie krallt sich an mir fest. Menschenmassen trampeln vorbei. Der Zaun um die Tundra-Box bricht und fällt um. Emi brüllt, als sie und ich aneinandergequetscht werden. Mir wird die Luft aus der Lunge gedrückt, meine Rippen werden zusammengepresst. Lucas hilft Emi auf meine Schultern.

Sie schreit: Maru!

Keine drei Meter entfernt sehen wir Maru stürzen. Die Menge schließt sich über ihr. Verschluckt sie. Emi schreit erneut Marus Namen, und ich versuche gegen den Strom aus panischen Menschen anzukommen, aber sie prallen wie eine Welle in uns hinein, und du kannst nie alle retten – glaub mir –, höchstens ein paar.

Lucas und ich drehen uns um, wir zwängen uns durch die Menge, als wären wir wieder in den Sierras und müssten einen von Käfern zerfressenen Nadelbaum umwerfen. Zusammen gelingt es uns, aus dem Gewühl auszubrechen. Wir erreichen die Meeresmauer. Die Bucht von Nuuk sechs Meter unter uns. Das Wasser hat vielleicht vier Grad über dem Gefrierpunkt. Die Menschenmassen quetschen uns gegen die Meeresmauer, die uns eigentlich schützen soll. Aber das liegt in der Natur von Mauern – sie funktionieren in beide Richtungen.

Ich hebe Emi über meinen Kopf, damit sie hochklettern und sich auf die Mauer setzen kann. Dann taste ich verzweifelt nach Halt und klettere selber hoch, stütze mich dabei auf Lucas. Sobald ich oben bin, fasse ich nach unten, um ihm hochzuhelfen. Überall entlang der Esplanade machen es uns Leute nach.

Wir müssen springen, sagt Lucas.

Ich nicke. Er hat recht.

Die Musik auf der Esplanade reißt ab. In der Stille wirkt das Schreien und Weinen noch lauter. Emi kann nicht wegschauen.

Ich fasse ihr ans Kinn. Drehe ihr Gesicht zu mir. Blicke ihr direkt in die Augen.

Em. Das Wasser ist kalt. Atme einfach weiter. Du wirst das Gefühl kriegen, du kannst nicht mehr. Aber du kannst. Atme weiter. Schwimm Richtung Land. Ich werde die ganze Zeit direkt neben dir sein. Lucas auch. Du schaffst das. Hast du verstanden?

Verstanden, sagt sie, die Augen weit aufgerissen, sie scheint zu begreifen, dass ich es bitterernst meine, und das tue ich, denn ich habe gar keine andere Wahl.

Ihre Mutter wäre stolz auf sie. Wird stolz auf sie sein. Das sage ich Emi.

Ich küsse sie seitlich aufs Haar. Nehme sie an der Hand. Lucas nimmt ihre andere.

Wir springen.

7 LARCH

ICH WAR FÜNFZEHN, SO ALT WIE EMI, ALS DER OZEAN MIR ZUM ersten Mal das Leben rettete.

Mein Vater und ich waren bei der Seetangernte. Die Sonne ging gerade auf, und wir arbeiteten uns an der Granitkante entlang. Neoprenanzüge, Taucherbrillen, Messer. Im Boot Wäschekörbe aus Plastik, um darin die glitschigen Algen zu sammeln, damit wir sie trocknen und schneiden, verpacken und verschicken konnten. Der frühmorgendliche Himmel war von einem schmutzigen Schleier überzogen: der Rauch von fernen Waldbränden, die schon den ganzen Sommer über wüteten. Es war das Herz der Großen Krise, aber damals nannte es kaum jemand so. Es war einfach die Welt, in der ich aufgewachsen war. Die einzige Welt, die ich kannte.

Als ich acht war, brannte der Acadia-Nationalpark von Küste zu Küste. Wir lebten weit nördlich davon, aber den ganzen Sommer über konnte sich die Sonne nur kränklich durch den Rauchschleier quälen. Keine Sterne am Himmel. Die Brombeeren, die meine Mutter an einem Spalier bei den Trockenhütten angepflanzt hatte, wurden sauer. Meine Eltern und ich saßen beim Frühstück, als sich der Himmel endlich klärte. Wir hatten gerade erst mit unserem Haferbrei am Tisch beim großen Küchenfenster Platz genommen, als es geschah: ein strahlendes Blau leuchtete auf, so plötzlich, dass wir aufhörten zu essen.

In dem Winter, als ich neun war, hatten wir Rekordmengen Schnee.

In dem Winter, als ich zehn war, fiel kein Zentimeter Schnee.

Als ich elf war, gab es im Penobscot River ein riesiges Fischsterben. Niemand wusste, warum.

Als ich dreizehn war, verschwand der Hummer.

Als ich vierzehn war, verschwanden die Papageientaucher.

Als ich fünfzehn war, verschwanden die Hemlocktannen. Die hatten schon, so lange ich lebte, unter der invasiven Blattlaus *Adelges tsugae* gelitten. Man konnte den ganzen Morgen damit totschlagen, diese winzigen Insekten zwischen Daumen und Zeigefinger zu zerquetschen, ohne damit auch nur einen einzigen Ast eines einzigen Baumes ganz davon zu befreien. Ich musste tief in den Wald gehen, um eine Hemlocktanne zu finden, die nicht befallen war. Bei einem dieser Spaziergänge stolperte ich über ein abgemagertes Elchkalb, das von Tausenden Zecken übersäht war. Manche groß wie Trauben. Elche waren damals extrem selten und die Zecken einer der Gründe dafür. Das Kalb öffnete ein Auge, als würde es mich anflehen: *Tu doch was.* Also rannte ich nach Hause, holte unsere Flinte und tat etwas.

Seit sie dieses Schulprojekt hat, fragt Emi ständig, warum wir nicht früher gehandelt haben. Ihre Mutter hat da die einfachere Antwort. Sie war schon als Kind mit ihrer Familie protestieren. Blockierte Ölzüge. Aber ich? Was soll ich sagen. Meine Eltern waren liebevolle Menschen. Einfallsreich. Intelligent. Sie wussten, was da vor sich ging. Meine Mutter machte mich darauf aufmerksam, dass der Dreiblättrige Goldfaden schon blühte, Monate bevor die Insekten auftauchten, die ihn bestäuben sollten. Und die Seetaucher, die früher an unserer Küste überwintert hatten – wie lange war es her, seit wir ihre gespenstischen Rufe gehört hatten? Mein Vater kannte die Tidentümpel besser als jeder andere. Er hatte beobachtet, wie das Irländische Moos immer weiter in den Süden wanderte. Die Braunalge nach Norden. Er hatte beobachtet, wie *Laminaria longicruris* – ein Tang, der kaltes Wasser bevorzugt – von Zuckertang verdrängt wurde, der etwas wärmere, flachere Gewässer vorzieht. Er hatte die letzten Seegräser gesehen, bevor sie endgültig verschwanden.

Also, ja, sie wussten es. Wir wussten es. Aber ich frage für Emi – und nicht als rhetorische Frage: Was hätten wir sonst noch tun können?

Meine Familie – wie die meisten Familien – war damit beschäftigt, sich anzupassen. Der Vater meines Vaters hatte unser Zuhause zur Jahrhundertwende aus upgecycelten Materialien gebaut. Das Haus ähnelte einem zusammengeflickten Schloss, das mitten in einem Wald aus Hemlocks und Kiefern drei Stockwerke in die Höhe ragte. Jeder Stock hatte seinen eigenen Holzofen. Ich erinnere mich an die Wärme. Daran, wie meine Mutter mit der nackten Hand in die gusseiserne Vorrichtung fasste, um Holzscheite zu wenden und die Glut zu schüren. Das Leuchten in ihrem Gesicht. Die beschlagenen Fenster. Die Fenster waren gar keine echten Fenster, sondern Verandatüren aus Glas, die mein Großvater horizontal in die Wand gesetzt hatte. Zur Belüftung hatte er ein System aus Klappen in die Wände eingepasst, um in dem maritimen Klima die Luft zirkulieren zu lassen und die Feuchtigkeit aus dem Haus zu befördern. Aber dieses Klima war, wie er, schon lange von uns gegangen – als ich fünfzehn war, blieben unsere Holzöfen zehn Monate im Jahr aus. Statt Holz zu hacken, legten wir Zisternen an, um Regenwasser zu sammeln. Installierten Solaranlagen. Gruben einen tieferen Brunnen. Errichteten Zeltplattformen für die Flüchtlinge, die vom Golf in den Norden kamen. Gaben den Maisanbau auf. Pflanzten stattdessen Pfirsiche an. Gruben Reisfelder mit zwei Ebenen. Und wir führten das Familiengeschäft fort: Wilde Seealgen aus Maine.

Mein Vater und ich sammelten und ernteten. Meine Mutter verarbeitete. Ihre Küche war ein Labor. Mörser und Stößel und Waagen. Hunderte kleine Einmachgläser. Sie hatte eigene Formeln für Seetangmischungen erarbeitet, die sie in Kapseln abfüllte, um damit alles Mögliche zu heilen. Schilddrüsenunterfunktion. Gewichtszunahme. Herzkrankheiten. Darmflora. Unser Kundenstamm reichte bis nach Japan. Sie hatte ein Kochbuch geschrieben. Algensuppen. Lappentangsalat. Seetangnudeln. Pudding aus Irländischem Moos. Kimchi aus Algen. Dashi. An einem Haken über der Spüle hing immer eine Baseballcap, die setzte sie bei der Arbeit verkehrt rum auf und sang dabei Songs von Dolly Parton und Valerie June und Taylor Swift mit. Alles, was ich über Messerschärfen und Pfannenpflege, über Einmachen und Eindosen und übers Ansetzen und Pflegen von Sauerteig weiß – also alles, was ich über Essen und Kochen weiß –, habe ich von ihr gelernt. Sie war eine erfinderische, lustige Frau. Emi hätte sie geliebt.

Für unsere Nachbarn, die nichts außer dem Hummerfang beherrschten, bedeutete die Große Krise den wirtschaftlichen Ruin. Viele flüchteten sich in den Drogenkonsum. Manche brachten sich um. Für meine Eltern aber war die Krise auch ein Segen, da Seetang Iod-127 enthält, das die Schilddrüse davor schützt, das radioaktive Iod-131 aufzunehmen. Das war deshalb von Bedeutung, weil das Atomkraftwerk Turkey Point außerhalb von Miami überflutet worden war. Und der Ozean die Klippen unter dem AKW Diablo Canyon in Kalifornien erodiert hatte. Und das Atommülllager San Onofre nördlich von San Diego ein Leck hatte. Und an sonnigen Tagen Wellen über die Meeresmauer eines Atomkraftwerks in der Nähe von Houston schwappten. Meine Eltern hatten mehr Nachfrage für Seetang, als sie befriedigen konnten.

Doch dann bekam meine Mutter eine neue Form von Lyme-Borreliose.

Fortan verwendete sie ihre ganze Küchenzeit darauf, ein Heilmittel zu finden. Braunalgen-Seetang-Reduktionen. Tinkturen. Salben. Wenn sie sich nicht gerade mit ihren Experimenten ablenkte, wurde sie von den Schmerzen überwältigt. Die Gelenke. Der Rücken. Der Kopf. Alles tat weh. Es war keine schöne Zeit. Sie schlief viel. Schlaf war ihr großer Frieden.

Auch an diesem einen Morgen, als mein Vater und ich Seetang ernteten, schlief meine Mutter gerade. Der Sonnenaufgang kroch langsam über den Horizont. Der Ozean machte sich gemütlich an den Übergang von Ebbe zu Flut. Später beim Forst Corps sollte ich mehr über Waldbrände lernen, als mir lieb war. Aber mit fünfzehn hatte ich noch keine Vorstellung davon, wie schnell das Feuer sein kann.

Ich war gerade untergetaucht, um Seetang zu schneiden. Als ich wieder auftauchte, hatte sich der Himmel leuchtend rot gefärbt, und mein Vater war weg. Einfach so. Ich hörte den Benzinaußenbordmotor aufheulen, den wir sonst nur in Notfällen einsetzten.

Der abgestorbene Hemlockwald. Er war hochgegangen wie eine Bombe.

Der Himmel flackerte. Säulen aus Rauch und Funken, wie ein brennender Blizzard. Und mein Vater raste direkt darauf zu. Ich sah, wie er mit dem Boot aufsetzte. Zum Haus stürmte. Der Rauch verschluckte ihn, dann sprangen die Flammen mit einem großen Satz zur Küste vor. Das Feuer erzeugte seinen eigenen Wind. Und dieser Lärm: Es brüllte wie ein Frachtzug. Noch hundert Meter vom Ufer entfernt, konnte ich die Hitze auf meinem Gesicht spüren.

Als ich es endlich zur Felskante geschafft hatte und mich gerade raushieven wollte, ließ mich das Feuer mit dem klaren, klirrenden Klang von platzendem Glas wissen, dass es sich Zugang zu unserem Haus verschafft hatte: Ich hörte die Fenster splittern, die mein Großvater so viele Jahrzehnte zuvor eingebaut hatte. Glut und brennende Dachschindeln segelten auf dem flammenden Wind davon und verendeten zischend um mich herum im kalten Wasser.

In einer Hand eine Locke Zuckertang. Mein Messer in der anderen. Daran erinnere ich mich. Und wie dann langsam die Flut kam. Wie sie es immer tut.

Emi Vargas Brinkman
Geschichte Nordamerikas
Mrs. Helmandi
Projekt: Der Große Übergang (erster Entwurf)

Titel ist etwas weit gefasst

HALBE ERDE, POLARKREISE UND SCHWESTERSTÄDTE

Vor dem Großen Übergang lebte fast niemand in der Nähe der Pole, bis auf indigene Völker wie die Aleuten und natürlich die Inuit, die schon Tausende Jahre vor uns hier auf Grönland siedelten. Alle anderen Menschen wohnten irgendwo zwischen den Polen. Mein Vater lebte zum Beispiel in Maine. Meine Mom lebte in Mexiko. Meine Nachbarin Maru Badia lebte in Florida.

Jetzt ist es ein bisschen so, als wäre die Welt ein Hemd, das auf links gewendet wurde. Jetzt leben alle in der Nähe der Pole. Der Rest der Welt ist für Halbe-Erde-Biome und Rewilding und Kohlendioxid-Speicherung und Wissenschaftler und Indigene bestimmt, die dort leben können, wenn sie wollen. Manche sagen, die Halbe-Erde-Abkommen sind unfair, weil sie uns von so viel Land (der Hälfte) aussperren, aber andere antworten darauf: Wie soll die Natur heilen, wenn wir ihr keine Zeit lassen? Die Tiere und Bäume haben die Große Krise nicht verursacht. Egal, wie viele Biome wir konservieren, wenn eine Art erst mal ausgestorben ist, lässt sich das nicht mehr rückgängig machen. Außerdem, sogar wenn man in ein Halbe-Erde-Biom ziehen könnte, würde das bedeuten, dass man in Gebieten mit Hochwasser, Dürren, Hurrikanen oder Waldbränden leben müsste oder bei Temperaturen von 35 Grad plus hoher Luftfeuchtigkeit überleben, und genauso sind alle Großeltern meiner Mom gestorben.

Aber wir Menschen können die Halbe-Erde trotzdem noch

erleben. Um nur ein Beispiel zu nennen: Wenn man von Nuuk zu den Geothermiefarmen an der Ostküste fliegt, bekommt man eine ununterbrochene Aussicht auf wilde Wiesenlandschaften und Bäume und Karibuherden, so groß, dass sie aus der Luft wie ein langer brauner Fluss aussehen.

Schwesterstädte liegen streng genommen ebenfalls im Halbe-Erde-Gebiet, aber man besucht Schwesterstädte nur für den Extraktionsdienst. In Nuuk leistet man, sobald man achtzehn geworden ist, jedes Jahr Extraktionsdienst in New York. Manche Menschen leisten freiwillig mehr, weil man auf die Art Stunden gutgeschrieben bekommt, vor allem während der Sturmsaison oder an den Feiertagen. Andere Menschen, wie meine Mutter, melden sich freiwillig, um den Geist des Großen Übergangs am Leben zu halten. Vor dem Übergang verbrachten viele Menschen ihr gesamtes Leben damit, ein und denselben Job auszuüben, etwa Kisten packen oder Böden kehren oder Güter der Grundversorgung ausliefern, während andere fast gar keine anstrengende Arbeit machen mussten. Laut meiner Mutter hilft Extraktionsdienst, diese Ungerechtigkeit auszugleichen, und außerdem erinnert er die Leute daran, dass der Übergang noch am Leben ist und wir alle Teil davon sind. Laut meiner Mutter erinnert uns der Extraktionsdienst daran, es uns nicht zu bequem zu machen, was wichtig ist, weil Leute jetzt schon vergessen, wie knapp wir dem Aussterben entkommen sind. Damals wussten alle, dass die Große Krise bevorstand, unternahmen aber praktisch nichts, um die Konzerne und die zerstörenden Klassen aufzuhalten, die dafür verantwortlich waren. Wer will also wirklich behaupten, dass die Leute nicht faul werden könnten und zulassen, dass es wieder passiert?

Versuche deine Quellen zu variieren

Aber der Hauptgrund, warum wir Extraktionsdienst haben, sind die Ressourcen, die wir zum Überleben brauchen. Die Schwesterstädte versorgen uns mit Brettsperrholz, Kohlenstofffasern, pflanzlicher Medizin, die man in der Nähe der Pole nicht anbauen kann – und das Wichtigste: mit Energie. Jede Stadt hat mindestens eine

Schwesterstadt. Moskau hat zwei. Keine Schwesterstadt befindet sich in den Polarkreisen, bis auf die Schwesterstadt von Johannesburg, Ross Island, die in der Antarktis liegt. Nuuks Schwesterstadt ist New York. Nächstes Jahr machen wir mit der Klasse einen Übernachtungsausflug nach New York. Alle sagen, der Ausflug sei das Highlight der elften Jahrgangsstufe. Es gibt dort Ruinen, die man erkunden kann, Wasserbusse und den Hyperloop, mit dem man fahren kann, plus das Mietskasernen-Museum und das Penthouse-Museum, wo Schauspieler nachstellen, wie die Superarmen und die Superreichen früher gelebt haben. Außerdem den Central Park und die Freiheitsstatue und das Große U (den großen Unterwasserschutzwall) und die Met, die Besucher aus aller Welt anzieht. Der wichtigste Grund, warum New York als die großartigste Schwesterstadt gilt, ist, dass sie der größte Hotspot für Hurrikane in der westlichen Hemisphäre ist. Laut MemeFeed hat New York letztes Jahr 1,2 Quad Sturmenergie eingefangen. Diese Energie kommt in diesen Batterien zu uns, die wir für praktisch alles verwenden. In jeder Batterie steckt ein Stück Sturm, wenn man drüber nachdenkt.

Für dieses Projekt nur verlässliche Quellen, bitte. MemeFeed nicht erlaubt

Die einzige Schwesterstadt, die noch mehr Energie erntet als New York, ist Manila. New Yorks drei wichtigste Exporte sind Batterien, Kohlenstofffasern und Gezeitenturbinen. Wenn ich noch irgendeine andere Schwesterstadt besuchen könnte, würde meine Wahl auf Cleveland fallen, wegen der Rock and Roll Hall of Fame. Meine letzte Wahl wäre Phoenix, wegen der Hitze. Der erste Einsatz meiner Mutter war in Phoenix, mit dem Forst Corps. Sie sagt, Menschen gewöhnen sich an alles. Ihre Schwester (meine Tante) starb bei einem Waldbrand. Wenn ich zwischen Hitze oder Kälte wählen müsste, würde ich Kälte nehmen. Man kann immer eine zusätzliche Schicht Kleidung anziehen.

Zusammenfassend kann man sagen, wenn wir weiter mit der aktuellen Rate Kohlendioxid aus dem Ozean und der Atmosphäre extrahieren und unsere Anstrengungen bei der Sequestrierung und

Schöner Übergang, aber sind das deine eigenen Worte? Denke dran, Quellen anzugeben.

Aufforstung fortsetzen, könnten Menschen in einem Jahrhundert die Halbe-Erde-Biome wieder besiedeln. Wir werden bis dahin natürlich alle tot sein. Aber das ist kein Grund, es nicht zu probieren.

Du hast dir wieder viel Mühe gegeben, Emi. Deine größte Herausforderung ist jedoch immer noch, persönliche Details und Meinungen zu meiden. Vielleicht können wir ein anderes Art Projekt für dich finden, eines, das mündliche Geschichtsschreibung einschließt? Ich hätte da einige Ideen. Lass uns mal drüber reden. — Mrs. H

8 LARCH

IN DEN SPÄTEREN JAHREN DES ÜBERGANGS – ALS DIE EMISSIONEN wirklich sanken und man sich nicht mehr schämte, wenn man zuversichtlich war – schickten sie Therapeuten los, die uns helfen sollten, das zu verarbeiten, was wir erlebt hatten. Was wir verloren hatten. Für jeden gab es die passende Therapie. Für mich funktionierte am besten die Zittertherapie. Wenn du je einen Hund nach einem Unfall gesehen hast – oder während eines Gewitters mit Blitzen und Donner, oder während eines Besuchs beim Tierarzt – weißt du, was ich meine. Tiere zittern, um ein Trauma abzuschütteln. Manchmal vergessen wir, dass wir auch nur Tiere sind. Um das Zittern auszulösen, musst du eine Reihe spezieller Stellungen einnehmen, damit deine Beine müde werden. Sobald das Zittern losgeht, ist das Ziel, es so lange wie möglich aufrechtzuerhalten. Du zitterst und zitterst. Danach fühlst du dich besser. Ein Neustart für den Körper. So beschreibe ich Emi den Vorgang, nachdem die Öffentliche Sicherheit uns in der Bucht aufgesammelt hat und wir trocken und warm und sicher zu Hause sind. Wir zittern und schütteln das Trauma ab.

Emi schläft auf dem Futon ein. Ich breite eine Decke über sie. Lege ihr sanft eine Hand auf den Brustkorb, um an ihrem Atem teilzuhaben. Sie hat heute gesehen, wie Menschen erschossen wurden. Zertrampelt. Fast wäre sie ertrunken. Aber sie ist es nicht. Sie ist die Meeresmauer hochgeklettert. Ist gesprungen. Hat ihren Kopf über Wasser gehalten. Ist geschwommen. Mein Mädchen.

Wenn ich die ganzen Ereignisse des Tages in meinem Kopf so Revue passieren lasse, bringt mich das an den Rand des Zusammenbruchs, also zwinge ich mich aufzuhören. Ich zittere. Stelle meinen Bildschirm auf »Gerät trocknen«. Dann zittere ich noch ein bisschen weiter.

Als mein Bildschirm endlich piept, pinge ich sofort Kristina an. Keine Antwort. Ich wische rüber zu MemeFeed. Derartige Gewaltausbrüche gab es seit dem Großen Übergang noch nie – zumindest nicht in Nuuk. Und Nuuk war wohl nicht der einzige Ort, wo so was heute passiert ist: Wellington. Rovaniemi. Reykjavík. Sault Ste. Marie.

Unter den Opfern sind ein paar große Namen. Ein ehemaliger Vorsitzender des Skandinavischen Staatlichen Übergangsfonds. Ein Prinz bei Saudi Solar. Ein ehemaliger US-Außenminister im Ruhestand. Einige Leute fangen schon an, den Russen die Schuld zu geben, wie wir es immer tun. Aber andere weisen darauf hin, dass Moskau und Tynda ebenfalls angegriffen wurden – und außerdem ist das hier schließlich MemeFeed –, also lasst uns die Gerüchte runter- und die Fakten hochvoten.

Zwei Fakten, die bis jetzt hochgevotet wurden:

1. Weltweit gab es Angriffe auf die Feierlichkeiten zum Tag Null. Bei Paraden und Kundgebungen. Manche Feiern waren groß, wie die in Nuuk. Andere waren klein, etwa in Seniorenwohnheimen. Es waren gezielte Hinrichtungen. Scharfschützen-Drohnen.
2. Viele Menschen wurden in den darauffolgenden Massenpaniken totgetrampelt. Die Zahlen sind noch vorläufig.

Ich schließe die Augen und sehe wieder Maru stürzen – wie sie von der Menge verschlungen wird. Ich pinge sie an. Eine Frau geht ran. Nicht Maru. Eine Krankenpflegerin im Seaport-General-Krankenhaus.

Sie ist hier, sagt die Schwester, als ich nach Maru frage.

Im Hintergrund höre ich Maschinen piepsen. Menschen brüllen. Gegensprechanlagen krächzen.

Wie geht es ihr?

Sind Sie Familie?, fragt die Krankenschwester.

Klar. Ich bin Familie. Wie geht es ihr?

Ihr Zustand ist stabil.

Kann ich mit ihr reden?

So stabil auch wieder nicht.

Die Krankenschwester schreibt meinen Namen auf. Verspricht, Maru von mir zu grüßen. Ich bedanke mich und pinge noch mal Kristina an. Sie hebt nicht ab. Ich kontaktiere Lucas. Bitte lass ihn antworten. Er antwortet.

Rede mit mir, Mann. Wie geht's Emi?

Alles gut. Sie ruht sich aus, antworte ich. Und dir?

Mache gerade etwas Krisenmanagement.

Nachdem uns die Öffentliche Sicherheit aus der Bucht von Nuuk gefischt hatte, war Lucas schnurstracks in Tundras medizinische Abteilung geeilt. Dort ticken gerade alle aus, erzählt er mir jetzt, weil Dani Te sich bei der Flucht aus dem Gedränge einen Finger gebrochen hat.

Wurfhand?, frage ich.

Natürlich, sagt er.

Physiotherapeut und Massagetherapeut und Mannschaftstherapeut – alle schwirren um sie rum und warten auf Röntgenbilder und stressen rum wegen der Playoffs, erklärt er.

Zum Glück wissen wir, was unsere Prioritäten sind, sage ich.

Er lacht.

Hast du den Feed gecheckt?, frage ich.

Ja. Was soll ich sonst machen.

Ich hab was für dich.

Was denn?

Meine Nachbarin, die mit uns in der Box war …

Abteilung Miami, sagt er.

Maru. Sie wurde ziemlich übel zugerichtet. Liegt im Seaport-General-Krankenhaus. Klingt wie ein Irrenhaus da. Kannst du beantragen, sie in die medizinische Abteilung der Mannschaft transferieren zu lassen?

Und damit Ressourcen von Tes Finger abziehen?

Guter Punkt, vergiss es.

Lucas lacht. Sagt, er kümmert sich. Sagt, er hat eine Frage.

Schieß los, sage ich.

Kristina hat dich angepingt.

Das ist keine Frage, sage ich und gebe mir Mühe, meine Stimme nicht zittern zu lassen. Ich lehne mich gegen die Küchenarbeitsfläche und reibe mir die Augen.

Was hat sie gesagt, Larch?

Nichts. Du kennst doch Kristina. Sie war sauer, dass wir da waren.

Klar, sagt Lucas nach einer gefühlten Ewigkeit.

Wir verabschieden uns. Ich wechsle wieder rüber zu MemeFeed. Was ist heute passiert? Niemand weiß es.

Aber natürlich ist das nicht die ganze Wahrheit.

Ich höre wieder Kristina, wie sie mich anfleht, mir Emi zu schnappen und abzuhauen.

Meine große Liebe.

Erneut pinge ich sie an. Dann pinge ich die Gowanus-Außenstelle an, wo sie ihren Extraktionsdienst leistet. Ich erreiche sie nicht. Erreiche niemanden. Nur einen KI-Telefonisten, der mich in den Wahnsinn treibt, weil er mir einen frohen Tag Null wünscht und mich darüber informiert, dass alle Anträge auf eine Verlegung nach Gowanus persönlich erfolgen müssen, aufgrund des überwältigenden Andrangs. Wieder pinge ich Kristina an.

Meine Liebe. Wir sind in Sicherheit. Wo bist du?

Dann lege ich mich zu Emi. Ich zittere.

Später in der Küche überrascht mich Emi. Sie kommt barfuß mit einer Decke über den Schultern und ihren Kopfhörern um den Hals hereinspaziert und verkündet, als wäre nichts dabei: Riecht gut, kann ich was davon haben?

Ich bin dabei, Lappentang für eine Misosuppe einzuweichen und in Würfel zu schneiden, Frühlingszwiebeln zu hacken und mit Lauch zu sautieren. Gewürfelten Tofu zu marinieren. Spaghettikürbis für die Beilage auszuhöhlen. Mehr Essen, als jemand alleine essen könnte, aber Küchentherapie funktioniert wirklich.

Ich stelle Emi sofort eine Schüssel hin, bevor sie ihre Meinung ändern kann. Versuche nicht zu glotzen, als sie einen Löffel nimmt. Fast sage ich etwas Ermutigendes, aber sie ist fünfzehn und ich weiß es inzwischen besser. Stattdessen mache ich einen auf lässig, während sie vor sich hin schlürft. Ich erkläre ihr, dass Maru sich im Krankenhaus erholt. Berichte ihr von sämtlichen Nachrichten. Sie wird es ohnehin rausfinden. Besser, sie hört es von mir.

Sie schluckt was runter und fragt mit tonloser Stimme: Ist Mom tot?

Ich verschlucke mich fast an einem Lauch und zähle noch einmal die Fakten auf. Es gab keine Angriffe in New York. Mom ist okay.

Warum hat sie uns dann nicht angepingt?

Das wird sie noch.

Emi legt ihren Löffel weg. Sie hat nur die Brühe gegessen. Sie starrt den übrig gebliebenen Tofu und das Gemüse an, als wären sie schuld an dem, was passiert ist.

Also *könnte* Mom tot sein, sagt sie.

Emiliana. Hör auf, so etwas zu sagen.

Du hast keinen Beweis, dass sie nicht tot ist.

Em …

Plötzlich hechtet sie nach meinem Bildschirm. Schmeißt dabei meinen Tee um. Ich nehme einen Lappen, um den Tisch zu wischen, während sie versucht, ihre Mutter zu erreichen. Dann versucht sie es noch mal. Und noch mal.

Sie hat uns gewarnt, sagt Emi. Sie hat uns gesagt, wir sollen abhauen.

Emi denkt dasselbe wie ich und Lucas, aber im Gegensatz zu uns Erwachsenen streift sie das Thema nicht nur. Sie zielt direkt aufs Herz.

Sie wusste, was passieren würde, sagt sie.

Das wissen wir nicht.

Warum würde sie uns sonst genau in dem Moment warnen?

Intuition?

Was meinst du damit, Intuition?

Ein Bauchgefühl.

Emi musterte mich von der anderen Seite des Tischs, als könnte sie sich nicht entscheiden, ob ich mit diesem Bullshit versuchte, *sie* zu beruhigen oder mich selbst. Um ehrlich zu sein: Ich kann's nicht sagen. Vielleicht ein bisschen von beidem.

Dann werden ihre Augen abwesend, als würde alles, was heute passiert ist, erneut vor ihrem inneren Auge ablaufen. Sie läuft ins Badezimmer. Ich höre sie kotzen. Ich gehe hinterher und presse meine Stirn gegen die kühle Tür. Atme ein. Atme aus. Klopfe.

Em? Geht's dir gut?

Die Klospülung rauscht. Der Wasserhahn läuft.

Sie kommt wieder raus, ihr Haar zu einem strengen Zopf zurückgebunden. Schiebt sich sanft an mir vorbei und schlüpft an der Haustür in ihre Schuhe. Ich muss nach Alice schauen, sagt sie.

Alice?

Marus Katze. Jemand muss sie füttern.

Emi hat im vergangenen Jahr die Fähigkeit entwickelt, sich mit einem Wimpernschlag von einem Kind in eine Frau zu verwandeln. Es ist das Alter. Ich sollte mich inzwischen daran gewöhnt haben, hab ich aber nicht.

Brauchst du Hilfe?, frage ich.

Du kannst mitkommen, wenn du magst.

Ich starre diese junge Frau mit dem Gesicht meiner Tochter an.

Dad?, sagt sie. Wenn du mitkommen willst, dann los.

Marus Wohneinheit liegt acht Ebenen unter unserer, aber sie hat ein Helio-System, um Tageslicht zu trichtern. Ich bin inzwischen so selten unterirdisch unterwegs, dass ich vergessen hatte, wie gut Glasfasern funktionieren: Als Emi uns mit ihrem Ersatzschlüssel die Tür aufschließt, bin ich kurz geblendet – die Wohnung ist lichtdurchflutet.

Ich blinzele und kneife die Augen zusammen, Emi hebt währenddessen Alice vom Boden auf. Die Katze hört nicht auf zu miauen. Emi knuddelt sie. Murmelt ihr ins Fell. Öffnet eine Tüte Trockenfutter. Füllt frisches Wasser in ihre Schale. Krault ihr den Rücken und die Schwanzwurzel.

Marus Einheit ist sparsam eingerichtet und sehr ordentlich, als hätte sie das Corps nie verlassen – was sie gedanklich vielleicht wirklich nie hat, wird mir jetzt klar. Gerahmte Medaillen und Urkunden. Screenshots von Artikeln, in denen die Abteilung Miami gepriesen wird. Direkt neben der Tür ein Notfallrucksack. Ein Kanister mit einer Gallone Trinkwasser. Eine Jumbopackung Reis. So viele, die die Krise durchlebt haben, haben sich danach nie wieder sicher gefühlt. Nicht mal hier in Nuuk. Maru und Kristina könnten nicht unterschiedlicher sein, aber diese Sorge teilen sie womöglich: dass das Schlimmste noch nicht überstanden ist. Und nach allem, was heute passiert ist? Vielleicht haben sie recht.

Neben Marus Notfalltasche steht ein Bücherregal, das mit Schnulzenromanen vollgestopft ist. Ich fummele einen heraus. Das Coverdesign ist nicht direkt pornografisch, aber nah dran.

Ich hatte keine Ahnung, dass Maru so ein Bücherwurm ist.

Emi sagt mir, ich soll nicht rumschnüffeln. Sie säubert das Katzenklo und lässt Alice dann einem Federspielzeug an einer Schnur hinterherjagen.

Ich schaue zu und schaffe es mit fast schon heldenhafter Willenskraft, nicht auf meinen Bildschirm zu blicken.

Du machst das toll, wie du dich um sie kümmerst, sage ich.

Ist ganz leicht.

Nicht für jeden. Du bist ein von Natur aus fürsorglicher Mensch, Em. Fürsorglich und verantwortungsbewusst.

Danke.

Na ja, ist halt so. Du bist einfach unglaublich. Das weißt du, oder?

Prompt steigen mir die Tränen in die Augen. Normalerweise sind Emi und Kristina beide da, um mich zu triezen, wenn mich plötzlich mal wieder meine Emotionen überschwemmen. Aber jetzt ist es nur Emi. Sie bemerkt, wie ich mir mit einem Knöchel über die Augen wische.

Was ist? Hast du von Mom gehört?

Ich schüttele den Kopf und setze mich auf Marus Couch.

Was dann? Was ist los?

Ich kann es nicht laut aussprechen.

Bist du wütend auf sie?, fragt Emi.

Wütend? Ich bin nicht wütend.

Ich wünschte, sie würde uns anpingen.

Das wird sie. Wir müssen einfach Geduld haben.

Emi setzt sich auf die Couch und lehnt sich an mich. Den Kopf auf meiner Schulter. Die Hand auf meinem Arm. Alice springt ihr auf den Schoß. Emi kümmert sich um zwei Lebewesen gleichzeitig. Was eine unfaire Verantwortung ist, aber sie ist gut darin. Und das ist eine weitere Form von Therapie – sich um etwas anderes kümmern als sich selbst.

Wir könnten Maru besuchen, während wir warten, sagt Emi. Bringen wir ihr was zu essen.

Siehst du?, sage ich, werfe die Hände in die Luft und verliere fast wieder die Fassung.

Was soll ich sehen?

Dich! Alles!

Sobald Alice gefüttert ist, gehen wir heim, um Essen für Maru zu holen. Emi meint, Misosuppe wäre das Beste. Aber als wir aus dem Aufzug steigen und um die Ecke kommen, bremse ich abrupt. Vor unserer Einheit warten ein Mann und eine Frau. Die Frau klopft an unsere Tür. Probiert die Klinke. Ruft durch die Tür.

Mrs. Vargas?

Ich berühre Emis Arm, damit sie stehen bleibt, aber der Mann hat uns schon gesehen. Er berührt den Arm der Frau, als würde er mich spiegeln. Sie schaut auf.

Mr. Brinkman! Sie lächelt.

Eine Stimme in meinem Kopf rät mir, der Frau zu sagen, dass ich nicht der bin, für den sie mich hält, und einfach weiterzugehen. Meine eigene Stimme sagt jedoch: Kann ich Ihnen helfen?

Fallmanagerin Rachel Min, sagt die Frau.

Byron Rich, sagt der Mann. Er greift in seine Jacketttasche und zückt kurz eine Marke: Öffentliche Sicherheit. Er ist etwa so groß wie ich, aber breiter. Ein Brustkorb wie ein Fass. Geschorener Kopf. Min reicht ihm nur bis zu den Schultern. Halb so breit wie er. Ihr Haar ist in einem kantigen Bob geschnitten. Beide tragen Anzüge.

Du musst Emiliana sein, sagt Min.

Emi nickt. Ich fasse nach ihrer Hand.

Alles in Ordnung?, frage ich.

Kommt darauf an, wen sie fragen, sagt Rich und steckt seine Marke wieder ein. War ein irrer Tag, oder?

Wir hatten gehofft, mit Mrs. Vargas sprechen zu können, sagt Min. Kristina. Ist sie zu Hause?

Einerseits überrollt mich eine Welle der Erleichterung, weil sie nicht gekommen sind, um Kristina als verletzt zu melden. Oder Schlimmeres. Aber diese Welle zieht sich sofort wieder zurück, denn: Warum sind sie dann hier?

Mit ihr sprechen? Worüber?

Ist sie zu Hause?, fragt Min.

Sie arbeitet.

Am Tag Null, sagt Rich.

Irgendjemand muss ja, sage ich ihm – Wort für Wort, was Kristina sagen würde.

Sie hat die meisten Freiwilligenstunden von allen Anwohnern der Norsaq Plaza, fügt Emi hinzu.

Also leistet sie gerade Freiwilligendienst, sagt Rich. Sie arbeitet nicht.

Freiwilligendienst ist Arbeit, sagt Emi – schon wieder Kristinas Worte.

Wo leistet sie ihren Dienst?, fragt Min.

Auf einer Farm, sage ich und drücke Emis Hand, bevor sie irgendwas über New York hinzufügen kann. Ich habe die Entscheidung so schnell getroffen, dass sie eher einer Instinkthandlung als einer Entscheidung gleicht: Es ist mir instinktiv egal, was Kristina über die Anschläge weiß. Oder was die Öffentliche Sicherheit glaubt, dass sie weiß. Mich kümmert in diesem Moment nur Kristina selbst. Und wie mein Instinkt sich jedes Mal nach ihr richtet, wenn's drauf ankommt – das kümmert mich. Denn es zeigt, dass wir immer noch ein Team sind. Natürlich sind wir das. Gleichzeitig wird mir schlecht vor Reue. All die vergeudeten Jahre.

Ein Neuanfang. Das ist alles, was ich will. Und Katastrophen –

mit all ihren Schrecken – bieten oft genau das. Wie ein Waldbrand. Tabula rasa. Ich drücke Emis Hand noch fester.

Welche Farm?, fragt Rich und zieht seinen Bildschirm raus.

Das weiß ich nicht.

Sie wissen nicht, wo Ihre Frau am Tag Null ist?

Nö. Was spielt das für eine Rolle?

Hat sie während des ganzen Übergangs bei der Abteilung Phoenix gedient?, fragt Min.

Dreiundzwanzig Einsätze, sagt Emi.

Wow. War sie dabei je im Ausland?

Südamerika, sagt Emi und schaut mich an. Richtig?

Was spielt das für eine Rolle?, frage ich erneut.

Sie wissen, was heute passiert ist, sagt Min.

Wir waren dort. Was hat das mit meiner Frau zu tun?

Wie lang ist sie schon bei den Furien involviert?, fragt Rich.

Bei den was?

Wann haben Sie zuletzt mit ihr gesprochen?, fragt Min.

Geht es ihr gut oder nicht?

Genau das versuchen wir rauszufinden, sagt Min. Bitte. Wir versuchen zu helfen.

Wie oft reist sie ins Ausland?, fragt Rich.

Nach New York?

Nein, nicht New York, sagt Rich. Johannesburg. Puerto Montt. Yellowstone. Ausland.

Die Frage erwischt mich wirklich auf dem falschen Fuß. Ich antworte ehrlich: Nie.

Erzählen Sie uns mehr über den Extraktionsdienst Ihrer Frau, sagt Rich. Macht sie den immer in Gowanus?

Ja, sagt Emi.

Nein, sage ich. Manchmal. Warum?

Haben Sie Eheprobleme?, fragt Min.

Was das betrifft, sage ich langsam, geht Sie das einen Scheißdreck an.

Plötzlich Eiseskälte im Gang. Von ein paar Türen weiter hört man eine Nachrichtensendung. Einen Mixer. Gelächter. Jemand, der dem Klang nach zu urteilen Cello übt. Manchmal finde ich es etwas bedrängend, in solcher Nähe zu so vielen Leuten zu leben. Jetzt gerade nicht. Ich bin dankbar für die vielen Nachbarn. Ich drücke Emis Hand und frage die Fallmanager, ob's das war: Sind wir hier fertig?

Min schiebt sich eine Haarlocke hinters Ohr und entschuldigt sich. Wir wollten nicht unsensibel sein, Mr. Brinkman. Wir sind erschöpft.

Da geht's Ihnen wie uns, sage ich.

Was ist mit deinen Armen passiert, meine Liebe?, fragt sie Emi.

Emi blickt auf ihre Bandagen. Blickt zu mir.

Sie ist die Meeresmauer hochgeklettert, sage ich. Wir mussten springen.

War deine Mom bei dir?, fragt Min.

Das habe Ihnen doch schon erklärt, sage ich. Sie arbeitet.

Macht Freiwilligendienst, korrigiert Rich. Auf einer unbekannten Farm.

Jep, sage ich.

Meine Liebe, hast du heute schon mit deiner Mom gesprochen?, fragt Min.

Hören Sie auf, mit ihr zu reden, sage ich. Sie richten Ihre Fragen an mich. Verstanden?

Rich verschränkt die Hände und neigt den Kopf: Sie wirken aufgebracht. Alles gut bei Ihnen?

Wir haben heute gesehen, wie Menschen erschossen wurden. Wir wären fast gestorben. Natürlich ist bei mir *nicht* alles gut.

Larch, wir haben uns hier alle auf dem falschen Fuß erwischt, sagt Min. Wir sind nicht gekommen, um irgendjemanden in Schwierigkeiten zu bringen. Wir wollen nur dafür sorgen, dass alle sicher sind. Ihre Frau eingeschlossen. Das ist unser Job. Darum sind wir hier.

Und ich wünsche Ihnen dabei viel Erfolg, sage ich.

Zu viert stehen wir regungslos da. Wieder werfen sie sich einen Blick zu. Die Aufzugtür klingelt, die Tür gleitet auf, dahinter eine Lieferantin. Wir alle lächeln und nicken, als sie einen mit Paketen vollgestapelten Wagen an uns vorbeischiebt. Sie biegt um die Ecke. Min schaut Rich an und zuckt mit den Achseln. Er gräbt in seiner Tasche nach einer Visitenkarte. Sagt mir, ich solle sie kontaktieren, sobald Kristina zurückkehrt. Von der Farm.

Ich nehme die Karte. Konzentriere mich darauf, dass meine Hand nicht zittert.

Sie arbeiten für Tundra, sagt Rich.

Ich nicke.

Glauben Sie, wir ziehen's diese Saison noch mal durch?

Ich bin optimistisch, sage ich.

Ich nicht, sagt Rich. Ich gehe immer vom Schlimmsten aus.

Du hast sie angelogen!, zischt Emi, als wir in der Wohnung sind. Du hast die Öffentliche Sicherheit angelogen!

Sie ist schockiert, aber ich spüre auch einen Schuss Häme.

Nein, habe ich nicht. Könnte doch sein, dass Mom auf einer Farm arbeitet. Wir können nicht mit Gewissheit sagen, dass sie das nicht tut.

Wenn die Öffentliche Sicherheit sie sucht, muss sie in Schwierigkeiten sein.

Das stimmt nicht, Em. So funktioniert das nicht. Sie stellen nur Fragen.

Das ist alles geisteskrank, sagt sie und hebt ein Glas vom Tresen. Setzt es wieder ab. Total geisteskrank.

Sie ist aufgebracht. Und das bringt *mich* auf. Ich schalte auf Autopilot. Stelle den Wasserkocher auf neunzig Grad. Zerkleinere mit meinem Stößel etwas getrocknete Kamille mit ein wenig Magnesiumkarbonat. Teile die Mischung gleichmäßig auf zwei Tassen auf. Halbiere mit einem schwungvollen Messerhieb eine Zitrone. Presse die Zitronenhälften aus und gieße das Ganze mit heißem Wasser auf, als der Wasserkocher klickt.

Ich muss die Nachrichten checken, sagt Emi, kann ich deinen Bildschirm benutzen?

Trink das erst, sage ich und reiche ihr den Beruhigungstee und meinen Bildschirm. Sie nimmt beides mit auf ihr Zimmer. Ich befülle gerade ein Gefäß mit Misosuppe für Maru, als ich ein Klopfen höre. Eine hohe Stimme.

Mrs. Brinkman?

Wer ist da?, frage ich leise durch die Tür, damit Emi mich nicht hört.

Fallmanagerin Willis. Öffentliche Sicherheit.

Ich öffne die Tür einen Spalt.

Eine Frau mit glattem gebleichtem Haar hält eine Marke hoch: NUUK ÖFFENTLICHE SICHERHEIT.

Sie waren doch eben schon da, sage ich.

Sie blinzelt. Wer war eben hier?

Öffentliche Sicherheit, sage ich. Min und Rich. Zwei Fallmanager.

Ich fische in meiner Tasche nach der Visitenkarte. Sie wirft einen verwirrten Blick darauf.

Captain Rich? Captain Rich war hier oben? Sind Sie sicher?

Riesiger weißer Kerl?

Das ist er. Hm. Wer war bei ihm?

Min, sage ich. Rachel Min. Asiatische Frau. Kleiner. Dünn.

Willis zuckt mit den Schultern. Nie von ihr gehört. Sie schüttelt den Kopf. Murmelt etwas.

Was?, frage ich. Wo ist das Problem?

Kein Problem. Es ist nur irritierend. Richs Revier ist ziemlich weit stadtabwärts, beim Kalaallit-Viertel. Die Führungsebene wirkt seit den Ereignissen heute recht kopflos. Schickt überall Leute hin. Mir soll's recht sein. Wünschte nur, jemand hätte es mir gesagt. Ist doch Zeitverschwendung, doppelt an manche Haustüren zu klopfen, so wie jetzt. Nichts gegen Sie.

Hab ich auch nicht so aufgefasst, sage ich.

Sie reicht mir die Visitenkarte zurück. Ich stecke sie in meine Tasche und lasse meine Hand dort, damit sie sie nicht zittern sieht. Ich würde so gerne glauben, dass Captain Rich nur aufgrund irgendeiner bürokratischen Fehlplanung vor meiner Tür stand. Ich würde so gern glauben, dass Fallmanagerin Willis nur deshalb noch nie von Fallmanagerin Min gehört hat, weil Nuuks Abteilung für Öffentliche Sicherheit so groß ist. Aber sofort ploppen andere Erklärungen in meinem Kopf auf. Und mir ist völlig klar, dass diese Erklärungen wahrscheinlicher sind.

Na ja, seufzt Willis und zieht ihren Bildschirm raus, dann bringen wir's hinter uns.

Sie geht mit mir ähnliche Fragen durch wie zuvor Min und Rich. Aber kein Wort zu Gowanus. Nichts zu Emi. Sie nennt Kristina ständig *Mrs. Brinkman* – als hätte Kristina meinen Namen angenommen. Sie weiß nicht mal halb so viel über uns wie Min und Rich.

Bevor sie geht, frage ich: Hey, machen Ihre Leute das immer?

Was?

Ihre Marke zeigen, wenn Sie anklopfen?

Natürlich, sagt sie. Wie sollen Sie sonst wissen, dass wir die sind, für die wir uns ausgeben?

Nachdem ich die Tür geschlossen habe, wische ich mir als Erstes die Handflächen an meiner Hose ab. Dann inspiziere ich die Visitenkarte. CAPTAIN BYRON RICH. ÖFFENTLICHE SICHERHEIT NUUK. Emi hat meinen Bildschirm in ihrem Zimmer, also benutze ich den Wandbildschirm, um damit die Öffentliche Sicherheit anzupingen – nicht die Nummer auf der Karte, sondern eine allgemeine Durchwahl, keine Notfallhotline. Ich frage nach Captain Byron Rich. Einen Moment, sagt der Empfang und stellt mich durch. Ich lege auf und versuche es noch mal. Und nun frage ich nach Fallmanagerin Rachel Min.

Der Empfang informiert mich, dass sie niemanden unter diesem Namen im Verzeichnis haben.

Ich öffne Emis Tür. Sie sitzt im Schneidersitz auf ihrem Bett, meinen Bildschirm im Schoß. Der Tee unberührt auf ihrem Nachttisch. Ich sage ihr, sie soll eine Tasche packen. Nur für heute Nacht.

Dad?

Wir übernachten in Marus Wohnung, sage ich. Damit wir uns um Alice kümmern können. Das wird lustig.

Ich versuche dabei so gelassen und aufgeräumt zu klingen wie möglich. Könnte besser laufen.

Dad?, sagt sie erneut.

Leg los. Komm schon. Beeil dich.

Ich laufe in die Küche und fülle meine lederne Messertasche mit so vielen Messern, wie sie Köcher hat, dazu meinen Lieblingsspachtel und meinen Schneebesen. Ich rolle die Tasche zusammen. Schließe die Verschlüsse. Nehme eine Stofftasche aus einer Schublade und werfe eine Vakuumtüte mit Nori und eine mit Gemüsealgen und eine Streichholzschachtel Safran hinein, die mir Kristina vor einer Million Jahren geschenkt hat. Als Nächstes greife ich ganz tief in den Kühlschrank nach meinem Sauerteig und meinen Joghurt-Kulturen. Doch dann erinnere ich mich an meine Back-ups in der Tundra-Küche und entscheide mich dagegen. Was brauche ich noch? Ich blicke mich um. Atme ein. Atme aus. Ich halte mich gerne für die Art Mann, der in einer Notfallsituation klar denkt und rational handelt. Aber jetzt gerade rast mir immer wieder dieser eine Gedankenfetzen durch den Kopf: Min und Rich wissen, wo wir leben. Wo ich arbeite. Wo Kristina Extraktionsdienst macht.

Emis Namen. Und Rich hatte eigentlich nichts vor unserer Tür zu suchen. Und Min war nicht die, für die sie sich ausgegeben hat. Natürlich könnten beide trotzdem bei der Öffentlichen Sicherheit sein. Sie könnten aber auch für jemand ganz anderen arbeiten.

Dad, sagt Emi, steht in der Tür.

Wo ist deine Tasche? Emiliana! Leg den verdammten Bildschirm weg und fang an zu packen.

Ich versuch dir was zu zeigen.

Nicht jetzt.

Aber schau!

Sie hält mir den Bildschirm hin. Ich nehme ihn.

Wir alle wissen, wie sich Verlust anfühlt.
Wir alle wissen, was passiert ist.
Wir alle wissen, dass Angehörige, die eigentlich bei uns sein sollten, nicht mehr da sind.
Wir alle wissen, dass das alles nicht hätte geschehen müssen.
Wir alle wissen, wer das verursacht hat.
Wir alle wissen, wer die Macht hatte, es zu verhindern.
Wir alle wissen, wer nichts unternommen hat.
Wir alle wissen, wer nicht nur nichts, sondern das Gegenteil unternommen hat.
Wir alle wissen, wer uns hingehalten und getäuscht hat.
Wir alle wissen, wer das aus Profitgier getan hat.
Wir alle wissen, das war das bösartigste Verbrechen in der Geschichte der Menschheit.
Wir alle wissen, wen man zur Verantwortung hätte ziehen sollen.
Wir alle wissen, wer nicht zur Verantwortung gezogen wurde.
Wir alle wissen, wer diese Leute sind.
Wir alle wissen, dass die Erde unser einziges Zuhause ist.
Wir alle wissen, es gibt nichts sonst, wo man sich verstecken kann.

Heute, in Anbetracht ihrer persönlichen und vorsätzlichen Verantwortung für die Klimakrise, wurden dreizehn Kriminelle verurteilt und hingerichtet.
Morgen führen wir diese Arbeit fort.
Wir sind die Furien.
Wir sind die Stimme derer, die niemals vergessen.

Mom hat das geschrieben!, platzt Emi heraus.

Leise!, zische ich und blicke zur Wohnungstür. Sag das nicht! Das ist MemeFeed. Da könnte buchstäblich jeder dahinterstecken.

Es ist wahr, dass Emi und ich diese Worte in verschiedenen Variationen schon oft gehört haben. An unserem Esstisch, während unzähliger Abendessen. Auf Märschen, durch ein Megafon gebrüllt. Als Argumente, bei Wahlkampfdebatten für den Führungsrat von Nuuk. Was aber alles rein gar nichts beweist, erinnere ich Emi. Die Leute sagen so was seit dem Übergang. Sogar schon lange davor. Sogar ich rede so, wenn ich wütend bin.

Was sind die Furien?, fragt Emi und lädt den Bildschirm neu.

Ich weiß es nicht.

Die Fallmanager sagen, Mom ist bei denen dabei.

Falsch. Sie haben gefragt. Und die Antwort ist nein. Natürlich ist sie nicht dabei.

Woher willst du wissen, dass sie nicht dabei ist, wenn du nicht mal weißt, wer die Furien sind?

Das Einzige, was ich weiß, Em, ist, dass wir eine Tasche packen und gehen müssen. Sofort.

Sie beschließt, mich zu ignorieren. Sie lädt den Bildschirm neu und liest laut aus den Subthreads vor, die vom Originalmanifest abzweigen. Wusste ich, dass der hingerichtete Ex-Außenminister der CEO einer PR-Firma für das American Petroleum Institute war? Oder dass der Vorsitzende des Skandinavischen Staatlichen

Übergangsfonds auch Norwegens staatlichen Ölkonzern leitete? Oder dass dem Saudischen Prinzen das königliche Ölgeschäft gehörte, bevor sie auf Solarenergie umstellten?

Glaub nicht alles, was auf MemeFeed steht, erinnere ich sie. Jeder kann da posten, was er will. Und du weißt, dass nichts davon einen Mord rechtfertigt, oder? Egal, wer diese Opfer waren. Das weißt du, Em?

Na ja. Lieber die als normale Menschen, sagt sie mit einem Achselzucken.

Ich schlage mir die Hände vors Gesicht. Atme ein. Atme aus. Jetzt gehören also auch die Saudis auf die Liste der Gruppen, für die Rich und Min möglicherweise arbeiten. Panik ertränkt meine Gedanken. Ich bin wieder zurück auf der Esplanade – Furcht schaltet alle Regionen des Gehirns ab, bis auf das Echsenhirn, das dir kreischend befiehlt, deine Liebsten zu packen und wegzulaufen.

Neuer Plan, sage ich. Pack für ein paar Tage. Sofort.

Okay, sagt Emi, ohne vom Bildschirm aufzuschauen.

Jetzt!, brülle ich. Ich reiße ihr den Bildschirm aus den Händen, schiebe sie in ihr Schlafzimmer und befehle ihr zu packen. Dann knalle ich ihre Tür zu und marschiere in die Küche, um Lucas anzupingen. Er geht sofort ran.

Alter, bist du im Feed?, fragt er. Kriegst du das alles mit? Klingt schrecklich vertraut.

Lucas hat so oft mit uns am Küchentisch gesessen. Er kennt Kristinas Meinungen so gut wie jeder andere. Ich erzähle ihm, dass Fallmanager hier waren, um mit ihr zu sprechen.

Öffentliche Sicherheit?, fragt er.

Ein Missverständnis, sage ich. Sie macht Freiwilligendienst auf einer Farm. Du kennst sie. Sie ist voller Leidenschaft. Aber auf so was würde sie sich nie einlassen. Nicht Kristina.

Ich betone jedes meiner Worte so sorgsam, als würde ich aus einem Skript vorlesen, damit Lucas weiß, dass er vielleicht nicht der einzige Zuhörer ist. Ein paar Momente vergehen. Ich hätte gerne seine Einschätzung zu Rich und vor allem Min. Aber nicht jetzt. Nicht über Bildschirm. Jetzt gerade brauche ich seine Hilfe. Drei Jahrzehnte lang habe ich in meinem Kopf immer wieder meinem Vater hinterhergestarrt, wie er im Boot von mir wegrast, habe den Außenbordmotor brüllen gehört, während mein Vater seine letzte Reise zur Küste machte. Seit dreißig Jahren eilt er zu meiner Mutter. Entscheidet sich für sie und lässt mich zurück. Aber jetzt fühlt es sich plötzlich anders an. Ich spüre es in meinem Körper, so wie er es damals gespürt haben muss – es war keine kalkulierte Entscheidung, die ihn ins Feuer schickte, sondern etwas Urzeitliches, ein Instinkt, der heiß durch seine Adern floss. Er *musste* zu ihr. Er konnte nicht auf der Granitkante warten und zusehen, wie seine Frau einsam verbrannte. Auf einmal verstehe ich das. Weil ich jetzt spüre, dass Kristina in Gefahr ist. Die Mutter meiner Tochter. *Meine große Liebe.* Ich muss zu ihr. Ich habe keine Wahl. Der einzige Unterschied ist, dass ich mein Kind nicht im Stich lassen werde. Emi ist nicht stark genug, um allein auf dem Granitvorsprung zu überleben. Der Vorsprung ist nicht sicher. Zusammenhalten ist Sicherheit. Familie ist Sicherheit. Und das bedeutet: Wir alle drei.

Bist du noch da?, fragt Lucas.

Bin da, sage ich.

Sie haben eure Nachbarin hier eingeliefert. Sie schläft wie eine Königin.

Danke, sage ich und komme direkt zum Punkt: Ist unser Flugzeug im Hangar?

Unser Flugzeug?

Der Tundra-Flieger. Ist er da?

Lass mich nachschauen.

Der Bildschirm wird kurz schwarz, dann ist Lucas zurück: Ist da.

Großartig. Hattest du nicht eine Reise geplant diese Woche?

Talentsuche? War da nicht eine Spielmacherin, die du dir unbedingt anschauen wolltest?

Das ist nächste Woche.

Nein, ich glaube, das war diese Woche. Und ich finde, Emi und ich sollten mitkommen. Zum Spaß.

Ich kann nicht einfach den Flieger nehmen, Mann.

Natürlich können wir das. Es ist unser Flieger. Wir sind eine Kooperative.

Eine Kooperative mit einer Satzung und einem Beirat und einem Aufsichtsrat.

Und das letzte Mal, als ich nachgeguckt habe, warst du Vizepräsident für Talentsuche und Spielerentwicklung mit einem Sitz im Beirat.

Larch.

Bitte Lucas. Für Emi.

Lucas schweigt. Dann sagt er: Verdammt – du hast recht. Normalerweise vergesse ich nie das Datum einer wichtigen Talentsuchereise. Ist mir total entfallen, dass das diese Woche war. Du hast recht.

Danke. Danke dir. Wann können wir los? Heute Nacht?

Der Flieger wird gerade aufgeladen.

Morgen früh dann. Ganz früh.

Bringst du mich gerade in Schwierigkeiten, Larch?

Wir machen nichts Falsches.

Mehr wollte ich nicht hören.

Wohin geht es?, fragt mich Emi, als ich den Bildschirm weglege. Sie steht in der Tür zur Küche, eine Tasche über der Schulter.

Auf eine Reise.

Zu den Geofarmen?

Nein. Andere Richtung. Wir suchen Mom.

9 LARCH

EIN WEITVERBREITETER IRRTUM IM HINBLICK AUF WALDbrände ist, dass sie alles auf ihrem Pfad verbrennen. Falsch. Ein Waldbrand – sogar ein großer Waldbrand – ist kein Rasenmäher. Eher eine Motorsense, die sich nicht entscheiden kann. Die Feuerfront bewegt sich zu schnell, um den ganzen Brennstoff zu verschlingen, über den sie dabei hinwegfegt. Die wirkliche Gefahr geht von den Funken aus, die wie eine randalierende Vorhut vorausgeschickt werden – Heißsporne, Funkenflug, wie auch immer man sie nennt. Aber selbst die sind nicht immer gründlich. Irgendwas rutscht ihnen immer durch:

Zwei Pfirsichbäume hinter der Hütte, in der wir immer die Ware verpackten.

Die Hütte selbst.

Der Honda in der Einfahrt.

Du kannst natürlich allerlei Bedeutungen hineinlesen in die Frage, warum das Feuer die eine Sache verschont hat und eine andere nicht. Aber der Gedanke ist zwecklos und erschöpfend. Glaub mir. Es ist besser, jeden Freispruch, den das Feuer gewährt, einfach dankend anzunehmen: als kleine Chance für einen Neuanfang.

Nach dem Feuer blieb ich noch eine Weile an der Granitsteinküste, die früher mal mein Zuhause gewesen war. Trank abgestandenes Regenwasser aus der Zisterne. Verdarb mir den Magen mit Pfirsichen. Füllte Eimer mit Meerwasser, um die winzigen blauen Flammen zu löschen, die immer wieder aus verkohlten Baumstämmen und Wurzeln erblühten. Das Feuer hatte unsere Verpackungshütte verschont – und damit das ganze Inventar der vergangenen Saison. Die Kundenliste hing noch genau da, wo mein Vater sie an die Wand gepinnt hatte. Ich wusste nicht, was ich tun sollte. Also fing ich wieder an zu arbeiten.

Das Quietschen der Klebebandrolle. Das spröde Knacksen von getrocknetem Seetang. Das vorsichtige Tarieren der Waage. Das waren meine Tage. Der Geruch von Meeresalgen und Pappe und Toner – stark genug, um den Geruch von Teeröl zu übertünchen, der draußen in der Luft hing. Ich schrubbte den Ruß von der Solaranlage auf der Hütte und ersetzte ein geschmolzenes PV-Kabel. So hatte ich genug Strom für Musik und die Etikettierungsmaschine und das Ladegerät der Kettensäge, die ich brauchte, um die umgefallenen Bäume aus der Einfahrt zu räumen. Sobald der Himmel den Sonnenuntergang ankündigte, wusch ich mich im Ozean und schloss ich mich in der Hütte ein, bevor die Moskitos die Jagd eröffneten. Die Nächte verbrachte ich damit, die Zähne der Kettensäge zu schärfen. Pfirsiche zu essen. Einzunicken, während Taylor Swift und Valerie June die PV-Batterien leer saugten.

Das Feuer war in das Haus eingedrungen, das mein Großvater einst gebaut hatte, hatte es einstürzen lassen und in zweidimensionale Schlacke verwandelt. Es gab nichts zu retten. Es gab nichts zu reparieren. Das Dach war jetzt der Boden. Eine Matte aus geschmolzenen Asphaltziegeln, unter der irgendwo meine Eltern begraben lagen. Das einzige Relikt, das überlebt hatte, war der Kamin. Er erhob sich wie ein Grabstein aus dem Schutt. Wenn ich von der Einfahrt zur Packhütte ging, blieb ich manchmal vor dieser Ruine stehen. Ließ dieses seltsam geometrische Muster der Zerstörung vor meinen Augen verschwimmen. Ich habe nie darin rumgebuddelt. Eine Ausgrabung hätte nichts gebracht. Und wollte ich wirklich sehen, was ich dabei vielleicht entdeckt hätte? Wollte ich nicht. Außerdem hatte ich Arbeit zu erledigen.

Aber irgendwann kam der Tag, als alle Arbeit erledigt war. Keine weiteren Bestellungen, die verpackt werden mussten. Die Einfahrt war frei von Bäumen. Die Pfirsichbäume waren leer gepflückt, und die Zisterne war leer. Wir hatten zwei Fahrzeuge: einen alten Land Rover und ein Honda-Elektrofahrzeug. Der Land Rover war verbrannt – die Reifen geschmolzen, nur noch ein geflochtener Kranz aus feinen Drähten war davon übrig – aber der Honda war unbeschadet und der Akku noch zu einem Viertel geladen. Der Zündschlüssel noch in der Tasse, wo meine Mutter ihn immer aufbewahrt hatte.

Ich lud die Kisten mit Meeresalgen in den Honda und machte mich auf den Weg zur Postfiliale von Jonesboro. Dann wendete ich noch mal, um die Kettensäge zu holen: Die Straße war in einem schlimmen Zustand. Umgestürzte Bäume an jeder Biegung. Drei andere Häuser hatten sich mit uns die lange Kiesstraße geteilt, die sich an unserer Bucht entlangschmiegte. Bei keinem davon war die Einfahrt geräumt. Mir wurde schlagartig klar, dass die einzigen Geräusche, die ich in den vergangenen Tagen gehört hatte, die Wellen und die Möwen und die Oldies meiner Mutter gewesen waren. Keine Streifenhörnchen. Keine Nachbarn. Keine Rettungsteams.

Was bedeutete, dass das Feuer auch andere Häuser erreicht hatte, nicht nur unseres.

Das ergab Sinn. Aber es fühlte sich auch völlig unmöglich an.

Und das ist es, was ich versuche, Emi über das Feuer und die Katastrophen und die Große Krise zu erklären: Unsere Gehirne sind nicht dafür geschaffen, einen so riesigen Verlust zu verarbeiten. Etwa wenn Emi fragt, warum wir bestimmte Tierarten nicht gerettet haben, obwohl wir doch wussten, dass sie am Aussterben waren? Warum wir nicht Städte ins Landesinnere verlegt haben, obwohl wir doch wussten, dass die Eisschilde bald zusammenbrechen würden?

Was soll ich sagen? Der Ozean war nicht das einzige Problem. Das Problem war alles und überall. Nicht mal eine Million Jahre Evolution hatte unsere Gehirne darauf vorbereitet, etwas derart Allumfassendes zu verarbeiten.

Was unsere Gehirne hingegen gut können, ist, sich auf das Chaos zu konzentrieren, das unmittelbar vor uns liegt.

Für mein Gehirn bedeutete das damals: Es wollte unsere Meeresalgen-Bestellungen zur Postfiliale in Jonesboro bringen. Was gleichzeitig bedeutete, zu ignorieren, dass ich dabei barfuß in meinem Neoprenanzug unterwegs war, weil der Neoprenanzug mein einziges Kleidungsstück war. Es bedeutete, nicht darüber nachzudenken, was ich tun würde, wenn der Akku des Honda leer war. Oder was ich essen sollte, wenn ich Hunger bekam. Wie ich ohne meine Familie überleben sollte. Meine ganze Welt war darauf beschränkt, das Fahrzeug auf der Straße zu halten. Das konnte ich bewältigen.

Die folgenden Monate waren nicht schön. Herumfahren und bei jeder Gelegenheit Strom für den Honda klauen. Kirchen und Schulen hatten überall Lebensmittelausgaben und Kleiderspenden eingerichtet. Das Feuer brannte noch – breitete sich über ganz New England aus. Manche Gegenden standen bis tief in den Herbst in Flammen. Denn das Feuer war auch unter der Erde. Breitete sich über Baumwurzeln aus. Der Soundtrack der Saison war das Geheul von Sirenen. Feuerwehrwagen. Krankenwagen. Freiwillige Feuerwehrleute in Pick-up-Trucks. Ein ständiges Gejaule.

Ich hielt mich an die Küste, wo die Brise den Rauch vertrieb und es leichter war, eine Ladestelle zu finden.

Wozu brauchte ich Ladestellen? Um weiterzufahren.

Wozu wollte ich weiterfahren? Um die nächste Ladestelle zu finden.

Das hatte nichts von einem Roadtrip, da war kein Gefühl von Abenteuer. Ich erinnere mich vor allem an Erschöpfung. Langeweile. Zweimal nickte ich auf der I-95 am Steuer ein. Beide Male rettete mich der Rüttelstreifen. Die Idee, beim Fahren zu verunglücken, juckte mich nicht sonderlich. Mich interessierte nur der Schlaf. Und der Frieden, den er brachte. Frieden, wie ihn meine Mutter gefunden hatte. Meine Mutter. Mein Vater. Ich fühlte mich ständig wie benebelt, ein andauerndes Schwindelgefühl. Ich konnte mich kaum konzentrieren. Fand es unmöglich, weiter als eine Stunde in die Zukunft zu denken. Ich hörte Radio, aber die Musik wurde ständig unterbrochen, um schlechte Nachrichten oder richtig schlechte Nachrichten zu vermelden. Hurrikane und Dürren. Feuer und Tornados. Dass ganz Zentralamerika nach Mexiko migrierte und ganz Mexiko in die Staaten an der Golfküste der USA – und die Küstenstaaten nordwärts in unsere Richtung. Von der anderen Seite des Globus kamen noch schlimmere Nachrichten. Australien ein einziges großes Feuer. Spanien eine einzige Hitzewelle. Bangladesch eine einzige riesige Schlammlawine. Alle auf der Flucht, aber nur ein Planet. Die ganze Welt aufgescheucht und unterwegs. Nicht in der Lage, zur Ruhe zu kommen. Genau wie ich.

Die Nachrichten fühlten sich besonders real an, weil ich sie jeden Tag in echt vor Augen hatte. Nummernschilder aus Texas und Alabama. Unzählige aus Florida. Improvisierte Zeltlager an Highway-Raststätten und Parkplätzen am Strand. Ich hielt Abstand. Ich war ein Kind der Wälder. Zu Hause unterrichtet. Nicht an große Menschenansammlungen gewöhnt. Meine Mutter und ich hatten zusammen *Früchte des Zorns* gelesen. Sie liebte Steinbeck. Jetzt durchlebte ich den Roman selber: All diese Migranten, ihr Hab und Gut auf Wohnwagen und Lieferwagen geschnürt, auf dem Weg in das gelobte Land – nur um zu entdecken, dass kein derartiger Ort existierte. Die Leute sahen mein Nummernschild aus Maine und fragten, wo es hier Arbeit gab. Südstaatler waren besonders gesprächig. Sie hatten keine Hemmungen, ganz nah an mein Auto zu schlendern, dort zu warten und dabei wie geisteskrank zu lächeln, bis ich endlich das Fenster einen Spalt öffnete, damit sie ihre Lebensgeschichte mit mir teilen konnten. Und ungefähr so lernte ich auch Lucas kennen.

Ich stand mit dem Honda an der Raststätte Kennebunk an, um den Akku zu laden. Die Batterie war fast alle. Ich hatte den Gang rausgenommen und musste schieben. Lucas kam zu mir rüber und packte mit an, ohne auch nur zu fragen, ob ich Hilfe brauchte. Typisch Lucas.

Er war aus Florida. Wie alle. Sein Basketballstipendium für die Universität von Miami war mit dem dortigen Atomkraftwerk im Hochwasser abgesoffen, erzählte er. Er fragte, ob ich ein bisschen Ball spielen wollte. Bevor ich antworten konnte, rannte er schon los, um zwei Baseballhandschuhe und einen Ball zu holen.

Wir warfen uns über den Parkplatz hinweg einen Baseball zu, bis die Sonne anfing unterzugehen. Seine Familie rief nach ihm. Er fragte, ob ich Hunger hätte – sie waren am Grillen – und ob ich zufällig wüsste, wo sie Leute zum Arbeiten suchten?

Seine Familie winkte mich rüber. Ihr Camp bestand aus zwei Wohnwagen, aus denen Musik drang und die mit Flaggen behängt waren: einer US-Flagge, einer von den Miami Hurricanes und der von Puerto Rico. Ihr Essen roch gut. Es war verlockend. Aber ich dachte an die Fragen, die sie mir stellen würden. Wollte ich auch nur eine einzige davon beantworten? Nein. Das wollte ich nicht.

Ich sagte Lucas, dass ich losmüsste. Bevor ich mich aus dem Staub machte, gab ich ihm eine Flasche mit Digitata-Pillen aus meinem Kofferraum.

Digitata?

Seetang. Meeresalgen. Ist gegen Strahlenkrankheit. Falls ihr Radioaktivität abgekriegt habt.

Volltreffer, sagte er. Danke.

Die Feuer brannten sich endlich aus. Aber gleich hatten wir das nächste Problem – so lief es damals immer. Das neue Problem war die Kälte. Die vorherigen Winter waren so mild gewesen. Dieser Winter war es nicht. Der Honda war mein einziger Unterschlupf. Er hatte eine großartige Akkudauer – solange ich die Heizung nicht exzessiv nutzte. Um eine gute Balance hinzubekommen, brauchte ich viele Decken und eine Plastikflasche, damit ich nachts pinkeln konnte, ohne Kälte ins Auto zu lassen.

Eines Morgens wachte ich schon bei Sonnenaufgang davon auf, dass ein älterer Mann an mein Fenster klopfte. Ich hatte an der Küste von Midcoast geparkt, beim Rockland-Steg, wo die Polizei einen seltener belästigte. Ich öffnete das Fenster einen Spalt. Kälte strömte herein.

Der Mann fragte mich durch eine Million Schals und Mützen hindurch, ob ich einen Unterschlupf suchte. Fragte, ob ich ein Zuhause hatte. Sein Atem ließ das Fenster beschlagen. Er nannte mich Sohn.

Ich stellte den Fahrersitz aufrecht und sagte, dass ich ein Zuhause hätte. Was in meinem Kopf ja auch stimmte. Ich hatte ein Zuhause, zu dem ich jederzeit zurückkehren konnte. Gut, und warum hatte ich das dann noch nicht getan? Erstens: Die Packhütte war nicht wärmegedämmt. Außerdem konnte es da draußen leicht passieren, dass ich wieder strandete. Es gab schließlich keine Möglichkeit, den Honda zu laden. Neben anderen Gründen.

Nun, mein Sohn, wir haben ein Aufwärmzentrum, gleich hier in der Stadt. Lauter Leute erfrieren in ihren Autos. Wäre eine echte Schande bei dir. Warum kommst du nicht aus der Kälte raus? Probier's mal eine Nacht aus.

Ich fragte ihn nach mehr Details über das Aufwärmzentrum. Es gefiel mir, wie er mich Sohn nannte. Eigentlich wollte ich es ihn nur noch mal sagen hören.

Du kriegst eine heiße Mahlzeit und ein Bett, sagte er. Kein Doppelbett, aber besser als deine Koje hier. Und natürlich gibt es die Arena in Bangor, wenn du was Längerfristiges suchst.

Er reichte mir ein Flugblatt und einen Muffin und wünschte mir Glück – und ich muss an dieser Stelle einfach kurz darauf hinweisen, dass das die eine Geschichte ist, die ich unbedingt mit Emi für ihr Projekt teilen will. Denn es mag schon sein, dass viele Menschen während der Großen Krise Feuerwaffen und Klopapier hamsterten und Zäune errichteten. Aber es gab weit mehr Leute, die das nicht taten. Notsituationen bringen das Beste in uns zum Vorschein. Das habe ich immer und immer wieder erlebt. Etwa an dem Morgen, als ich beim Aufwärmzentrum auftauchte. Sie gaben mir einen Pappteller mit Pfannkuchen. Chili zum Mittagessen. Pasta zum Abendessen. Ein Bett. Alle waren freundlich. Die Freiwilligen. Die Familien. So viel Wärme. Genau wie der Mann es versprochen hatte.

Zwei Tage später fuhr ich nach Bangor. Die Great Northern Greens Arena am Penobscot River war zu einer Flüchtlingsunterkunft umfunktioniert worden. Ich parkte. Stampfte in meinen Stiefeln auf der Stelle, um mich warm zu halten, während ich in der Schlange für die Anmeldung wartete. Warme Luft strömte uns aus dem Eingang der Arena entgegen. Warme Luft und Musik. Und Gelächter. Dinge, von denen dir gar nicht bewusst ist, dass sie dir gefehlt haben, und dann fehlen sie dir plötzlich ganz grauenhaft.

Als ich an der Reihe war, fragte mich eine Frau nach meinem Personalausweis.

Ich hab keinen, erklärte ich. Ich habe alles im Feuer verloren.

Sie fragte, ob irgendjemand mein Alter bestätigen konnte. Meine Identität. Oder war ich ganz allein?

Ich nickte: nur ich.

Sie sah wohl etwas in meinem Gesicht, schätze ich. O Baby, komm her, sagte sie. Ab jetzt passen wir auf dich auf.

Für die nächsten vierzehn Monate war die Great Northern Greens Arena mein Zuhause. Ich bekam meine eigene Pritsche. Ich hängte Laken drum herum auf, um ein bisschen Privatsphäre zu haben – was lebenswichtig war, da ich dreitausend Zimmergenossen hatte und jeden Tag neue aus der Kälte eintrudelten. Ohrenstöpsel waren ebenfalls essenziell. Wenn Leute aus ihrer Heimat flüchten, vergessen sie dabei anscheinend niemals ihre Musikinstrumente. Irgendwo klampfte immer ein Gitarrenkreis. Wir hatten eine Blaskapelle, die Oldies spielte. Ganz viel Beyoncé. Sie waren gut – so gut, dass du ein paar Takte lang vergessen konntest, wie schrecklich alles war. Aber nach dem tausendsten Mal »Crazy in Love« gerät der menschliche Verstand an seine Belastungsgrenze.

Die Arena hatte ein Versammlungszentrum für Familien. Dort war ich untergebracht, weil ich noch nicht achtzehn war. Es hieß, irgendjemand vom Staat würde mich dort aufsuchen. Doch es kam nie jemand. Später erfuhren wir, dass es überall so lief: Die Regierung war so damit beschäftigt, den Immobilienmarkt und die Börse zu retten, wie es hieß, dass sie völlig die Menschen vergaß. Also kümmerten sich die Menschen um sich selbst.

In der Great Northern Greens Arena bedeutete das, dass alle über dreizehn aufgerufen waren, jeden Tag eine Schicht Putzen oder Sicherheitsdienst oder Kochen zu übernehmen. Aber es war eine Bitte, kein Befehl. Das war meine erste Erfahrung mit dem Konzept der Gegenseitigen Hilfe und ich liebte es. Ich konnte den ganzen Tag schlafen. Ich konnte auf dem großen Bildschirm in der Clublounge ferngucken. Ich konnte mir einen Sitz weit oben in den höchsten Rängen suchen, die »Nasenbluterplätze«, meine Kopfhörer einstöpseln und meine Gedanken schweifen lassen. Manchmal warfen mir Erwachsene deswegen vielleicht abschätzige Blicke zu, aber niemand zwang mich je dazu, einen Finger zu rühren. Selbst wenn mich jemand rumkommandiert hätte – draußen stand mein Honda. Ich konnte abhauen, wann ich wollte.

Aber ich haute nicht ab. Aus April wurde Mai und dann Juni. Es war Sommer. Ich war sechzehn. Ich war fünf Zentimeter gewachsen. Mir war so langweilig wie nie zuvor in meinem Leben.

Langeweile war ein ernsthaftes Problem. Manche Leute behandelten sie mit Drogen. Andere kämpften. Ein Mädchen stürzte sich vom Gerüst der Arena. Danach wurden große Anstrengungen unternommen, unseren Tagesabläufen etwas Struktur zu geben. Die Leute starteten Yogakreise. Einen Chor. Malkurse. Es gab Posaunenunterricht. Contra Dance. Backwettbewerbe. Ich schloss mich einem Bücherclub an, wo wir *Krieg und Frieden* lasen. Es war gut. Aber mir fehlte Steinbeck. Mir fehlte der Ozean. Mein Zuhause. Mein Kopf fühlte sich noch immer ganz benebelt an. Ich aß. Ich schlief. Ich wuchs.

Eins fünfundachtzig.

Eins fünfundneunzig.

Seit ich in die Arena gezogen war, machte ich einen scheinbar nicht endenden Wachstumsschub durch. Als wollte mein Körper so viel Abstand von der Vergangenheit schaffen wie möglich. Wachstumsschmerzen. Wachstumsstreifen. Ich fühlte mich in meiner eigenen Haut unwohl. Am besten ging es mir, wenn ich nichts fühlte. Und nichts fühlen klappte am besten, wenn ich schlief. Aber ich konnte nicht ewig schlafen. Alle wachen Stunden verbrachte ich vorm Bildschirm. Am liebsten schaute ich einen Reality-Streamcast – *Aufmücken* – über eine Familie aus Überlebenskünstlern in South Dakota. Das Leben dort sah noch schlimmer aus als in Maine. Das hatte was Beruhigendes.

Dann zog ein Psychologe in die Arena ein.

Dr. Alex. Er eröffnete in einer der früheren Luxuslogen eine

Praxis und bot kostenlose Therapie an. Zuerst ging niemand hin. Aber schon in der nächsten Woche bildete sich eine lange Schlange. Dann erkannte jemand Dr. Alex wieder, vom Fischerei-Steg in Portland – und es stellte sich raus, dass er kein Psychologe war, sondern an Bord eines Hummerboots gearbeitet hatte. Nicht mal als Kapitän, bloß als einfache Hilfskraft. Zuerst fühlten sich die Leute verarscht, aber schon bald war die Schlange vor seiner Praxis wieder so lang wie zuvor. Er hatte keine fachliche Ausbildung, aber er war gut. Davon konnte ich mir selbst einen Eindruck machen, eines Nachmittags weit oben in den Nasenbluterrängen.

Ist der Platz besetzt?

Ich zuckte mit den Achseln: Ist ein freies Land.

Er setzte sich ein paar Sitze links von mir hin. Dann sprang er wieder auf und rückte näher und setzte sich direkt neben mich. Unsere Ellbogen berührten sich fast. Seine Nähe inmitten all der leeren Sitze war mir etwas unangenehm, aber dann fing er an zu reden – und weil wir beide auf dem Meer gearbeitet hatten, hatten wir viel zu besprechen. Vor allem, wie sehr wir das Meer vermissten. Wie es alles in die richtige Perspektive rückte – seine Worte, nicht meine, aber ich wusste genau, was er meinte. Die Weite. Der Horizont. Die Felsen. Wie man sich auf dem Ozean ganz klein fühlte, aber auf eine gute Art. Dann klatschte er sich auf die Oberschenkel. Stieß einen tiefen Seufzer aus, deutete mit dem Finger nach unten und sagte: Schau dir mal die ganzen Verlierer da unten an!

Ich lachte nervös. Weit unter uns spielten Jugendliche Basketball. Ihre Turnschuhe quietschten auf diese angenehm vertraute Art.

Im Ernst, sagte er, Verlierer. Nicht eine Person in dieser Arena, die nichts verloren hat. Da klaffen so viele Lücken, Kumpel. Und in den Lücken noch mehr Lücken. Bei uns allen. Die Welt geht zu Ende, und wir sind die Verlierer, alle zusammen.

Ich schwieg. Bis dahin hatte ich nicht wirklich darüber nachgedacht, dass auch andere hier was verloren hatten, genau wie ich. Etwas derart Offensichtliches erst so spät zu begreifen – ich fühlte mich plötzlich sehr klein, aber es war kein gutes Gefühl. Irgendjemand am anderen Ende der Arena spielte gerade Trompete – die Tonleiter hoch und wieder runter.

Also, was hast du verloren?, fragte er.

Ich schüttelte den Kopf. Nicht drauf einlassen.

Hummer häuten sich, sagte er. Das weißt du. Hast es sicher schon gesehen. Sie kriechen aus ihrer alten Schale. So wachsen sie. Indem sie was verlieren. Also sage ich: Okay – ich kann meinen Panzer so dick werden lassen, bis ich mich nicht mehr bewegen kann. Das ist die eine Möglichkeit. Oder ich streife meine alte Haut ab. Lass die Deckung fallen. Schaffe Platz zum Atmen. Befreie mich, damit ich wachsen kann.

Ich zuckte mit den Schultern. Er kennt mich nicht, dachte ich. Gewachsen war ich genug, dachte ich. Er sollte mal meine Wachstumsstreifen sehen.

Bist du sauer?, fragte er.

Ich zuckte wieder mit den Schultern.

Hast jedes Recht dazu. Ich zum Beispiel, ich bin übelst angepisst. Was auch immer du verloren hast, Kumpel, das hätte nicht passieren dürfen. War nicht deine Schuld. Waren's die Waldbrände? Deine Eltern? Deine Familie?

Ich schüttelte den Kopf. Sagte: Bei mir ist alles in Ordnung. Aber meine Augen blinzelten wie wild, um die Tränen zurückzuhalten, was die Glaubwürdigkeit meiner Aussage etwas schwächte.

Dr. Alex sagte: Na ja, du wusstest sicher schon, dass diese Frage kommt, also, hier ist sie. Die Welt wird enden, aber noch ist es nicht so weit. Was hast du mit der Freiheit vor, die dir noch bleibt?

Die Trompete auf der anderen Seite der Arena spielte immer noch die Tonleiter. Versuchte sich gerade an den ganz hohen Noten.

Weiß nicht, murmelte ich.

Ist an der Zeit, es rauszufinden, sagte er. Du hast nämlich eine Zukunft. Eine gute. Das kann ich sehen. Jeder kann das sehen. Aber du musst dafür arbeiten. Deswegen musst du mithelfen. Nicht für mich. Nicht für die anderen Verlierer da unten. Für dich. Ich sag's dir, Kumpel. Helfen – das ist das Einzige, was hilft. Sei Teil von irgendwas. Werd Teil eines Teams. Ist das Menschlichste, was wir tun können. Steckt in unserer DNA. So häuten wir uns. Ist vielleicht nicht die einzige Möglichkeit, aber eine verdammt gute. Vertrau mir.

Ich will nicht behaupten, ich hätte dann und dort auf der Zuschauertribüne eine Erleuchtung gehabt und Dr. Alex sofort recht gegeben – niemand tut das, vor allem nicht mit sechzehn. Aber wenn ich heute auf die Szene zurückblicke, sehe ich, dass sein sanfter Schubser mich definitiv in Bewegung versetzt hat.

Ein paar Tage später ließ ich mich für eine Küchenschicht einteilen. Überraschenderweise – für mich, sonst wohl für niemanden – war es eine Million Mal besser, als alleine auf der Zuschauertribüne zu sitzen oder so lange *Aufmücken* zu glotzen, bis meine Augen bluteten. Die Küchenarbeit machte Spaß. Und was Fähigkeiten betraf, war ich den anderen weit voraus. Wie weit, das wurde mir erst klar, als ich mich über die stumpfen Messer beschwerte und mich alle nur verwirrt anblinzelten – als wären stumpfe Klingen eine unabänderliche Folge der Naturgesetze. Keiner hatte einen blassen Schimmer, wie man Klingen schleift. Ich kramte mich durch die Küche – da musste doch ein Satz Schleifsteine sein, und in der Tat fand ich einen. Den regelmäßigen Küchenhelfern brachte ich bei, wie man zuerst die Seite mit der groben Körnung benutzt und danach mit der feineren Seite poliert. Ich brachte ihnen bei, wie man Kohl für Kimchi putzt, salzt und einweicht. Eines Tages kam eine ältere Frau mit einer Dose Sauerteigbasis an – ihre wichtigste Habseligkeit, sagte sie, das Erste, wonach sie bei der Flucht aus ihrem

Zuhause gegriffen hatte. Einen Tag lang wich sie nicht von meiner Seite, um sicherzugehen, dass ich wusste, was ich da tat. Ich wusste es. Ich desinfizierte einen Mülleimer aus Blech und gab die Sauerteigbasis hinein. Hielt den Eimer konstant auf Raumtemperatur. Fütterte die Sauerteigbasis mit religiöser Inbrunst dreimal pro Vierundzwanzig-Stunden-Zyklus. Morgens nahm ich von der Masse etwa neun Kilo, um damit Brotlaibe zu backen, mit den restlichen 900 Gramm begann ich den ganzen Prozess wieder von vorne, mit frischem Mehl und Wasser. Es reichte, um die ganze Arena mit dem warmen Duft von Sauerteig zu füllen. Ein kleines Wunder. Und ich war dafür verantwortlich. Es fühlte sich gut an. Zu helfen. Nützlich zu sein. Ich wurde ein fester Bestandteil der Küchenbelegschaft. Ich freundete mich mit den anderen Leuten an, die regelmäßig dort arbeiteten. Einer davon war Osman.

Osman und ich hatten oberflächlich betrachtet nicht viel gemeinsam. Er war älter – in seinen frühen Zwanzigern – und ein Amerikaner mit somalischen Wurzeln. Seine Urgroßeltern waren Ende des zwanzigsten Jahrhunderts als Flüchtlinge nach Maine gekommen. Das Haus seiner Familie hatte vergangenen Winter die Stromversorgung verloren, wie so viele in der Gegend. Rohre waren geplatzt. Also stießen sie zu den Leuten, die die renovierte Papiermühle am Ufer des Androscoggin River besetzt hatten. Dieselbetriebene Heizkörper. Irgendjemand hatte eines Nachts alle Fenster geschlossen, wegen der Kälte. Osman war in dieser Nacht zufällig spazieren gewesen, weil er nicht schlafen konnte. Als er zurückkam, war seine gesamte Familie tot. Kohlenmonoxidvergiftung. Also hatten wir doch etwas gemeinsam.

Wir wurden sehr schnell Küchenfreunde. Er hatte keinen Plan, weil seine Mutter immer fürs Kochen zuständig gewesen war. Aber er wollte lernen. Er weichte Kohl ein, würfelte Frühlingszwiebeln und wog Mehl ab. Er war ruhig. Man konnte sich mit ihm unterhalten. Er assistierte mir, als ich das erste Mal ein Mittagessen leitete. Wir holten die Kisten aus dem Honda, die ich nie verschickt hatte, und kochten das Lieblingsrezept meiner Mutter – Kartoffel-Lauch-Suppe mit Seetang. Statt dem Lauch musste ich mich mit gefrorenem Spinat zufriedengeben und fade industrielle Sojabutter verwenden. Aber das Mittagessen war ein Hit. Danach nannten mich alle den Seetang-Typ. Der Spitzname gefiel mir. Es machte mir Freude, Leute zu verpflegen. Es machte mir Freude, zu sehen, wie sehr ihnen das Essen meiner Mutter schmeckte. Osman und ich waren eines Tages gerade dabei, die Teller zu spülen, als eine Stimme von hinter der Theke rief: Seetang-Typ! Wusste doch, dass du das bist!

Es war der Jugendliche von der Raststätte. Lucas.

Gerade angekommen, sagte er. Was geht? Und wer bist *du*?

Ich bin Osman.

Was geht, Osman. Ich bin Lucas. Jetzt macht mal beide bisschen Platz, ich quetsch mich dazwischen. Ich bring jede Pfanne zum Singen.

Häh?, sagten wir und lachten.

Ich sagte, los geht's!, brüllte er und rollte die Ärmel hoch.

Lucas hatte einen Onkel und zwei Tanten. Drei jüngere Cousinen. Eine Mutter. Einen Vater. Ob wir unsere Liegen nicht zu ihnen stellen wollen, fragten sie. Wir ließen uns nicht zweimal bitten.

Lucas' Eltern hatten Puerto Rico während einer dieser großen Stürme verlassen, die die Insel platt gemacht hatten, und waren nach Miami umgesiedelt. Als die reichen Leute aus Miami Beach ihnen dann ihre Grundstücke unter dem Arsch weggekauft hatten, weil sie weiter im Inland und damit besser vor dem Meer geschützt waren, waren sie von dort zum Panhandle weitergezogen. Und jetzt nach Maine. Dreimalige Flüchtlinge. Wenn es so weitergeht, sind wir bald am Nordpol, sagte sein Onkel. Sollte ein Witz sein. Er lag damit aber gar nicht so weit daneben, wie sich herausstellen sollte.

In meiner Kindheit waren meine einzigen Freunde andere Kinder aus dem Heimunterricht gewesen, die ich vielleicht zwei Mal im Monat sah. Mit Lucas und Osman war es anders. Wir waren wie Brüder. Immer zusammen. Wir machten zusammen Küchendienst. Spazierten zusammen zum Penobscot River, um Steine hüpfen zu lassen und Schildkröten zu suchen. Machten zusammen Kraftsport. Lucas bastelte sich eine Langhantel aus zwei Zwanzig-Liter-Eimern und einem Besenstiel. Er war zuversichtlich, dass er in Miami sein Stipendium wieder aufnehmen würde, sobald sich die Lage wieder normalisiert hatte. Osman und ich trainierten mit ihm. Liegestütze. Kniebeugen. Planks. Er war überrascht, dass wir mithalten konnten, obwohl wir nie zuvor ein Fitnesscenter von drinnen gesehen hatten. Doch ich hatte schon Eimer voll Seetang geschleppt, als ich gerade mal laufen konnte, erklärte ich. Hatte Holz gehackt. Hütten gebaut. Und Osman hatte auf dem Bau gearbeitet. Die Brechstange geschwungen. Schubkarren voller Zement geschoben. Solarplatten Leitern hochgeschleppt.

Funktionale Fitness, nannte Lucas das. Natürliche Bewegung. Ihr habt Glück, sagte er.

Osman und ich schauten einander an. Wir hatten nicht das Gefühl, Glück zu haben.

Lucas klopfte uns überschwänglich auf den Rücken. Zog uns fest an sich, Gruppenkuscheln. Wir drei halten zusammen, sagte er, und alles wird gut.

Wo war ich, als es passierte?

Das wollen die Leute immer wissen. Das war auch Emis erste Frage, als sie mich für ihr Projekt zum Großen Übergang interviewte. Die Antwort: Ich war in der Küche der Great Northern Greens Arena. Spülte mit Lucas und Osman Geschirr, wir hatten gerade Frühstück serviert. Plötzlich hörten wir aus der Arena Schreie. Dann wurde es gruselig still. Wir eilten nach draußen. Sie übertrugen es auf dem Jumbotron, dem riesigen Stadionbildschirm. Der Westantarktische Eisschild. Drohnen streamcasteten live. So viel Eis. Eismassen in der Größe von Pennsylvania, sagten sie. Gletscher, Tausende Meter dick. Eine Lawine, die über mehrere Tage hinweg ununterbrochen in den Ozean rutschte. Wissenschaftler hatten seit Jahren davor gewarnt, aber der Kollaps war trotzdem ein Schock. Die Meere würden steigen. Es gab nichts, was man noch dagegen tun konnte.

Emi fragte, ob ich damals geweint habe. Sie weiß, wie nah ich am Wasser gebaut bin. Aber ich erinnere mich nicht daran, geweint zu haben. Niemand weinte. Die Nachricht war zu gigantisch, um sie wirklich zu verarbeiten. Und aus meiner damaligen Sicht: Was konnte die Krise mir bitte noch groß wegnehmen, was ich nicht schon längst verloren hatte? Ich war ein ausgetrockneter Brunnen. Und hatte noch Arbeit zu erledigen: Alle in der Arena verdauten zwar noch ihr Frühstück, aber bald schon würden sie Hunger aufs Mittagessen haben. Irgendjemand musste es vorbereiten.

Danach ging alles sehr schnell. Die Hektik, die folgte, kam zwar viel zu spät, wie Emi zurecht feststellte, aber immerhin. Zum Teil war es Glück: Es war zufällig ein Wahljahr. Die Leute waren verzweifelt. Hatten die Schnauze voll. Die alten Parteien waren spektakulär gescheitert. Leute, die Wahlen bisher sinnlos fanden, standen plötzlich an den Wahllokalen Schlange, um die faulen Säcke rauszuwerfen. Etwas Neues zu wählen. Irgendwas. Wie die meisten hatte ich vorher noch nie von der People's Party gehört. Anscheinend gab es die schon ein paar Jahre, in denen sie konstant bei zwei bis drei Prozent Stimmenanteil herumgedümpelt hatte. Dieses Mal gewannen sie so gut wie jeden Wahlkreis.

Die People's Party machte Versprechen, wie alle Parteien. Der Unterschied war: Sie lieferte. Sie gründete ein neues Ministerium für Energietransformation. Kaum zwei Monate später tauchte der erste Rekrutierer in der Great Northern Greens Arena auf, um den Menschen ein Angebot zu unterbreiten: Sie brauchten zwanzig Millionen Freiwillige, um die Welt zu retten. Der Große Übergang, so nannten sie es. Die größte Mobilisierung der Menschheitsgeschichte. Wir würden Helden sein, erklärte er. Die Menschen würden sich Geschichten über uns erzählen, noch Generationen später.

Der Rekrutierer schritt dabei eine improvisierte Bühne auf und ab, die sie in der Mitte des Spielfelds aufgebaut hatten. Er trug einen perfekt sitzenden Overall und Militärstiefel, dazu eine verspiegelte Pilotenbrille und eine klobige Uhr. Ich hatte einen Kloß im Hals, als er fragte, ob wir uns gemeinsam der Zukunft stellen oder einsam ertrinken wollten. Der größte Krieg unserer Geschichte steht vor der Tür, sagte er. Was wollen wir unseren Enkeln erzählen, wenn sie uns später fragen, was wir in der elften Stunde getan haben?

Ich hatte die Wahl.

Ich sagte *ich*, weil es sich so anfühlte, als würde der Rekrutierer mich direkt ansprechen. Er war gut. Außerdem half es, dass dabei laute Musik aus den Boxen schepperte. Und dass die Arena-Bildschirme Waldbrände und kreischende Adler und US-Flaggen zeigten. Alles war darauf abgestimmt, eine möglichst starke emotionale Wirkung auf leicht zu beeindruckende Jugendliche auszuüben. Und als einer dieser leicht zu beeindruckenden Jugendlichen kann ich sagen: Es funktionierte. Alles, was Dr. Alex mir auf der Zuschauertribüne gesagt hatte – dass ich kämpfen und Teil eines Teams werden und helfen sollte –, jetzt fiel mir die Gelegenheit in den Schoß, genau das zu tun. Ich verpflichtete mich auf der Stelle für einen siebenmonatigen Einsatz.

Eigentlich musstest du achtzehn sein, um dich zu verpflichten, aber sie hatten es eilig, und ich war sehr groß für mein Alter. Niemand fragte genauer nach. Sobald man unterschrieben hatte, musste man ein Corps wählen. Kurz danach lief ich Dr. Alex über den Weg. Er hatte sich beim Maritim Corps verpflichtet – die Grünen Marines nannten wir sie später – und ging davon aus, dass ich mich auch fürs Wasser entschieden hatte. In der Tat hätte ich mir gut vorstellen können, Gezeitenkraftwerke und schwimmende Meeresmauern zu installieren und Seetangfarmen zu bewirtschaften. Aber unter dem Druck des Rekrutierers hatte ich mich für das Forst Corps entschieden. Wir würden Waldbrände bekämpfen, versprach er. Und wie du dir vorstellen kannst, war mir das wichtig.

Lucas schrieb sich mit mir beim Forst Corps ein. Ihm war es eigentlich egal, solange wir zusammenblieben und der Job ihm einen Gehaltsscheck einbrachte, den er seiner Familie schicken konnte. Auch Osman schloss sich uns an.

Am Ende spielte es keine große Rolle, welches Corps wir uns ausgesucht hatten. Zumindest nicht im ersten chaotischen Jahr des Übergangs. Wir unterschrieben den Vertrag, bestanden die Musterung, erhielten unsere Uniformen und marschierten bei einer Abschiedszeremonie durch die Arena. Sie schickten uns Richtung Norden, zu den privaten Forstbetrieben. Wir verbrachten zwei kalte und ereignislose Monate damit, mit dem Bulldozer Feuerschneisen zu schlagen und Totholz als Kohlenstoffsenken zu sichern. Dann kam plötzlich eine neue Anordnung: Noteinsatz! Jede Kompanie von jeder Abteilung in ganz New England wurde gebraucht. Sie würden uns alle nach Süden verschiffen: Wir sollten New York City retten.

DRITTER TEIL

10 EMI

WÄHREND ICH MIT MEINEM DAD UND EIN PAAR ARBEITENDEN so durch die Hyperlooppröhre rausche, wird mir etwas klar, eine neue Lebensweisheit: Auch wenn die Tage sich zu einem ewig gleichen Trott eingependelt haben – Schule, Basketball, Care Corps, Hausaufgaben –, kann sich von einem Moment zum nächsten alles ändern. Mehr braucht es nicht. Schon ist das Leben plötzlich eine Vierundzwanzig-Stunden-Hyperloopfahrt, jeder Halt eine neue Premiere.

Meine erste Tag-Null-Parade.

Mein erster Schluck Alkohol.

Meine ersten Schüsse von einer Scharfschützen-Drohne.

Meine erste Massenpanik.

Mein erster Sprung in die Bucht von Nuuk.

Mein erster Kontakt mit Fallmanagern der Öffentlichen Sicherheit.

Mein erstes Mal, dass ein Elternteil verschollen ist.

Mein erster Flug.

Mein erster Schritt in einer Schwesterstadt.

Meine erste Hyperloopfahrt.

Mein erster Hurrikan.

Aber noch vor dem Hurrikan selbst erlebe ich die Hurrikansirene. Noch so ein erstes Mal. Wir sitzen in der 2H vom Flughafen.

Lucas ist dortgeblieben, um den Flieger aufzuladen und – wie er es sarkastisch formulierte – sicherzustellen, dass keiner seiner Freunde das Flugzeug ein zweites Mal entführt. Also sind es jetzt nur ich und mein Dad, die mit Extraktionsdienstleistenden in Regenjacken und schlammigen Stiefeln und mit Aufklebern zugekleisterten Baustellenhelmen durch New York rauschen.

Seit wir in den Hyperloop gestiegen sind, hält mein Dad mich fest und drückt mich an sich, als hätte er Angst, dass ich wie meine Mom einfach abhaue. Er schaut sich die ganze Zeit um, als würde er in dieser 200 000-Einwohner-Stadt fest damit rechnen, dass sie jeden Moment in unseren Wagen steigt. Er ist so angespannt, dass es mich ganz nervös macht. Ich bilde mir schon ein, dass alle in der Hyperloopbahn uns anstarren. Oder nicht anstarren, aber uns mit kurzen Blicken mustern, bevor sie wieder auf ihre Bildschirme starren oder die Augen schließen. Eine Arbeiterin, die uns schräg gegenübersitzt – knallblaue Nägel, eine Tundra-Cap, sie sieht jung aus, dürfte gerade erst achtzehn geworden sein –, schaut mir direkt in die Augen und dann schnell nach unten, als wäre sie plötzlich fasziniert vom Boden.

Dad?

Em?

Ich hab zu viel Angst, um zu fragen. Nach meiner Mom. Ob alle im Hyperloop vielleicht irgendwie was wissen, was wir nicht wissen.

Wie viele Haltestellen sind es noch?

Er deutet mit einem Kopfnicken auf eine Karte, die über der Tür eingeblendet wird. Sechs Stationen bis Greenwood Heights. Von dort mit dem Wasserbus zur Außenstelle Gowanus, wo wir Mom aufgabeln und dann zurück nach Nuuk fliegen, sagt mein Dad zum tausendsten Mal. Es sei denn, ich möchte davor noch die Freiheitsstatue besuchen? Das Denkmal vom Großen U? Die Met?

Klar Dad, klingt toll, sage ich, damit er sich keine Sorgen darüber macht, ob ich mir Sorgen mache.

Aber natürlich tue ich das. Mir Sorgen machen. Ich bin ja nicht blöd. Es gibt zwei mögliche Erklärungen, warum meine Mom uns nicht kontaktiert hat: Entweder sie kann nicht. Oder sie will nicht. Und in beiden Fällen ist es schwer, sich einen gemeinsamen Familienausflug ins Museum vorzustellen.

Andererseits, wer weiß? Vielleicht gibt es eine dritte Erklärung. Vielleicht ist sie so beschäftigt, dass sie uns vor lauter Arbeit vergessen hat. Oder sie hat sich den Kopf an einer Turbine gestoßen und ihr Erinnerungsvermögen verloren, also nehmen wir sie wieder mit nach Nuuk und sie wird eine völlig neue Mom. Ist nicht unmöglich.

Der Zug fährt in eine Station namens Rikers Island ein. Als sich die Türen öffnen, versuche ich erneut, meinen ersten wirklichen Blick auf New York zu erhaschen – aber ich sehe nur einen nassen Bahnsteig voll mit nassen Arbeitenden, einen winzigen Spalt dunklen Himmel, Regen. Schwere warme Luft strömt in den Wagen. Dann machen die Türen *wumms* und versperren mir den Ausblick. *Zisch,* und wir sind wieder unterwegs.

Die Karte aktualisiert sich: noch fünf Stationen. Eine Arbeiterin schlendert vorbei und schiebt ein Gerät vor sich her, mit dem sie Regenwasser vom Boden saugt. Die Leute räumen ihre Werkzeugkisten aus dem Weg. Wir heben unsere Beine. Sie hört so laut Musik, dass ich den Bass hören kann. Ich umarme meine Knie und ziehe sie an die Brust. Frage meinen Dad noch mal, ob ich mir seinen Bildschirm leihen kann.

Nein, sagt er. Ist nicht gesund, ständig zu scrollen.

Aus seinem Mund ist das wirklich grenzenlos heuchlerisch, aber ich atme tief durch und sage: Ich will nur die Nachrichten checken.

Versuch einfach, im Jetzt zu sein, sagt er. Du bist in New York. Genieß die Sehenswürdigkeiten.

Sehenswürdigkeiten wie das da?, frage ich und deute mit dem

Kopf auf den Kerl, der uns mit weit gespreizten Beinen gegenübersitzt.

Mein Dad lacht leise und deutet auf das Fenster weiter hinten im Abteil.

Die Hyperloopbahn ist anders als eine Magnetbahn, weil sie durch eine erhöhte Röhre fährt, nicht durchs Freie. Die Röhre schützt den Zug vorm Wetter, vor allem vor Hurrikanen. Das wusste ich. Was ich nicht wusste: Das Innere der Röhre (zumindest das auf der Linie 2H nach Rikers Island) ist mit Bildschirmen gesäumt, die zu einer Art Daumenkino werden, während man vorbeirast. Wenn man seine Kopfhörer synchronisiert, stelle ich fest, kriegt man auch Audio dazu. Ich kriege noch das Ende einer Ansage mit, die Arbeitende dazu ermutigt, ihre Gedichte bei einem stadtweiten Wettbewerb einzureichen. Dann wird daran erinnert, im Hyperloop nicht zu essen. Die Mahnung kommt von einem animierten Otter, und mein Magen zuckt, weil ich seit Nuuk nichts gegessen hab. Aber dann muss ich lachen, weil uns gegenüber – neben dem Beinspreizer – zwei Arbeiter unhandliche Sandwiches in sich reinstopfen und dabei eine ziemliche Sauerei veranstalten, genau wie der Otter es nicht mag.

Dann kommt eine Werbung, die Extraktionsarbeitende dazu auffordert, die Arbeiter-Familienpartei in den New Yorker Sozialrat zu wählen – *Tut ge'NUUK für unsere Rechte!* –, danach ein Nachrichtenstück über die Angriffe vom Tag Null, danach das Wetter, dann die Highlights der ersten Hälfte der Tundra-Saison, danach eine Ansage, die Arbeitende dazu ermutigt, ihren nächsten Extraktionsdienst mit dem Einfangen von invasiven Blaukrabben zu verbringen, weil die den Austernbestand auffessen, den wir brauchen, um Schadstoffe aus der Jamaica Bay zu filtern.

Ich stelle mir Blaukrabben und Austern vor. Ich sehe mich, drei Jahre in der Zukunft, wie ich Fallen aus der glitzernden

Bucht ziehe, meine ersten Stunden Extraktionsdienst ableiste, zusammen mit lächelnden Arbeitern in Kajaks. Gleichzeitig sehe ich die Nachrichtensendung. Sirenen. Lichter. Drohnen. Menschen rennen. Schreien.

Was mich auf eine weitere Lebensweisheit bringt. Es ist möglich, mehrere Dinge gleichzeitig zu sehen. Man kann die eigene Zukunft im Blick haben und zugleich ein Mädchen in einer Hyperloopbahn mit blauen Nägeln und einer vor Regen tropfenden Tundra-Cap – und trotzdem kann dein Blickfeld zu hundert Prozent auch noch mit den Bildern der Massenpanik gefüllt sein. Ganz Nuuk, wie es versucht, dich und deinen Dad zu zerquetschen.

Allerdings ist es nicht so, wie wenn man einen Film schaut. Oder gleichzeitig mehrere Filme. Es ist eher so, als wärst du zersplittert in mehrere Versionen von dir selbst. Als gäbe es da diese eine Version von mir, die auch in Millionen Jahren nicht auf die Meeresmauer klettern und in die Bucht von Nuuk springen würde – weil sie körperlich gar nicht dazu in der Lage ist. Aber dann gibt es die Version von mir mit lauter Kratzern auf den Armen, die beweisen, dass ich genau das getan habe.

Und mir geht es gerade nicht nur um die Esplanade. Mir geht es um alles. Es gibt eine Version von mir, die sich wünscht, ich würde gerade mit meinem Basketballteam auf einer Skihütte heiße Schokolade trinken. Aber da ist auch eine Version von mir, die sich irgendwie voll wichtig fühlt, weil ich in New York meine Mutter suche, statt meinen Urlaub mit zwölf Mädchen zu vergeuden, die nicht mal so tun konnten, als würden sie sich freuen, mich auf ihre Reise einzuladen.

Dann ist da eine Version von mir, die meinem Dad zustimmt, dass das Hinrichten von Menschen zu hundert Prozent falsch ist. Und eine andere Version von mir, die einen Adrenalinschub kriegt, wenn ich über die Furien und die Klimaverbrecher nachdenke, die ihre Strafe zu hundert Prozent verdient haben.

Außerdem ist da eine Version von mir, die stolz ist, dass die Öffentliche Sicherheit vor unserer Tür stand und nach meiner Mom fragte. Aber da ist auch die Version von mir, die kotzen könnte beim Gedanken, dass Mom vielleicht in Schwierigkeiten steckt. Oder verletzt ist. Oder schlimmer.

Was mich an dieser neuen Lebensweisheit jedoch am meisten verstört: Keine dieser Versionen fühlt sich echt an. Nicht das Ich in der 2H, nicht das Ich auf der Esplanade, nicht das Ich drei Jahre in der Zukunft, das invasive Blaukrabben aus der funkelnden Jamaica Bay fischt.

Ich fühle mich wie in einem warmem Winternebel. Als wäre ich tot. Bin ich vielleicht doch auf der Esplanade gestorben?

Mein Dad hat mir versprochen, dass das nicht der Fall ist. Er beharrt darauf, dass ich noch lebe.

Aber ich frage mich: Woher will er das wissen? Was, wenn *nichts* von all dem echt ist? Was, wenn es nie einen Großen Übergang gab? Was, wenn das alles hier eine riesige Quantensimulation ist, um zu sehen, was passiert wäre, wenn die Welt sich zusammengerauft und die schlimmsten Folgen der Großen Krise abgewendet hätte?

Solche Gedanken sind normal, sagt er, wenn man so was erlebt hat wie wir. Wenn man gesehen hat, was wir gesehen haben.

Es ist also normal, sich zu fragen, ob man in einer Simulation lebt?

Dissoziation nennt man das, erklärt er. Wenn die Ereignisse sich nicht real anfühlen. Das ist nach so einem Erlebnis zu erwarten, Em. Flashbacks sind normal.

Kriegst du welche?

Klar. So verarbeiten wir. Wir müssen das Ganze in unserem Kopf immer wieder durchgehen.

Wie oft?

Kommt drauf an, schätze ich.

Worauf?

Was passiert ist.

Wir saßen gerade im Tundra-Flieger, als er das alles sagte. Überquerten die stürmische Labradorsee, durch kleine Lücken in der Wolkendecke konnte ich schaumgekrönte Wellen sehen. Endlose Seetangfarmen. Windradkolonien. Clipperboote wie Spielzeuge. Ich versuchte, die Aussicht zu genießen und dankbar zu sein. Ich kenne niemanden in meinem Alter, der schon mit einem Flugzeug geflogen ist. Aber es war genau wie im Hyperloop: Egal wie angestrengt ich auf die Welt unter mir starrte, ich konnte nicht der Welt entkommen, die hinter mir lag.

Also schaust du es dir einfach immer und immer wieder in deinem Kopf an, bis die Erinnerung verschwindet?

Manchmal, schaltete sich Lucas ein. Aber manchmal geht es auch nicht weg.

Mein Dad warf Lucas einen bösen Blick zu, nach dem Motto: *Nicht sehr hilfreich.*

Ach, das kann sie verkraften, sagte Lucas. Ist kein kleines Kind mehr. Oder, Em?

Ich nickte, aber ich konnte immer noch die Esplanade sehen – und hatte immer noch dieses heiße verkrampfte Gefühl in meinem Hals, das ich manchmal kriege, bevor ich von meiner Welle stürze. Mein Dad kennt den Blick. Er sprang auf, um mir eine Kotztüte zu holen. Lucas reichte mir ein Wasser.

Ist wahrscheinlich die Höhe, sagte Lucas. Du gewöhnst dich dran.

Das Wasser half. Ein bisschen. Aber was wirklich half, war mein Hunger. Seit zwölf Stunden hatte ich nichts mehr gegessen. Ich setzte meinen Hunger ein, um mich neu zu kalibrieren, war dankbar, etwas zu haben, auf das ich mich konzentrieren konnte und damit das Gedankenkarussell aus Furien und Mom und Maru und der Esplanade zu bremsen. Mein Vater schlug vor, es noch mal mit der Zittertechnik zu probieren, die er mir beigebracht hatte. Das Zittern hilft. Tut es wirklich. Aber ich konnte mich ja schlecht im Flugzeug hinlegen und vor Lucas meine Beine ausbreiten. Genauso wenig, wie ich es hier tun werde, in einer Hyperloopbahn voll fremder Menschen. Weil auch wenn ich mich nicht echt fühle: Für alle anderen bin ich es anscheinend.

Wir gleiten in die nächste Station: Jackson Heights. Arbeitende steigen aus. Arbeitende steigen ein. Ich atme und blinzle. Reite die Welle. Mache es mir bequem in der sanften Ruhe, die danach kommt. Als die Nachrichtensendungen schon wieder über die Bildschirme flackern – Aufnahmen aus Nuuk, Moskau, Vancouver –, blicken die Leute im Hyperloop kaum noch auf. Die Angriffe waren gestern, und das hier ist New York, wie mein Dad mir immer wieder sagt: Nach einer Woche in New York kann dich fast nichts mehr schocken. Das Mädchen mit den blauen Nägeln hat den Kopf zurückgelegt und die Tundra-Cap tief über die Augen gezogen. Kurzes dunkles Haar, hinter die Ohren gesteckt. Silberne Ringe, die wie eine Leiter ihr linkes Ohr hochführen. Ich stelle mir vor, ich wäre sie: auf meinem ersten Extraktionsdienst. Wie würde ich wohl reagieren, wenn ich irgendwas von irgendwelchen Angriffen höre, die woanders in der Welt stattgefunden haben?

Die Kinder, auf die ich bei CareCorps aufpasse – sogar die mit den schlimmsten Wutausbrüchen, die überzeugt sind, dass ihre Eltern sie verlassen haben: Irgendwann gehen ihnen die Tränen aus, und sie schlafen mit heißem Kopf in deinem Arm ein. Erwachsene sind genauso. Genau wie es mein Dad über den Zusammenbruch des Westantarktischen Eisschilds erzählt hat: Haben sich alle in der Great Northern Greens Arena die Haare gerauft und geweint? Nein. Sie schauten sich die Nachrichtenbilder an. Und dann hatten sie Hunger aufs Mittagessen.

Weil man sich nicht ewig Sorgen machen kann.

Ich hatte da schon früher so eine Ahnung, und jetzt kann ich es fühlen: Du *kannst* dir nicht immer Sorgen machen. Selbst wenn du's willst. Selbst wenn du deine ganze Energie auf eine bestimmte Sorge richten möchtest, weil diese Sorge zu vergessen – auch nur für eine Sekunde – dazu führen könnte, dass die Sorge wahr wird.

Ich schiebe die Kopfhörer runter auf meinen Hals und frage meinen Dad noch mal nach seinem Bildschirm, damit ich nachgucken kann, ob Mom uns angepingt hat.

Er schüttelt den Kopf: Hat sie nicht.

Kannst du noch mal gucken?

Wir sind fast da, Em. Hab Geduld.

Ich atme genervt ein und setze die Kopfhörer wieder auf. Die nächste Videobotschaft, vom New Yorker Sozialrat, erinnert die Leute daran, dass Schichten mit mehr als sechs Stunden als Überstunden gemeldet werden müssen. Die Schauspieler tragen Bauhelme und hantieren mit Schweißgeräten, als wären sie echte Arbeitende. Aber ihre Nasen und Lippen sind so perfekt, das müssen Models sein. Ich nehme die Kopfhörer ab, um zu fragen, ob Schauspielerei für Videobotschaften als Extraktionsdienst angerechnet werden kann? Oder läuft das irgendwie extra, so wie ein Gefallen?

Ein Gefallen für wen?

Keine Ahnung, deine Kooperative?

Die Tundra?

Nicht *deine* Kooperative, irgendeine Kooperative, sage ich, aber dann gebe ich auf, weil er nicht zuhört und die Videobotschaft vorbei ist und der animierte Otter wieder da ist und uns zeigt, dass wir keine Werkzeugkisten auf die Sitze stellen sollen. Ich beobachte den Otter, aber gedanklich bin ich wieder auf der Esplanade. Ich erinnere mich selbst daran, mir um meine Mom Sorgen zu machen. Mir Sorgen um sie zu machen, aber auch wütend zu sein. Mich verraten zu fühlen. Weil sie uns im Stich gelassen hat. Allerdings hat sie uns auch gewarnt, was irgendwie das Gegenteil von Verrat ist. Und vielleicht ist sie verletzt, sage ich mir. Oder schlimmer. Ich denke an die Fallmanager an unserer Tür und bin sofort wieder gleichzeitig besorgt und stolz und peinlich berührt. Ihre Fragen. Als würden sie meine Mom besser kennen als ich. Und vielleicht ist das so. Wenn ich nicht dieses Projekt über den Großen Übergang hätte, was wüsste ich schon wirklich über meine Mom? Und selbst so ... Ich bin es, die die Fragen stellen muss. Das ist nicht fair. Ich erinnere mich noch mal selbst daran, sauer zu sein. Ich pule an den Kratzern auf meinen Armen rum und frage mich, ob sie vernarben, damit Mom und ich was gemeinsam haben. Meine Kopfhörer sind wieder unten.

Warum bist du dir so sicher, dass Mom in Gowanus ist?

Mein Dad blickt sich unauffällig um. Da geht sie immer hin, sagte er leise.

Warum?

Um alte Freunde wiederzutreffen. Viele Veteraninnen und Veteranen der Abteilung Phoenix machen ihren Dienst in Gowanus.

Haben die Fallmanager deswegen nach der Abteilung Phoenix gefragt?

Ich weiß es nicht, Em.

Betreibt die Abteilung Phoenix die Gowanus-Außenstelle?

Meistens haben sie eine Mehrheit im Verwaltungsrat der Außenstelle. Also in gewisser Weise: ja.

Das ist wie der Führungsrat?

Verwaltungsräte erledigen den langweiligen Kram, sagt er. Halten die Turbinen am Laufen, stellen sicher, dass die Batterien aufgeladen werden, sorgen dafür, dass alle zu essen haben und sicher sind. Jede Sturmzone hat einen. Gowanus ist nicht mal sonderlich groß. Warte nur, bis du Rockaway siehst. Oder Hunts Point. Wir besuchen Hunts Point auf dem Rückweg mit Mom. Dann kannst du mal sehen, wo Lucas und ich zuerst stationiert waren.

Klar, sage ich. Dann: Was ist der Sozialrat?

Oh, der Sozialrat repräsentiert alle Arbeitenden der Stadt – jeden, der zu einer gegebenen Zeit Extraktionsdienst hat. Der Sozialrat stellt sicher, dass die Verwaltungsräte die Arbeitenden fair behandeln. Und hält die Arbeitenden auf dem Laufenden. Kümmert sich um die Arbeitsmoral. So was.

Hast du mal im Sozialrat gedient?

Nein. Die Positionen sind ehrenamtlich.

Wie ist es mit dem Verwaltungsrat?

Er schüttelt den Kopf.

Kein einziges Mal? Warum nicht?

Während des Großen Übergangs habe ich hart gearbeitet, Em. Ich hab meinen Beitrag geleistet.

Ich weiß, Dad. Das wollte ich damit gar nicht infrage stellen.

Wir schweigen, als der Zug in die nächste Station gleitet. Die Türen öffnen sich, und wir hören das Zischen von starkem Regen. Ich hasse es, mich mit meinem Dad zu streiten. Streiten ist das, was ich mit meiner Mom mache. Ich konzentriere mich auf meinen Hunger. Schiebe mir die Kopfhörer auf die Ohren und suche ein Lied aus – »Dreams« von den Cranberries, meine zweitliebste irische Band. Als das Lied vorbei ist, drehe ich mich wieder zu meinem Dad und frage ihn nach seinen Flashbacks.

Meine Flashbacks?

Du hast gesagt, jeder hat die.

Na ja, vielleicht nicht jeder.

Aber du schon?

Klar.

Zum Beispiel? Als deine Mom und dein Dad gestorben sind?

Er dreht sich zu mir und sagt: Nicht alle Flashbacks sind schlimm, Em. Man kann auch schöne Flashbacks haben.

Zum Beispiel?

Er denkt eine Sekunde nach. Dann sagt er: Der erste Tag Null. Oder als wir in der Nuuk-Wohnungslotterie eine Wohnung bekommen haben. Oder dich. Als du sehr jung warst – kannst dich wahrscheinlich nicht erinnern –, sind wir nach dem Abendessen oft stadtabwärts in die Thermalbäder gegangen. Und dann zog dir Mom für den Rückweg deinen Pyjama an, und wir holten uns Brombeeren zum Nachtisch. Du bist dann immer auf unserem Schoß eingeschlafen.

Das macht mein Dad immer: Ein ernstes Thema so drehen, dass es plötzlich um was Fröhliches geht. Das komplette Gegenteil von Mom. Als ich ihn für mein Projekt interviewt hab, hat er den Großen Übergang wie ein lustiges Abenteuer mit guten Freunden klingen lassen. Er denkt, so kann er mich beschützen. Aber ich glaube, er beschützt im Grunde sich selbst.

Hab ich geweint, als ich geboren wurde?

O mein Gott. Wie ein Weltmeister.

Was war das Erste, was ich gemacht hab?

Mein Dad und ich haben uns diese Fragen und Antworten schon zigmal zugespielt. Ich hör gerne Sachen über mich aus einer Zeit, an die ich mich nicht erinnern kann. Und mein Dad liebt es, mir davon zu erzählen.

Du hast eine winzige Faust geballt.

Und dann?

Hat Mom dich gehalten.

Und dann?

Hat sie dich mir in die Arme gedrückt.

Hast du geweint?

Na, rate mal.

Hat Mom geweint?

Vielleicht liegt es daran, dass wir übers Weinen reden, aber plötzlich steigen mir Tränen in die Augen. Meinem Vater auch. Ich versuche die Stimmung aufzulockern und sage: Wir sollten die Arbeiterin mit dem Sauggerät zu uns rufen, falls du wirklich losflennst, Dad. Wir lachen. Dann heult die Hurrikansirene los.

Emi Vargas Brinkman
Nordamerikanische Geschichte
Mrs. Helmandi
Projekt: Der Große Übergang (erster Entwurf)

Überschrift?

Ich: Mrs. Helmandi hat mir geholfen, Fragen zu brainstormen. Soll ich von oben anfangen?

Meine Mom: Oben klingt nach einem sinnvollen Startpunkt zum Anfangen.

Ich: Okay. Wo wurdest du geboren?

Für die nächste Fassung: Mit dieser Frage anfangen

Meine Mom: San Pedro Tultepec.

Ich: Wie war es, während der Krise dort aufzuwachsen?

Meine Mom: Heiß.

Ich: Wie heiß?

Meine Mom: Na ja, wir hatten einen See in der Stadt. Meine Großmutter – deine Urgroßmutter – hat erzählt, dass sie als Kind da früher schwimmen und angeln war. Die ganze Stadt ist wohl früher da reingewatet, um sich während der Hitzewellen abzukühlen. Sie hat erzählt, sie haben damals immer Glühwürmchen und Frösche gefangen, und überall in der Stadt sind Bougainvillea und Jacaranda gewachsen. Aber als ich ein Kind war, war der See so gut wie ausgetrocknet. Ein stinkender Krater aus Schlamm und Plastikflaschen. Die einzigen Lebewesen waren Ratten und Mücken. Und die ganzen hübschen Bäume waren weg. Gibt dir das einen Eindruck, wie heiß es war?

Ich: Aber wie hat es sich angefühlt? Man ist nicht einfach gestorben, wenn man rausgegangen ist, oder?

Meine Mom: Der Winter war erträglich. Aber der Sommer …

erinnerst du dich an die Sauna auf der Geofarm? Wie einem da der Schweiß aus den Poren trieft?

Ich: Ja.

Meine Mom: Ab einer bestimmten Temperatur kann sich der menschliche Körper nicht mehr abkühlen.

Ich: Fünfunddreißig Grad. Haben wir in Biologie gelernt. Das ist die Temperatur.

Meine Mom: Na siehste mal. Also, ja, Leute sind gestorben. Weißt du, wie viele Beerdigungen ich als Kind besucht habe? Deine Generation kann sich das gar nicht vorstellen. Ständig sind die Großeltern von irgendjemand gestorben. Die Hitze war tödlich. Für die ganz Jungen und die Alten. So war das Leben damals.

Ich: Wie hast du dich bei Hitzewellen abgekühlt, wenn du nicht in den See konntest?

Meine Mom: Wir haben gelitten. Wir hatten Klimaanlagen, aber der Strom ist ständig ausgefallen. Deine Urgroßeltern sind alle an Hitzschlag gestorben. Wusstest du das?

Ich: Ja. Was habt ihr gemacht, wenn der Strom weg war?

Meine Mom: Ha! Meine Großmutter hat dann immer das Badezimmer besetzt. Sie hat sich in Unterwäsche auf den Boden gelegt. Das ist meine Erinnerung an die Krise. Der Boden war aus Steinfliesen. Der kühlste Ort im Haus. Sie hat dann die Lichter ausgemacht, den Ventilator angeschaltet und auf ihrem Bildschirm ihre Serien gehört. Wenn wir brav waren, durften wir manchmal mit rein. Ich und Yesi. Dann hat sie uns nasse Bandanas in den Nacken gelegt. Aber wenn wir rumgezappelt haben, hat sie uns sofort rausgeworfen. Und du weißt ja, wie Kinder sind – wenn du denen befiehlst stillzusitzen, kriegen sie es erst recht nicht hin. Also mussten wir kichern. Und sie auch.

Ich: Wie war sie?

Meine Mom: Meine Großmutter? Sie war klein. Kleiner als meine Schwester. Aber sie hatte ein tiefes Lachen, wie ein Mann. Und sie hatte lauter alberne Grimassen und Stimmen drauf. Hat uns immer nachgeäfft, unsere Eltern, unsere Nachbarn. Sie war eine echte Ulknudel. Wie Yesenia. Das hatten sie alle gemeinsam. Alle haben versucht, aus einer schrecklichen Situation das Beste zu machen.

Ich: Hattest du je deine Mom oder deinen Dad als Lehrer?

Meine Mom: Yesenia schon, glaube ich. Mein Vater hat an der Mittelstufe Mathe unterrichtet. Yesi war vielleicht in seiner Klasse. Kann mich nicht mehr erinnern. Wir sind weggezogen, bevor ich in die Mittelstufe kam. Meine Mutter hat an der Highschool Geschichte unterrichtet. Sehr traurig, dass du sie nicht für dein Projekt interviewen kannst. Sie hätte viel zu erzählen gehabt.

Ich: Wie war sie so?

Meine Mom: Sie war sehr ernst. Musste sie sein. Zwei junge Töchter und eine alte Mutter, um die sie sich mitten in der Krise kümmern musste. Was für eine Verantwortung. Sie arbeitete sehr hart. In der Schule und zu Hause. Sie und mein Vater waren in der Lehrergewerkschaft aktiv. Ständig kamen Leute zu irgendwelchen Treffen zu uns. Manchmal haben sie mich und Yesi gezwungen dabeizusitzen und zuzuhören. Meine Mutter hat uns nicht vor ernsten Sachen abgeschirmt, wie es Eltern heute machen. Sie hat dafür gesorgt, dass wir wissen, wie normale Leute leiden und sich organisieren und wehren. Sie nahmen uns mit auf Proteste gegen den Ölkonzern Pemex. Oder wir haben eine Flüchtlingskarawane in Empfang genommen und sie mit Lebensmitteln versorgt. Aber meine Mutter war auch realistisch. Eine Pragmatikerin. Sie hat uns nie ein trügerisches Gefühl der Hoffnung vermittelt. Sie hat nie versprochen, dass alles gut wird. Das Leben ist extrem hart, aber das ist keine Ausrede dafür aufzugeben. Auch das hat sie uns beigebracht.

Ich: Mochtest du die Schule?

Meine Mom: Ich hab die Schule geliebt! Ich liebte es zu lesen. Aber wir hatten nur drei Tage die Woche, wenn überhaupt.

Der Unterricht ist ständig ausgefallen, wegen Hitze, Stromausfall, Lehrermangel ... Deine Generation hat so ein Glück. Stabilität ist so ein Luxus, den man sehr schnell für selbstverständlich hält.

Ich: Was hast du an den Tagen gemacht, wo die Schule ausgefallen ist?

Meine Mom: Zu Hause gespielt, schätze ich. Gelesen.

Ich: Was gespielt? Hattest du Freunde?

Meine Mom: Es kamen ständig Familien durch unseren Ort, auf dem Weg nach Norden. Es gab immer Kinder, mit denen ich was unternehmen konnte. Oft haben wir in einem verrosteten Güterwagen bei den Gleisen gespielt. Wir sind im Seebett rumgerannt. Haben Sachen aus Müll gebaut. Yesenia war gut darin, Leute zusammenzutrommeln. Sie war vier Jahre älter. Sie wollte Lehrerin werden. Ich erinnere mich, wie sie unsere ganzen geflochtenen Strohpuppen wie eine Schulklasse aufgereiht hat, um ihnen Matheunterricht zu geben. Sie hat beim Spielen immer die Anführerin gegeben und gesagt, was wir machen, zum Beispiel, wer am längsten auf den Gleisen balancieren kann. Flagge erobern. Fantasiespiele. Sie brachte uns dazu, Tule zu pflücken und zu Kronen und kleinen Häusern zu flechten. Du arbeitest ja selbst mit Kindern. Du weißt, wie sie sind. Gib ihnen eine leere Schachtel. Sie machen aus allem ein Spiel.

Ich: Was ist Tule?

Meine Mom: Was ist Tule? Emiliana! Unsere Vorfahren drehen sich im Grab um.

Ich: Entschuldigung. Hab nur gefragt.

Meine Mom: Schon gut. Ist nicht deine Schuld. Tule ist so was wie Stroh. Es wurde in Nordamerika über zwanzigtausend Jahre lang verarbeitet. Weißt du, sie haben nicht nur ganze Biome zerstört. Sie haben auch unsere Kultur ermordet. Das ist Genozid. Weißt du, was Genozid ist?

Ich: Ja.

Meine Mom: Was ist Genozid?

Ich: Das, was die Nazis gemacht haben.

Meine Mom: Ja. Und was ist mit den Nazis passiert?

Ich: Sie haben einen Genozid verübt?

Meine Mom: Nein, ich meine danach.

Ich: Sie haben verloren?

Meine Mom: Sie sind geflohen. Wie Feiglinge. Und viele von ihnen wurden gejagt und zur Rechenschaft gezogen, um der Welt eine Lektion zu erteilen.

Ich: Oh, richtig, stimmt. Ähm, was war das Schönste an deiner Kindheit?

Meine Mom: Das Schönste?

Ich: Ja, so deine schönste Erinnerung.

Meine Mom: Hast du mir überhaupt *zugehört*? Ich hab zahllose Beerdigungen besucht. Beerdigungen für Babys. Der Tod war Teil des Lebens. Der beste Teil daran, während der Krise aufzuwachsen, war wahrscheinlich meine kindliche Ignoranz. Mit zehn denkst du noch nicht kritisch darüber nach, was da eigentlich passiert. Meine Eltern haben uns zwar nie abgeschirmt. Aber trotzdem: Als Kind hat man keine Ahnung, wie schlimm die Sachen wirklich sind.

Ich: Und was ist mit später? Während des Übergangs? Was war da das Beste?

Meine Mom: Hm, was fällt mir da als Erstes ein? Ich weiß nicht. Es war harte Arbeit. Aufopfernd. Du weißt, was mit meiner Schwester passiert ist. Schau dir mein Gesicht an. Sehe ich aus, als hätte ich Spaß gehabt? Eine Revolution ist kein Kaffeekränzchen.

Ich: Ich hab ja nicht nach Spaß gefragt, nur nach einem Highlight. Wie war der Tag, als wir gesiegt haben? Der erste Tag Null?

Meine Mom: Wir haben nicht gesiegt. Das müsstest du inzwischen wissen. Letzte Woche stand ich in einer Schlange, bei Trader

Joe's, und da waren zwei junge Frauen, nicht viel älter als du. Ihre Einkaufswagen waren voll mit Junkfood und Alkohol, und sie haben ohne jede Scham darüber geredet, was sie an Tag Null anziehen und wie besoffen sie sein werden. Das ist nicht das, wofür wir uns aufgeopfert haben. Der Feiertag wird jedes Jahr größer.

Ich: Ist es nicht gut, ein kleines bisschen zu feiern?

Meine Mom: Nicht, wenn sich substanziell nichts geändert hat. Der Tag Null sollte nicht einfach ein Feiertag sein. Wir brauchen Gerechtigkeit! Für das, was passiert ist. Wir müssen daran arbeiten, dass es nicht wieder passiert. Vor sechzehn Jahren hätten dich Leute ausgelacht, wenn du ihnen gesagt hättest, dass die Finanz- und Bergbaukooperativen von Nuuk ohne echte Mehrheiten von denselben Leuten gemanagt werden, die uns vorher fast ins Verderben gestürzt hätten. Wegen denen wir fast ausgestorben wären. Die Leute sagen »Krise« und wollen, dass wir an Emissionen denken, an Pipelines, Sieg. Aber wer, glaubst du, hat Pemex geleitet? Jede Entscheidung, die unseren Planeten so zerstört hat, wurde von Individuen getroffen, die ganz genau wussten, was sie da tun. Das dürfen wir nie vergessen, okay?

Ich: Okay. Was ist mit Dad? Als du ihn kennengelernt hast ... Ist das keine schöne Erinnerung?

Meine Mom: Wir sind fast gestorben, als wir uns das erste Mal getroffen haben.

Ich: Ich meine danach. Als ihr euch verliebt habt.

Meine Mom: Ich glaube, du willst um jeden Preis was Bestimmtes hören.

Ich: Ich versuche nur, mein Projekt zu machen, Mom. Du hast gesagt, du hilfst mir.

Meine Mom: Ich helfe dir doch.

Ich: Nicht, wenn du meine Fragen nicht beantwortest.

Meine Mom: Okay. Meinetwegen. Vielleicht hast du recht.

Ich: Womit?

Meine Mom: Mit deinem Vater. Die Zeit unmittelbar nachdem wir uns kennengelernt haben. Das war sehr schön.

[Großartige erste Sitzung, Emil! Du bist ein Naturtalent! Du musst aber nicht alle Fragen und Antworten in dein Transkript aufnehmen. Versuche deinen Gesprächspartner dazu zu bringen, sich auf die Vergangenheit zu konzentrieren, nicht auf die Gegenwart ... das soll schließlich eine »historische« Erörterung sein. :-)
Mrs. H.

11 LARCH

ES WAR IM ERSTEN FRÜHLING DES GROSSEN ÜBERGANGS, ALS die Entscheidung fiel, die Freiheitsstatue zu versetzen. Lucas und Osman und ich wollten sie uns ansehen, solange das noch möglich war. Wir hatten gerade unseren ersten Einsatz bei der Abteilung Maine angetreten und hatten eine anstrengende Woche hinter uns, in der wir eine Reihe Brooklyn Brownstones abbauen mussten, diese berühmten New Yorker Wohngebäude aus braunem Sandstein. An unserem ersten freien Tag stiegen wir zu dritt auf eine Fähre den East River abwärts. Dabei stellte sich schnell heraus, dass die Fähre gar keine Fähre war, sondern eine Architekturkreuzfahrt voll mit Touristen – vor allem Saudis. Eine Fremdenführerin wies uns auf die verschiedenen Sehenswürdigkeiten hin und verkündete wie eine Göttin, welche Gebäude von den Fluten verschont werden sollten und in welchen bald Robben die Lobby bevölkern würden. Manche Gebäude, auf die sie deutete, waren schon zum Teil zurückgebaut und hatten in der Skyline klaffende Lücken hinterlassen, wie ausgefallene Zähne. Wir segelten unter zwei Brücken durch und um eine Biegung herum, und da war sie: Aus dem Wasser ragte noch der Sockel mit ihren Füßen, ihr Oberkörper war schon fast vollständig abgetragen.

Drei Kräne waren damit beschäftigt, die gerade entfernten Teile der Statue vorsichtig auf Frachtkränen abzusetzen. Arbeiter wuselten auf Gerüsten um sie herum, wie Sandflöhe auf einer verendeten Möwe. Da, wo ihre obere Hälfte hätte sein sollen, war nur blauer Himmel mit Wolken. Sie war nicht mehr heil. Zerschnitten in zwei Teile, wie Lucas und Osman und ich und wir alle. Wahrscheinlich war das auch ein Grund, warum sie damals eine so beliebte Attraktion war. Ich erinnere mich, wie sich die Touristen in unserem Boot gegen die Reling pressten, um die Szene livecasten zu können. Wie sie um eine gute Position rangelten. Es war derselbe Tanz, den die Leute auch für die Elefanten und den Amazonas und die Sandstrände aufführten: anschauen, solange es noch geht.

New York war zu diesem Zeitpunkt schon nicht mehr zu retten. Die Zeichen tödlichen Niedergangs waren offensichtlich, sogar für diejenigen unter uns, die in den Wäldern von Maine aufgewachsen waren und schon Bangor für einen Hotspot urbanen Lebens hielten. Die Eingänge der U-Bahn-Stationen waren versiegelt, damit die Fluten nicht in die Tunnel strömten. Überall standen abgestorbene Bäume, die sich am Salzwasser totgesoffen hatten, das um ihre Wurzeln schwappte. Die Wohnviertel am Strand, wo früher vor allem Lehrer und Feuerwehrmänner gelebt hatten, waren jetzt nur noch Riffe aus Rost und Holz. Und dann der Müll: Man musste sich nur zwei Blocks aus einer der Zonen für Gegenseitige Hilfe entfernen, und schon stand man knöcheltief in Abfall. Überall zerbrochene Fenster. Graffiti über Graffiti, schnörkelig verwobene Buchstaben, wie Tapeten mit Blumenmuster:

preise baby jesus – eat the rich

nur ratten gehen von bord

Alle Bullen sind immer noch Schweine

unter den pflastersteinen der strand

Besucht die Wall Street! Bringt die Guillotine mit!

Mama Greta, rette unsere Seelen

solidarität statt wohltätigkeit

Besetzt das Quantenbewusstsein

Für immer New York Knicks

Irgendwas mit der Schwerkraft und New Yorks Breitengrad sorgte dafür, dass der Anstieg des Meeresspiegels hier schlimmer war als im Süden, wo der kollabierende Eisschild ins Wasser rauschte. Ein Unterschied von ungefähr einem Meter. Der Unterschied zwischen Leben und Tod, wenn man überlegt, wie nah am Rand die Stadt gebaut war. Unter diesen Umständen war unsere Arbeit endlos. Wir schufteten ununterbrochen, entweder in der Sonne oder unter Flutlichtern, die hell genug waren, dass du selbst lange nach Dienstschluss überall weiße Kreise sehen konntest.

Das Ministerium für Energietransformation teilte die frühen Bemühungen grob in zwei Kampagnen: Linderung oder Rückbau. Die Abteilung Maine wurde je nach Bedarf monatsweise in einer von beiden Kategorien eingesetzt. All die tiefgreifenden Umstellungen, die wir heute mit dem Großen Übergang verbinden – regenerative Landwirtschaft und Hyperloops und Algenfarmen –, sollten erst danach kommen. Zunächst ging es nur ums Überleben.

Linderung hieß: es den Niederländern nachmachen. Flutbarrieren aus Geröll und verstärktem Granit errichten. Sturmfangparks. Auffangbecken für Fluten. Lebendige Wellenbrecher und

Flutschleusen und künstliche Riffe und Schwammmolen. Niemand dachte ernsthaft, dass wir das Meer so stoppen könnten. Die Idee war einfach, die Auswirkungen des Anstiegs zu mildern. Dem Schlag etwas die Kraft zu nehmen. Für uns bedeutete das: Material mit dem Lkw rumfahren oder Material abladen oder Material mit Ausgrabungsmaschinen verschieben. Monoton, aber erfüllend. Jedes Mal, wenn sie eine Aufgabe als erledigt erklärten – ein neu gegrabenes Becken, eine neu errichtete Flutschleuse –, drückten alle auf die Hupe und jubelten und zogen dann zum nächsten Job weiter, oft noch am selben Tag.

Ein Job hieß Die Blauen Dünen. Das Ziel war, eine sechzig Kilometer lange Kette aus Barriere-Inseln von Staten Island bis Long Island zu schaffen. Also die Art Projekt, die eigentlich unmöglich klingt. Wir schafften es in zwei Monaten. Zehn Kompanien luden den ganzen Tag lang Sand ab und gossen Beton. Wir waren Jugendliche – der Großteil der Abteilung Maine war unter zwanzig –, und niemand von uns war alt genug, um sich daran zu erinnern, dass früher alle großen öffentlichen Bauprojekte so angegangen wurden, nicht nur in China. Wir kannten nur noch Arbeitslosigkeit und Lebensmitteltafeln und Selbstmord. Das Konzept eines zukunftsorientierten Fortschritts war uns nur aus dem US-Geschichtsunterricht vertraut: Anekdoten aus einer lange vergangenen Zeit, als unsere Vorfahren das Empire State Building und den Hoover Dam und die kalifornischen Schnellzüge und die Lunar Gateway Raumstation gebaut hatten.

Jetzt waren wir es, die die Zukunft bauten.

Und es war kein Hexenwerk. Eine Wagenladung Schotter nach der anderen. Ein Schweißpunkt, dann der nächste. Eine Betonplatte, dann eine zweite daneben. Unsere Körper waren die Werkzeuge, die es möglich machten. Unsere Hände. Man konnte sich nicht *nicht* stolz fühlen. Erst recht, wenn der Job in der Nähe einer Zone für Gegenseitige Hilfe war. Familien brachten uns Handwärmer und Kaffee und genug Pizza, dass wir allein damit eine ganze Flutbarriere hätten bauen können. Kinder liefen uns nach, um unsere Stoßstangen zu berühren. Alte Leute lehnten sich aus ihren Fenstern und jubelten, wenn unsere Konvois losrollten.

Die Leute lieben es, den Übergang mit Krieg zu vergleichen. Ein glorreicher Kampf gegen einen unsichtbaren Feind. Die letzte Verteidigungslinie der Menschheit. Unsere letzte Gegenoffensive. Der Vergleich hatte oft was Unangenehmes, weil viele von uns wirklich Soldatinnen und Soldaten waren, die das Angebot angenommen hatten, vom Militär zum Übergang zu wechseln. Sie hatten richtigen Krieg erlebt. Aber in den Momenten, wenn ganze Gemeinden uns zujubelten, fühlte sich der Vergleich passend an. Ich erinnere mich, wie nach dem Übergang eine Studie für große Aufmerksamkeit sorgte – sie zeigte einen direkten Zusammenhang zwischen sinkenden Selbstmordraten und ansteigenden Verpflichtungen für den Übergangsdienst. Besonders bei jungen Menschen. Besonders bei jungen Männern. Das glaube ich gern. Manchmal, wenn wir auf dem Heimweg waren, nachdem wir die ganze Nacht bei Flutlicht Beton gegossen hatten – die aufgehende Sonne ließ den Himmel rot leuchten –, betätigte der Kapitän der Fähre einfach so das Schiffshorn, und wir alle hoben die Faust und sangen »This Land Is Your Land« oder was Ähnliches. Kitschig, klar. Aber mir stiegen jedes Mal Tränen in die Augen. Teilweise vor Erschöpfung. Teilweise, weil wir zusammen das Ende der Welt durchmachten. Als Familie. Und etwas dagegen unternahmen. Es zumindest versuchten.

Das war die Linderung. Rückbau war eine ganz andere Geschichte.

Offiziell bezeichnete das Ministerium für Energietransformation den Rückbau als den würdevollen Rückzug. Wenn wir das in einem Streamcast hörten, nachdem wir den ganzen Tag im eigenen Saft geschmort hatten und uns gerade den Staub zerschmetterter Trockenmauern aus den Augenbrauen pulten, konnten wir nur laut lachen. Rückbau war alles andere als würdevoll. Rückbau hieß: ganze Stadtviertel recyceln. Also Orte, die mal das Zuhause von jemandem gewesen waren. Rückbau hieß: sich durch die herzzerreißenden Trümmerhaufen wühlen, die eine Familie auf der Flucht zurücklässt. Unser Job war es, ein Zuhause zu zerlegen, bis nur noch die Stützpfeiler standen. Und uns dann die Stützpfeiler zu schnappen.

Der Abteilung Maine wurde zum Beispiel ein Block Einfamilienhäuser in Staten Island zugewiesen oder eine Reihe Sandsteinbauten in Brooklyn oder ein Hochhaus in einem dieser gigantischen Wohnkomplexe in Queens oder der Bronx. Wir wurden in Arbeitsgruppen aus sechs Leuten eingeteilt. Unser Team bestand aus mir und Lucas und Osman, plus Ezekiel aus Portland und Ellen und Helen – Schwestern, die von der Matinicus Isle vor der Küste von Maine evakuiert worden waren. Ezekiel war vom Militär. Er war in Äthiopien im Einsatz gewesen – und hatte sich zum Übergangsdienst versetzen lassen, um nicht dorthin zurückzumüssen. Was auch immer in Äthiopien passiert war, er wollte nicht drüber reden. Genau wie Ellen und Helen und ich nicht über den Ozean sprechen wollten, obwohl wir alle am Meer groß geworden waren und davon gelebt hatten – die beiden vom Hummerfang bei einer Kooperative in Midcoast. Wenn man uns gefragt hätte, warum wir nicht drüber sprachen, hätten wir gesagt: Wir haben keine Zeit, über die Vergangenheit zu quatschen. Wir sind zu beschäftigt damit, die Gegenwart zu retten.

Jede Einsatztruppe hatte einen Namen. Wir nannten uns »Durch bis Mittag«. Wir waren wirklich so schnell. Wir wählten Osman zum Truppenleiter. Er hatte Erfahrung auf dem Bau, und die Arbeit war ähnlich, auch wenn das Ziel das absolute Gegenteil war: ein Zuhause in seine elementaren Bestandteile zerlegen.

Zuerst sortierte man die persönlichen Habseligkeiten aus und warf sie in die passende Schuttrutsche: Töpfe und Pfannen. Bücher und Bürsten. Pinzetten. Alles, was recycelt werden konnte. Dann machten wir uns an die Türklinken und Scharniere und Vorhangstangen. Sofas und Spülmaschinen und Herde. Wir zerrten Teppiche vom Boden. Brachen Fensterrahmen aus der Wand. Entfernten Trockenmauern. Rissen Kabel und Rohre aus dem Putz. Lockerten mit dem Vorschlaghammer Ziegelsteine und legten die Stützbalken frei. Holz und Eisen und Stahl und Porzellan und Granit und Draht und Plastik. Auf der Straße zu riesigen Haufen getürmt, die die Abteilung Materialsammlung dann abtransportieren und in neue Turbinen und Doppel-T-Träger und Gleise und Schotter verwandeln konnte. Dann kam die Nachhut und riss die Straße auf, um sich die Pflastersteine und Gasleitungen und Glasfaserkabel zu krallen. Ein ganzer Wohnblock, plötzlich nur noch Schlamm. In dem die Green Marines ihre Turbinen auslegen konnten. Ein riesiges Netz aus Rotorblättern. Auf den Ozean gerichtet. Wartend. Auf das Meer.

Durch bis Mittag war nicht von Anfang an die schnellste Crew der Abteilung Maine. Wir mussten uns den Namen hart erarbeiten. Mit massenweise Versuch und Irrtum. Wir lernten schnell, dass wir Unmengen an Wasser trinken mussten, um einen Hitzschlag zu vermeiden. Beim Rückbau musste man Atemschutz und Blaumänner aus Polyethylen tragen, die mit Gaffer Tape an Handgelenken und Knöcheln versiegelt wurden, um uns gegen Schwarzen Schimmel zu schützen. Diese Abdichtung ließ nichts rein, aber eben auch nichts raus: Sobald man den Anzug angelegt hatte, floss einem der Schweiß in Strömen den Rücken und die Beine runter. Dort sammelte er sich in den Stiefeln und schwappte rum, bis wir in der Pause aus dem Gebäude taumelten, frische Luft einsaugten und unsere Stiefel ausleerten. Es war nicht ungewöhnlich, einen Liter Schweiß in die trockene Erde zu kippen. Manchmal machten wir einen Wettbewerb draus: Wer hat am meisten Flüssigkeit verloren? Manchmal schütteten wir alle unsere Stiefel in einen Eimer, um zu sehen, wie viel Schweiß wir als Crew geopfert hatten.

Manches mussten wir auf die harte Tour lernen: Mach nie einen Kühlschrank auf. Der Gestank kroch sogar durch unsere Astronautenanzüge. Wir umwickelten einen Kühlschrank also immer erst mit Isolierband, bevor wir ihn transportierten. Denn was auch immer drin war: Es hatte dort Monate oder sogar Jahre vor sich hingegammelt. Das waren die Viertel, die von heute auf morgen dem Meer überlassen worden waren. In denen bei Flut schon die Wellen durch die Grundmauern schwappten. In denen Schimmel die Wände hochkroch. Manche Blocks lagen bereits im neuen Wattgebiet. Andere Gebäude hatten einfach einen Hurrikan zu viel abbekommen: Die Scheiben waren zerbrochen und die Natur eingezogen. Nicht selten stießen wir auf Wildblumen, die aus einem Couchpolster im sechsten Stock wuchsen. Pilze, die aus Klopapierrollen sprossen. Überall brüteten Tauben. In einem Wohnkomplex in Queens wurden wir von einem riesigen Vogel überrascht, der sein Nest in einer Küchenspüle im zwanzigsten Stock gebaut hatte. Das Linoleum war von einem Teppich aus Federn und winzigen Tierknochen bedeckt. Der Vogel quakte uns wütend an und schlug wild mit den Flügeln, bevor er davonflog und dabei zwei Küken zurückließ – hungrige kleine Daunenbällchen, die niemals die Abrissbirne überlebt hätten. Fünf Minuten lang diskutierten wir, bis wir beschlossen, sie zu adoptieren.

Die Abteilung Maine hatte viele Maskottchen, wegen der zahlreichen zurückgelassenen Haustiere. Aber das waren die ersten mit Flügeln. Wir brachen Krümel von unseren Proteinriegeln ab und fütterten sie damit. Hielten sie mit Flutlichtern warm, die wir extra dafür manipuliert hatten. Lieferten uns hitzige Wortgefechte, ob es jetzt Falken oder Habichte oder Adler waren.

Dann verkündete Mariah, eine der Abteilungsleiterinnen: Es sind Truthahngeier. Und weil Mariah zuvor freiwillig bei der Vogelschutzgruppe Audubon Society aktiv gewesen war und zu den Älteren der Abteilung Maine gehörte – sie war beinahe vierzig –, war die Sache damit entschieden.

Die Kinder aus der Nachbarschaft durften ihnen Namen geben. Wir hatten eher an Geiernamen gedacht, wie Styx oder Roadkill oder Wall Street oder so. Aber die Kids hatten andere Vorstellungen. Sie entschieden sich für Pizza und Pick.

Als Emi mich für ihr Projekt über den Großen Übergang interviewte, erzählte ich ihr sofort die Geschichte von Pizza und Pick. Ich wusste, sie würde die Story mit den Babygeiern lieben. Und so war es auch. Aber noch im selben Atemzug schlug ihre Stimmung um, als würde sie sich selbst ermahnen, es nicht lustig zu finden. Sie warf mir vor, nur fröhliche Geschichten zu erzählen. Und die schlimmen Sachen wegzulassen.

Ich erinnerte sie an meine Geschichten von den Kühlschränken. Den Gestank. Wie Lucas mal in seinen Atemschutz gekotzt hatte.

So was meinte sie nicht, sagte sie. Ich meine echte Sachen.

Was denn bitte? Das Wetter? Ich hab dir gesagt, es war heiß.

Dabei wusste ich genau, was sie meinte. Sie wollte von den Hausbesetzern hören, von den Junkies und den psychisch Gestörten, die uns anbettelten, ihre Häuser nicht abzureißen. Von den Hartnäckigen. Den Mumien, die wir in ihren Betten oder in einem Sessel am Fenster fanden. Den alten Menschen, die sich entschlossen hatten, mit dem Schiff unterzugehen. Und den Tierkadavern. So viele Haustiere. Oder von den drei Brüdern aus Rockland, die beim Bau einer Flutschranke in Gowanus vom Gerüst in den flüssigen Beton gestürzt und lebendig begraben worden waren. Von dem Doppel-T-Träger, der sich aus der Halterung löste und Mariah die Wirbelsäule brach. Das waren die Dinge, die Emi wissen wollte. Aber je mehr sie danach fragte –

fast bettelte –, desto weniger wollte ich ihr verraten. Ich weiß nicht, was das richtige Alter ist, um vor deinem Kind das Buch deines Lebens aufzublättern. Doch eines steht fest: Fünfzehn ist es nicht.

Emi wollte ein Nein nicht akzeptieren. Was das betrifft, ist sie wie ihre Mutter. Sie sagte, ich *müsste* es ihr erzählen. Für die Schule. Für ihr Projekt. Oder wollte ich etwa, dass sie durchfiel?

Ich wollte nicht, dass sie durchfiel. Aber.

Sie erinnerte mich daran, dass ihre Mutter ihr auch alles erzählte.

Also gut, meinetwegen. Wenn du es wirklich wissen willst, sag ich's dir. Sie sind gestorben.

Wer ist gestorben?

Die Geier. Pizza und Pick.

Na ja, natürlich, Dad. Babytiere überleben nie ohne ihre Moms. Das hätte ich dir auch sagen können.

Beim Rückbau lernten wir sehr schnell, dass zu Arbeitsbeginn an einer neuen Wohneinheit ein erster Arbeitsschritt besonders wichtig war: Fotos entfernen. Schulabschlüsse. Taufen. Hochzeiten. Alles. Sonst beobachtete einen die Familie dabei, wie man ihr Leben plünderte. Ihre Geister verfolgten einen natürlich trotzdem – ein Sportmagazin oder eine Bibel neben dem Klo, ein Hundefressnapf auf der Veranda –, aber der Job war etwas erträglicher, wenn wir ihnen dabei nicht in die Augen schauen mussten. In jedem Zimmer lauerten Gespenster. Keine vollständigen Gespenster. Fragmente. Doch diese einzelnen Fragmente konnten sich zu etwas zusammensetzen, das wirklich mächtig war. Das passierte uns allen irgendwann. Ich kam mal in ein Kinderzimmer und ertappte Lucas, wie er eine Basketballtrophäe in der Hand hielt. Helen, wie sie den Stoff eines Kleides in einem Kleiderschrank betastete. Osman, wie er das Foto einer

Abschlussfeier – Kind zwischen den Eltern – studierte, das er noch nicht in Glas, Pressspan und Draht getrennt hatte.

Brauchst du eine Pause, Chef?

Nee, alles gut.

Nimm dir fünf Minuten. Trink was. Ist ein Befehl.

Jedes Zuhause, das wir zerlegten, stand für eine weitere Familie, die evakuiert und vertrieben worden war. Der nichts blieb, zu dem sie zurückkehren konnte. Wir alle konnten uns damit identifizieren. Wenn irgendwas mich an mein Leben vor dem Feuer erinnerte – ein plätschernder Tidentümpel, der Duft eines Gewürzes oder einer Pflanze, den ich aus der Küche meiner Mutter kannte –, dann schaltete ich einfach mein Gehirn aus. Wir alle haben dissoziiert. Das musste man. Deswegen waren wir auch so gut im Rückbau: Wir wollten die Vergangenheit nicht einfach nur beerdigen – denn auch wenn man etwas kilometertief verbuddelt, kann man es später wieder ausgraben. Wir wollten sie auseinandernehmen. Verhindern, dass sie wieder zusammengesetzt würde. Die Vergangenheit dekonstruieren. Um daraus eine neue Zukunft zu bauen.

Das machten wir über Wochen hinweg. Monate. Immer und immer wieder. Jedes Zuhause komplett anders und trotzdem genau gleich. Und nach jeder Schicht fuhren wir zurück nach Hunts Point, um zu schlafen, aufzuwachen und beim nächsten Zuhause wieder von vorne anzufangen.

Wir bei der Abteilung Maine hatten das Glück, dass unsere Baracken in Hunts Point waren. Wir wohnten auf dem früheren Grundstück der Metropolitan Transportation Authority, der Verkehrsgesellschaft für den Großraum New York. Vier riesige zeltartige Konstruktionen mit Pritschen für alle tausend Verpflichteten. Als wir diese Unterkünfte errichteten, waren sie zunächst strahlend weiß. Die Kinder aus der Nachbarschaft brauchten genau eine Minute, um ihnen den Spitznamen Marshmallows zu verpassen.

Hunts Point war eine der wichtigsten Zonen für Gegenseitige Hilfe in der Bronx. Der Stützpunkt hatte eine enorme strategische Bedeutung, weil sich hier ein Terminal befand, über den die Verteilung von Lebensmitteln abgewickelt wurde. Die Hälfte der Nahrungsmittel, die nach New York kamen, musste zuerst durch Hunts Point. Dieses Stadtviertel hatte damit einen Machthebel. Die Leute dort hatten sich gut organisiert und zu einer Föderation aus Gewerkschaften und Kooperativen, Nachbarschaftsassoziationen und Stiftungen für gemeinschaftlichen Boden zusammengeschlossen. Die Struktur dieser Föderation war auf den ersten Blick verwirrend, aber sobald man eine ihrer Versammlungen live miterlebte, verstand man das Konzept sehr schnell: Alle aus der Nachbarschaft durften mitbestimmen. Also auch wir. Wir steckten alle gemeinsam drin.

Bei Stürmen öffneten wir die Marshmallows als Unterkunft für alle. Nach Stürmen halfen wir beim Wiederaufbau. Die Stadtwerke von New York deckten kaum mehr als Manhattan ab. Ab und zu verirrte sich mal ein einzelner Wagen der Straßenreinigung hierher. Polizeidrohnen der NYPD waren im Vergleich dazu häufiger. Also blieb die ganze Arbeit an der normalen Bevölkerung hängen. So lief es schon seit Jahren.

Nicht alle Einheiten packten auch an ihren freien Tagen mit an. Aber Osman war immer dabei. Und damit auch wir anderen. Ich meldete mich freiwillig für Küchenschichten fürs Frühstück. Lucas gründete eine Basketballliga für Jugendliche. Osman übernahm Hausmeistertätigkeiten für die Vorschule einer Organisation für Gegenseitige Hilfe. Er hatte sich bis über beide Ohren in eine Lehrerin verknallt und machte Überstunden, damit sie sich auch in ihn verknallte.

Das Leben in Hunts Point war vollkommen anders als das Leben, das wir hinter uns gelassen hatten. Und das war genau, was wir brauchten. Wir waren viel zu beschäftigt, um auch nur kurz an die Vergangenheit oder die Zukunft zu denken. Aber genau das ist das Gefährliche an der Zukunft, erklärte ich Emi. Eine Gefahr, die vorherige Generationen erst begriffen hatten, als es schon zu spät war: Die Zukunft lauert uns auf. Und zwar nicht passiv. Sie ist vielmehr schon auf dem Weg zu uns.

12 EMI

DIE HURRIKANSIRENE HAT EINEN SOFORTIGEN EFFEKT: SIE LÄSST alle verschiedenen Versionen von mir in einem Punkt aus dichter Masse zusammenfallen. Wie ein sterbender Stern, bevor er zur Supernova wird. Bloß, dass es eben nicht die Schwerkraft oder ein Schwarzes Loch oder so ist, was diesen Kollaps verursacht. Es ist das Heulen der Sirenen, die rot aufblitzenden Bildschirme – und mein Dad, der von seinem Platz aufspringt und mich so fest an sich drückt, dass ich gedanklich sofort wieder auf der Esplanade bin und nicht atmen kann.

Dann gibt die Hyperloopbahn ein Zischen von sich, gefolgt von einem dumpfen Knall, und der Zug verringert abrupt seine Geschwindigkeit. Mein Dad verliert das Gleichgewicht, stürzt und reißt mich fast mit sich zu Boden. Leute springen zu uns rüber, als würden sie sich einen Wettkampf darum liefern, wer als Erstes hilft.

Tut mir sehr leid, sagt mein Dad und lacht alle und niemand Bestimmtes an. War ein harter Tag.

Die Frau mit dem Wassersauggerät fährt mit dem Mundstück über Dads Rücken. Seine Klamotten sind dreckig vom nassen Boden. Alle versuchen so unauffällig zu gaffen, als würden sie *nicht* gaffen. Es ist peinlich. Die Sirene, merke ich jetzt, ist gar nicht mal so laut. Über die Lautsprecher ertönt eine Frauenstimme und meldet sich verschiebende Sturmmuster und dass wir an der nächsten Station warten werden.

Ich tue so, als müsste ich meine Kopfhörer neu synchronisieren, mein Dad setzt sich und legt den Arm um mich. Ich schüttele ihn ab. Nicht ganz, nur ein bisschen. Meine Mom hätte sich nicht so von der Sirene erschrecken lassen. Meine Mom hätte nicht alle Blicke auf sich gezogen wie mein Dad: Als wäre er irgend so ein MineCo-Wichtigtuer, der in seinem Leben noch nie auch nur eine Stunde gearbeitet hat.

Am liebsten würde ich auf meinen Sitz steigen und laut all seine Einsätze für den Großen Übergang runterrattern. Den Leuten sagen, dass er hier in New York bei der Schlacht ums Große U dabei war und in Staffel drei von *Corps Power* mitgespielt hat. Aber natürlich mache ich nichts davon. Ich habe nur kurz Augenkontakt mit dem Tundra-Cap-Mädchen. Sie starrt uns ebenfalls an, aber nicht auf eine peinliche Art. Eher so sympathisch. Als hätte ihr die Sirene auch einen Schreck eingejagt und sie wäre froh, dass sie damit nicht allein ist.

Ich blicke kurz auf meinen Dad und zurück zu ihr und rolle dann mit den Augen.

Sie rollt auch mit den Augen, so: *Dads. Kenn ich.*

Ich lächele.

Sie lächelt zurück. So breit und so freundlich, dass ich ganz warme Wangen kriege.

Die Hyperloopbahn bleibt in der Station Brooklyn Heights stehen, um den Sturm vorbeiziehen zu lassen. Wir sind nur noch eine Station von Greenwood Heights entfernt, aber das System geht keine Risiken ein, sagt mein Dad. Besser Vorsicht als Nachsicht, und ich bin damit tausend Prozent einverstanden.

Wir packen unsere Taschen und steigen mit allen anderen aus dem Zug. Ich bin bereit, endlich New York zu sehen, aber es ist, als würde sich die Stadt vor mir verstecken: Vom Bahnsteig aus gehen wir durch einen Tunnel in die Station – wir könnten genauso gut auf dem Meeresboden sein.

Brooklyn Heights ist eine riesige umgedrehte Glasschüssel. Ein bisschen wie die Magnetbahnstationen in Nuuk, aber weniger domartig. Und sie riecht erdiger und hat größere Bäume – das liegt am Breitengrad, sagt mein Dad, hier gibt es mehr Sonnenlicht. Es ist eine alte Station, die sie zurückgebaut, über den Fluss transportiert und dann renoviert haben. Ich versuche Interesse zu zeigen, während er die Geschichte referiert, aber das ist aus zwei Gründen gar nicht so leicht. Grund eins: die Nachrichtenbilder auf den Wandbildschirmen. Hektisch zusammengeschnittene Aufnahmen von den Angriffen und dem Manifest der Furien erinnern mich daran, dass jede Minute, die wir hier festsitzen, eine weitere Minute ist, in der meine Mom vielleicht in irgendwelchen Schwierigkeiten steckt – wie kann mein Dad in so einem Moment was über Geschichte daherfaseln? Grund zwei: der Hurrikan. Es ist der reine Wahnsinn. Der Regen fließt in Strömen das Fenster runter. Mehr Wasser, als ich jemals außerhalb vom Ozean gesehen oder gehört habe. Und genau wie der Ozean zieht der Sturm die Leute magisch an, sein Anblick, sein Klang. Auch mich.

Ich zerre meinen Dad an der Hand zum Fenster, nehme dabei kaum die ganzen Lebensmittelstände und die winzigen Gärten wahr. Der Rand der Station ist mit Liegen und Schaukelstühlen gesäumt. Alle besetzt, aber das ist okay, mir ist gar nicht nach Sitzen. Mir ist danach, an die Scheibe zu gehen, meine Hände gegen das dicke Glas zu pressen und raus in den Sturm zu starren.

Wenn mein Dad behauptet hätte, das ist kein Glas, sondern ein riesiger Bildschirm mit einem Regenvideo – ich hätte es ihm geglaubt. Diese Wassermassen wirken einfach unrealistisch. Aber wenn ich meine Handflächen gegen das Glas drücke, kann ich spüren, wie der Sturm brummt und rumort – und das kriegt kein Bildschirm so hin. Immer wieder teilt sich der Regen kurz und lässt Blätter und Zweige durchhuschen, die der Wind dann gegen das Glas pinnt. Wie ein Schauspieler, der vor dem Stück kurz durch den Vorhang lugt. In der Ferne kann ich schwach die Umrisse von riesigen Wellen erkennen. Turbinen, die fast durchdrehen. Gelbe Meeresmauern, die aufgeblasen werden. Und dann der Otter.

Ich kreische auf, als ich ihn entdecke. Mein Vater packt mich. Dann entspannt er sich wieder, als er sieht, was ich sehe: Das wahrscheinlich – nein, mit Sicherheit – niedlichste Tier Nordamerikas steht da aufrecht auf seinen Hinterbeinen, presst die Pfoten ans Glas und zuckt mit Nase und Schnurrhaaren. Es ist so unglaublich süß, dass es in meiner Brust schmerzt. Auf diese schöne, warme Art, wie wenn bei CareCorps ein Kind auf mich zurennt, weil es sich darüber freut, dass ich da bin.

Der Otter blinzelt. Sein Fell ist ein Gewirr aus braunen Wirbeln, in denen die Wassermassen von seinem Körper strömen. Er neigt den Kopf. Schaut mir direkt in die Augen. In Nuuk gibt es null wilde Tiere, bis auf Seemöwen und Lemminge. In der Nähe der Geothermiefarmen hab ich mal Orcas gesichtet, und Karibuherden von einem Zeppelin aus. Aber so nah wie jetzt hab ich es noch nie an ein wirklich wildes Tier geschafft.

Dann ist er wieder weg. Winzige Pfotenabdrücke bleiben kurz auf dem Glas zurück, bevor sie vom Regen wieder weggespült werden. Ich schirme mit meinen Händen das Licht in der Station ab, um besser durch das Glas in den Sturm blicken zu können. Regen und noch mehr Regen. Mein Atem lässt die Scheibe beschlagen.

Ob er das überlebt? Wird der da draußen nicht ertrinken?

Otter sind fürs Wasser geschaffen, sagt mein Dad.

Aber in einem Hurrikan?

Die haben Schlimmeres überlebt.

Was denn bitte?

Uns zum Beispiel, sagt ein Mann im Alter meines Vaters, der mit geschlossenen Augen neben uns sitzt.

Noch was, was ich über New York gelernt habe: Alle sind Fremde, aber niemand benimmt sich so.

Mein Dad schwingt seine Tasche von einer Schulter auf die andere und sagt, er muss mal aufs Klo. Ich will weiter nach dem Otter suchen, aber sobald die Worte meinen Mund verlassen haben, bin ich froh, dass mein Dad Nein sagt. Erstens weil ich merke, dass ich selbst pinkeln muss. Zweitens weil mir auf einen Schlag wieder einfällt, dass meine Mom verschollen ist. Wir sind nicht hier, um wilde Tiere zu beobachten. Wir stecken während eines Hurrikans in einer überfüllten Glasschüssel fest, null Meter über dem Meeresspiegel. Ich beeile mich, um mit meinem Dad Schritt zu halten.

Was soll ich machen, wenn wir uns verlieren?

Werden wir nicht.

Aber was, wenn doch.

Em. Wir teilen uns nicht auf ...

Aber ...

Dann treffen wir uns bei der Bühne. Aber das passiert nicht. Mach dir keine Sorgen.

Ich pinkle zuerst, dann warte ich bei unseren Taschen, während er an der Reihe ist. Ein Schwarm aus etwa sechs Papageien schnattert und krächzt in den Bäumen. Ein paar fliegen zu einem Pflanzengitter rüber, wo sie prompt von ein paar Arbeitern verjagt werden. Die Arbeitenden ernten gerade Gemüse – Gurken, glaube ich. Neben dem Garten ist eine Bühne, auf der eine Frau Schlagzeug spielt und ein Mann Geige. Kein Gesang, nur ein sanfter Beat mit Streichern, ein wässeriges, trillerndes Hin und Her. Es gibt dem Lärm des Hurrikans ein superentspanntes Feeling, der perfekte Soundtrack für den Sturm, was wahrscheinlich Absicht ist. Jemand tippt mir auf die Schulter, und mir steigt der beißende Duft von Kaffee in die Nase.

Hey du, hab ich dir mitgebracht. Hoffe, du magst ihn süß. Hab mit dem Zucker etwas übertrieben, schätz ich.

Ich wirbele herum. Es ist das Mädchen aus dem Hyperloop, sie hält mir einen dampfenden Becher hin.

Danke, sage ich.

Prost, auf Zwischenaufenthalte, sagt sie und hebt ihren Becher.

Ich tippe meinen Becher gegen ihren, ganz vorsichtig, um nichts zu verschütten. Dann nehme ich ein Schlückchen Kaffee – auch das ein erstes Mal – und verschlucke mich fast vor Überraschung: Er ist bitter, aber auch lecker.

Sie zieht ein Croissant aus einer Tüte, beißt ein Stück ab und gibt mir den Rest. Sie hakt sich bei mir unter. Ihre Bewegungen sind so entspannt, als würden wir uns schon ewig kennen.

Ich bin Reena, sagt sie kauend.

Emi, sage ich. Das ist mein Name. Emi. Emiliana.

Setz mich neben Maru oder Lucas oder zehn Knirpse bei CareCorps, und es macht mir nichts aus. Aber bei Leuten, die eher in meinem Alter sind, verkrampfe ich mich einfach manchmal. Ich hab dann plötzlich keine Ahnung, was ich sagen soll.

Wo ist der große Kerl?, fragt Reena. Ist das dein Dad?

Ich nicke.

Seid ihr Missionare?

Was?

Missionare. Mormonen? Sie kaut auf einem zweiten Croissant aus ihrer Tüte rum. Das Croissant in meiner Hand ist noch ganz warm. Das weiche Innere hat sich von ihrem Bissen erholt und wieder ausgedehnt. Ich breche mir ein kleines Stück Blätterteig ab. Mein Magen schwillt an, versucht mich von meiner Welle zu schleudern. Ich fange mich gerade noch. Finde mein Gleichgewicht wieder.

Wir sind keine Missionare.

Siehst nicht alt genug aus für Extraktionsdienst. Nicht böse gemeint. Oh! Sozialstunden? Bist du deswegen hier? Was hast du angestellt?

Ich hab keinen Ärger. Wir sind hier, um meine Mom abzuholen. Sie wurde verletzt.

Oh. Süße. Das tut mir leid. Übelst viele Verletzungen gestern. Alle haben förmlich an ihren Bildschirmen geklebt, haben sich den Aufstand angeschaut. Ich wäre fast vom Dach gefallen. Algenernte, falls du dich wunderst. Und nein: War nicht meine erste Wahl.

Sie zieht eine Grimasse und streckt die Zunge raus, aber ich hab immer noch ihren Blick vor Augen, als sie *Aufstand* sagte: Ihre Augen waren groß und leuchteten, irgendwie fast dunkelblau.

Ich war mit meinem Dad dort, sage ich. In Nuuk. Beim Aufstand.

Reenas Augen werden noch größer und dunkler und hübscher.

Wir mussten in die Bucht springen, um von der Massenpanik wegzukommen. Es war eiskalt.

Sie wirft die Arme in die Luft: Diese Woche zu Schichten verdonnert zu werden war das Schlimmste, was mir je passiert ist! Ich hab alles verpasst! Versteh mich nicht falsch – ich steh nicht auf Gewalt oder so. Meine persönliche Philosophie ist das nicht. Aber irgendjemand muss die Wichser wissen lassen, dass wir nicht vergessen haben, wie sie unser Zuhause abgefackelt haben. Was sollen wir denn sonst machen? Ihnen die Leitung der Feuerwehr übergeben? Sie in unser neues Zuhause einladen, als wäre nichts passiert? Sie einladen, es sich bequem zu machen und uns beim Streichen zu helfen?

Ich schüttele zustimmend meinen Kopf. Es hat was Surreales, jemanden in meinem Alter wie meine Mom reden zu hören.

Eben, sagt sie. Aber genau das versuchen die gerade. Hast du das aus Duluth gehört? Wie sie gemeinschaftliche Unternehmen wieder in private Konzerne umwandeln?

Das machen die?

Sie reden davon. Ich denk mir so, ähm, hallo? Je was von Geschichte gehört?

Sie steckt sich eine Haarsträhne hinters Ohr, fasst sich an den Schirm ihrer Cap und reißt sich ein Stück von ihrem Croissant ab. Ich stelle mir mich selbst mit achtzehn vor, auf meinem ersten Extraktionsdienst: wie ich alleine durch New York fahre, mit Fremden über Politik rede, Gebäck runterschlinge, meine Nägel ein so saftiges Blau, dass Leute ihre Augen nicht davon losreißen können.

Na ja, sagt sie und schluckt laut. Tut mir leid wegen deiner Mom. Aber bin mir sicher, ihr geht's gut. Im Ernst. Hab ein gutes Gespür für so was.

Okay. Danke.

Hey, loopt ihr zwei zum Außenposten?

Ein Jugendlicher ist zu uns rübergeschlendert. Er ist fast so groß wie mein Dad, aber drahtig. Die Ärmel seiner Arbeitsuniform sind bis hinter seine Ellbogen hochgerollt, seine Unterarme sehnig, mit vorstehenden Adern. Er hat langes schwarzes Haar, das zu einem Dutt zurückgebunden ist.

Entschuldigung?, sagt Reena. Wir unterhalten uns gerade.

Sorry, murmelt er und dreht sich weg, um zu gehen.

Warte, meinst du etwa den Außenposten Gowanus?, rufe ich ihm hinterher.

Er bleibt stehen. Ja, fährst du auch hin?

Du und wir und halb New York, sagt Reena. *Hinkommen* ist nicht das Problem. *Reinkommen,* das ist der schwierige Teil.

Ich hab einen Kontakt, sagt er. Meine Tante war für einen Einsatz mit der Abteilung Phoenix unterwegs. Sie sagt, sie kann mich auf die Transferliste setzen lassen. Ich kann ein gutes Wort für euch einlegen. Wenn ihr wollt.

Mein Herz macht bei *Abteilung Phoenix* ein Doppeldribbling.

Na klar könntest du das, sagt Reena gelangweilt.

Was für eine Liste?, rutscht es mir raus.

Die Transferliste, sagt er. Um sich der Revolution anzuschließen.

Reena rollt mit den Augen. Man kann für seinen Extraktionsdienst einen Transfer beantragen. Nach Gowanus rüberwechseln. Aber es gibt ’ne lange Warteliste. Alle wollen dahin.

Warum?, frage ich.

Um nah dran an der Action zu sein, sagt Reena. Zum Mithelfen.

Der Junge nickt. Gegenseitige Hilfe. Wie in alten Zeiten.

Meine Mom leistet ihren Dienst immer in Gowanus, sage ich.

Immer?, fragt Reena.

Der Junge fragt: Kennt sie wen von den Phoenix-Leuten?

Sie starren mich beide an. Ihre Aufmerksamkeit ist wie ein Magnet, der meine Lippen in Bewegung versetzt, mir die Worte aus dem Mund zieht, sodass ich ihnen fast automatisch geantwortet hätte: *Ja,* meine Mom kennt die Phoenix-Leute, sie *ist* eine von denen – aber ich beiße mir auf die Zunge. Ich denke an die Fallmanager von der Öffentlichen Sicherheit, wie sie vor unserer Wohnungstür stehen und ähnliche Fragen stellen.

Warum interessieren sich alle so für die Abteilung Phoenix?

In dem Moment, als ich das frage, schrumpfe ich in ihren Augen wieder zu einem kleinen Kind. Ich kann sehen, wie es passiert.

Was?, frage ich.

Ähm, hast du nicht gesehen, was abgeht?, fragt der Junge. Die Nachrichten?

Sie war dort, in Nuuk, sagt Reena und legt einen Arm um meine Schultern. Sie war dabei, als es passiert ist.

Was hat das mit der Abteilung Phoenix zu tun?, frage ich.

Reena und der Junge werfen sich einen Blick zu, bei dem ich mich noch jünger und kleiner fühle.

Phoenix und die Furien, sagt der Junge und kreuzt seinen Zeige- und Mittelfinger: Die sind *so.*

13 LARCH

AM WASCHBECKEN DES HERRENKLOS FORME ICH MEINE HÄNDE zu einer Schüssel und lasse sie mit Wasser volllaufen. Ich trinke einen Schluck, klatsche mir den Rest ins Gesicht und starre in den Abfluss, um mein Spiegelbild zu meiden. Ich weiß, was ich dort sehen werde. Erschöpfung. Ich habe letzte Nacht in Marus Wohnung kein Auge zubekommen, ständig tigerte die Katze rum, während Emi laut recherchierte, in welche Haustierpension wir sie bringen sollen. Und die ganze Zeit erwartete ich, dass gleich wieder jemand an die Tür klopft. Die paar Stunden im Flugzeug mit Lucas waren beruhigend, aber das war keine Erholung, wir haben ständig geredet. Und er hatte auch nicht mehr Antworten zu bieten als MemeFeed. Er stimmte mir zu, dass ich mir aus gutem Grund verrückt vorkomme. Stimmte mir zu, dass es verrückte Zeiten sind. Erschöpfung führt bei mir dazu, dass mein Gehirn immer wieder kleine Kurzschlüsse hat. Im Hyperloop sah ich vier oder fünf Mal Kristina einsteigen. Ich sah Rich und Min nach uns suchen. Uns verfolgen. Sah mich selbst wild zwischen zwei Polen hin und her pendeln. Der eine Pol: dass es die richtige Entscheidung war, Emi aus Nuuk hierherzubringen. Der andere Pol: schrecklicher Fehler.

Aber es ist nicht *mein* Fehler. Es ist Kristinas Fehler. Weil sie uns verlassen hat. Weil sie mich und Emi in die Sache mit reingezogen hat, was auch immer hier los ist. Weil sie mir einen Scheißdreck davon erzählt hat.

Ich trockne mir das Gesicht am Ärmel, sperre mich in eine Kabine und ziehe meinen Bildschirm raus. Ich pinge sie zum hundertsten oder millionsten Mal an, seit sie mir sagte, ich soll Emi packen und abhauen. Und zum hundertsten oder millionsten Mal antwortet sie nicht. Ich halte den Bildschirm an mein Gesicht und weine ein wenig und schreie lautlos in das dunkle Glas – und es funktioniert: Der Bildschirm leuchtet auf. Ich fummle hektisch daran rum, lasse ihn fast fallen.

Aber es ist nicht sie. Es ist Lucas.

Hat der Sturm euch da unten schon erwischt?, fragt er.

Gerade gelandet, sage ich. Sie haben den Hyperloop abgestellt.

Das hab ich befürchtet. Irgendeine Ahnung, wann er wieder läuft?

Bisher keine Ansage. Wir hängen in Brooklyn Heights fest.

Ich glaube, wir sollten früher nach Nuuk zurück als geplant, sagt er. Ich will hier nicht festsitzen. Einen Flieger für einen Tag klauen: dummer kleiner Fehler. Über Nacht? Das gibt Ärger.

Ich schließe die Augen und sage ihm, dass wir wahrscheinlich nicht allzu bald hier fertig sein werden.

Immer noch nichts von ihr gehört?

Nein, sage ich.

Okay. Wie viel Zeit brauchst du? Reden wir über Stunden?

Du solltest ohne uns los. Flieg zurück, solange es noch geht.

Ich habe kein Problem mit ein bisschen Ärger, wenn ich damit helfen kann, sagt er.

Du hast uns schon geholfen, indem du uns hergebracht hast, sage ich. Wir können mit einem Zeppelin nach Hause. Außerdem: Vielleicht bleiben wir ein paar Tage. Schauen uns die Sehenswürdigkeiten an. Wir alle zusammen.

Ich liebe deinen Optimismus, sagt er.

Ja, sage ich, meine Stimme flattert. Ich geb mir Mühe.

Ich lege auf und weine und pinge Kristina noch mal an. Pinge sie an. Pinge sie an. Ich gebe mir Mühe. Versuche mich zusammenzureißen. Für Emi. Für mich. Aber was man zusammenpresst, muss irgendwann auseinanderfallen. Und schon geht's los: Ich pinge sie ein weiteres Mal an. Sage ihr, sie soll rangehen. Brülle sie an. Schreie. Schleudere meinen Bildschirm auf den Boden, und er schlittert über die Fliesen.

Im Klo wird es ganz leise. Ich verlasse die Kabine und nicke zwei Männern zu, die mich vom Urinal aus beobachten. Hebe meinen Bildschirm auf. Wasche mir die Hände. Schaue mich im Spiegel an. Du fällst auseinander, dann baust du dich wieder zusammen. So ist das Leben. Ich nicke mir selber zu. Eile nach draußen, um auf meine Tochter aufzupassen. Um meine Frau zu finden. Um meine Familie zu beschützen.

14 EMI

ALS ICH MEINEN DAD AUS DEM KLO KOMMEN SEHE, BERUHIGT mich das, aber gleichzeitig ist es mir zum Sterben peinlich.

Hey, Gang, sagt er und wischt sich die Hände an der Hose ab. Emi, wer sind deine Freunde? Er schnipst mit den Fingern und zeigt auf Reenas Cap: Go, Tundra!

Dad, sage ich.

Er schnüffelt an meinem Becher.

Kaffee? Du trinkst Kaffee?

Genau in dem Moment bricht in einer anderen Ecke der Station Jubel aus und verebbt, dann noch mal – kurz aufbrandender Applaus, als hätten die Tundras gerade einen wichtigen Dreipunktewurf versenkt. Aber während der Feiertage laufen keine Tundra-Spiele. Reenas Gesicht wird von ihrem Bildschirm in Blau getaucht. Bei dem Jungen und den anderen Passagieren genauso. Sogar die Band hört auf zu spielen. Ich ramme meinem Dad den Ellbogen in die Rippen und sage ihm, er soll seinen Bildschirm checken.

Nicht jetzt, sagt er und blickt sich um.

Doch, jetzt, sage ich und fasse in seine Tasche. Er packt mich am Handgelenk, aber da habe ich seinen Bildschirm schon rausgezogen. Das Glas ist ein funkelndes Spinnennetz. Tausend kleine Trapeze.

Ist mir runtergefallen, sagt er, als ich ihn fragend ansehe.

Runtergefallen von wo?, frage ich. Ist er kaputt?

Glaub schon.

Aber wenn Mom versucht, uns zu erreichen? Dad!

Beruhige dich, Em. Es ist in Ordnung.

Reena und der Junge geben sich High fives.

Wir haben noch einen erwischt!, sagt Reena.

Sie hält ihren Bildschirm hoch: Ein Livebild von einem alten Mann. Ein Pop-up-Sticker identifiziert ihn als Ian Rios, Quanteninvestor und Klimaverbrecher. Von seiner Physiotherapeutin hingerichtet auf einer Jacht auf dem Lake Superior. Die Furien bekennen sich zu dem Anschlag. Ich versuche noch mehr zu lesen, aber der Bildschirm ist zur Hälfte bedeckt mit fliegenden Herzen von MemeFeed-Nutzern. Mein Dad flucht durch die zusammengebissenen Zähne und reibt sich die Augen. Er wischt auf der gesplitterten Scheibe rum.

Geht er an?, frage ich. Funktioniert er?

Er spannt den Kiefer an und schüttelt den Kopf.

Hat Mom dich auf dem Klo angepingt? Dad? Hast du mit ihr gesprochen?

Er steckt seinen Bildschirm ein und schüttelt wieder nur den Kopf. *Nicht jetzt. Nicht hier.* Das macht mich schrecklich sauer.

Überall in der Station jubeln und applaudieren Leute, als sich die Nachricht verbreitet. Bei der ganzen Aufregung wird mir etwas schwindelig, und ich fühle mich ausgegrenzt, wie manchmal bei meinem Basketballteam. Als gäbe es ein geheimes Team innerhalb des Teams, und ich bin die Einzige, die nichts davon weiß. Ich trinke den Rest von meinem Kaffee in großen Schlucken aus, dann wende ich mich wieder meinem Vater zu.

Was hat Mom gesagt?, frage ich. Wusste sie auch von diesem Angriff?

Er packt mich grob an der Schulter und schwingt mich herum.

Sei still!, zischt er. Alles ist in Ordnung. Wir finden sie, und alles wird gut. Aber bis dahin musst du aufpassen, was du sagst. Du kannst nicht einfach alles rausposaunen, was dir in den Sinn kommt. Emiliana? Verstehst du mich? Sag mir, dass du die Worte verstehst, die aus meinem Mund kommen.

Er ist wütend, offensichtlich, aber ich merke auch, dass er Angst hat. Wir werden Mom nicht finden und nach Hause bringen. Es wird keine Museumsbesuche geben. Keine Freiheitsstatue. Was ich eh schon wusste. Aber es zu wissen, war leichter, als er noch versuchte, so zu tun, als würde alles einfach klappen.

Ich löse mich aus seinem Griff: Mom ist nicht perfekt, aber immerhin behandelt sie mich nicht, als wäre ich fünf. Du sagst mir nie was. Du hältst mich für ein hilfloses kleines Kind. Das bin ich nicht. Ich kapiere, was hier vor sich geht.

Emi. Mein Gott. Was ist denn in dich gefahren? Wir reden später drüber. Jetzt ist nicht der richtige Zeitpunkt.

Doch, ist es! Jetzt ist genau der richtige Zeitpunkt!

Plötzlich dreht sich irgendwie alles vor meinen Augen, und ich bekomme so ein seltsames Gefühl, das Rauschen des Sturmes verstummt, ich habe ein hohes Pfeifen in den Ohren, die grünen Vögel in der Station krächzen, die Band spielt wieder los, und ein Knochen in meinem Handgelenk macht Plopp, als ich meinen Dad wegschubse und eine Faust balle, wie an dem Tag, als ich geboren wurde. Dann erst bemerke ich, dass meine Hand leer ist. Das Croissant, das Reena mir gegeben hat: Es ist weg. Ich habe jeden Krümel davon runtergeschluckt. Meine Kehle hat es nicht mal gemerkt. Was mir dasselbe Gefühl gibt, wie das mit meiner Mom und meinen Dad und alles gerade: Auf der einen Seite bin ich verwundert, fühle mich besonders und bin stolz, Teil dieser Sache zu sein, was auch immer es ist. Aber auf der anderen Seite fühle ich mich vollkommen und zutiefst verraten.

Emi Vargas Brinkman
Geschichte Nordamerikas
Mrs. Helmandi
Projekt: Der Große Übergang (erster Entwurf)

MOM SITZUNG II: FLÜCHTLINGE

Ich: Wo warst du, als der westarktische Eisschild zusammengebrochen ist?
Meine Mom: Arizona.
Ich: Im Flüchtlingslager?
Meine Mom: Ja.

Großartige erste Frage, die uns in dem historischen Moment verortet. Mehr davon!

Ich: Wie hast du was davon mitbekommen?
Meine Mom: Vom Zusammenbruch? Aus den Nachrichten wahrscheinlich. Irgendwo hat immer ein Bildschirm geplärrt.
Ich: Was war deine Reaktion?
Meine Mom: Wir haben gejubelt. Wir waren aufgeregt.
Ich: Aufgeregt?
Meine Mom: Du musst verstehen, damals gab es viel Defätismus. Im Lager, klar, aber auch außerhalb. Die Leute hatten keine Hoffnung. Jetzt gab es einen Grund zu feiern – die Wächter und die Grenzbeamten und die Politiker und Klimaverbrecher würden mit uns allen gemeinsam ersaufen.
Ich: Wie lang warst du schon im Lager, als der Eisschild eingestürzt ist?
Meine Mom: Sechs, nein … sieben Jahre. Wenn es den Großen Übergang nicht gegeben hätte, wäre ich vielleicht immer noch dort. Oder an irgendeiner Seuche verreckt. Denk mal darüber nach. Ohne den Großen Übergang wärst du nicht hier.
Ich: Wie alt warst du, als du aus Mexiko aufgebrochen bist?
Meine Mom: Wir sind nicht einfach so aus Mexiko aufgebrochen,

Emi. Wir sind nicht eines Morgens aufgewacht und haben gesagt: »Weißt du, was lustig wäre? Wenn wir wo hinziehen, wo uns alle hassen.«

Ich: Ich hab nicht gesagt, dass es lustig wäre, Mom.

Meine Mom: Aber das ist eine wichtige Unterscheidung. Keiner verlässt einfach so einen Ort, der seit Generationen seine Heimat war. Frag irgendeinen Flüchtling. Wir wären geblieben, wenn wir nicht gezwungen gewesen wären zu flüchten.

Ich: Warum wart ihr gezwungen zu flüchten? Wegen der Hitze?

Meine Mom: Wahrscheinlich. Die Hitze ist so hart für die Alten. Meine Großmutter war wahrscheinlich der Grund, warum meine Eltern schließlich beschlossen haben zu gehen. All unsere Nachbarn waren schon weg. Ihre Häuser waren längst Flüchtlingsunterkünfte. Es gab im Ort keine Kinder mehr, die meine Eltern unterrichten konnten. Und die Regierung hat alle, die noch da waren, drangsaliert.

Ich: Warum?

Meine Mom: Dafür, dass sie die grundsätzlichsten menschlichen Ansprüche gestellt haben. An jedem Ort, wo die Leute noch ein bisschen Würde übrighatten, wurde demonstriert. Meine Eltern haben uns auf jeden Protest gegen Pemex mitgenommen.

Ich: Was ist Pemex?

Meine Mom: Was *war* Pemex.

Ich: Was *war* Pemex?

Meine Mom: Der staatliche Ölkonzern. Die waren immer noch fleißig am Bohren und Fördern. Sogar damals. Jeden letzten Peso aus der Erde pressen. Leute haben versucht, die Gas- und Ölzüge zu blockieren. Es gab Schlachten auf den Gleisen.

Ich: Wie haben sie die Züge blockiert?

Meine Mom: Mit alten Autos. Bäumen. Traktoren. Manchmal standen sie einfach auf den Gleisen.

Ich: Du meinst … Leute? Leute standen vor Zügen?

Meine Mom: Manchmal. Ja. Alle wussten, was unseren See ausgetrocknet hatte. Und wie die Reichen immer reicher wurden, während sie uns langsam umbrachten. Die Drogenkartelle waren Engel im Vergleich zu den zerstörenden Klassen. Aber bevor Menschen vollständig resignieren, werden sie wütend, wenn sie auch nur ein bisschen Würde übrighaben. Denn dann haben sie nichts zu verlieren. Ich hoffe, du wirst dieses Gefühl nie erleben müssen.

Ich: Hast du dich auch mal einem Zug in den Weg gestellt?

Meine Mom: Ich war zehn. Was für Eltern würden zulassen, dass sich ihr zehnjähriges Mädchen einem Zug in den Weg stellt?

Ich: Haben die Proteste je funktioniert?

Meine Mom: Ich erinnere mich, wie sie mal einen Zug auf den Gleisen verbrannt haben.

Ich: Hast du je gesehen, wie jemand vom Zug erwischt wurde?

Meine Mom: Manchmal sind Leute runtergefallen. Oft saßen oben auf dem Zug Migranten. Wir hatten das Glück, dass wir einen Lastwagen hatten. So haben wir es recht leicht in den Norden geschafft.

Ich: Ich dachte, du bist gesegelt.

Meine Mom: Wir mussten ja erst mal zum Ozean, oder? Wir sind zum Golf von Kalifornien gefahren. Haben die Fähre rüber genommen, dann die Küste von Baja hoch zu irgendeiner Bucht im Nirgendwo.

Ich: Woher wusstet ihr, wo ihr das Boot findet?

Meine Mom: Das hab ich mich auch oft gefragt. Meine Eltern hatten das irgendwie arrangiert. Vielleicht mit einer Lehrergewerkschaft aus den USA? Ich weiß es nicht. Es gab damals große Solidarität über die Grenzen hinweg. So viele normale Leute, von denen du in den Geschichtsbüchern nie erfahren wirst, die alle zusammen gegen unglaubliche Widrigkeiten ankämpften. Vergiss das nie. Egal, wie schlimm die Dinge werden, es gibt immer welche, die ihren persönlichen Wohlstand und ihre Freiheit aufs Spiel setzen, um Fremden zu helfen. Das ist unsere wahre Natur. Die zerstörenden Klassen haben versucht, uns davon zu überzeugen, dass wir Menschen Konkurrenzwesen sind. Sie haben uns überzeugt, dass wir gegeneinander konkurrieren müssen. Und für was? Damit wir sie reicher machen, während sie unseren Planeten zerstören. Tja, wir haben ja gesehen, wie das ausgegangen ist. Und jetzt sehen wir das Gegenteil. Gegenseitige Hilfe. Partizipatorische Finanzen. Kooperative Unternehmen.

Ich: Wie war es auf dem Segelboot?

Meine Mom: Oh, es war ein Traum. Alle außer mir waren seekrank. Aber ich hatte eine tolle Zeit. Die Amerikaner hatten Süßigkeiten. Aufkleber. Eine kleine Kühlbox nur mit Eiscreme. Offensichtlich hatten sie schon vorher mal Kinder transportiert, aber in meinem Kopf war das alles nur für mich. Wir hatten so ein Glück. Andere, die übers Meer migriert sind, mussten sich auf ein Floß zwängen oder auf verrostete Fischerboote und wurden dann schon Kilometer vor der Küste von Grenzdrohnen entdeckt. Unser Boot war weiß und sauber mit glänzenden silbernen Befestigungen, und auch die Crew war weiß, und alle hatten geschniegelte Uniformen an, mit Kragen und Hüten. Als wären sie unsere Diener und wir wohlhabende, einflussreiche Menschen. Was wahrscheinlich Absicht war, als Tarnung. Und es hat funktioniert. Ich erinnere mich, wie eine Drohne über uns hinweggeflogen ist, ohne auch nur langsamer zu werden. Wir sind ohne Probleme in den Norden gesegelt.

Ich: Wie lang hat es gedauert?

Meine Mom: Zwei oder drei Tage? Ich kann mich nicht mehr erinnern. Ich weiß noch, wie wir in einer Nacht vor ein paar Inseln geankert haben, von denen die Amerikaner erzählten, sie wären mit Klapperschlangen befallen, die keine Rasseln hatten. Komisch, woran man sich erinnert. Ich erinnere mich daran, dass ich Seelöwen gehört habe. Aber ich erinnere mich überhaupt nicht an meine Familie. Vielleicht weil sie alle seekrank waren? Für mich war es alles Eiscreme und Spiele und Delfine …

Ich: Delfine?

Meine Mom: Ganz viele. Und es war wie ein Traum. Wie ich schon sagte. Weil wir irgendwann ankommen und an Land gehen mussten.

Ich: Und dann haben sie euch festgenommen.

Meine Mom: Das ist erst später passiert, am nächsten Tag. Da war ein Checkpoint. Wir hatten uns in einem Laster versteckt. Sie haben uns rausgezogen. Uns wie Verbrecher behandelt. Zwei Lehrer, zwei Mädchen, eine alte Frau.

Ich: Haben sie euch Handschellen angelegt?

Meine Mom: Nicht mir oder Yesi. Wir wurden nur markiert. Plastikbänder ums Handgelenk, die man nicht entfernen konnte.

Ich: Haben sie eure biometrischen Daten aufgenommen?

Meine Mom: Da bin ich mir sicher.

Ich: Wann war das letzte Mal, dass du deine Eltern und deine Großmutter gesehen hast?

Meine Mom: Wir sind zusammen in einem Bus gereist. Danach haben sie uns voneinander getrennt. In Arizona.

Ich: Warst du traurig?

Meine Mom: Vor allem war ich wie betäubt.

Ich: Du warst nicht traurig?

Meine Mom: Ich war zehn. Ich stand unter Schock. Wenn dir die schrecklichsten Dinge passieren, ist es unmöglich, sie zu begreifen. Sogar für Erwachsene. Jetzt stell dir vor, du bist zehn. Du denkst ja schon, du bist traurig, wenn du mal zu viele Hausaufgaben hast. Oder wenn du keine Lust hast, ein paar Stunden im Garten zu mulchen. Bei echten Tragödien ist es anders. Stell dir einen Bus voll mit weinenden Familien vor, der in die dunkle Wüste fährt. Die Erwachsenen wussten, was los war. Meine Mutter wusste es. Sie schrieb mir mit Kajal eine Nummer auf den Arm. Kinder sind nicht dumm. Wir konnten die Erwachsenen weinen hören. Beten. Meine Großmutter überhäufte uns mit Küssen. Du versuchst dir selbst vorzumachen, dass das alles nicht passiert. Und meine Schwester – als sie uns voneinander getrennt haben, ein Bus für Erwachsene, ein anderer für Kinder – hat meine Hand genommen und gesagt: Sie kommen wieder. Sie war älter. Ich hab ihr geglaubt.

Ich: Was war das Letzte, was deine Eltern zu dir gesagt haben?

Meine Mom: Zu mir? Ich hab keine Ahnung. Es war Chaos. Menschen schrien. Weinten. Wärter trennten gewaltsam Familien voneinander.

Ich: Was war mit deiner Großmutter?

Meine Mom: Ich kann mich nicht erinnern, Emi. Unser Gedächtnis schwärzt solche Erlebnisse, aus gutem Grund.

Ich: Glaubst du, wenn du dich hypnotisieren lässt, könntest du dich erinnern?

Meine Mom: Ha. Vielleicht.

Ich: Ich wette, sie haben gesagt, dass sie dich lieben.

Meine Mom: Möglich. Oder dass ich stark sein soll, falls sie es nicht zurückschaffen.

Sehr gute Arbeit, Emi. Ich erkenne in diesen Transkripten sehr viel Leidenschaft. Nicht dass den Interviews mit deinem Vater und deiner Nachbarin etwas fehlt, aber ich würde vorschlagen, dich auf deine Mutter zu konzentrieren. Journalisten kehren oft über mehrere Sitzungen hinweg immer wieder zum selben Thema zurück, um lebendigere Erinnerungen und Gedanken herauszukitzeln. Ist nur ein Vorschlag! Mrs. H.

15 LARCH

MEINEN ACHTZEHNTEN GEBURTSTAG FEIERTE ICH AUF EINEM Dach in Brooklyn. Durch bis Mittag schmiss mir eine Überraschungsparty. Und es funktionierte: Ich war überrascht. Ich weinte. Was voll in Ordnung war. Das war mitten in meinem dritten Einsatz für die Abteilung Maine. Meine Crew war meine Familie. Ich hatte kein Problem damit, vor meiner Familie zu weinen. Allerdings waren wir nicht allein.

Das Kultur Corps hatte eine Reihe Reality-Streamcasts gestartet, und einer der Produzenten – der von *Corps Power* – hatte beschlossen, drei Folgen lang über unsere Truppe zu berichten. Die Aufnahmeleiterin, Joanna Lee, hatte angeblich eine große Filmproduktionsfirma verlassen, um sich dem Übergang anzuschließen. Als sie bei uns als eingebettete Journalistin mitlief, streamte *Corps Power* bereits die zweite Staffel. Neue Folgen waren immer richtige Ereignisse. In den Marshmallows drängten sich die Leute, um die Sendung zu schauen. Staffel eins begleitete eine unrealistisch attraktive Crew, die Gleise für Hochgeschwindigkeitszüge über die Great Plains verlegte. Staffel zwei filmte die Cajun-Navy dabei, wie sie die Feuchtgebiete am Golf restaurierte. Nicht so attraktiv wie Staffel eins, aber viele Daiquiris und giftige Schlangen, um die Spannung aufrechtzuhalten. Und jetzt, mit fast zwanzig Millionen Übergangsarbeitenden über den Kontinent verteilt, hatte *Corps Power* für Staffel drei New York gewählt.

Tag eins der Dreharbeiten war von Nervosität bestimmt. Wir hatten eine Reihe Einfamilienhäuser in Queens zugeteilt bekommen. Vor Joannas Ringlicht und den umherschwirrenden Kameradrohnen bekamen wir, glaube ich, keine fünf Wörter raus. Wir waren überzeugt, dass sie mit ihrer Entscheidung einen Fehler gemacht hatten. Queens war nicht der Bayou. Wir wurden hier nicht von radioaktiven Alligatoren angegriffen. Und dazu wir: Waren wir etwa besonders? Das waren wir nicht. Der einzige Grund, warum *Corps Power* unsere Crew ausgesucht hatte – das vermutete ich zumindest damals – war, dass wir uns durch unsere harte Arbeit einen Namen gemacht hatten. Also taten wir das auch vor den Kameras: Wir arbeiteten hart. Bis kurz vorm Hitzschlag. Als Emi sich die erste Folge reinzog, erkannte sie die menschgewordene Abrissbirne kaum wieder, die da mit einem Vorschlaghammer durchdrehte. Das Gesicht rot wie ein Hummer. Der Schweiß strömte wie Tränen übers Gesicht. Die Adern auf der Stirn pochten.

Oder wie sie es formulierte, als wir es zusammen anschauten: Dad, du warst gruselig.

Am ersten Drehtag schlugen wir unsere Crew-Bestzeit. An Tag zwei legten wir mit demselben halsbrecherischen Tempo los. Nach fünf Minuten brach Joanna den Dreh ab. Ließ ihre Drohnen landen und brüllte tatsächlich: *Cut!*

Wollt ihr etwa, dass ich gefeuert werde? Seid menschlich. Seid ihr selbst. Habt Spaß, verdammt.

Sie erinnerte uns daran, das *Corps Power* kein Livecast war. Sie würde das Material schneiden. Das war ihr Job. Das hier war Propaganda, sagte sie. Die gute Sorte. Herz und Verstand. Sie machte das nicht, um berühmt zu werden. Sie machte es, weil der Übergang Erfolg haben musste. Zuschauer mussten das Gefühl bekommen, dass sie was verpassten, wenn sie sich *nicht* freiwillig meldeten oder T-Bonds kauften oder zumindest das Verlangen verspürten, den Kopf eines Ölkonzernchefs mit einem Pfahl aufzuspießen. Mit anderen Worten: Ihr müsst alle mal tief Luft holen und euch lockermachen, Scheiße noch mal.

Also machten wir uns locker. Ich riss mit Lucas Witze, während wir Häuser im Wattgebiet ausschlachteten. Ich sang mit Ellen und Helen mit. Wir stampften unsere Stiefel zum Beat. Schwangen die Vorschlaghämmer im Takt. Ich machte mit meiner Brechstange ein Smiley-Gesicht in eine Trockenwand, bevor ich hindurchplatzte, um Osman im nächsten Raum einen Schrecken einzujagen. Ich war ich selbst. Bemerkte die Kameras nicht mehr. Oder kaum noch. Nur gerade genug, um mich noch ein kleines bisschen mehr anzutreiben. Etwas breiter zu lächeln. Etwas mehr zu schauspielern.

Joanna filmte auch unsere Freizeit. Sie erwischte uns während der Pausen, als wir Seesterne von Containern pflückten. Als wir dämliche Lieder grölten, über das Carbon Capture Corps. Als wir nach einer Stromquelle für einen Plattenspieler suchten, den wir zusammen mit einem Vinyl-Set von Bruno Mars' größten Hits gefunden hatten.

Und Joannas Kameras nahmen auch noch auf, als wir nach Hunts Point zurückkamen. Sie filmte uns, wie wir uns während eines Superstürms in den Marshmallows verbarrikadierten und Karten spielten. Sie filmte mich, wie ich in einer Gemeinschaftsküche Gläser mit Enchiladasoße jonglierte. Wie ich bei einem Backwettbewerb die Jury spielte. Wie ich von Damen aus der Nachbarschaft lernte, eine Tamale richtig zu füllen und zu falten. Sie filmte mich und Lucas, wie wir Osman einen Streich spielten und seine Bettwäsche so einschlugen, dass er sich darin verheddern würde. Sie filmte Osman, wie er mit seiner Freundin versuchte, in genau dieses Bett zu steigen. Sie filmte die beiden, als es romantisch wurde. Sie filmte Ezekiel und Ellen, als es romantisch wurde. Sie filmte Lucas und einen Typen von der

Abteilung Vermont, als es romantisch wurde. Sie interviewte uns. Sie warf uns Stichworte zu. Sie bohrte nach. Mehr Glück hatte sie damit, wenn sie uns alleine erwischte. Weniger Glück, wenn wir in der Gruppe waren. Kein Glück mit mir und Ellen und Helen in Staten Island nach einem Tag Rückbau: Wie wir an der Betonküste standen, die Blaumänner geöffnet und die Ärmel um die Hüften gebunden. Das Haar grau vor Baustaub, die Sonne, wie sie ins Wasser schlüpfte.

JOANNA

Ihr seid alle am Meer aufgewachsen, habt im Ozean gearbeitet. Das war das einzige Leben, das ihr kanntet. Werdet ihr nach dem Übergang dahin zurückkehren?

ELLEN

(flüstert)
Hat sie gerade »nach dem Übergang« gesagt?

HELEN

Armes Kind. Ihre Eltern haben es ihr wohl nie gesagt.

ELLEN

(räuspert sich)
Joanna. Es gibt kein »nach dem Übergang«. Die Welt endet. Die Reichen haben sie kaputt gemacht.

JOANNA

(lacht)

Larch? Wie ist es mit dir? Wenn du das Meer siehst und hörst, vermisst du je deine Familie? Maine? Dein Zuhause?

LARCH

Es ist nicht dasselbe Meer.

JOANNA

Sind nicht alle Meere dasselbe Meer? Sind nicht alle Gewässer miteinander verbunden?

LARCH

Das könnte man auch über alles andere sagen. Die Luft. Die Erde.

JOANNA

Okay. Aber vermisst du es?

Wir alle balancierten auf der schmalen Klinge namens Gegenwart, und Joanna – auf ihrer Suche nach unterhaltsamem emotionalem Content – versuchte uns runterzuschubsen. An meinem Geburtstag gelang es ihr schließlich. Es war unser dritter Einsatz als Crew. Zwar hatte das Ministerium für Energietransformation versprochen, den Leuten bald neue Einsatzgebiete zuzuteilen – wir hatten sogar Formulare bekommen, wo wir unsere Präferenzen gewichten konnten –, aber vorerst mussten alle Kompanien in New York bleiben. Später sollten wir auch rausfinden, warum. Aber damals sorgten die Formulare nur für viel unnötige Aufregung.

Ich persönlich hatte genug von New York. Wie vielen anderen in der Abteilung Maine fehlte mir der Wind in den Bäumen.

Und die Bäume. Es gab einen guten Grund, warum ich mich beim Forst Corps eingeschrieben hatte. Und das waren nicht hohe Gebäude und Beton und ständiger Lärm. Ich wollte, dass Durch bis Mittag in den Westen geht. Colorado. Idaho. In eine Landschaft, die Maine ähnlich war, aber nicht Maine. Ich wollte Waldbrände löschen.

Helen und Ellen wollten eigentlich dasselbe wie ich, aber dann wurde das zweite Übergangsabkommen verabschiedet. Zusätzlich zu den bisherigen Migrationsvisas und Austauschprogrammen für erneuerbare Energien, die wir mit Kanada und Grönland hatten, kamen jetzt Mexiko und Belize als Partnerländer dazu. Helen und Ellen hatten sich für La Paz entschieden. Angeblich gab es am Golf von Kalifornien noch Strände fast ohne Plastik.

Lucas und Ezekiel fanden es unfassbar idiotisch von uns, nicht Kalifornien zu wählen. Klar gab es da Schlammlawinen und Waldbrände. Aber welche der Silben von *Ka-li-for-ni-en* hatten wir nicht verstanden?

JOANNA

Und du, Osman? Als Vorarbeiter der Crew, wo sollte Durch bis Mittag deiner Meinung nach als Nächstes hin?

OSMAN

Nirgendwo, hoffe ich. Ich werde sie vermissen, wenn sie gehen.

JOANNA

Du bewirbst dich nicht für eine Versetzung?

OSMAN

(lächelt strahlend)

Ich bleibe genau, wo ich bin. Ich werde Vater.

Die Lehrerin, mit der Osman was hatte, war im dritten Monat schwanger. Die Nachricht hatte auf mich eine Wirkung, die ich nicht erwartet hatte. Kein klares Gefühl, für das es einen Namen gab. Eher einen Knoten aus Emotionen, die ich auch Wochen nach Osmans Verkündung dieser Neuigkeit noch nicht auseinanderdividiert hatte. Lucas ging es genauso.

LUCAS

Ich muss gestehen, mir tut der Kerl einfach sehr leid.

LARCH

Osman oder das Baby?

LUCAS

Beide.

OSMAN

Euch ist schon klar, dass ich euch hören kann? Ich sitze buchstäblich genau neben euch.

Wir machten gerade Pause auf einem Dach. Ein halb zurückgebautes Sandsteingebäude. Als die Kamera einen Schwenk macht, sieht man auf allen Dächern des Blocks Bauarbeiterinnen und Bauarbeiter. Emi und ich haben die Folge zusammen angeschaut. Drei Stockwerke unter uns kommt gerade die Flut rein. Kleine Bächlein klettern den Bürgersteig hoch. Man hört einen Hund bellen. Das ständige Wummern von Presslufthämmern. Und da sitze ich: gegen einen Lüftungsschacht gelehnt. Die Beine überschlagen. Den Kopf im Nacken. Keinen blassen Schimmer, dass Ezekiel gerade auf der Nottreppe kauert und hektisch versucht, achtzehn Kerzen anzuzünden. Keinen blassen Schimmer, dass sie überhaupt meinen Geburtstag kennen. Joanna hat es ihnen verraten.

LUCAS

Ich sage ja nur: Ich finde das keine gute Idee.

OSMAN

Warum findest du, dass das keine gute Idee ist?

LUCAS

Ein Kind in diese Welt setzen. Denk mal drüber nach. Wie die Welt sein wird.

OSMAN

Ich denke jeden Tag drüber nach. Deswegen bin ich hier draußen. Warum seid ihr hier?

Nachdem Osman das gesagt hatte, war es kurz still. Alle blinzelten in den Horizont oder zupften einen Handschuh zurecht oder schauten der V-Formation aus Lastendrohnen hinterher, die am Himmel vorbeizog. Aber ich nicht. Für mich war es eine einfache Frage.

LARCH

Wir sind hier, um den Planeten zu retten.

HELEN

(schnaubt verächtlich)
Für wen?

LARCH

Wie meinst du das, »für wen?«? Für Osmans Kind. Für alle.

ELLEN

(deutet auf die Skyline von Manhattan)
Für die.

LARCH

Das ist nicht wahr.

ELLEN

Nein? Ich habe jetzt fast zwei Jahre damit verbracht, eine fünf Kilometer lange Sturmplattform über vier Stadtbezirke hinweg zu bauen, mit genug Turbinen, um ihr dämliches Quantennetzwerk bis in alle Ewigkeit mit Strom zu versorgen. Was hast du so angestellt?

LARCH

Für die Zukunft gekämpft. Für den Großen Übergang.

HELEN

Das ist wirklich süß, Larch.

LARCH

Fick dich, Helen.

OSMAN

Leute. Atmet mal tief durch. Wenn Larch hoffen will, lasst ihn doch. Hoffnung kostet nichts.

ELLEN

Ich liebe Hoffnung, Boss! Gib mir welche. Bitte, bitte. Nenn mir ein Übergangsprojekt, das für normale, hart arbeitende Leute veranstaltet wird und nicht für die Hurensöhne, die uns das alles eingebrockt haben. Nur **ein** Beispiel, und du kriegst von mir eine Ladung Hoffnung übers ganze Gesicht.

LUCAS

Ähm … was?

LARCH

Hochgeschwindigkeitszüge. Entsalzung. Regenerative Landwirtschaft.

HELEN

Glaubst du ernsthaft, du darfst je in einem dieser Züge mitfahren? Glaubst du echt, die machen später für uns Platz an ihrem Tisch? Ziehen uns extra einen Stuhl raus, während sie uns jetzt noch nicht mal Filter für unsere Atemgeräte gönnen?

LARCH

Wir kriegen unseren Lohn. Mahlzeiten. Ein Dach überm Kopf. Versuch mal, dankbar zu sein.

ELLEN

Ich bin erst dann dankbar, wenn sie anfangen, unsere Sicherheit ernst zu nehmen. Wenn sie uns eine verdammte Gewerkschaft gründen lassen.

LARCH

Jede Sekunde, die wir untereinander kämpfen, gewinnt die Krise an Boden. Wir müssen vereint bleiben.

HELEN

Da hat wohl jemand seine Propaganda-Streamcasts auswendig gelernt.

LUCAS

(hebt die Hand und winkt)
Darf ich bitte auch mal was sagen?

ELLEN

Die Reichen kommen gerade wieder runter, nach einer zweihundertjährigen Party, die unseren Planeten abgefackelt hat. Wir sind die Putzkolonne. Sobald wir durch sind, geht die Party wieder los. Und wenn du glaubst, du kriegst 'ne Einladung, Larch, dann tust du mir leid.

LUCAS

Hallo? Hört mich jemand?

LARCH

Wo wären wir ohne den Großen Übergang? Wo wäre jeder Einzelne von uns, genau jetzt? Es könnte uns so viel schlechter gehen.

HELEN

Ja, Larch, aber es könnte uns auch so viel besser gehen.

LUCAS

Ich fühle mich gerade krass ignoriert!

ELLEN

O mein Gott, Lucas, was ist denn?

LUCAS

Danke. Ich wollte nur sagen, als Mitglied einer Crew, in der allen sehr viel aneinander liegt, kann ich nicht mit gutem Gewissen einfach darüber hinweggehen, dass Ellen soeben gesagt hat, sie würde Osman gerne eine Ladung Hoffnung übers ganze Gesicht kippen.

Stille. Dann Gelächter. Lucas' großes Talent. Mehr noch als Basketball. Osman kam zu mir rüber und umarmte mich. Die anderen auch. Wir endeten in einem Haufen, ich ganz unten. Weinend und lachend. Kein Wort dafür. Heulend? Krächzend? Wir würden nicht ewig zusammenbleiben. Keine Familie schafft das. Gerade mir war das mehr als klar. Aber bloß weil etwas völlig klar ist, macht es das auch nicht einfacher.

EZEKIEL

Überraschung! Alles Gute zum Geburtstag, Bruder! Du bist jetzt ein Mann!

Ezekiel kommt die Feuertreppe hoch, das Metall läutet bei jedem Schritt. Er hält meinen Kuchen so zärtlich, als wäre es ein Baby.

EZEKIEL

Was ist denn hier passiert? Hab ich es schon verpasst?

Er stellt den Kuchen ab und wirft sich auf unseren Haufen. Als ich die Folge mit Emi schaute, fragte ich mich, ob Durch bis Mittag unterbewusst gelernt hatte, für Joanna aus allem eine Show zu machen. Oder ob wir ihre Kameras benutzten, um unsere Hoffnungen und Ängste zu verarbeiten. Egal, was es war: Ich kann bezeugen, dass die Freudenrufe, die ganz unten aus dem Haufen drangen, echt waren. Echtes Gelächter. Echte Tränen.

Joanna fing von hinter der Kamera an, »Happy Birthday« zu singen. Osman stieg mit ein. Dann Lucas und Ellen und Helen und Ezekiel. Die anderen Crews auf den anderen Dächern. Alle standen da und sangen. Wenn du mal zufällig Staffel drei von

Corps Power gesehen hast, weißt du, wie die Folge endet. Die Kamera schwenkt nach oben. Ozean und Horizont. Sturmwolken sammeln sich am Himmel. Und im Vordergrund singen Durch bis Mittag »Happy Birthday«. Schreien es fast. Umarmen einander. Umarmen mich.

Emi Vargas Brinkman
Geschichte Nordamerikas
Mrs. Helmandi
Projekt: Der Große Übergang (erster Entwurf)

MOM SITZUNG II: LAGER

Ich: Was ist passiert, nachdem die Grenzbeamten euch von eurer Familie getrennt hatten?

Meine Mom: Ich erinnere mich nur noch verschwommen daran. Viele Busse. Viele Erwachsene, die uns befragen, uns sagen, wir sollen uns hinsetzen, leise sein, uns in einer Reihe aufstellen. Wir mussten immer wieder umsteigen. Raus aus dem einen Bus, rein in den nächsten. Mir wurde schlecht von der Fahrt. Yesi auch. Ganz viele Kinder mussten kotzen. Haben vor Hunger geweint. Dann raus in die kalte Nacht, in ein Gebäude – eine Lagerhalle, besser gesagt. Da wurden wir aufgeteilt und in kleine Abteile gepfercht, wie Tiere. Wieder mussten wir uns in einer Reihe aufstellen. Sie wollten unsere Geburtsurkunden sehen. Haben unsere Haare auf Läuse untersucht. Aber nicht sehr gründlich, kann ich dir sagen – ich hab sofort Läuse gekriegt und hatte sie über die Jahre immer wieder. Alle hatten sie. Wir wären fast durchgedreht. Nachts sind wir davon aufgewacht. Wir haben sie uns gegenseitig von der Kopfhaut gepickt, aber ohne ein Behandlungsset gegen Läuse kriegt man die Eier nicht weg. Manchmal haben sie unsere Pritschen eingesprüht. Ich erinnere mich, wie Yesi einmal einen richtigen Nervenzusammenbruch hatte. Sie kroch auf allen vieren rum und weinte, sie war kurz davor, sich die Haare auszureißen. Hin und wieder erbarmte sich ein Wärter und brachte einen Rasierer mit, falls sich jemand den Kopf scheren wollte.

Ich: Den Kopf kahl rasieren? Hast du das gemacht?

Meine Mom: Ein- oder zweimal. Ich sah aus wie ein dürrer Junge.

Ich: Habt ihr mit Jungs zusammengelebt?

Meine Mom: Gegen Ende haben sie uns nach Geschlecht aufgeteilt. Aber die ersten paar Jahre waren wir alle zusammen. Es war sehr peinlich. Die Toiletten waren nicht weit von den Betten. Sie hatten keine Wände. Yesi und ich haben immer Decken füreinander hochgehalten, als Sichtschutz.

Ich: Wie war deine erste Nacht?

Meine Mom: Ich kann mich wirklich nicht erinnern, Emi. Die Nächte haben sich alle zu einer einzigen Nacht vermischt.

Ich: Dann erzähl mir von der einen Nacht.

Meine Mom: Von welcher?

Ich: Von der einen Nacht, die aus allen Nächten zusammengemischt ist. Die Nacht im Allgemeinen.

Meine Mom: Wie waren die Nächte? Na ja, erschöpfend. Wenn ich nicht von den Läusen aufgewacht bin, dann vor Hunger. Dein Magen hat dich oft um vier Uhr früh geweckt, dem war's egal, ob Tag oder Nacht war. Und immer weinte jemand. Die Leute stellen sich die Wüste immer heiß vor, aber die Nächte sind eiskalt. Bis sie uns Pritschen gaben, hatten wir nur Matten auf dem Boden. Wir schliefen aneinandergedrängt, um uns warm zu halten. Yesi hat immer ihre Hand auf meinen Fuß gelegt. Sonst konnte ich nicht einschlafen. Zu jeder Uhrzeit waren Kinder wach, weinten, krabbelten rum, stiegen dir auf den Kopf, kuschelten sich an dich ran. Es war sehr voll. Manche Kinder waren so jung. Kleinkinder. Wer sollte sich um sie kümmern? Wir waren keine Eltern. Aber wir machten es. Wir passten aufeinander auf. Aber wenn es mal alle schafften einzuschlafen, platzten die Wärter oft mit Taschenlampen rein und brüllten uns an, dass wir nichts in ihrem Land zu suchen hätten. Dass wir wieder nach Hause abhauen sollten. Mehrere Jahre war da ein Wärter, der uns immer wieder mal aufweckte und fragte, wie viele

Streifen die US-Flagge habe, wie die Gründungsväter hießen, wie der Nationaleid laute. Und wenn uns ein Fehler unterlief, ordnete er eine Zählung an, das heißt: Wir mussten alle aufstehen und uns aufreihen, damit sie überprüfen konnten, ob sich jemand aus dem Staub gemacht hatte.

Ich: Hat sich je einer aus dem Staub gemacht?

Meine Mom: In gewisser Weise.

Ich: Wie meinst du das?

Meine Mom: Selbstmord.

Ich: Oh. Was war mit Weglaufen oder so?

Meine Mom: Ein Mädchen – ich weiß ihren Namen nicht mehr – hat sich aus einer Wasserflasche und einem Laken einen Kletterhaken gebastelt. Sie hat es damit in der Pause – wir hatten jeden Tag eine Stunde draußen – bis zum äußeren Zaun geschafft. Wie war ihr Name noch mal? Egal. Sie hätte rüberklettern können. Stattdessen ist sie einfach oben auf dem Zaun sitzen geblieben und hat darauf gewartet, dass die Wärter sie entdecken und runterzerren.

Ich: Warum ist sie nicht abgehauen?

Meine Mom: Das Lager war mitten in der Wüste. Ein paar wenige Kinder hatten Familien und wussten, wie sie die finden. Einen Onkel in Toronto. Einen Cousin in Ohio. Aber die meisten von uns hatten niemand. Nichts, wo wir hinflüchten konnten.

Ich: Was war mit der Nummer auf deinem Arm, die dir deine Mom aufgeschrieben hat?

Meine Mom: Ich hatte nie eine Gelegenheit, dort anzurufen.

Ich: Weißt du die Nummer noch?

Meine Mom: Nein.

Ich: Du hast keine Ahnung, wessen Nummer das war?

Meine Mom: Yesi meinte, wir hätten in Texas Cousins und Cousinen zweiten oder dritten Grades, väterlicherseits. Ich erinnere mich nicht daran, sonst je was von irgendwelchen Cousinen gehört zu haben. Vielleicht hat Yesi sich das bloß ausgedacht, um uns Hoffnung zu machen. So war Yesi. Hoffnungsvoll. Optimistisch bis zum Schluss. Bloß, selbst wenn wir Verwandte in Texas gehabt hätten: Mit den ganzen Hurrikanen und dem havarierten Kerrkraftwerk dort waren eh alle auf dem Weg in den Norden. Uns war klar, dass keine Erwachsenen kommen würden, um sich um uns zu kümmern. Also haben wir uns umeinander gekümmert. Du bist so gut mit Kindern. Du wärst in dem Lager sehr nützlich gewesen. Da gab es Kinder mit jüngeren Geschwistern. Siebenjährige, die sich um Kleinkinder gekümmert haben. Sie an ihre Brust gedrückt haben, um sie zu wärmen. Wir haben auf den Matten alle ganz eng zusammengepfercht geschlafen, die jüngsten in der Mitte, damit sie es warm hatten. Wie Pinguine in einem Schneesturm. Kannst du dir das vorstellen? So haben wir überlebt. Das ist die Macht der Zusammenarbeit. Das ist Solidarität.

Ich: Hattet ihr Schule?

Meine Mom: Ha! Da standen ein paar Bauwagen, die sie Klassenzimmer genannt haben.

Ich: Gab es Lehrer?

Meine Mom: Manchmal. Immer sehr junge. Nett und wohlmeinend, aber sie sind nie lange geblieben. Kein Mensch, der bei Verstand ist, bleibt lange in so einem Umfeld, wenn er nicht muss.

Ich: Wie hast du dann gelernt?

Meine Mom: Was meinst du damit?

Ich: Na ja, alles über Geschichte und die Krise und so. Die ganzen Sachen, über die du immer redest. Du bist so klug. Wie hast du das alles gelernt, ohne zur Schule zu gehen?

Meine Mom: Schule ist nicht der einzige Ort, wo man was lernen kann, Emiliana. Im Gegenteil. In der Schule lernst du nicht, wie du mit Hunger klarkommst oder wie du es wochenlang ohne Dusche aushältst. Die besten Lektionen kriegst du vom Leben. Zum Beispiel haben wir gelernt, uns zusammenzuschließen. Uns umeinander zu kümmern. Solidarität. Wo lernst du sonst, wie lang du es ohne Schlaf schaffst? Oder wie du wirklich – *wirklich* – mit Hunger fertig wirst? Ein paarmal haben wir Proteste organisiert, da ging's um die grundlegendsten Dinge, etwa neue Unterwäsche. Einmal, aus Rache, haben uns die Wärter danach vier Tage lang nichts zu essen gebracht. Nur Wasser. Bei anderen Gelegenheiten haben sie uns verdorbenes Essen gegeben, etwa halb rohes Hühnchen – du konntest das Blut sehen –, aber wenn man Hunger hat, isst man fast alles. Der Körper kann nicht widerstehen, auch wenn du weißt, dass dir davon schlecht wird. Deswegen frustriert es mich immer so, wenn du so mäkelig bist. Du hast keine Ahnung, wie gut du es hast. Einen professionellen Koch als Vater, der dir alles zubereitet, was du willst ...

Ich: Ich bin nicht mäkelig, Mom, ich kann nicht anders.

Meine Mom: Natürlich kannst du. Wenn ich rohes Hühnchen runterkriegen konnte, kannst du auch das Essen von deinem Vater essen, ohne zu würgen.

Ich: Können wir uns wieder auf das Projekt konzentrieren?

Meine Mom: Ja. Was war deine Frage? Wie ich alles über die Krise gelernt habe? Ganz einfach: Ich hab sie erlebt.

Ich: Aber woher weißt du so viel über Politik und Wirtschaft und alles?

Meine Mom: Wir haben uns selbst unterrichtet. Manchmal wurden haufenweise Bücher gespendet. Ganz viel Müll, aber ich hab es geliebt zu lesen. Und zwischen dem Müll waren auch ein paar Biografien und alte Lehrbücher fürs College. Ich hab über die großen Massenbewegungen gelesen. Die Zapatisten. Harriet Tubman und John Brown. Toussaint Louverture. Den African National Congress in Südafrika. Die First Nations. Die Black Panthers. Den Langen Marsch. Und Wirtschaftssachen. Die Mondragon-Kooperativen. Smith. Marx. Keynes. Wir haben gelernt und uns dann gegenseitig unterrichtet. Wir hatten Lerngruppen. Bringen sie euch in der Schule politische Ökonomie bei?

Das unterrichten wir! Im Abschlussjahr.

Ich: Ich weiß es nicht.

Meine Mom: Solltest du aber wissen.

Ich: Wie hast du Englisch gelernt?

Meine Mom: Aus Notwendigkeit. Da waren viele Kinder aus Haiti und Afrika und von den pazifischen Inselstaaten, die im Meer untergegangen waren. Also Kinder, die nur indigene Sprachen konnten. Englisch war die gängigste Sprache. Spanisch konnten auch viele, aber die Wächter reagierten nur auf Englisch. Sogar die, die eigentlich Spanisch beherrschten, taten so, als könnten sie es nicht. Einmal war ich krank – es ging immer irgendeine Grippe rum, Erkältungen und Mandelentzündungen, Fieber, Malaria, West-Nil-Virus, Dengue –, und Yesi bettelte die Wärter an, mich zum Arzt zu bringen. Sie taten so, als könnten sie sie nicht verstehen, bis Yesi auf Englisch fragte. Dann schaute mich einer der Wärter an und sagte, er hätte schon Kränkere gesehen.

Ich: Warum waren sie so gemein?

Meine Mom: Sie waren selbst krank. Das ganze System war krank. Alles damals. Es war alles zu dem Zweck konstruiert, Menschen zu entmenschlichen. Von oben bis unten. Die Grenzen. Die Wirtschaft. Wie sonst hätten die zerstörenden Klassen so einen immensen Reichtum für sich behalten können? Sie mussten allen, die unter ihnen waren, weismachen, dass unter ihnen jemand noch Niedrigeres war – damit die Leute sich darauf konzentrierten, nach unten zu treten, statt dem Monster oben den Kopf abzuhacken. Gemeinheit und Grausamkeit waren ja grade der Sinn der Sache. In einem Jahr zu Weihnachten hat uns ein Wärter aufgeweckt, und wir mussten uns für eine Zählung aufreihen, nur damit er uns verkünden konnte, dass der Weihnachtsmann und Jesus und Gott nicht existieren.

Ich: Hast du je wen sterben sehen?

Meine Mom: Ich habe zehn Jahre lang Waldbrände im amerikanischen Westen bekämpft.

Ich: Ich meine, im Lager.

Meine Mom: Drei Mädchen haben sich erhängt. Eine davon habe ich gesehen, am Morgen danach, bevor sie sie runtergenommen haben. Und da war ein Junge. Ein Kleinkind. Er starb über Nacht an irgendeiner heftigen allergischen Reaktion. Ein Skorpion, vermuteten wir damals. Man musste immer nach Skorpionen Ausschau halten. Und nach Schlangen. Manche Kinder sammelten die Häute. Das Lager war porös – vor allem die Zelte, aber sogar die Lagerhallen haben in den Sandstürmen richtig gewackelt. Manchmal bin ich aufgewacht und war voller Sand, von Kopf bis Fuß. Die Wüste konnte direkt zu uns reinspazieren. Wir waren immer dreckig.

Ich: Gab es keine Duschen?

Meine Mom: Doch, aber keine saubere Kleidung, die man sich danach anziehen konnte. Was hätte es also gebracht?

Ich: Was wäre passiert, wenn ihr einfach nach sauberen Klamotten gefragt hättet?

Meine Mom: Ha, du klingst wie Yesenia.

Ich: Wie meinst du das?

Meine Mom: Sie hat versucht, sich bei den Wärtern einzuschleimen. Sie hat freundlich um Unterwäsche gebeten. Um Nachschlag beim Abendessen. Zeitschriften, Schokolade, Tampons.

Ich: Hat es je funktioniert?

Meine Mom: Manchmal. Aber es waren Gefälligkeiten. Und Gefälligkeiten haben immer einen Preis.

Ich: Was für einen Preis denn?

Meine Mom: Willst du das wirklich wissen?

Ich: Ja.

Meine Mom: Yesi wurde sexuell misshandelt. Vergewaltigt. Die Wärter waren Sadisten. Nicht alle. Aber manche, und der Rest schaute weg. Was für ein Erwachsener nimmt so einen Job an? Das waren alles kaputte Individuen. Damals gab es praktisch keine politische Bildung. Statt ihre Wut auf die zerstörenden Klassen zu richten, haben sie sie an uns ausgelassen. In so einer

Machtstruktur kann man nicht rational argumentieren. Du kannst dich nicht rausbetteln. Du musst kämpfen. Yesi war eine wundervolle Schwester. So albern. So gütig. Immer ein Auge auf die jüngeren Kinder. Aber das war auch ihre Schwäche. Sie war zu hoffnungsvoll. Sie hat in allen nur das Beste gesehen. Sie hat den Kleinen immer erzählt, dass alles gut wird.

Ich: Was ist daran verkehrt?

Meine Mom: Na ja, es war eine Lüge. Das wissen wir inzwischen alle. Wir können nicht einfach irgendwas versprechen. Sollten wir nicht. Das war Yesis Schwäche – sie hat um Sachen gebeten. Du kannst nicht immer nur freundlich Bitte sagen. Wann haben die Mächtigen je freiwillig etwas aufgegeben? Du darfst nie darum bitten. Wir fordern. Wir nehmen uns das, was rechtmäßig uns gehört.

Wow, Emi. Stark. Die Kinderlager sind so ein schamvolles Kapitel in unserer Geschichte. Aber obwohl das Thema sehr wichtig ist, denk daran, dass das hier streng genommen ein Projekt über den Großen Übergang ist. Also befrage deine Mom in der nächsten Sitzung auch dazu.
Tolle Arbeit. Mrs. H.

16 EMI

SOWAS NENNT MAN EINEN ZWISCHENAUFENTHALT, ERKLÄRT mir Reena. Also wenn ein Sturm richtig loslegt oder plötzlich die Richtung ändert und sie deswegen den Hyperloop abschalten. Es ist ein absolutes Glücksspiel, wo man dann landet. Das ist ihr erster Zwischenaufenthalt in Brooklyn Heights, aber für sie wirkt es ganz okay hier: große Liegestühle, Livemusik, heiße Getränke, Essensstände. Es gibt schlimmere Orte, an denen man stranden kann.

Wo denn zum Beispiel?, frage ich.

Zum Beispiel Staten Island, sagt sie.

Zum Beispiel Port Authority, sagt der Junge fast gleichzeitig.

Sie lachen beide, dann erklärt Reena, dass verschwendete Zeit verschwendete Zeit ist, egal wo man den Zwischenaufenthalt verbringt. Wenn ich heute für eine Schicht eingeteilt wäre, sagt sie, würde ich die abgesessene Zeit wenigstens angerechnet bekommen.

Du bist nicht eingeteilt?, frage ich.

Nein. Sechs Tage Dienst in Folge und jetzt darf ich hier meinen einen freien Tag verschwenden. Hallo?

Bei mir dasselbe, sagt der Junge.

Der Junge heißt Angel. Er und Reena und ich fläzen in einem losen Kreis auf dem Boden, unsere Rucksäcke als Lehnen, und versuchen uns wie alle anderen in der Station zu entspannen. Die Leute ringsrum schlafen oder starren gedankenverloren auf ihre Bildschirme. Mein Dad sitzt in einem der bequemen Sessel, die Füße hochgelegt. Ich hab mich so weit weg von ihm wie möglich positioniert, ohne ihn dabei aus den Augen zu verlieren. Damit er sieht, dass ich immer noch sauer bin. Der Hurrikan peitscht schon seit Stunden auf uns ein. Ich stiere vor mich hin, beobachte durch die Scheibe den Sturm. Reena und Angel blicken still auf ihre Bildschirme, unterbrechen ihre langen Schweigephasen immer wieder kurz mit unzusammenhängenden Gedanken, die sich wohl aus dem ewigen Scrollen ergeben.

Hey, sagt Angel, hast du schon mal Skateboards im Central Park gemietet?

Nein, sagt Reena. Du?

Ich will das schon lange mal machen.

Hast du den Streamcast aus Patagonien gesehen?

Nur die Highlights.

Bisschen kaltblütig.

Das ist Gerechtigkeit.

Meinst du, du könntest eine alte Dame so ausknipsen?

War sie eine Klimaverbrecherin?

Ja. Trotzdem.

Na ja, dafür haben wir Drohnen.

Warst du schon in dem neuen Club auf der Point?

Golden Temple?

Ja.

Noch nicht.

Ich auch nicht.

Und ich, ohne Bildschirm? Was soll ich groß machen, außer wütend auf meinen Dad sein und versuchen, nichts Dummes zu sagen oder an der falschen Stelle zu lachen? Ich versuche mir alles zusammenzupuzzeln, was ich über die Furien und die Abteilung Phoenix herausfinden kann, ohne dabei völlig ahnungslos zu klingen. Aber jedes Mal, wenn ich den Mund öffne, ist es wie an der Freiwurflinie: Alle Augen sind auf mich gerichtet, und ein Zentimeter macht schon den Unterschied zwischen einem Swish und einem Airball.

Also schaue ich zu. Höre zu. Und finde so heraus, dass in den letzten sechsunddreißig Stunden vierzehn Klimaverbrecher umgebracht wurden. Fast alle davon schon neunzig oder hundert. Die meisten von Scharfschützendrohnen. Ein oder zwei Bomben. Die Frau in Patagonien: erstochen. Die Furien haben die Taten für sich reklamiert, aber MemeFeed ist sich nicht so sicher. Könnte auch eine geheime Einsatztruppe der Vereinten Nationen gewesen sein. Oder Kommandos der First Nations. Oder Mama Greta ist wiederauferstanden. Oder Konzerne machen irgendwelche Missionen unter falscher Flagge. Oder es ist eine Gruppe aus Übergangsveteranen, die sich als die Furien ausgeben – vielleicht die Abteilung Phoenix.

Aber die Hinrichtungen sind überall auf der Welt passiert, werfe ich vorsichtig ein. Die Abteilung Phoenix ist nur in Gowanus.

Mag sein, sagt Reena. Aber vielleicht ist Gowanus ja bloß ihre Basis. Vielleicht sind sie überall.

Vielleicht sind sie genau in diesem Moment unter uns, flüstert Angel.

Reena lacht und boxt ihm gegen die Schulter.

Die zwei verbringen viel Zeit damit, Kommentare und Subthreads auf MemeFeed zu lesen. Ich lausche mit einem Ohr. Im anderen Ohr höre ich Mrs. Helmandis Vortrag über vertrauenswürdige Quellen. Wie man MemeFeed-Gerüchte erkennt und ihnen aus dem Weg geht. Andererseits müssen Gerüchte ja irgendwo herkommen, oder? Weil ... ich kann immer noch meine Mom hören, wie sie über Politik redet und dabei genauso klingt wie das Manifest der Furien. Ich höre sie, wie sie uns auf der Esplanade durch den Bildschirm meines Dads zuruft, dass wir weglaufen sollen. Wie konnte sie das wissen?

Ich lehne mich mit dem Rücken an das kühle Fenster. Das Croissant von Reena in meinem Magen will Gesellschaft, es verbündet sich mit den Nachrichten und meinem Dad und der Welt, um mich von meiner Welle zu schmeißen. Ich konzentriere mich auf mein Gleichgewicht. Die Musiker sind wieder auf der Bühne. Sie spielen ganz lange beruhigende Beats, die nahtlos ineinander übergehen, während der Hurrikan in zehn Zentimetern Entfernung von meinem Kopf weiter randaliert. Ich will, dass der Sturm endet. Gleichzeitig will ich nicht, dass er endet. Weil dann fährt die Hyperloopbahn wieder, und ich muss zu meinem Dad zurückkriechen, und Gowanus ist nur noch eine Hyperloopfahrt und eine Station mit dem Wasserbus entfernt – und meine Mom ist dann entweder da oder nicht.

Der gigantische Bildschirm über der Bühne hypnotisiert mich: Er zeigt eine Zahl an, die immer wieder verschwimmt und sich dann wieder neu zusammensetzt:

Eingefangene Gigawattstunden Sturm: 140 ... 141 ... 141,8

Während ich mit dem Rücken an die Scheibe gelehnt auf die Zahl starre, beobachte ich die ganze Zeit meinen Dad aus dem Augenwinkel. Er ist immer noch in dem Liegestuhl und tut so, als wäre er ganz entspannt. Aber seine Beine verraten ihn. Ich kann sehen, dass er die Sache mit dem Zittern macht. Dass er versucht, seine Sorgen wegzuzittern. Er hat ein schlechtes Gewissen, weil er mich angebrüllt hat. Und mich so grob angepackt hat. Und in einem Wutanfall seinen Bildschirm kaputt gemacht hat.

Das hat er mir vorhin schließlich gebeichtet, als ich sauer genug wurde. Als mir Tränen in die Augen traten. Er zog mich an sich, umarmte mich, küsste mich aufs Haar und gestand: Er habe seinen Bildschirm auf den Boden gedonnert, nachdem er

Mom zum tausendsten Mal vergeblich angepingt hatte. Er habe die Beherrschung verloren. Er bereue es. Alles davon. Alles. Es tue ihm so leid, sagte er. Er sei so frustriert und müde. Ihm liefen stille Tränen über die Wangen, als er das sagte.

Ich sagte, es wäre schon okay. Obwohl es das nicht war. Mein Dad tut immer so ruhig und kontrolliert, aber eigentlich ist er noch immer derselbe Typ wie in *Corps Power*, Staffel drei: ein sehr großer Mann, der zu jedem Zeitpunkt durch eine Wand donnern oder in Tränen ausbrechen oder einen dummen Witz erzählen oder austicken könnte. Meine Mom kann etwas hart sein und ist nicht halb so spaßig, aber sie ist vorhersehbar. Mit meinem Dad ist es anders: Er dreht all seine Emotionen so laut auf, dass man die eigenen nicht mehr hört. Dir ist nach Heulen zumute? Er heult schlimmer. Seine Emotionen hüpfen wild durch die Gegend. Mit ihm umgehen ist wie mit Kindern in CareCorp zu arbeiten. Erschöpfend.

Es ist okay, Dad, sagte ich und tätschelte ihm den Arm. Ich bin auch müde.

Danke, Emi. Tut mir leid, dass ich dich angebrüllt hab.

Mir auch, sagte ich.

Ich schlug vor, dass wir seinen Bildschirm reparieren lassen. In der Station muss ein Kiosk sein.

Aber er sagte Nein. Er sagte: Ist besser so.

Besser inwiefern?

Ich will nicht, dass irgendwelche Leute wissen, dass wir hier sind, sagte er.

Was für Leute?

Alle.

Und was ist mit Lucas?

Lucas ist Familie. Wir vertrauen Lucas.

Du hast gesagt, Mom hat nichts Falsches gemacht.

Hat sie nicht. Ich will nur nicht, dass irgendwer auf falsche Ideen kommt.

Auf was für Ideen, Dad?

Es machen gerade viele Gerüchte die Runde.

Mom könnte versuchen, uns zu finden. Dad. Wir brauchen einen Bildschirm.

Jetzt nicht.

Wir können uns Reenas borgen.

Ich hab Nein gesagt! Das hier ist ernst. Wir müssen vorsichtig sein.

Deswegen müssen wir sie ja finden! Ich mach's. Ich pinge Mom an.

Er berührte mein Handgelenk und senkte seine Stimme: Emiliana. Denk über die Konsequenzen nach.

Ich schüttelte seine Hand ab und sagte, dass mir die egal seien.

Nein, sind sie nicht, sagte er. Ich kenne dich, Em. Ich weiß, dass es dir nicht egal ist.

Wenn er es mir direkt verboten hätte, da bin ich ziemlich sicher, wäre ich zu Reena rübermarschiert und hätte eine große Show daraus gemacht, mir ihren Bildschirm zu leihen. Aber die Art, wie er mir quasi drohte, wieder loszuweinen, und mir gleichzeitig vertraute, dass ich die richtige Entscheidung träfe – das hat meine Wut erstickt. Zumindest einen Teil davon. Ich hatte noch genug Wut übrig, um mir meine Tasche über die Schulter zu schwingen und ihm den Rücken zuzukehren und zum anderen Ende der Station zu marschieren. Damit mein Dad sehen konnte, wie ich mich zu Reena und Angel setzte. Mit ihnen lachte. Mir Reenas Bildschirm borgte. Das allerdings nur, um durch MemeFeed zu scrollen, bis mir die Augen schummerig wurden. Aber ich musste ihn eben denken lassen, dass mir dieses eine Mal vielleicht wirklich alles egal war. Sogar er.

Reena, stellt sich raus, ist auch von der Norsaq Plaza. Vom östlichen Ring, aber trotzdem: Irgendwann haben sich unsere Pfade sicher schon mal gekreuzt. Angel ist in Nuuks Kalaallit-Viertel aufgewachsen, der Inuit-Zone. Er wurde für seinen Extraktionsdienst in einem Hubspeicherkraftwerk eingeteilt, wo sie präventive Reparaturen an hydraulischen Kränen machen, erzählt er mir. In Nuuk ist er ein Dichter. Er hat eine sanfte Stimme, mit der er noch jünger klingt, als er ohnehin schon aussieht. Ich habe vorher noch nie einen Dichter kennengelernt. Als mir das klar wird, frage ich mich, was ich wohl sonst noch so verpasst habe, ohne es zu wissen.

Sind Indigene nicht von der Extraktionspflicht freigestellt?, frage ich.

Das heißt ja nicht, dass wir uns nicht freiwillig melden können.

Du hast dich freiwillig gemeldet, um zwei Wochen in einer Lagerhalle zu schuften?

Es ist geistig anspruchslose Arbeit, sagt er und winkt ab. Das verschafft mir Zeit zum Denken und Schreiben. Außerdem: Irgendwer muss es ja machen. Alle müssen ihren Teil beitragen.

Sexy, sagt Reena.

Angel wird rot und blickt sie an.

Brauchst nicht seltsam zu werden, sagt sie. Ich steh nicht auf Jungs.

Ich bin achtzehn, sagt Angel.

Ach Herzchen, sagt Reena und tätschelt sein Knie. Das hab ich damit nicht gemeint.

Sie zwinkert mir zu. Ich lächele zurück, fühle mich reif genug, um zu meinen, dass ich weiß, was hier vielleicht vor sich geht.

Ich kann nicht einschätzen, ob Reena und Angel mich so in ihre Unterhaltungen einbeziehen, weil sie nett sind oder weil ihnen langweilig ist. Oder wegen meiner Mutter. Alle haben einen Onkel oder eine Tante oder ein Elternteil, die oder der im Großen Übergang gedient hat – aber bei der Abteilung Phoenix? Das ist Superheldenzeug, sagen sie, als ich ihnen erzähle, dass meine Mom ein Gründungsmitglied war.

Wenn Phoenix nicht den Funken gezündet hätte, würden wir

alle auf einem zerstörten Planeten als Sklaven für irgendeinen Konzern schuften.

Muss unglaublich sein, so eine Mom zu haben.

Total unglaublich, sage ich.

Später, als Reena Tundra erwähnt – ein Cousin hat ihr Tickets zum Geburtstag geschenkt – und sie und Angel über die Playoffs diskutieren, traue ich mich nicht zu erwähnen, dass mein Dad für das Team arbeitet. Oder von den Spielen zu erzählen, die ich direkt von der Seitenlinie aus gesehen habe. Wie ich quasi in der Mannschaftsküche aufgewachsen bin. Mit Spielerinnen gegessen habe. Diese privilegierte Erfahrung ist mir peinlich. Und meine Eltern – beschließe ich – müssen nicht noch beliebter werden, als sie es ohnehin schon sind.

Kurz nachdem der große Bildschirm über der Bühne verkündet, dass New York über zweihundert Gigawattstunden Sturmenergie eingefangen hat, springt Reena auf. Will irgendwer was essen? Ich hab Hunger.

Ich könnte was vertragen, sagt Angel.

Emi?

Nein, danke, sage ich und blicke zu meinem Dad rüber. Ich will ihm nicht die Genugtuung verschaffen, mich essen zu sehen. Als Angel sagt, dass er hierbleibt und unseren Platz besetzt, sage ich: Ich auch.

Aber sobald Reena weg ist, entdecke ich eine weitere Lebensweisheit: Auch wenn du dein ganzes Leben lang Englisch gesprochen hast und sogar ganz anständiges Spanisch und sogar ein wenig Dänisch und Kalaallisut sprichst, kann es passieren, dass du trotzdem in keiner Sprache ein einziges Wort rausbekommst. Angel blickt von seinem Bildschirm hoch, als hätte er das Gefühl, dass ich ihn anstarre. Was ich auch tue.

Hiya, sagt er und deutet mit einem Nicken auf meine Kopfhörer. Was läuft?

Ich gehe meine letzten Tracks durch: Britney. Beyoncé. Cranberries. U2.

Old school, lächelt er.

Ja, ich liebe Oldies.

Über Musik bin ich zur Lyrik gekommen, sagt er und rutscht näher. Hast du schon mal von Kendrick Lamar gehört? Du musst mal seine Texte lesen. Großartige Rapper sind einfach großartige Dichter mit Rhythmusgefühl. Der Sozialrat von New York hat gerade einen Lyrikwettbewerb am Laufen. Willst du lesen, was ich eingereicht habe? Es ist Müll, aber ich sage mir immer: Man kann nicht gewinnen, wenn man es nie probiert.

Er reicht mir seinen Bildschirm.

In den Stunden nach der Sonnwende werden Wissenschaftler
erfinderisch.
Sie füttern einen Quantencomputer mit einem sonnigen Tag
der sonst ungenutzt verstreichen würde.

Sie sehen dann die Erde aus jedem möglichen Winkel.
Sie versuchen dann, die ganze Geschichte zu verstehen.

Die Klippen und die Bergwiesen
Wüstendünen
Die netzwerkenden Wälder.
Strände voller Licht.

Unsere Körper sind nicht dafür geschaffen, drinnen zu leben.
Neueste Forschung schlägt den Himmel vor.
Den Tidenhub.
Die rollende Tundra, die abflacht,
bis sie eine Kette aus Sandinseln wird.

Ich reiche ihm seinen Bildschirm zurück und verkünde, dass es ganz und gar nicht Müll ist.

Danke, lacht er.

Du gewinnst, hundert Prozent. Was ist der erste Preis?

Sie zeigen dein Gedicht in den Hyperloops. Was mir sicher helfen würde, es auf die Uni von G zu schaffen. Das wäre mein Traum. Die haben ein unglaubliches Curriculum für Lyrik.

Wenn ich meinen Abschluss hab, gehe ich zu CareCorps.

Hiya. Ich habe tonnenweise Familienmitglieder, die bei CareCorps sind. Junioren oder Senioren?

Junioren.

Nice. Kinder sind viel lustiger als die Alten.

Ja. Ich liebe Kinder.

Mir wird auf einmal klar, dass ich in der Unterhaltung mehrere Airballs in Folge geworfen habe, und sofort sind meine Sprachfähigkeiten wieder futsch. Ich schaue mich um und suche Reena. Stattdessen habe ich kurz Blickkontakt mit meinem Dad. Ich wende mich schnell wieder ab. Der Sturm hämmert gegen das Glas hinter mir. New York hat 203 Gigawattstunden Sturm eingefangen. Ich versuche, wie Maru zu sein und eine Frage zu stellen, irgendeine Frage – aber mein Verstand hat sich verkrampft. Mir fällt nichts Besseres ein, als zu wiederholen, dass mir sein Gedicht sehr gefallen hat. Vor allem die ganzen Natursachen.

Danke, sagt er. Hast du selbst schon ein bisschen Natur erlebt?

Meine Familie arbeitet manchmal freiwillig auf den Geothermiefarmen. Da haben wir mal Orcas gesehen.

Wenn dir die Geofarmen gefallen haben, wirst du die echte Natur lieben. Ich hab ein Semester in den Torngats verbracht.

Dem Gebirge?

Ja. Da solltest du mal hin.

Sind die nicht im Halbe-Erde-Territorium?

Und?

Ich bin nicht indigen.

Ich hab ja nicht gesagt, dass du da leben sollst. Einfach mal besuchen. Dort Freiwilligendienst leisten. Mach einen Bioblitz. Markiere für ein Wochenende Pflanzen. Du wirst es lieben! Wie die Geofarmen, aber tausendmal größer. Und wilder. Und so leise. Besonders im Vergleich zu Nuuk. Aber auch irgendwie nicht leise ... Es ist eigenartig. Deswegen schreibe ich *netzwerkende Wälder*. Man fühlt sich irgendwie ... quantenmäßig. Es ist wie ein Summen. Als würde alles miteinander verschmelzen. Du schließt die Augen, und es ist alles Eis, Stein, Wolken. Alles ist Teil desselben Ganzen. Schwer zu beschreiben. Er lacht. Ich schätze mal, genau dafür haben wir die Lyrik erfunden.

Seine Beschreibung der Natur erinnert mich an mein Gefühl, wenn ich die Hungerwelle reite: wenn ich es auf den flachen, reinen Teil der Welle schaffe, wo alles klar und einfach und still ist. Ich sag ihm, dass ich weiß, was er meint.

Dann musst du auf jeden Fall hin!, sagt er. Wir haben Glück, dass noch was davon übrig ist. Aber das ist das andere: Da draußen wird man richtig wütend, wenn man rausfindet, wie es früher war. Walrösser und Gletscher und Wölfe ... Wälder mit Bäumen, die über fünfhundert Jahre alt waren. Da ist man sofort auf hundertachtzig, von superentspannt zu supersauer in einer Sekunde. Deswegen sagen manche Leute auch: Wahre Gerechtigkeit wäre, ihre Familien zu belangen.

Wessen Familien?

Die der Klimaverbrecher. So richtige Rache, weißt du? Ihre Stammbäume an den Wurzeln rausreißen. Auslöschung gegen Auslöschung. Auge um Auge. Was jetzt abgeht? Ein paar alte Menschen, die nach einem langen gemütlichen Leben der Zerstörung und Profitmacherei eingeschläfert werden? Das ist ein Kompromiss. Die sollten dankbar sein, dass wir sie nicht so behandeln wie sie uns.

Ich beuge mich ein bisschen näher zu ihm und frage, ob er wirklich glaubt, dass die Abteilung Phoenix hinter den Furien steckt.

Ich glaube, wir erleben gerade einen wirklich wichtigen, aufregenden Moment in der Geschichte, sagt er. Und ich möchte ein Teil davon sein. Du auch?

Ich nicke.

Denn so, sagt er, sieht er die Sache: Nicht alle können die Speerspitze sein. Wir brauchen auch einen Speerschaft, weißt du? Wir brauchen Hände, die den Speer halten. Hände, die wiederum diese Hände stützen. Leute, die sich laut und ungeniert dafür aussprechen, dass dieser Speer benutzt werden muss.

Aber ist das nicht Terrorismus?

Nein, sagt er. Absolut nicht. Mit dem Argument wollen sie uns nur davon abhalten, Forderungen zu stellen. Was sie Terrorismus nennen, nenne ich Solidarität mit dem Leben. *Sie* sind die Terroristen. Die Zerstörung, die sie verursacht haben? Die ganzen Leben, die dadurch verschwendet wurden? Sie hätten versuchen können, mit einer Art Wiedergutmachung für Gerechtigkeit zu sorgen. Könnten sie sogar immer noch. Gebt euren verdammten Reichtum ab, Leute. Widmet euer Leben dem Extraktionsdienst. Entschuldigt euch. Würde das die Krise ungeschehen machen? Nein. Aber es wäre ein Anfang. Egal, die Frage ist müßig. Sie werden nie zugeben, was Falsches gemacht zu haben. Also müssen wir selber für Gerechtigkeit sorgen. Fallen dabei hier und da Späne? Klar. Ein bisschen.

Eine Revolution ist kein Kaffeekränzchen, sage ich.

Genau!

Wir lachen und schauen uns dabei wieder kurz in die Augen.

Ich frage ihn, was er täte, wenn die Furien ihn bitten würden, sich ihnen anzuschließen.

Es wäre mir eine Ehre.

Würdest du je wieder nach Hause können?

Wahrscheinlich eine ganze Weile nicht, sagt er. Ich hab gehört, dass sie schon einige Jahre untergetaucht sind.

In dem Moment wird mir klar, dass wir uns jetzt schon mehrere Minuten lang ununterbrochen unterhalten und ich noch nicht mal groß drüber nachdenke. Als wäre ich an der Freiwurflinie und würde einen Wurf nach dem anderen versenken. Als könnte ich gar nicht danebenwerfen. Was genau der Gedanke ist, den man hat, bevor man einen Airball wirft. Bevor ich es also selbst verschreie, probiere ich es schnell mit noch einem Wurf: Was ist mit deiner Familie? Wenn du zu den Furien gehst, könntest du dann je wieder mit deiner Familie sprechen?

Das ist eine harte Frage, sagt er. Ich denke viel über meine Vorfahren nach. Und ich meine gar nicht so weit in der Vergangenheit. Nimm mal die Generation unserer Eltern, deine Mom und deinen Dad: Die haben dafür gekämpft, die Krise zu beenden und den normalen Leuten die Macht zurückzugeben. Also, ich für meinen Teil will helfen, zu Ende zu bringen, was sie angestoßen haben. Ich will meinen Beitrag leisten. Wir reißen das Übel heute an der Wurzel raus, sonst klammert es sich an der Zukunft fest. Wir müssen selber ran. Es liegt an uns. Wie immer. Normale Leute wie wir.

Die Wörter *wir* und *uns* sind so klein, aber sie haben so viel Gewicht. Und durch sie in eine so große Gruppe eingeschlossen zu sein – ein Netzwerk zu bilden –, setzt mich buchstäblich unter Strom: Ich spüre eine niedrige elektrische Spannung, von der sich mein Hals anspannt. Aber nicht wie sonst, nicht so, als würde ich ersticken. Mehr wie Aufregung. Ich schlucke so laut, dass ich überzeugt bin, Angel kann es hören. Ich lehne meinen Kopf gegen das Glas. Das Wummern des Sturms lässt meinen Schädel vibrieren. Ich lasse es mein Gehirn füllen.

Als ich die Augen öffne, starrt Angel mich an. Ich schaue nicht weg.

Emi, kann ich dir eine Frage stellen?

Es gefällt mir, dass er meinen Namen sagt. Es gefällt mir, dass er mich um Erlaubnis bittet. Ich erteile sie ihm.

Wie alt bist du?, fragt er.

Siebzehn, lüge ich.

Okay, sagt er lächelnd.

Was ist so witzig?

Nichts.

Wir beide lächeln und werden rot.

Ich blicke zu meinem Dad rüber, um sicherzugehen, dass er uns sieht. Ich lege eine Hand auf Angels Fußgelenk. Wieder schlucke ich. Es ist das lauteste Geräusch in der gesamten Station von Brooklyn Heights, wenn nicht auf der Welt.

Meine Hungerwelle zu reiten, gibt mir immer so ein Gefühl klarer Benommenheit. Ein Prickeln in den Fingerspitzen. Die Welt hört kurz auf, sich zu drehen. Eine Belohnung für Disziplin. Aber das hier ist anders. Das hier ist, wie in Nuuk von der Meeresmauer zu springen. Das hier ist, wie zu sehen, dass Leute erschossen und getötet werden. Das hier ist, wie einem Jungen an den Knöchel zu fassen, während ein Hurrikan versucht, uns von der Erde zu fegen. Das hier ist, als würde ich gerade ein neuer Mensch werden. Was wahrscheinlich ständig passiert. Was auch meinen Eltern und Maru und allen anderen passiert ist. Aus gutem Grund haben sie es den Großen Übergang genannt. Menschen ändern sich. Dinge ändern sich. Jahreszeiten ändern sich. Ich bin nichts Besonderes. Das hab ich schon kapiert. Aber niemand hat mir je gesagt, dass man sich in Echtzeit selbst dabei beobachten kann, wie man sich verändert. Wie du die Person wirst, von der du nicht mal wusstest, dass du sie sein willst.

Lasst das Mahl beginnen!

Reena ist zurück mit Tüten von McDonald's. Ich rieche das warme Fett. Sie sieht, wie ich meine Hand von Angels Fuß wegziehe. Ich meine zu bemerken, wie sie kurz ihre Stirn runzelt, aber sie lächelt gleich wieder.

Hat jemand Hunger?

Da kannst du drauf wetten, sagt Angel.

Sie richten das Essen auf dem Boden an wie bei einem Picknick. Obwohl ich gesagt hab, ich wäre nicht hungrig, hat Reena genug für drei gekauft. Ich nehme mir eine Handvoll Fritten und zwei Nuggets. Mein Dad beobachtet uns. Ich muss nicht hinschauen, ich weiß es. Ich habe keine Lust zu sehen, wie er alleine dasitzt und sich Sorgen macht. Ich muss ihn nicht trösten. Stattdessen stecke ich mir eine einzelne Pommes in den Mund. Ich kaue laut und benutze dabei sorgsam sämtliche Zähne. Ich entspanne meinen Hals. Ich schlucke. Ich lecke mir die Lippen. Ich lecke mir das Salz von den Fingerspitzen. Ich esse.

17 LARCH

DREI MONATE BEVOR OSMAN VATER WERDEN SOLLTE, BEKAMEN wir plötzlich einen neuen Auftrag, einen Notfall: Battery Park in New York. Manhattan brauchte uns doch.

Dieser neue Auftrag war in seiner Größe einzigartig. Beteiligt waren nicht nur die Abteilung Maine oder das Forst Corps, sondern jeder einzelne Übergangsdienstleistende in New York und sogar ein paar Kompanien aus Philadelphia und Baltimore, für die extra temporäre Baracken im Central Park errichtet wurden. Über Hunderttausend von uns wurden auf eine einzige Aufgabe angesetzt: eine integrierte Sturmbarriere zu bauen, die Manhattan von der sechsundvierzigsten Straße am East River bis hin zur sechzigsten Straße auf dem Hudson umarmen sollte. Das Große U.

Viele Leute halten die BayGate in San Francisco oder die Solarbehörde Südwest für die größten Projekte des frühen Übergangs, doch das Große U war noch ambitionierter. Ambitioniert, aber machbar. Wir hatten schon über mehrere Jahre Erfahrungen damit gesammelt, kilometerlange Barriere-Inseln und künstliche Riffs zu bauen, wir waren also gut vorbereitet. Wir konnten Kräne lenken. Ausgrabungsmaschinen bedienen. Planierraupen fahren. Wir wussten, wie man Beton gießt und schweißt und Betonstahl einsetzt und Pfähle versenkt. Es war fast so, als hätte uns das Ministerium für Energietransformation mit all unserer bisherigen Arbeit nur darauf vorbereitet, Lower Manhattan zu retten.

Mach weiter, Larch, sagte Helen. Du bist so nah dran. Gleich hast du's.

Joanna Lee hatte die Dreharbeiten für *Corps Power* abgeschlossen. Wäre sie noch in Hunts Point im Einsatz gewesen, hätte sie die stundenlangen Diskussionen über das Große U filmen können. Denn auch darin war das Projekt einzigartig: Die Geister schieden sich daran.

Entweder glaubte man, das Große U würde das Wasser lediglich in andere Viertel leiten und dort für apokalyptische Überflutungen sorgen. Oder man glaubte das nicht. Entweder hielt man es für eine Verschwörung, um die Wall Street zu retten – oder nicht. Auf der Bewegungsversammlung von Hunts Point kam es zu heftigen Auseinandersetzungen.

Ist es nicht besser, etwas zu bewahren, als es nicht zu bewahren?

Nicht wenn es die Wall Street ist.

Es ist nicht die Wall Street. Es ist unsere Stadt.

Wie oft wollen wir denen noch den Arsch retten?

Das Große U ist ja sogar noch schlimmer als die übliche Entschuldigung. Wenn wir jetzt die Wall Street retten, ersaufen dafür wir.

So lief es doch schon immer.

Dieses Mal nicht. Dieses Mal ist es wirklich schlimmer. Sie bauen das Große U und der nächste Sturm verwandelt hier alles in einen Sumpf.

Wusste nicht, dass du Hydrologe bist.

Man muss kein Hydrologe sein, um zu wissen, in welche Richtung Wasser fließt.

Brooklyn kriegt mehr ab. Wir hier oben werden okay sein.

Kurzer Hinweis: In Manhattan leben auch noch normale Menschen.

Geier. Keine Menschen.

Du klingst wie sie.

Sie haben unseren Planeten zerstört.

Wir alle haben unseren Planeten zerstört.

Ich hab nie irgend so ’nen Finanzjob gemacht. Ich hab nie ’ne Pipeline finanziert. Ich bin nie im Privatjet geflogen.

Wir müssen pragmatisch sein. Ich bin der Letzte, der sie verteidigt. Aber ohne die Wall Street könnte die Wirtschaft zusammenbrechen.

Und?

Wir brauchen die Wirtschaft.

Welche Wirtschaft? Wessen Wirtschaft?

Wie willst du ohne Wirtschaft leben?

Genauso, wie ich jetzt schon ohne sie lebe!

Geld steht nicht früher auf, um Frühstück zu machen. Geld zieht nicht meine Babys groß.

Geld existiert nicht. Das sind einfach nur wir. Menschen. Menschen, die Sachen anpacken.

Genau: gegenseitige Unterstützung, Baby. Bis wir ans Himmelstor klopfen.

Also, was machen wir?

Wir stoppen das Große U.

Wie?

Wir kontaktieren unsere Abgeordneten. Heißt ja nicht ohne Grund People’s Party, das ist die Partei der normalen Leute.

Unsere Abgeordneten sind schon hier.

Hey, meine Lieben. Wir arbeiten dran. Wir geben uns Mühe.

Dann gebt euch mehr Mühe.

Und wenn sie es nicht hinbekommen?

Dann bleibt uns keine Wahl. Dann müssen wir auf die Kacke hauen.

Sie hauten auf die Kacke. Nicht viele, aber ein paar Entschlossene. Sie protestierten. Marschierten. Warfen Ladenfenster ein und legten ein paar kleine Feuer in der Upper East Side. Die New Yorker Polizei und private Sicherheitsdienste beendeten die Proteste. Sperrten die Zugänge zur Insel. Nur Anwohner durften noch durch. Anwohnerinnen und Anwohner und systemrelevante Arbeiterinnen und Arbeiter. Also auch wir.

Jeden Morgen den Harlem River zu überqueren hieß: jeden Tag die Streikpostenkette durchbrechen. Keine große Streikpostenkette – noch nicht. Aber groß genug, um dir den Tag zu vermiesen. Leute brüllten und schwenkten Schilder und schaukelten unseren Bus. Kinder traktierten unsere Fenster mit Schneebällen. Dieselben Menschenmengen, die uns früher Pizza gebracht und gejubelt hatten, wenn wir vorbeizogen. Jetzt stampften sie mit den Füßen und harrten in der Kälte aus, nur um uns Verräter schimpfen zu können. Während wir darauf warteten, die Brücke zu überqueren, starrte ich runter auf meine Stiefel und versuchte das alles auszublenden. Ellen und Helen hatten am zweiten Tag genug.

Scheiß auf diesen Mist, sagten sie, als der Bus an der Brücke hielt. Sie stiegen aus.

Etwa die Hälfte des Busses stieg mit ihnen aus. Das Gleiche passierte bei den anderen Bussen im Konvoi. Riesiger Jubel von den Streikenden.

Ezekiel baute sich im Gang über Osman auf: Tut mir leid, Boss.

Mach, was du für richtig hältst, sagte Osman. Wir sehen uns heute Nacht.

Drei Tage später waren sie alle wieder da. Das Ministerium für Energietransformation hatte klargestellt, dass sie allen, die sich Anordnungen widersetzten, die Bezahlung, die Pension und die angerechneten Ausbildungspunkte wegnehmen würden. Und bei Leuten wie Ezekiel, die vom Militär rübergewechselt waren? Die würde man wieder in den Krieg schicken. Und zwar nicht in die metaphorische Art von Krieg, in der wir gerade kämpften. Richtiger Krieg mit intelligenten Geschossen und Streubomben und Drohnen.

Also war Durch bis Mittag wieder vereint. Aber es war nicht mehr wie früher. Jeder Morgen, wenn wir mit dem Bus in die Südspitze von Manhattan fuhren, fühlte sich wie eine Niederlage an.

Der Abteilung Maine war im Battery Park ein Abschnitt von hundert Metern zugeteilt worden. Wir mussten nicht ganz bei null anfangen. Die Stadt hatte schon früher etwas gebaut, was die Leute heute das Mini U nennen: eine Erdböschung, die den Anstieg des Meeresspiegels jämmerlich unterschätzt hatte. Unsere erste Aufgabe war es, dieses Mini U zu verstärken. Während der Mittagspausen saßen wir immer auf der Böschung, mit Blick auf den Hafen. Vor lauter schwimmenden Kränen konnte man kaum das Wasser sehen. Überall Lastkähne. Und Kreuzfahrtschiffe, in denen Übergangsarbeiterinnen und -arbeiter untergebracht waren. Manchmal öffnete sich kurz eine Lücke, und man erhaschte einen Blick auf die Freiheitsinsel. Die Freiheitsstatue selbst hatte das Kultur Corps schon weggebracht. Aber der Sockel war noch da.

Irgendwie symbolisch, sagte Lucas und deutete mit seinem halb gegessenen Sandwich darauf.

Als würde der Sockel darauf warten, dass sie zurückkommt, sagte ich.

Total. Er nickte. Als wäre das alles hier nur vorübergehend.

Ihr Jungs seid so ahnungslos, sagte Helen. Es wäre süß, wenn es nicht so jämmerlich wäre.

Schon mal was von der Kraft positiver Gedanken gehört?, fragte Lucas.

Helen rollte mit den Augen.

Aber für Leute wie mich und Lucas stand die Arbeit am Großen U genau dafür: Sie gab uns Hoffnung. Die Arbeit brachte uns dazu, hoffen zu wollen. Das tägliche Durchbrechen der Streikposten tötete uns jeden Morgen ein kleines bisschen, doch mit der Arbeit selbst – und mit dem Gedanken, an einem so monumentalen Projekt beteiligt zu sein – war es anders. Die Leute, die noch in Lower Manhattan lebten, waren uns dankbar. Sie hängten überall grüne Bändchen auf, als Zeichen ihrer Unterstützung. In jedem Fenster und an jeder Laterne und jeder Stoßstange. Sie blieben stehen, um uns für unseren Dienst zu danken. Ezekiel hasste diese Formulierung – dasselbe hatte er sich immer anhören müssen, wenn er in der Öffentlichkeit seine Militäruniform getragen hatte. Wenn die reichen Säcke ihre Dankbarkeit zeigen wollen, dann sollen sie sich verdammt noch mal eine Schaufel schnappen, sagte er. Aber ich genoss die Dankbarkeit. Sie machte mich stolz. Und das blieb auch eine Weile so. Bis wir die sechste Schicht zugeteilt bekamen.

Die sechste Schicht startete um ein Uhr früh. Unser Bus fuhr auf dem Weg nach Süden durch Lower Manhattan, und es war, als würden wir durch schwarze Schluchten rollen. So viele Gebäude waren stockdunkel. Ich fragte mich laut, ob durch die Bauarbeiten am Großen U der Strom ausgefallen war. Oder ob das irgendeine neue Initiative war, um Strom zu sparen.

Es ist recht einfach, Strom zu sparen, wenn hier niemand wohnt, sagte Ellen.

Die Gebäude waren leer. Nicht verwaist, sondern temporär ungenutzt. Unbewohnte Luxusapartments. Gehört hatte ich von so was schon. Aber es war was anderes, es auch zu sehen: Block für Block aus leblosem schwarzem Glas.

Also reiße ich mir hier den Arsch auf, um ein paar leere Luxuswohnungen zu retten?, fragte Lucas.

Nicht leer, sagte Helen. Voll mit Geld.

Geldanlagen. Nicht mal Zweit- oder Drittwohnungen, sondern Wohnungen, in denen Saudis und Quantenhändler ihre Profite parken können. Sobald wir das Große U fertig haben und

Lower Manhattan gerettet ist, schießen die Immobilienpreise hier durch die Decke.

Ich schaute rüber zu Osman. Er hatte die Stirn an die Scheibe gelehnt und starrte die Gebäude an. Entweder hatte er unsere Unterhaltung nicht mitbekommen oder es war ihm egal. Ich dachte an all die Häuser und Wohnungen, die wir zurückgebaut hatten. Die Familien, die geflüchtet waren. Osmans Familie. Meine. Ich dachte an die Flüchtlingslager entlang der I-95 in Maine. Die Great Northern Greens Arena. Wie ich Osman beigebracht hatte, schnell Karotten zu hacken, damit wir für tausend hungrige Menschen Abendessen kochen konnten. Daran, wie mein Vater mir im Wald hinter unserem Haus gezeigt hatte, wie man eine rechteckige Fläche ebnet, um dort ein Zelt für Flüchtende aufstellen zu können. Eine flache Ebene ist das Mindeste, was wir diesen armen Menschen anbieten können, hatte er gesagt. Unseren Beitrag leisten, auch wenn wir nicht viel haben. Vergleich das mal mit Manhattan. Und London und Sydney und Seattle und überall sonst, wie wir später herausfanden: so viele leer stehende Anlagemöglichkeiten, dass man die Klimaflüchtlinge der Welt doppelt und dreifach darin hätte beherbergen können.

Die sollten hier Leute unterbringen, flüsterte ich Lucas zu, als wir die Canal Street überquerten.

Lucas nickte.

Ich hatte meine Stimme gesenkt, damit Ellen und Helen mich nicht hörten. Jedes Mal, wenn sie den Großen Übergang kritisierten, musste ich aus Prinzip widersprechen, ich konnte nicht anders. Es war ein Reflex. Auch wenn ich das, was ich da verteidigte, selbst vielleicht gar nicht so toll fand. Es fiel mir leichter, meine Gedanken zu sortieren, wenn die beiden nicht ständig dazwischenquatschten.

Warum nicht einfach die Leute hier übergangsmäßig wohnen lassen, oder so?, flüsterte ich.

Oder nur mich, sagte Lucas. Lass mich auf deiner Couch pennen, während ich dir eine Mauer baue, verdammt.

Ziemlich scheiße, sagte ich.

Total scheiße, stimmte Lucas mir zu.

Ich blickte zu Osman. Er hatte die Augen geschlossen.

Ich bin kein Psychologe, aber es muss in der menschlichen Natur liegen, dass wir uns so schwer damit tun, es zuzugeben, wenn wir uns geirrt haben. Der Große Übergang war meine Familie, die einzige, die ich hatte. Natürlich wollte ich sie verteidigen. Auch wenn ich wusste, dass sie nicht perfekt war. Und Osman: Ich schaute mehr zu ihm auf, als mir damals bewusst war. Nicht nur weil er unser Vorarbeiter war. Ich wollte auch eine Familie, genau wie er. Eine echte Familie, meine eigene. Und sein Vertrauen auf die Zukunft: Das wollte ich auch. Wenn also Osman bereit war, hart am Großen U mitzuarbeiten, dann war ich es ebenfalls.

Der Große Übergang ist unsere einzige Chance, sagte er, als ich ihn später danach fragte. Es gibt keinen Plan B.

Aber gibt es nicht vielleicht doch eine bessere Chance?

Osman lächelte und sagte, ich klänge wie Ellen und Helen.

So meine ich das nicht, sagte ich. Ich will nicht undankbar sein.

Wir hatten gerade Pause. Es war noch so ein unangenehm warmer Wintermorgen. Wir aßen auf dem Mini U unser Frühstück und die Dämmerung zog gerade auf. Die ganze Nacht hatten wir mit dem Presslufthammer gearbeitet. Meine Hände zitterten immer noch.

Ich meine nur, dass wir strategischer vorgehen könnten, sagte ich. Aktien kann man nicht essen. Hunts Point ist der Ort, wo das ganze Essen ankommt. Warum baut man das Große U nicht dort?

Ich wünschte, man täte das, sagte Osman.

Und ich wünsche mir, sie würden uns neue Kopfeimer geben,

sagte Lucas und schaute uns durch ein Loch in seinem Bauhelm an.

Ich weiß nur eins, sagte Osman. Wenn wir nichts tun, hat die Zukunft keine Chance. Und mein Kind auch nicht. Sogar wenn er es bis hierher schafft. Er hat diese Wahl nicht: es zu tun oder es zu lassen. Also liegt es an mir. Also mache ich es.

Ich bin an deiner Seite, Boss, sagte ich.

Ich auch, sagte Lucas.

Eine Pfeife ertönte. Wir gingen wieder an die Arbeit.

Die Stunde nach einer Pause ist auf einer Baustelle die gefährlichste. Alle sind lethargisch. Der Magen voll. Entspannt vom Sitzen. Weniger aufmerksam. Emi hat mich später gefragt, ob ich sah, wie es passierte. Ich bin dankbar, dass ich es nicht sah. Helen und Lucas hatten weniger Glück. Eine dieser elektrischen Planierraupen. So leise. Osman hatte ihr den Rücken zugekehrt. Hätte er nur einen Schritt weiter links gestanden, sagte Lucas. Hätten sie uns die Warnwesten mit Reflektoren geliefert, die sie uns versprochen hatten. Hätte das Warnsignal für den Rückwärtsgang der Planierraupe nicht versagt. Wer weiß.

Die Maschine quetschte ihn gegen eine Wand. Ich hörte Schreie. Rannte rüber, als sie ihn gerade befreiten. Er konnte alleine stehen. Winkte uns weg. Sagte, er wäre okay. Dann brach er zusammen. Eine Stunde später war er tot. Und die einzigen Worte, die ich rausbekam, waren: Nein. Nein, nein, nein.

Am selben Tag starben auf dem Großen U noch fünf weitere Arbeiter. Zwei am East River. Zwei an den Docks des Hudson. Einer im Battery Park, nicht weit entfernt von Osmans Unfallort. Wie man sich vielleicht vorstellen kann, gab es in dieser Nacht eine riesige Versammlung. Nicht nur in Hunts Point oder der Bronx, sondern bei jeder Übergangskompanie und jeder Organisation für Gegenseitige Hilfe – die gesamte Föderation von New York City livecastete gemeinsam.

Die Leute waren extrem aufgebracht. Es hatte schon vorher viele Unfälle gegeben, aber das war bei Projekten wie den Blauen Dünen gewesen, die auf das Wohl der ganzen Stadt ausgerichtet waren. Projekte für alle. Die Todesfälle für das Große U fühlten sich sinnlos an. Für was war Osman gestorben? Um ein paar Luxusapartments für die Reichen schön trocken zu halten? Was für eine Verschwendung. Und Osmans Freundin – Fern war ihr Name: Sie stand zwei Wochen vor der Entbindung. Die Versammlung legte für die Familien Lohnschecks zusammen. T-Bonds für die Babys. Und dann stimmten wir ab, wie wir vorgehen wollten.

Manche forderten einen unbefristeten Streik. Der Vorschlag fiel durch. Stattdessen einigten wir uns auf einen Tag. Vierundzwanzig Stunden würde niemand am Großen U arbeiten.

Manche sagten, das sei dasselbe wie ein Streik, aber die Mehrheit sah darin eher einen Tag, um zu trauern und der Forderung Gehör zu verschaffen, dass man unsere Sicherheit ernst nehmen solle: Eine Delegation sollte nach Manhattan marschieren, um sich mit der Leitung des Großen Übergangs zu treffen. Wir hatten keinen Termin. Unsere Anfragen hatte man ignoriert. Wir waren nicht eingeladen. Also luden wir uns selbst ein.

Diese Ereignisse überschnitten sich mit dem Sendestart von *Corps Power* Staffel drei. Kein Zufall, wie wir später rausfinden sollten. Joanna Lee hatte im Kultur Corps einen kleinen Bürgerkrieg angezettelt. Ursprünglich hatten sie sich damals für Durch bis Mittag entschieden, weil wir den Ruf hatten, hart zu arbeiten – was ja auch stimmte. Aber auch, weil wir ein Positivbeispiel multiethnischer Solidarität waren, wie Joanna es formulierte. Das Kultur Corps hatte nämlich mit dem Vorwurf zu kämpfen, dass weiße Arbeitende die leichten Jobs bekamen, während alle anderen in die Schützengräben voll mit schwarzem Schimmel und Abwasser geschickt wurden. Joanna hatte aus ihrem Rohmaterial die Geschichte rausgearbeitet, wie wir alle gemeinsam arbeiten und lachen und uns gernhaben. Wie Helen und Ellen und ich – die weiße Hälfte der Crew – wie irre für unseren Schwarzen Vorarbeiter schufteten, während Joanna sich dabei langsam der zentralen Frage näherte, die sie ihren Zuschauern stellen wollte: Für wen genau retten wir die Welt? Der stille Star der Staffel war dabei Osman. Selbstbewusst. Groß. Gut aussehend. Einer, der hart für seine Familie und die Zukunft arbeitete. Ein loyaler Soldat des Übergangs mit einem Lächeln, das wie für die Kamera gemacht war. Osman war eine natürliche Hauptfigur. Und jetzt war er tot. Aus dem dämlichsten Grund.

Einige im Kultur Corps hatten versucht, die Staffel zurückzuziehen, um keinen Scheinwerfer auf die Unfälle beim Großen U zu richten. Andere, wie Joanna, sahen es als eine unbequeme Unterhaltung, der der Große Übergang jedoch nicht aus dem Weg gehen konnte, wenn wir Erfolg haben wollten. Ihre Seite siegte. Staffel drei kam raus. Osman wurde ein Märtyrer und wir wurden berühmt. Was sich nicht sehr gut anfühlte. Ich musste ständig daran denken, dass Osman noch am Leben wäre, wenn wir alle mit Ellen und Helen und Ezekiel damals aus dem Bus ausgestiegen wären und uns dem Streik angeschlossen hätten. Wenn wir alle zusammengehalten hätten. Wenn wir die Anordnung ignoriert hätten und nicht zur Arbeit zurückgekehrt wären. Aber wir hatten unsere Gelegenheit verpasst. Ich nahm mir vor, sie nicht noch mal zu verpassen. Als sie die übrig gebliebenen Mitglieder von Durch bis Mittag fragten, ob wir uns der Delegation für das Treffen mit der Führung des Großen Übergangs anschließen wollten, war meine einzige Gegenfrage: Dürfen wir ganze vorne marschieren?

Wir schafften es nie über den Harlem River.

Die Manhattanseite der Third Avenue Bridge war eine Wand aus privaten Sicherheitsleuten. Hinter ihnen eine Phalanx der New Yorker Polizei. Polizei- und Nachrichtendrohnen schwirrten über unseren Köpfen. Ich erinnere mich, dass ich dachte: Das muss ein Irrtum sein – die denken sicher, wir sind eine andere Gruppe, eine, die die Fifth Avenue in Schutt und Asche legen will. Wir wollen ja nur ein Treffen! Wir waren vielleicht einhundert Arbeitende. Unbewaffnet. Unsere einzige Munition: eine Wunschliste mit Sicherheitsmaßnahmen. Das wiederholten wir immer wieder, während wir mit gehobenen Händen auf die Brücke gingen.

Eine Lautsprecherdrohne plärrte: *Kehren Sie um. Die Weigerung, die Versammlung aufzulösen, wird zur Verhaftung führen.*

Wir kommen in Frieden!, brüllte jemand.

Bringt uns zu euren Anführern!, sagte Lucas, worauf manche nervös lachten.

Aber genauso fühlte es sich an, als wir langsam die Brücke überquerten: als wären wir in unserem eigenen Land plötzlich Aliens.

Wir hatten es halb über die Brücke geschafft, als sie das Feuer eröffneten. Pfefferkugeln. Tränengas. Die Augen brannten schlimmer als bei jedem Waldbrand. Menschen schrien. Ellen krümmte sich und würgte krampfartig, aber sie konnte sich nicht übergeben. Ich warf sie mir über die Schulter und rannte zurück über die Brücke. Dann kam ich zurück, um anderen zu helfen. Fand Helen über das Sicherheitsgeländer gebeugt. Sie kotzte in den Fluss. Ein Tränengaskanister hatte sie am Knie getroffen. Lucas tauchte wie aus dem Nichts aus einer Tränengaswolke auf und packte ihren anderen Arm. Wir humpelten in Sicherheit, wo Sanitäter Leuten die Augen ausspülten. Wir erfuhren später, dass auf der Brooklyn Bridge die Delegation aus Queensboro und die aus Manhattan auch solche Angriffe erlitten hatten. Heute nennen die Leute es die Schlacht ums Große U, aber es war keine Schlacht. Es war ein Massaker. Als die Tränengaswolke sich endlich verzogen hatte, sahen wir, dass wir etwas zurückgelassen hatten. Einen Körper. Tot. Man konnte es sofort erkennen. Mit ausgebreiteten Armen und Beinen lag sie da, fast in der Mitte der Brücke: Victoria Grove. Ich werde ihren Namen nie vergessen. Yonkers Kompanie. Geboren und aufgewachsen in New York. Ein Pfeffersprayschoss direkt ins Auge. Es war groß in den Nachrichten. Damals war vieles groß in den Nachrichten. Lokal und landesweit und weltweit. Aber es kam darauf an, aus welcher Nachrichtensendung man es erfuhr.

Chaotin erliegt bei Auflösung von Krawallen Verwundung durch Pfeffergasgeschoss

Private Sicherheitskräfte ermorden Führungskraft des Solar Corps, dreifache Mutter

Die New Yorker Föderation für Gegenseitige Hilfe plädierte für einen Generalstreik. Unsere Abstimmung in der Abteilung Maine ergab etwa sechsundneunzig Prozent Zustimmung. Menschen wollen Geschichte immer gerne als eindeutige Erzählung von Ursache und Wirkung präsentiert kriegen. Aber mit allem, was damals passierte, wünsche ich Historikern viel Glück dabei, aufzudröseln, was damals zu was geführt hat. Manche Leute sagen, es lag einfach etwas in der Luft. Denn um dieselbe Zeit gab es die Bauernrevolte in China. Die der landlosen Bauern in Brasilien. Aufstände in Äthiopien und Palästina. Frankreich machte sein übliches Gelbwesten-Ding. Die First Nations in Kanada protestierten. Oder der Schuldenstreik gegen den Internationalen Währungsfonds. Es war ansteckend. Ich erinnere mich noch, wie Joanna den Moment unmittelbar nach einem Drehende beschrieben hatte: Die Kameras sind aus, das Filmset wird abgebaut – und plötzlich fällt einem auf, wie mickrig die aufgehängte Kulisse eigentlich ist. Unser Gefühl damals war ähnlich: Als hätten wir uns unsere bisherige Welt nur ausgedacht.

Warum sie also nicht einfach ganz anders gestalten? Wer sagt denn bitte, dass Dinge so sein müssen, wie sie bisher waren?

Ezekiel behauptete, dass derartige Angriffe auf die Herrschaftsverhältnisse etwa alle hundert Jahre vorkommen. Ich erinnere mich an ein Graffito mit der gleichen Botschaft:

1789 = 1848 = 1968 = Jetzt

Viele Leute sahen in der Situation eine Gelegenheit. Wir waren so lange davon ausgegangen, dass der Planet bereits verdammt war. Aber jetzt hatten wir plötzlich eine Chance. Wenn wir schon nicht den Ozean aufhalten konnten, dann wollten wir wenigstens mit Würde ertrinken. So erklärte ich es auch Emi: eine letzte Hoffnung. Und die Leute stürzten sich drauf. Wie wir Menschen es immer tun.

Übergangskompanien im ganzen Land schlossen sich aus Solidarität unserem Streik an. Manchmal nur für einen Tag, aber jede dieser kleinen Gesten machte einen Unterschied. Auch Arbeitende, die sich nicht für den Übergang verpflichtet hatten, waren dabei. Die Lastwagenfahrer. Leute im Service. Die Vereinigung der Angestellten der Nahrungs- und Einzelhandelsunternehmen. Sie alle unterstützten unseren Streik. Keine Lastwagenfahrer mehr, die Essen von Hunts Point nach Manhattan fuhren. Keine Supermarktangestellten mehr, die die Regale auffüllten. Der wirkliche Kipppunkt war allerdings erreicht, als sich uns die Vereinigung der Haushaltskräfte anschloss. Die Leute, die für die Reichen putzten und sich um sie kümmerten. Manhattan hatte hochmoderne Gebäude nach Miami-Bauart, mit erhöhten Böden und Pumpensystemen, dank derer sie Überflutungen im Ausmaß eines Hurrikans überstehen konnten. Aber sogar der modernste Hightech-Palast war nutzlos ohne Hausmeister und Kindermädchen.

Die ganzen grünen Bändchen, mit denen man uns zuvor willkommen geheißen hatte, wurden entfernt. Die Reichen verließen fluchtartig Manhattan. Die Nachrichtensendungen der großen Medienkonzerne zeigten Bilder von leeren Baustellen für das Große U. Schlafende Planierraupen. Die ganze Arbeit war zum Erliegen gekommen. Sie nannten uns egoistisch. Gierig. Die wahren Klimaverbrecher. Sie versuchten, Streikbrecher auf die Baustellen zu schmuggeln. Manche schafften es rein. Die meisten allerdings weigerten sich. Ich patrouillierte Tag und Nacht an den Streiklinien. Nichts gab uns so viel Energie wie die Momente, wenn einem Bus voller Arbeitender aus Buffalo oder Albany klar wurde, dass man sie angelogen hatte, und sie sich stattdessen uns anschlossen.

Solidarität. Das Team der Teams. Das höchste Hochgefühl.

Und wir hatten diese Stimmungshochs bitter nötig. Denn die Tiefs waren schrecklich tief. Das Ministerium für Energietransformation weigerte sich, unsere Forderungen auch nur zu prüfen. Sie würden erst verhandeln, wenn wir die Arbeit wiederaufnahmen. Bis dahin machten sie ihre Drohungen wahr und behielten unseren Lohn ein. Ließen Sozialleistungen ruhen. Was zuerst gruselig war. Aber das Leben am Point humpelte dennoch voran: Müll wurde weggeräumt. Kinder wurden unterrichtet. Gärten gejätet. Basketball wurde gespielt. Jeden Morgen stand ich früh auf, um mit einer kleinen Armee aus Köchen gefrorene Kartoffelpuffer aufzutauen, Eipulver anzurühren und verzweifelt nach Thymian oder Estragon zu suchen, um dem Frühstück ein bisschen Pepp zu geben. Die Leute waren inzwischen schon so viele Jahre sich selbst überlassen gewesen. Gegenseitige Hilfe war der neue Normalzustand. Geld hatte seinen Glanz verloren. Was sollte ich mit drei Jahren Erspartem auf dem Konto anfangen, wenn der Planet unbewohnbar war? Oder nimm Lucas: Er hatte sein Gehalt vom ersten Tag an immer an seine Familie überwiesen. Wie ging es ihnen? Ganz okay. Sie waren ein bisschen satter. Aber sie lebten trotzdem noch in der Great Northern Greens Arena. Entweder hatte man genug Geld für einen Ökobunker in Duluth oder eben nicht. Der Abstand zwischen Arm und Reich war größer als je zuvor. Unüberbrückbar.

Für die wirklichen Tiefs sorgte natürlich, dass die Krise sich einen Scheißdreck für unseren Streik interessierte. Nachrichten vom letzten Grönlandgletscher. Eine weitere Delfinart offiziell ausgestorben. Hitzewellen töteten Tausende. Ganze Flotten aus Flüchtlingsbooten versanken auf Meeren in jeder Ecke der Welt. Und in unmittelbarer Nähe fing das Waldgebiet Pine Barrens in New Jersey Feuer, nur hundertvierzig Kilometer südlich von uns. Dunkle Wolken legten sich vor die Sonne über New York. Ein Bild, das mir nur allzu vertraut war.

In Momenten wie diesen beschlich uns das Gefühl, mit unserem Streik einen strategischen Fehler begangen zu haben. Dass wir die Schlacht vielleicht gewinnen, aber den Krieg verlieren würden. Es kam zu erbitterten Wortgefechten. Eine wachsende Fraktion wollte das Große U fertigbauen. Ich war kurz davor, mich ihnen anzuschließen. Was hatten wir denn mit unserem Streik erreicht? Langsam glaubten wir den Nachrichtensendungen. Vielleicht waren unsere Forderungen einfach zu hoch. Ich konnte Osman in meinem Kopf hören, wie er sagte, der Große Übergang sei unsere einzige Chance. Es gab keinen Plan B.

Und dann plötzlich gab es ihn.

Es passierte in Arizona. Es war nicht die Solarbehörde, sondern eine einzelne Kompanie innerhalb des Forst Corps. Sie waren losgeschickt worden, um einen Waldbrand zu bekämpfen, der einen Vorort von Scottsdale bedrohte. Eine Gated Community, die als Milliardärsmeile bekannt war. Die Kompanie verweigerte den Befehl. Sie würden nicht ihr Leben riskieren, nur um Villen und Golfclubs zu beschützen. Nicht mehr. Solche wilden Streiks waren keine Seltenheit, seit wir unsere Arbeit am Großen U niedergelegt hatten. Die Leute sagten damals, dass der Große Übergang sich zerfranste. Auseinanderfiel. Im Rückblick aber kann man sagen: Wir waren dabei, uns von unten nach oben neu zu organisieren.

Die Kompanie verweigerte der Milliardärsmeile ihre Hilfe, und das war nur der Anfang. Sie packten ihre Schläuche und Kettensägen ein. Machten sich mit ihren Bulldozern und Löschflugzeugen dreißig Kilometer Richtung Süden zum Salt River Reservat auf, wo sie indigene Stämme dabei unterstützten, Feuerschneisen zu graben und Dächer zu befeuchten und Brandherde zu löschen. Sie konnten nicht alles retten – das kann man nie –, aber sie retteten vieles: Gemeinschaftshöfe. Einen Lebensmittelladen. Zwei Schulen. Eine Apotheke.

Und die Milliardärsmeile?

Burn, Baby, burn.

Das war ihre Botschaft. Das Kultur Corps übertrug live vor Ort. Ich erinnere mich, wie ich vom Streik zu den Marshmallows zurückkehrte und zuschaute. Mit allen anderen mitgrölte und jubelte. Die Feuerwehrleute auf dem Bildschirm waren mit Schweiß und Ruß bedeckt. Erschöpft, aber glücklich. Sie waren von der Abteilung Phoenix. Vor allem zusammengesetzt aus Flüchtlingen und Verbrechern. Und in der Bildmitte lachte und feierte mit ihrer Crew: Kristina. Den Helm unterm Arm. Asche unter den Augen, wie Kriegsbemalung. Ihr Gesicht noch nicht vernarbt. Sie starrte in die Kamera – neunzehn Jahre alt – und sagte uns allen, die in New York und Paris und Mumbai und Johannesburg zuschauten, dass wir es der Abteilung Phoenix gleichtun sollten: den Großen Übergang übernehmen. Ihn zu *unserem* Projekt erklären.

Kommt zu uns. Wir sind die Arbeiter*innen, verkündete Kristina der Welt und schlug sich dabei auf die Brust. Wir machen die Arbeit! Die Zeit ist gekommen, diejenige Zukunft zu retten, die wir tatsächlich haben wollen. *Für uns.*

Als ich das Archivmaterial mit Emi schaute, fragte sie mich, ob ich mich sofort in ihre Mutter verliebt hatte, kaum dass ich sie das erste Mal auf dem Bildschirm sah. Ja. Ich und alle anderen, antwortete ich. Ich weiß noch, dass ich die Nachrichtensendung genauso verfolgte wie alle um mich herum: vollkommen gebannt. Verweilte mein Blick besonders lang auf Kristinas Gesicht? Dachte ich an sie im Speziellen? Als Person, die innerhalb der gesamten Abteilung Phoenix hervorstach? Ja und nein. Ganz so war es nicht, sagte ich zu Emi. Das Ganze war größer als eine einzelne Person. Es war ein Schuss Hoffnung, als wir ihn am meisten nötig hatten. Nach Osman. Nach all unseren schrecklichen Verlusten.

Also hast du oder hast du nicht?, wollte Emi wissen.

Hab ich oder hab ich nicht was?

Dich auf den ersten Blick in Mom verliebt?

Oh. Ja. Sehr.

Emi Vargas Brinkman
Nordamerikanische Geschichte
Mrs. Helmandi
Projekt: Der Große Übergang (erster Entwurf)

MOM SITZUNG IV: DIE ABTEILUNG PHOENIX

Ich: Hättest du dich dem Großen Übergang angeschlossen, wenn sie euch nicht die Staatsbürgerschaft versprochen hätten?

Meine Mom: Das Angebot war Bleiberecht, nicht die Staatsbürgerschaft.

Ich: Aber deswegen haben sie dich aus dem Lager rausgelassen?

Meine Mom: Ja. Ich hätte alles getan, um da rauszukommen.

Ich: Warst du aufgeregt, weil du dich dem Großen Übergang anschließen konntest?

Meine Mom: Ich hab dem ganzen Hype nicht geglaubt. Keiner von uns. Schon davor hatten immer wieder irgendwelche Delegationen das Lager besucht, von der UN oder von den Demokraten. So viele Versprechen. Da haben wir gelernt, uns nicht allzu große Hoffnungen zu machen. Andernfalls wärst du wie Yesenia gewesen und hättest immer das Beste erwartet – und wärst dann jedes Mal von der Realität erschlagen worden. Sogar als der Große Übergang losging und wir rausgelassen wurden, wussten wir, dass die Sache einen Haken haben musste.

Ich: Aber es gab keinen Haken, oder?

Meine Mom: Ha! Wir waren kostenlose Zwangsarbeiter für ein paar gut vernetzte Leute. *Das* war der Haken. Es war eine Betrugsmasche. Sie haben uns für die Kameras wie auf einer Parade in unseren schicken neuen Uniformen aufmarschieren lassen. Haben uns Helden genannt …

Ich: Aber du *warst* eine Heldin, Mom. Du *bist* eine.

Meine Mom: Dank uns. Nicht dank ihnen.

Ich: Wen meinst du?

Meine Mom: Das Ministerium für Energietransformation. Die Leute, die bei der Abteilung Phoenix die Leitung des Forst Corps bekamen. Viele davon stammten aus der Gas- und Ölindustrie, die hatte man da hingesetzt, um sie im Namen eines »gerechten Übergangs« weiterzubeschäftigen. Denen war die Große Krise egal. Du hättest die mal sehen sollen, sobald die Nachrichtenleute wieder weg waren: Sie haben uns direkt nach Phoenix gebracht, wo sie zwei Zelte aufgestellt hatten. In Zelt eins mussten wir unsere schnieken Uniformen ausziehen. Unsere Rucksäcke und Stiefel. Unsere ganze neue Ausrüstung. In Zelt zwei haben sie uns dann alte Uniformen ausgehändigt, Reste aus dem dritten Irakkrieg. Stiefel mit Löchern. Rucksäcke, die von Mäusen angeknabbert waren.

Ich: Warum?

Meine Mom: Um die neue Ausrüstung zu verkaufen. Profit. Was sonst? Mit unseren Trucks und den Löschflugzeugen war es dasselbe. Alles, was wir nicht bewacht haben, haben sie für Ersatzteile ausgeschlachtet. Heutzutage zeigen uns die Nachrichtensendungen gerne mit unseren elektrischen Kettensägen und Feuer abweisenden Jacken. Aber die hatten wir nicht, bis wir den Großen Übergang an uns gerissen haben. Für meine ersten Einsätze haben sie uns Handsägen und Baumscheren gegeben! Nimm das auf jeden Fall in deinen Bericht auf – meinen allerersten Einsatz hatte ich in einem Lagerhaus, wo wir Laster mit genau der Ausrüstung beladen mussten, die sie uns davor abgenommen hatten. Was für ein glorreicher Start in den Großen Übergang. Gestohlene Ausrüstung verladen, damit sich ein paar Gas- und Erdölfuzzis damit auf dem Schwarzmarkt eine goldene Nase verdienen konnten.

Ich: Wann hast du dann deinen ersten Einsatz bei einem Feuer gehabt?

Meine Mom: Schneller als erwartet. Innerhalb von ein oder zwei Monaten. Wir hatten keine Ausbildung bekommen. Keine Einführung. Nichts. Dann eines Nachts haben sie uns aufgeweckt, und plötzlich waren wir wieder »Soldat*innen im Krieg für die Rettung des Planeten« und sollten »unsere Pflicht für zukünftige Generationen« erfüllen. Es stellte sich raus, dass sie uns losschickten, um *ihre* Häuser zu retten. Dieselben Leute, die mit unserer verscherbelten Ausrüstung Kohle gemacht hatten. Das haben wir natürlich erst später rausgefunden. Trotzdem, es war besser, als in irgendeiner Lagerhalle zu arbeiten. Es war sehr aufregend.

Ich: Was war aufregend?

Meine Mom: Alles. Die herumfliegende Glut. Brüllende Menschen. Explodierende Propantanks. Das war mal wirklich eine Feuertaufe. Deine Augen tränen ununterbrochen. Du kannst nicht richtig Luft holen. Alles wird langsam. Manchmal haben wir von drei Uhr morgens bis drei Uhr nachmittags gearbeitet und bekamen erst danach zu essen. Die Luft war schrecklich. Am Anfang hatten wir keine Atemgeräte. Nichts bis auf ein feuchtes Bandana. Und keine Handschuhe. Manchmal haben sie uns Sandwiches aus Weißbrot gegeben. Auf dem Brot konnte man dann unsere blutigen Fingerabdrücke sehen. Und anschließend sofort wieder raus in die Action. »Befeuchtet das Dach da. Grabt hier einen Graben. Räumt da das Unterholz weg. Schiebt den Wagen da beiseite.« Ich war dankbar für die Befehle. Es ist immer besser, was zu tun zu haben, als nichts tun zu können. Man beruhigt sich. Die Vernunft übernimmt.

Ich: Hattest du Angst?

Meine Mom: Im abstrakten Sinne vielleicht. Ich wusste, dass es gefährlich war. Wir haben oft Leichen gefunden. In Swimmingpools. In Kellern. In Autositzen. Auch Haustiere. Ich erinnere mich an eine lange Reihe Autos, die alle bis auf die Karosserie runtergebrannt waren. Sie waren im Verkehr stecken geblieben, als sie versucht hatten, über eine schmale Bergstraße zu flüchten. Das sind so Sachen, die man nie wieder vergisst. Also, ja, ich hatte Angst – um Yesi. Aber nicht um mich selbst. Ich schätze mal, das ist eine Art Selbstschutzmechanismus. So wie Soldat*innen trotz allem in eine hoffnungslose Schlacht stürmen. Aber wir hatten auch in unseren Reihen Todesfälle. Vor allem am Anfang. Du hast nach dem Haken gefragt? Das war der Haken: die Gefahr. Unsere Freiheit im Tausch gegen den Einsatz bei Waldbränden. Und das ohne Training oder Ausrüstung. Schau nur, was Yesi passiert ist. Oder mir. Ich weiß, ich war niemals wunderschön, aber ich mochte mein Gesicht. Schau mich jetzt an. Das war der Haken.

Ich: Ich finde dich hübsch, Mom.

Meine Mom: Lieb, dass du das sagst.

Ich: Wie ist es, wenn jemand im Feuer stirbt?

Meine Mom: Willst du das wirklich wissen? Gut, ich verrat's dir. Es ist grauenhaft. Die Haut wirft Blasen und schimmert seltsam. Wenn das Feuer nicht lange her ist, sieht man noch Taschen mit Flüssigkeit. Oder der Körper ist übersäht mit weißen Flecken. Teerklumpen. Sie riechen nach verbranntem Fleisch. Was willst du noch wissen? Manchmal ist das Gesicht weg. Der Körper ist oft nur noch eine Schale mit einer Art gelben Kruste – Lymphflüssigkeit, hat mir mal eine Krankenpflegerin erklärt. Oder die Haut löst sich ab. Oh, und die Sehnen ziehen sich unter extremer Hitze zusammen. Viele Körper, die wir fanden, waren zusammengekrümmt wie ein Fötus.

Ich: Ist Yesi so gestorben?

Meine Mom: Nein, nicht so. Zum Glück.

Ich: Was ist passiert?

Meine Mom: Wir hatten einen Feuergraben gebuddelt. Aber die Feuerfront schwappte einfach drüber hinweg. Wir waren in New Mexico. Im Gila-Waldgebiet. Wir rannten weg. Yesi muss gestürzt sein. Ich weiß es nicht. Ich lief zurück, sobald ich konnte.

Eine Sanitäterin war schon dort. Sie gab mir eine Schere, um Yesis Kleidung aufzuschneiden. Ihre Verbrennungen waren schlimm, aber es war der Rauch, der sie umgebracht hat. Ihre Luftröhre hatte sich mit Teer gefüllt. Die Sanitäterin wollte sie intubieren, aber sie hatte keinen Endotrachealtubus. An medizinischer Ausrüstung hatten wir genauso einen Mangel wie an allem sonst. In manchen Nächten mussten die Sanitäter benutzte Verbände waschen. Stell dir das mal vor! Sie mussten Eiter und Blut abstreifen und die Bandagen dann kochen und trocknen, damit sie sie noch mal hernehmen konnten. Alles andere hatten sie uns abgezwackt und verscherbelt. Siehst du das, Emiliana? Wie meine Hände zittern? Das ist nicht wegen Yesi. Ich hab meinen Trauerprozess abgeschlossen. Es ist wegen der Leute, die sie getötet haben, und weil sie unseren Planeten zerstört haben und damit davongekommen sind. Der Führungsrat schickt gern irgendwelche Veteran*innen vor, die in den Flüchtlingslagern aufgewachsen sind und trotzdem nicht verbittert sind. Wir hören dann von Leuten aus zurückgebauten Städten, die in der Krise alles verloren haben und sagen: Es war vor allem ein riesiges Abenteuer. Als wäre Vergebung eine göttliche Tugend. Aber Vergebung ist keine Tugend. Vergebung ist feige. Eine Methode, um der unbequemen Härte der Gerechtigkeit aus dem Weg zu gehen. Die Leute sollten außer sich sein. Yesenia hätte gar nicht erst da draußen sein dürfen. Sie wollte Lehrerin werden. Tja. Wir haben nicht die Wahl, welchen Pfad wir gehen dürfen. Die Geschichte klopft einfach an die Tür. Entweder du stellst dich der Herausforderung oder du kauerst dich in eine Ecke. Yesi hatte so eine Angst davor zu sterben. Aber sie hat den Auftrag angenommen. In der Nacht ehe sie starb, weckte sie mich auf. Wir teilten ein Zelt. Im Gila-Wald. Sie hatte einen schrecklichen Albtraum gehabt. Ich sagte ihr, sie solle ihn mir nicht erzählen, aber …

Ich: Und warum wolltest du das nicht?

Meine Mom: Wir haben nie über den Tod geredet. Das war zwischen uns ein unausgesprochenes Gesetz. Kein Gerede über den Tod oder die Zukunft. Bringt beides Pech.

Ich: Wie ging ihr Albtraum?

Meine Mom: Ich wollte ihn nicht hören. Ich hab ihr gesagt, sie soll zurück ins Bett. Sie hat meinen Fuß gehalten. Wie früher, als wir Kinder waren, im Lager. Am nächsten Tag, tja – der Segen einer heftigen Verbrennung ist, dass dabei die Nervenbahnen zerstört werden. Man hat kein Gefühl mehr. Sie konnte nichts spüren.

Ich: Sie hat einfach das Bewusstsein verloren?

Meine Mom: Ich hatte sie in meinen Schoß gebettet. Sie benannte alles, was sie sehen konnte. Baum. Vogel. Wolke. Blatt. Schwester. Sonne. Ich konnte bei ihr sein. Dafür war ich dankbar. Bin ich immer noch.

Oft kann es emotional eine Herausforderung sein, unsere Nächsten zu interviewen. (Mir zumindest wäre es schwergefallen, in deinem Alter meine Mom zu interviewen!) Du machst das großartig. Gib mir Bescheid, wenn du zu irgendwas Rat brauchst oder einfach nur quatschen willst. Ich bin da. Gute Arbeit, mach weiter so. – Mrs. H.

VIERTER TEIL

18 LARCH

EMI RÜTTELT MICH WACH UND REISST MICH AUS EINEM Traum. Über meinen ersten Tag als Rauchspringer. Und an diesem ersten Arbeitstag – unmittelbar bevor ich mit dem Fallschirm in einen brennenden Wald springen soll – merke ich: Ich Volltrottel hab meinen Schirm verlegt. Verzweifelt suche ich danach, ehe wir den Befehl kriegen, uns aus der Flugzeugtür zu stürzen.

Dad. Der Sturm ist vorbei. Alle brechen auf.

Morgendliches Sonnenlicht fällt in schrägem Winkel durch das gebogene Glas der Station. Möwen und Wolken. Die Schatten von Zeppelinen. Ich brauche einen Moment, um im Jetzt anzukommen. Ich bin kein Frischling, der seinen Fallschirm verschlampt hat. Nein, ich habe etwas viel Wichtigeres verloren. Ich springe auf. Blicke mich um. Als wäre der Traum kein Traum, sondern ein Zeichen. Die Station ist voll mit Arbeitenden, die ihre Stiefel schnüren, ihre Taschen wieder einpacken und an ihrem Kaffee nippen. Kein Zeichen von Kristina. Nur ein kurzer Schmerz im Nacken, weil ich den Kopf zu schnell gedreht habe. Es gibt ein Alter, in dem man problemlos in einem Auto schlafen kann oder auf dem Waldboden. Oder auf einem Stuhl in der Station Brooklyn Heights. Aber dieses Alter habe ich schon weit hinter mir gelassen. Scham überfällt mich, wie eine plötzliche Welle. Ich schäme mich für mein Alter. Dass ich eingeschlafen bin, während ich auf Emi aufpassen sollte. Dass ich meinen Bildschirm zerstört habe. Für Kristina. Ich habe Kristina verloren.

Bist du okay, Dad?

Alles in Ordnung. Hab nur falsch gelegen, antworte ich und reibe mir den Nacken.

Soll ich dir einen Kaffee holen?

Du musst mir keinen Kaffee holen, Em. Ich werd dir was holen. Hast du Hunger?

Die Bahnhofslautsprecher kündigen an, dass die Bahnsteige des Hyperloops gleich wieder geöffnet werden. Nach der Ansage höre ich Emis Namen. Die junge Frau mit der Tundra-Cap. Sie winkt Emi. Der junge Mann auch.

Sie wollen auch nach Gowanus, sagt Emi. Können wir mit ihnen zusammen fahren?

Klar können wir das.

Als ich Emi gestern Nacht beobachtete, nachdem sie schmollend davongestakst war ... Ich wusste, dass sie nur versucht, mir eine Lektion zu erteilen, aber es war trotzdem gut, das zu sehen. Gut und nicht gut. Noch nie hat sie mich so angebrüllt. Ein wütender Tonfall, den sie sich sonst für ihre Mutter aufspart. Sie wird erwachsen. Wird eigenständig. Das sind positive Entwicklungen. Vielleicht hatte Kristina recht. Vielleicht habe ich ihr das Leben zu leicht gemacht.

Bist du sicher, dass du okay bist, Dad? Siehst supermüde aus.

Mir geht's gut. Freu mich, dass du dich mit deinen neuen Freunden verstehst.

Sie sind nicht meine Freunde. Nur ein paar Leute, die ich kennengelernt hab.

Nett von ihnen, dass sie dir Abendessen geholt haben.

Ja, vielleicht, sagt sie. Dann fügt sie hinzu: Angel ist ein Dichter.

Ist das Angel?

Dad! Nicht auf ihn zeigen.

Wer ist der Tundra-Fan?

Das ist Reena.

Was hast du ihnen erzählt, Süße?

Nichts. Nur, dass Mom verletzt wurde. Und dass wir hier sind, um sie abzuholen.

Ich hab dich mit Reenas Bildschirm gesehen. Hast du versucht, Mom zu kontaktieren? Em? Hast du sie angepingt?

Ich spüre, wie sich zwischen uns Spannung aufbaut. Dieser Ozongeruch vor einem Sturm.

Wir müssen vorsichtig sein, Emi. Leute könnten aus den falschen Gründen freundlich sein. Du kennst sie nicht. Wir wissen nicht, was los ist.

Ich schon.

Tust du das?, frage ich. Ich öffne den Mund, um sie daran zu erinnern, dass sie erst fünfzehn ist. Dass das ihr erstes Mal außerhalb von Grönland ist. Dass auch die Fallmanager der Öffentlichen Sicherheit nicht wirklich diejenigen waren, für die sie sich ausgegeben haben. Aber ich beiße mir auf die Zunge. Es bringt nichts, ihren Sorgen noch weitere hinzuzufügen.

Die anderen rufen schon wieder ihren Namen. Sie winkt und platzt dann heraus: Ich hab sie nicht angepingt. Du musst mir echt mal vertrauen.

Das tu ich, Em. Ich will einfach nur, dass du in Sicherheit bist, bis wir deine Mom finden.

Dann lass sie uns finden. Komm schon. Und es ist mir egal, was du sagst: Ich hol dir einen Kaffee. Du siehst total beschissen aus.

Ein Halt bis Greenwood Heights, dann steigen alle in den Wasserbus um. Emi und ich folgen Reena und Angel aufs obere Deck. Die Treppen und Relings sind noch tropfnass vom Sturm der letzten Nacht. Das Deck ist rutschig und überfüllt. Wir drängen uns zwischen den anderen Passagieren durch, als der Bus ablegt. Unter uns rauscht das Wasser vorbei. Ich zeige Emi, wo unter den Sitzen die Rettungswesten aufbewahrt werden. Immer gut, sich im Kopf eine Notiz davon zu machen, wenn du auf dem Wasser bist, sage ich.

Emi nickt geistesabwesend und dreht sich zu Reena und Angel.

Ich fasse nach der Hand, mit der sie sich an die nasse Reling klammert.

Ich meine das ernst, Em. Ist eine gute Angewohnheit. Könnte im Notfall den Unterschied zwischen Leben und Tod ausmachen.

Hab's kapiert, Dad. Entspann dich.

Ich versuche es. Tu ich wirklich. Der Rest des Busses ist Aufregung und Gelächter und Musik. Ich bin bei Weitem der älteste Passagier. Ich bemühe mich, alles mit frischen Augen zu sehen, wie sie: Wie das Sonnenlicht auf dem Wasser in Tausende funkelnde Teilchen zerbricht. Wie die Pelikane im Sturzflug unter die Oberfläche tauchen. Wie die Hafenseekühe auf den Austernriffs bellen. Wie ein Viermaster-Transporter vorbeizieht. Wie die schwarzen Photovoltaiksegel in den hellen Himmel steigen. Der Wasserbus wackelt etwas, als wir die Bugwellen des Viermasters kreuzen, Emi jauchzt entzückt und zeigt auf zwei springende Delfine.

Ich lache mit ihr. Erzähle ihr, dass sie sich nicht mal im Ansatz vorstellen kann, wie es hier früher aussah. Die Uferpromenade tot. Überall Müll. Wirklich, sage ich, wenn du mir und Lucas vor dreißig Jahren gesagt hättest, dass wir mal bis auf den Grund der Bucht schauen können, wir hätten dir ins Gesicht gelacht. Es ist ein Wunder ...

Entschuldigung, dass ich unterbreche, aber das war kein Wunder, sagt Reena, die ihre Cap im Wind festhalten muss. Das ist das Ergebnis harter Arbeit. Die Belohnung für kollektives Handeln gegen die zerstörenden Klassen.

Ich atme tief ein, um mich zu beruhigen. Bevor ich aber dieser sehr jungen Dame sagen kann, dass sie mich nicht daran erinnern muss, springt mir Emi schon bei.

Er weiß, dass es harte Arbeit war, sagt sie. Er war hier, am Anfang des Großen Übergangs. Er war bei der Schlacht ums Große U dabei.

Respekt, sagt Angel.

Ja, sagt Reena, dankefürihrendienst. Selbstredend. Aber ich rede von jetzt. Es gibt immer mehr Privatfirmen, öffentlich-private Partnerschaften, alle schwänzen den Extraktionsdienst und sagen, wir sollten die Klimaverbrecher einfach davonkommen lassen. Als wäre nichts passiert. Die Leute müssen daran erinnert werden, wie hart Sie alle gearbeitet haben, um uns an diesen Punkt zu bringen. Und wie leicht wir das alles wieder verlieren können.

Emi wirft mir einen kurzen Blick zu.

Hiya, sagt Angel. Wie oft muss sich Geschichte wiederholen? Wir müssen aufwachen und Widerstand leisten. Eine Revolution ist kein Kaffeekränzchen. Oder, Emi?

Richtig, sagt sie.

Es ist, als würden sie aus einem Drehbuch vorlesen, das Kristina ihnen geschrieben hat. Was durchaus möglich ist, erinnere ich mich. Mich überwältigt gerade wieder diese knochentiefe Erschöpfung, als wir eine Mole umrunden, die vor Vogelscheiße fast leuchtet, und wir plötzlich freien Blick auf den Gowanus-Kanal haben. Links und rechts davon die Fluttore, an denen Tag-Null-Banner mit dem Emblem der Abteilung Phoenix hängen. Der Wasserbus bricht in Jubel aus. War irgendeine Gruppe Menschen schon jemals so glücklich, sich zum Extraktionsdienst zu melden? Ich denke daran, wie sie im Bahnhof die Nachricht von den Hinrichtungen bejubelten. Jede Generation fühlt einen Abstand zu den Generationen, die vor ihnen kamen. Das weiß ich. Aber dieser Abstand fühlt sich gerade irgendwie anders an.

Emi flüstert mir unter dem Jubel zu: Wann warst du das letzte Mal hier?

Ich deute mit dem Kopf auf das nähere der zwei offenen Fluttore. Die Abteilung Maine hat die Böschung da errichtet.

Nein, ich meine nach dem Übergang. Wann war das letzte Mal, dass du Extraktionsdienst geleistet hast?

Mit Mom, schätze ich mal.

Wann?

Das genaue Datum? Ich weiß nicht. Vor deiner Zeit.

Bevor ich geboren wurde? Seitdem nicht mehr?

Es ist für mich nicht leicht, aus Nuuk wegzukommen.

Warum nicht? Mom kriegt es hin.

Genau deswegen, denke ich, aber spreche es nicht laut aus. Irgendjemand muss dir Frühstück machen. Schauen, dass du ordentlich angezogen bist. Dir bei den Hausaufgaben helfen. Deine Klamotten waschen. In deiner Klasse helfen. Einer von uns musste dich großziehen.

Du kennst die Tundra-Küche, sage ich. Du hast gesehen, wie irre es da zugeht.

Du schwänzt Extraktionsdienst, weil du zu *beschäftigt* bist?

Wir müssen uns kurz aneinander festhalten, als wir in unruhiges Fahrwasser kommen.

Ich schwänze nicht, Em. Ich beantrage eine Ausnahme. Ich befolge die Regeln wie alle anderen.

Sie runzelt die Stirn, als wir in den Kanal einbiegen. Dann verkündet sie, es sei nicht fair, dass meine Küchentätigkeiten für Tundra mich vom Extraktionsdienst befreien.

Schon wieder muss ich tief einatmen. Ich weiß, worauf sie damit hinauswill. Wo der Gedanke hinführt. Kristina geht oft dorthin. Ich umklammere die Reling, quetsche dabei einige Regentropfen durch meine Knöchel und erinnere Emi, dass ich meinen Teil beitrage. Die Geothermiefarmen, wo wir jeden Sommer aushelfen, sage ich. Wie würdest du das nennen?

Urlaub?

Ich weiß nicht, was ich dir sagen soll, Em. Ich hab die Regeln nicht erfunden.

Mom meldet sich freiwillig für zusätzlichen Dienst, sagt sie leise, fast zu sich selbst – aber eben nicht ganz.

Ja. Deine Mutter macht, was sie will und wann sie will.

Ich sehe Emis Gesicht an, dass sie mit irgendetwas kämpft – als wollte sie gleich mit den Augen rollen –, und es triggert mich, in Kombination mit meinem Schlafmangel und den pochenden Nackenschmerzen und den ach so mutigen Meinungen dieser jungen Leute, die ein sicheres, seliges, bequemes Leben hatten. Während wir durch den Schatten des südlichen Fluttores gleiten, deute ich auf das riesige Monster aus Stahl und Beton und erinnere sie – in einer Lautstärke, die nicht nur für Emi gedacht ist – daran, wer New York neu aufgebaut hat.

Wir hatten damals keine zwei Wochen Dienst und fünfzig Wochen frei, so wie es heute ist. Es gab keinen Pflichtdienst. Wir arbeiteten, weil wir wollten. Wir haben die Welt gerettet. Reden ist einfach. Kritisieren ist einfach. Rentner mit einer Drohne ermorden ist einfach. Abreißen ist einfach. Etwas aufbauen: Das ist Arbeit. Ich hatte einundzwanzig Einsätze. Versuch du mal, eine neue Welt von Grund auf aufzubauen. Das ist die eigentliche Arbeit.

Okay, Dad. Hab's verstanden.

Ihre Augen flehen mich an aufzuhören. Aber sie hat das falsch verstanden. Ich will sie nicht in Verlegenheit bringen. Ich spreche lediglich aus, was gesagt werden muss.

Am Landesteg werden wir von Arbeitern in Empfang genommen. Sie vertäuen den Bus und helfen, das Gepäck auszuladen. Sie weisen die Passagiere an, auszusteigen und Reihen zu bilden.

Diese Reihe ist für Leute, die transferieren wollen.

Und diese Reihe ist für Leute, deren Transfer schon genehmigt wurde.

Beeilt euch – *los geht's!* –, der nächste Bus ist gleich da.

Emi und ich eilen die Gangway runter. Der Himmel ist voll mit Transportzeppelinen und surrenden Drohnen. Der Kanal ähnelt einer zweispurigen Autobahn: Schlepperboote ziehen leere Clipper zu den Energiedocks oder schieben beladene Schiffe raus auf See. Der Kanal ist flankiert von Flutparks, die bei Hochwasser als Rückhaltebecken dienen, den großen Gowanus-Turbinen und den Batteriefabriken. Und überall sind Leute bei der Arbeit: Sie kehren die Äste und Zweige auf, die der Hurrikan hinterlassen hat. Rollen Kabel auf. Schleppen auf Dachfarmen Algen. Putzen Solarpaneele. Der ganze Ort summt vor Geschäftigkeit. Ich verstehe, warum diese jungen Leute so heiß drauf sind, hier zu arbeiten. Ich kann es spüren. Kristina warnt oft, dass Emis Generation eine riesige innere Leere fühlt, weil sie nicht den Großen Übergang haben, der ihnen ein Ziel und ein Gefühl der Solidarität vermittelt. Nun ja: Hier gibt es beides reichlich. Ich habe gerade mal zwei Schritte auf den Landesteg geschafft und merke schon, wie die Aufregung wie eine Droge durch meine Adern rauscht. Kurz fühle ich mich, als wäre ich wieder in Hunts Point. Und das, noch bevor ich einen richtigen Blick über den Kanal werfe. Der Anblick trifft mich mit einer Heftigkeit, die ich nicht erwartet hatte: Die Gebäude sind mit irgendwelchen Geräten zur Kohlendioxidspeicherung nachgerüstet, aber sonst sehen sie genauso aus wie in meiner Erinnerung.

Schau, Em, das ist Gowanus Green. Die Abteilung Maine war da untergebracht. Hat sich kein bisschen verändert.

Emi nickt, sie wirkt überwältigt.

Entschuldigen Sie, Sir, sind Sie bei der Abteilung Phoenix?

Ein Junge stellt sich uns in den Weg. Kann nicht viel älter sein als Emi.

Wissen Sie, wo man hinmuss, um zu transferieren? Um in den Einsatz geschickt zu werden?

Wir sind auch gerade erst angekommen, sage ich.

Jemand brüllt uns an: Ihr da drüben – stellt euch an!

Der Junge trabt zum Ende einer langen Schlange, die sich über den gesamten Landesteg zieht. Ich packe Emis Hand und eile in die entgegengesetzte Richtung. Am vorderen Ende steht eine Reihe Sicherheitsdrehkreuze und Arbeitende mit Bildschirmen. Eine blickt auf und schüttelt sofort den Kopf. Umdrehen. Sie müssen warten, wie alle anderen.

Wir sind nicht hier, um Extraktionsdienst zu machen, sage ich. Wir ...

Wurde Ihr Transfer schon von Ihrem zuständigen Rat genehmigt?

Nein ...

Dann sind Sie in der falschen Schlange.

Sie hat einen inländischen Akzent. Auf ihre Regenjacke ist ein schwarzer Phoenix gestickt.

Haben Sie nicht gehört? Ziehen Sie ab! Sie und Ihre Freunde.

Ich blicke über meine Schulter. Angel und Reena stehen direkt hinter uns. Sie grinsen.

Bitte, sage ich zu der Arbeiterin. Wir suchen meine Frau. Ihre Mutter. Sie ...

Ihr Gesicht ist vernarbt, sagt Emi und fasst sich an die Wange. Eine große Brandnarbe. Kann man nicht übersehen. Und ihr Ohr. Sieht aus, als wäre es geschrumpft. Sie würden sich sicher an sie erinnern.

Ich erinnere mich nicht, sagt die Frau.

Sie haben es ja nicht mal versucht!, rutscht es Emi raus.

Die Frau mustert die Schlange hinter uns. Hören Sie zu, sagt sie, ich kann mich nicht an jeden erinnern, der hier durchkommt. Und ich kann niemanden durchlassen ohne einen Transferschein.

Wie sollen wir einen Transferschein haben, wenn wir gar nicht transferieren?, sage ich so bestimmt und ruhig, wie ich kann.

Ich mach nur meinen Job, sagt die Frau. Fragen Sie nicht mich. Ich bearbeite nur genehmigte Transfers und weise Zimmer zu. Kommen Sie mit einer vorläufigen Genehmigung wieder, dann weise ich Ihnen allen ein Familienzimmer zu …

Wir brauchen kein Zimmer!, ruft Emi. Wir müssen meine Mom finden!

Ich lege ihr einen Arm um die Schultern. Es ist nur ein paar wenige kurze Tage her, da wäre sie begeistert gewesen, ein bisschen Freiraum von ihrer Mutter zu haben. Sie *war* begeistert. Aber jetzt ist sie kurz davor, einen Krieg mit dieser Frau anzuzetteln, wenn die uns nicht bald hilft.

Und wenn Sie mit dem Managementrat reden?, frage ich. Die werden meine Frau kennen. Sie ist …

Sie ist bei der Abteilung Phoenix!, unterbricht mich Emi und packt die Frau am Arm.

Wir sind alle Phoenix, Herzchen. Willkommen in Gowanus.

Hiya, Bruder, viele von uns warten hier schon 'ne Weile.

Die Stimme kommt von hinten. Ich fahre herum und sehe einen Kerl, der zehn Kilo schwerer und zwanzig Jahre jünger ist als ich.

Sie müssen sich anstellen wie der Rest von uns, sagt er. Er hebt die Hand, um sie mir auf die Schulter zu legen, aber in der nächsten Sekunde ist Angel neben mir und hat dem Mann den Arm hinter den Rücken gedreht. Angel schubst ihn weg und löst damit eine Welle aus Rufen und Schimpfwörtern aus, die sich durch die Schlange nach hinten bewegt. Der Mann fängt sich wieder und steuert auf mich zu, aber Reena und Angel versperren ihm den Weg.

Reena deutet auf Emi: Ihre Mom ist vermisst. Seien Sie ein Gentleman, verdammt. Haben Sie etwas Geduld.

Ich pinge den Sicherheitsdienst an, sagt die Frau am Drehkreuz.

Nein!, sage ich. Ich wende mich dem Mann zu. Bitte, mein Freund. Wir versuchen hier nicht, uns vorzudrängeln.

Sieht aber verdammt danach aus, sagt er.

Wir wollen gar keinen Transfer, sage ich. Wir haben einen Notfall. Bitte.

Plötzlich zerreißt ein kreischendes Geräusch die Luft. Vom Gowanus-Green-Komplex steigt eine Rauchsäule auf, wie bei einer Rakete. Es *ist* eine Rakete. Die Rauchsäule endet mit einer kleinen Explosion, Funken werden in die Luft geschleudert und erlöschen zischend im Kanal. Das Ganze dauert nicht mehr als eine Sekunde, aber in dieser kurzen Zeit ist Emi zwischen Angel und Reena verschwunden. Sie kauern über ihr. Schirmen sie ab.

Entspannt euch, sagt die Frau und lächelt fast. Ist nur der Drohnendom.

Ich helfe Emi auf die Beine. Bürste ihr etwas Dreck vom Rücken. Die Anlage auf Gowanus Green auf der anderen Kanalseite ist nicht zur Kohlendioxidspeicherung, wie ich fälschlich vermutet hatte. Es ist eine Art Geschützbatterie. Diese Erkenntnis löst bei mir eine Kettenreaktion aus: Die Arbeitenden auf den Dächern – das sehe ich jetzt – bauen keine Algen an und reparieren keine Solaranlagen. Das sind Sicherheitsleute. Überwachung. Und die Drohnen und Luftschiffe transportieren keine Waren, sie liegen auf der Lauer. Bilden eine weiträumige Luftabwehr.

Angel bemerkt, wie ich mir den Hals verrenke, um das alles aufzunehmen.

Drittwichtigster Energiehafen in Nordamerika, sagt er. Da kann man kein Risiko eingehen.

Was für ein Risiko?, frage ich.

Leute, die den Großen Übergang rückgängig machen wollen.

Die Nachricht, dass Sturmzentren in New York sich bewaffnen, hat es noch nicht bis Nuuk geschafft. Oder ich hab sie einfach nicht mitbekommen. Hab nur gesehen, was ich sehen wollte. Wie wir alle. Wie ich es auch wieder tue, seit wir den Wasserbus verlassen haben: Ich wollte Hunts Point sehen. Dieses berauschende Gefühl gegenseitiger Hilfe. Wollte, dass Emi diese Euphorie spürt. Aber Gowanus hat inzwischen eine andere Geschmacksnote. Strenger. Mit Schlangen und Netzhautscans. Waffen. Ein metallischer Geschmack.

Reena redet gerade mit der Frau. Ausladende Gesten auf beiden Seiten. Es wird genickt. Die Frau spricht in ihren Bildschirm. Winkt mich einen Moment später zu sich.

Alles geregelt, ihr zwei. Ich brauch nur kurz Eure Augen. Dann gehen Sie direkt zum Managementrat. Die sitzen in Central. Wissen Sie, wie Sie nach Central kommen?

Ich nicke mit dem Kopf vage den Kanal hoch, als sie meine Netzhaut scannt.

Er war schon locker hundert Jahre nicht mehr hier, sagt Emi. Wir wissen gar nichts.

Die Frau sagt uns den Weg und scannt dann Emi. Berührt mit einem Dongle kurz ihren Bildschirm. Lässt ihn in meine Hand fallen. Familienzimmer, sagt sie. Falls Sie beschließen zu übernachten.

Ich danke ihr. Wir nehmen unsere Taschen und gehen durch das Drehkreuz. Emi bleibt stehen.

Was ist mit ihnen?, fragt sie und deutet auf Reena und Angel.

Was soll mit ihnen sein?, fragt die Frau.

Emi blickt zu mir. Ich bin zu erschöpft, um zu streiten.

Die gehören zu uns, sage ich. Sie helfen uns, meine Frau zu finden.

Die Glückliche, sagt sie, scannt die zwei und winkt sie durch. Wünschte, um mich würden sich auch so viele Leute sorgen.

Sie hat die Worte gerade erst rausgebracht, da ist Emi schon unter dem Drehkreuz durchgehuscht und hat der Frau die Arme um die Hüfte geschlungen.

Dankedankedanke.

Es stellt sich raus, dass sich die Büros des Managementrats im Gowanus-Green-Komplex befinden. Um dort hinzugelangen, fahren wir mit einer Tram zu einer Fußbrücke. Gehen über die Brücke zu einer zweiten Reihe Drehkreuze und dann zum Park auf der anderen Seite. Die Grünanlage ist voll mit Bäumen und Kohlendioxidsenken und trichterförmigen Windturbinen, die gerade langsam anfangen, sich zu drehen. Nebel zieht auf. Der Rand des Kanals ist sumpfig und voller Schilf und Enten und Froschrufe – eine schwammartige Pufferzone, um Fluten aufzufangen. Emi scheint davon kaum etwas mitzubekommen. Auch die Poster an den Windmühlen sind ihr nur einen kurzen Blick wert. Manche davon sind Steckbriefe, wie im Wilden Westen. Auf anderen ist das Manifest der Furien abgedruckt. Auf vielen prangt in irgendeiner Form das Phoenix-Symbol, als Negativ oder in Neon oder Gotisch oder dem Art-déco-Stil der Übergangsära. Emi eilt an den Postern vorbei. Sie hält nur kurz an, um über ihre Schulter zu mir zurückzublicken. Ihr Gesicht ist nass vom Nebel, und sie mustert mich genervt, so nach dem Motto: Warum gehe ich nicht schneller?

Vor siebenundzwanzig Jahren, als die Abteilung Maine dabei half, die Gowanus-Fluttore zu bauen, waren wir in einem Gebäude am Rand des Gowanus Green untergebracht, das früher eine öffentliche Schule beherbergte. Inzwischen wurde das Gebäude erneut umfunktioniert, der Managementrat von Gowanus hat jetzt hier seine Büros. Wir haben es gerade mal zwei Schritte ins Gebäude geschafft, und schon muss ich an die Tundra-Zentrale in den Tagen kurz vor der jährlichen Talentlotterie denken: Alle reden laut und wollen gehört werden. Überall blinken und piepsen Bildschirme. Das Aroma von Kaffee und überlasteten elektronischen Geräten. Kein Quantennetzwerk in Nordamerika hat genug Rechenleistung, um das Gefühl von Ruhe zu simulieren.

Es dauert eine Weile, bis jemand uns bemerkt. Noch länger, bis sie jemand in den kleinen Empfangsbereich schicken, der sich mein Anliegen anhört.

Noch mal langsamer bitte, wer hat Sie geschickt?, fragt der Mann.

Eine Frau bei der Registrierung. Am Landesteg. Sie hat Sie angepingt. Sie sagte, es ist alles geklärt.

Wer hat das gesagt?

Der Mann ist in seinen späten Zwanzigern. Schmale Nase, Brille. Vielleicht versucht er gar nicht, das Arschloch vom Dienst zu spielen, aber er kommt für die Rolle definitiv infrage. Seine Aufmerksamkeit ist auf drei Bildschirme aufgeteilt – einer in jeder Hand und noch einer an seinem Handgelenk. Für uns bleibt da wenig übrig.

Versuchen Sie es bei der Öffentlichen Sicherheit, sagt er. Oder auf der Krankenstation. Wir sind gerade ein bisschen damit ausgelastet, den Energieexport für die halbe Hemisphäre zu koordinieren.

Er schnaubt verächtlich. Die Rolle als Arschloch hat er jetzt sicher. Zur Belohnung reiße ich ihm mit einer nahtlosen Bewegung den Bildschirm aus der linken Hand und zerbreche ihn über meinem Knie.

Und was, wenn ich Ihre Arbeitsbelastung halbiere?, frage ich und gebe ihm den zerbrochenen Bildschirm zurück. Können Sie uns jetzt helfen?

Er dreht den Kopf hin und her, um zu sehen, ob sonst jemand mitbekommen hat, was gerade passiert ist. Das haben viele. Die Lautstärke im Büro fällt rasant, als wäre sie gerade über eine Klippe gerauscht. Emi starrt mich mit großen feuchten Augen an.

Meine Frau ist vermisst, verkünde ich laut. Ihre Mutter. Unsere letzte Info ist, dass sie hier war, Extraktionsdienst. Wir wollen nur wissen, ob sie eingecheckt hat. Ob sie verletzt ist oder ...

Bitte!, fällt mir Emi ins Wort, ihre Stimme bricht. Ihr Name ist Kristina Vargas.

Schlagartig wechselt die Stimmung, als hätte Emi einen Zauberspruch gesagt. Zuerst denke ich, dass die Leute Mitleid mit ihr haben oder vielleicht Kristinas Namen von ihrer Kampagne für den Führungsrat kennen. Aber dann spüre ich, dass mehr dahintersteckt. Der Mann, dem ich den Bildschirm zerbrochen habe: Er gibt einer Frau ein Zeichen, die am Ende des Raums in einer Tür steht. Die Frau nickt. Kommt schnell mit ausgestreckter Hand auf uns zu und stellt sich als die stellvertretende Assistentin des Managementrats vor. Avery Jackson. Ihr Gesicht ist mit Muttermalen gesprenkelt. Dicke Zöpfe mit grauen Strähnen. Sie lädt uns ein, auf einer Reihe harter weißer Stühle Platz zu nehmen. Ich lehne ab.

Wo ist meine Frau?

Sie runzelt die Stirn. Bläst die Backen auf. Dreht einen Zopf zwischen ihren Fingern. Sie hat offensichtlich etwas zu sagen, das sie nicht sagen möchte. Was schon alles sagt.

Das Blut rauscht aus meinem Kopf. Ich muss mich an Emi anlehnen, bringe sie fast aus dem Gleichgewicht. Taumele wie ein besoffener Tänzer mit zwei Schritten zu den weißen Stühlen, setze mich mit so viel Wucht, dass es knallt. Ich kann es nicht aussprechen. Kann es nicht fragen. Bringe nicht mal die erste Silbe des ersten Wortes der Frage raus.

Emi hat keine solche Hemmungen: Ist sie tot?

Jackson hebt die Hand zum Mund. Nein, Süße. Nein! Wer hat dir das denn erzählt?

So nah an den Abgrund geschubst, nur um sofort wieder zurückgerissen zu werden – eigentlich sollte mich die Nachricht beruhigen. Tut sie auch ein bisschen. Aber die Beruhigung wird von Wut verdrängt.

Niemand hat uns das *erzählt*, sage ich. Denn niemand erzählt uns irgendwas. Das ist ja das Problem! Wo ist sie?

Sie sind Larch? Dann musst du Emiliana sein.

Woher kennen Sie uns?, frage ich und stehe auf. Wo zur Hölle ist Kristina?

Mr. Brinkman. Bitte beruhigen Sie sich.

Ich bin ganz ruhig. So bin ich, wenn ich ruhig bin.

Sie lächelt angespannt und blickt kurz über die Schulter, als würde sie Hilfe suchen. Das ganze Büro beobachtet uns. Bildschirme piepsen. Dieses Hintergrundrauschen. Jacksons Augen springen zwischen mir und Emi hin und her.

Habt ihr versucht, sie anzupingen?

Natürlich. Ja. Klar.

Und?

Wir haben seit Tag Null nichts mehr von ihr gehört.

Jackson dreht zwei ihrer Zöpfe zu einer Helix. Wenn das Mitleid in ihrem Blick wäre, okay. Aber da ist kein Mitleid. Eher Verwirrung.

Glauben Sie, sie weiß, dass Sie hier sind?, fragt sie.

Keine Ahnung. Wie soll ich das wissen? Warum?

Nun, der Managementrat hat gerade ein Meeting. Ich kann Ihnen nicht helfen, bis sie damit durch sind. Es tut mir leid.

Sie ist in dem Meeting?, fragt Emi. Sie dreht sich zu mir: Ist Mom im Managementrat?

Nein, sage ich und reibe mir das Gesicht. Stöhne laut. Was für ein Albtraum, sage ich.

Mr. Brinkman, bitte versuchen Sie Geduld zu haben, während wir rausfinden, was hier los ist.

Was gibt es denn da rauszufinden? Wovon zur Hölle redet ihr Leute?

Das hier wäre leichter, wenn Sie sich einfach beruhigen würden. Vertrauen Sie mir.

Ich hab Ihnen doch schon gesagt, antworte ich und schiebe

mich an ihr vorbei, um durch den Empfangsbereich in das Büro zu gehen: Ich bin absolut ruhig.

Kristina!, rufe ich.

Mom!, brüllt Emi neben mir. Ich bin's! Wir sind hier, Mom! Wir sind hier!

Jackson seufzt. Sie nickt dem Mann zu, dessen Bildschirm ich übers Knie gebrochen habe.

Er spricht in sein Handgelenk. Ich höre das Wort *Sicherheit*.

Wenn ich alleine hier wäre, könnte ich mir gut vorstellen, den ganzen Laden hier in seine Einzelteile zu zerlegen. Aber wenn die Öffentliche Sicherheit mich festnimmt, dann ist Emi vollkommen alleine. Fast Waise.

In Ordnung, sage ich also und hebe die Hände. Okay. Vergessen Sie's. Wir gehen.

Mom!, brüllt Emi, als ich sie packe und durch den Empfangsbereich und aus der Tür schleife.

Der Nebel hat sich in Regen verwandelt. Reena und Angel haben links und rechts vom Eingang Unterschlupf gefunden. Sie springen auf, als wir rausgestürmt kommen.

Kein Glück?, fragt Reena.

Nein. Ich rupfe die Regenjacke aus meiner Tasche und lege sie Emi um. Ihre Schultern zittern.

Wir müssen wieder rein, sagt sie ausdruckslos. Wir müssen Mom finden.

Das werden wir, Em. Aber erst müssen wir trocken werden. Was essen. Uns sammeln.

Angel nimmt seinen Bildschirm raus und führt uns zu einer Markthalle mit Essensständen; wir mischen uns unter die Arbeitenden, die sich dort untergestellt haben. Bei Pizza Hut ist die Schlange am kürzesten, also muss es wohl Pizza Hut sein. Wir bestellen. Ich würge zwei Stücke hinunter. Mein Tank ist leer. Mein Nacken schmerzt. Meine Hände zittern vor Erschöpfung. Emi schlingt ein Stück Pizza runter, dann starrt sie auf ihren

Teller und steht auf, um aufs Klo zu gehen. Angel prüft den Wetterbericht: Ein großer Sturm ist auf dem Weg hierher.

Was macht ihr jetzt? Braucht ihr Hilfe, um euer Zimmer zu finden?

Ich danke ihnen. Dafür, dass sie uns hierher nach Gowanus geholfen haben. Dass sie mir am Landesteg Rückendeckung gegeben haben.

Kein Problem, sagt Reena lächelnd. Das hier ist Millionen Mal besser als Dienst auf der Algenfarm.

Und danke, dass ihr so nett zu Emi wart, sage ich. Sie hatte ein hartes Jahr. Sie ist ein gutes Kind.

In diesem Moment wird mir bewusst, wie lange Emi schon weg ist. Ich springe auf und renne zum Klo. Die zwei Frauen vorm Spiegel zucken zusammen, als ich die Tür mit einem Knall aufstoße.

Emi! Emiliana!

Ich trete die Türen der Kabinen auf. Sie ist nicht da.

Ich laufe in den Gang. Die nächste Tür führt auf eine Terrasse an der Rückseite der Markthalle, wo die Tische schon für die Sturmsaison weggeräumt sind. Ich stürze nach draußen, mir ist schlecht vor Panik. Ich blinzele durch den Regen. Emi. Sie steht am Rand der Terrasse. Mit dem Rücken zu mir. Eine Pfütze bröckliger Kotze zu ihren Füßen.

Em!

Als sie sich langsam umdreht, kommt eine Drohne zum Vorschein, die auf Augenhöhe vor ihr schwebt. Schwarz. Nicht klein. Katzengroß. Rotes blinkendes Licht. Die Linse vielleicht zwanzig Zentimeter vor ihrem Gesicht.

Mit vier großen Schritten habe ich die Terrasse überquert. Die Drohne weicht aus, aber nicht schnell genug. Jemand, der mich nur in den letzten vierundzwanzig Stunden erlebt hat, könnte meinen, ich reise ständig durch die Gegend und zerschlage Elektronikgeräte. Ich werde ganz gut darin.

Einer der Rotoren zwickt mir in die Hand, als ich die Drohne packe. Ich schlage die Maschine gegen die Terrassenbrüstung. Immer und immer wieder. Bis das rote Licht erlischt. In den frühen Tagen des Übergangs, als wir schufteten und schufteten, während der Ozean immer weiter stieg, hatten wir das Gefühl, nie genug tun zu können. Als Vater habe ich oft ein ähnliches Gefühl. Eine ständige Hilflosigkeit. Und die seltenen Gelegenheiten, in denen ich wirklich was bewirken kann? Die versuche ich mir nicht durch die Finger gleiten zu lassen. Ich zerreiße die Drohne mit einem Ächzen. Lasse den toten Maschinenkörper zu Boden fallen. Ein Blitz am Himmel bringt mich wieder ins Hier und Jetzt. Emi brüllt mich an. Ihre Schultern heben und senken sich. Sie hämmert mit den Fäusten gegen meine Brust.

Bist du verletzt? Em! Was ist los?

Ich taste sie sanft nach Verletzungen ab. Entdecke etwas Blut. Mein Blut. Der Rotor hat mir in die Hand geschnitten. Emi ist unversehrt. Aber gut geht es ihr nicht. Sie schluchzt. Heult. Boxt mir in die Brust.

Wir müssen Mom finden! Warum suchen wir sie nicht?

Das tun wir, antworte ich.

Tun wir nicht! Wir sitzen rum und essen Pizza. Wir sollten da draußen sein! Sie könnte in Gefahr sein. Wir müssen zurück zum Büro. Wir müssen sie finden!

Ich pinne ihr die Arme an die Seiten.

Hör auf, Em. Beruhig dich. Hör mir zu. Wir werden sie finden, aber du kannst nicht einfach so davonlaufen. Verstanden? Ab jetzt bleibst du immer in Sichtweite. Ich will hören, dass du es sagst. Schau mich an.

Ich drücke ihre Schultern. Etwas zu grob vielleicht, aber ich will, dass sie versteht, wie wichtig es mir ist, sie zu beschützen. Ich versuche gerade, ihr das zu erklären, als Reena und Angel zu uns rauskommen. Sie sehen uns im Regen stehen und einander anbrüllen. Nicht unser stolzester Vater-Tochter-Moment.

Ich halte Emis Hand. Spüre ihre Hitze. Ihren Puls. Sie zittert. Regen sitzt wie Quecksilbertropfen in ihren Augenbrauen.

Sag es, Em. Bitte. Versprich mir, dass du mir nicht noch mal so abhaust.

Ich werde dir nicht noch mal so abhauen, sagt sie ausdruckslos.

Gut, sage ich und blinzele mir das Wasser aus den Augen. Dann hauen wir hier ab. Ich werfe Reena den Schlüsseldongle zu: Du führst uns.

Emi Vargas Brinkman
Nordamerikanische Geschichte
Mrs. Helmandi
Projekt: Der Große Übergang (erster Entwurf)

MOM SITZUNG V: DER GROSSE ÜBERGANG

Ich: Habt ihr den Übergang an euch gerissen, gleich nachdem Yesi gestorben ist?

Meine Mom: Nicht sofort. Es hat Monate gedauert, die Arbeiter*innen-Komitees zu etablieren. Anführer*innen zu bestimmen. Uns auszubilden. Organisation kostet Zeit. Besonders wenn Leuten schon lange jegliche Würde vorenthalten wurde. Sie müssen den Mut wiederfinden, ihre Würde wieder einzufordern. Aber dann hatten wir weitere Todesfälle, und das Gefühl, etwas unternehmen zu müssen, wurde noch dringender.

Ich: Warum hast du dich beim Forst Corps eingeschrieben, wenn es so gefährlich war?

Meine Mom: Es war nicht wie bei deinem Vater, der sich aussuchen durfte, was ihn am meisten interessiert. Sie haben das für uns entschieden. Und die Priorität war, die Besitzverhältnisse zu schützen. Es hat in Amerika Tradition, Häftlinge Waldbrände löschen zu lassen. Diese Tradition wurde mit uns weitergeführt.

Ich: Aber warum hast du die Befehle befolgt? Warum hast du dich nicht von Anfang an geweigert?

Meine Mom: Damit sie uns wieder ins Lager stecken?

Ich: Du hättest weglaufen können. Ich wäre bei der ersten Gelegenheit abgehauen.

Meine Mom: Wirklich. Wohin? Die Welt brennt, und alle, die du kennst, sind entweder tot oder verpflichtet. Du würdest deine Schwester im Stich lassen? Deine Freunde? Die Abteilung

Phoenix war die einzige Familie, die ich hatte. Es gab kein *ich* oder *du*. Nur *wir*. Warum habe ich Befehle befolgt? Deswegen: für die um mich herum. Nicht für die korrupten Manager, nicht mal für den Großen Übergang. Wir sind zusammen aufgewachsen, viele von uns. Wir hatten all die Jahre im Lager überlebt, indem wir aufeinander aufgepasst haben. Letztlich ging es uns darum, uns gegenseitig den Arsch zu retten.

Ich: Ihr hättet alle zusammen weglaufen können.

Meine Mom: Vielleicht. Klar. Aber sogar bei all der Korruption und der mangelnden Ausbildung und fehlenden Ausrüstung: Wir waren immer noch die Abteilung Phoenix, die um das Schicksal des Planeten kämpfte. Es hat sich vielleicht oft hoffnungslos angefühlt, aber sogar in solchen Momenten gilt: Es gibt nichts Besseres, als einem Zweck zu dienen, der größer ist als du. Nichts kommt da ran, nicht mal ansatzweise. Vielleicht hast du das schon mal beim Basketball gespürt?

Ich: Ich glaub schon.

Meine Mom: Das hoffe ich. Mit anderen einen Kampf um etwas teilen, für ein gemeinsames Ziel zusammenarbeiten – das ist das mächtigste Gefühl. Es kann uns motivieren, Unglaubliches zu schaffen. Dinge, von denen keine Einzelperson auch nur im Traum hoffen kann, sie alleine zu erreichen.

Kompliment für deine Gesprächsführung, du hast deine Interviewpartnerin zu einer fundamentalen Idee geführt, die ein Kernstück des Großen Übergangs ausmachte. Konzentriere dich auf diese Ideen: Was genau haben wir gemeinsam geschafft, was alleine nicht möglich gewesen wäre? War Individualismus für die Krise verantwortlich? Für den Übergang? Das sind tiefsinnige Fragen, die du da behandelst! – Mrs. H.

19 EMI

MEIN DAD IST EIN SCHNARCHER. MEIN GANZES LEBEN SCHON höre ich ihn nachts bis in mein Zimmer. Aber das war quasi von den Zuschauerrängen aus. Jetzt bin ich direkt am Spielfeldrand – wir teilen ein Bett –, und mir wird klar, dass sein Geschnarche der wahre Grund sein muss, warum meine Eltern sich hassen. Es hat nichts mit Politik zu tun oder mit mir oder Tundra, sondern damit, dass meine Mom wahrscheinlich jahrelang keine Stunde Schlaf abbekommen hat.

Sein Rhythmus, sobald ich ihn entschlüsselt habe, geht so: drei lange Schnarcher. Kurze Pause. Lauter Schnarcher – eher ein Grunzen –, von dem er fast selber aufwacht, gefolgt von kleinen Justierungen am Kissen, gefolgt von ein oder zwei Minuten Stille. Die Stille ist die Phase, in der ich mich darauf konzentrieren muss, wach zu bleiben. Ich reite die Welle meines Hungers. Ich höre meinem Bauch zu, wie er sich beschwert. Seit dem Essen in der Station von Brooklyn Heights habe ich nichts mehr bei mir behalten können. Ich schiebe mir die Kopfhörer auf die Ohren. Ich höre Prince, immer und immer wieder dasselbe Lied – »Purple Rain« –, was manchen Leuten vielleicht auf die Nerven gehen würde, aber meiner Meinung nach wird das Lied mit jedem Mal besser. Dann wird der Atem meines Vaters wieder tiefer, und es setzt ein Schnarchen ein, bei dem niemand schlafen kann außer ihm.

Die Familieneinheit, die sie uns zugewiesen haben, hat ein eigenes Badezimmer und zwei Schlafzimmer. Mein Dad und ich haben das Zimmer mit dem großen Bett. Das andere Zimmer hat ein Stockbett: Reena unten, Angel oben. Sie waren sehr dankbar, dass mein Dad ihnen erlaubt hat, die Nacht mit uns zu verbringen. Eine Million Mal leiser als in einem Wohnheim, sagte Angel, als ich kurz zu ihnen ins Zimmer schlüpfte, um mich für das Geschnarche von meinem Dad zu entschuldigen. Laut Angel haben die Räume im Wohnheim Dutzende von Pritschen. Es wird viel geschnarcht und gefurzt. Da kriegt der Begriff Nachtangst noch mal eine ganz andere Bedeutung, sagte er. Ohne Ohrstöpsel sei Schlaf da unmöglich und ob ich mir seine borgen wolle? Er hielt sie mir hin. Reena steckte sich einen Finger in den Hals: widerlich. Danke, aber nein danke, sagte ich.

Jetzt kriecht das Leuchten ihrer Bildschirme unter der Tür durch. Ich höre sie flüstern. Ich kann keine spezifischen Wörter ausmachen, nur eine Abfolge sanfter Geräusche, die es mir noch schwerer machen, wach zu bleiben. Ich weiß, dass ich dabei bin, wegzudösen, als ich plötzlich wieder das rote blinkende Licht der Drohne vor mir sehe, die mich besucht hat, als ich auf der Terrasse kniete und Pizza auskotzte.

Ich bin noch nie auf eine Drohne gestoßen, die sich so benimmt wie die hinter der Markthalle. Als ich sie zuerst bemerkte, war sie dabei, mich langsam zu umkreisen. Nicht ruckartig, so wie sich Drohnen sonst bewegen, sondern eher wie ein Tier, das sich anpirscht. Fast als wollte sie, dass ich sie berühre. Die Rotoren schnurrten sanft. Wie Alice, Marus Katze. Sie wich sogar wie Alice verspielt aus, als ich meine Hand nach ihr ausstreckte. Beinah wie ein Lebewesen, nicht wie eine Maschine. Besonders die Art, wie sie vor meinem Gesicht schwebte, als würde sie mir direkt in die Augen schauen. Schon klar, rein logisch hätte es jeder beliebige Mensch sein können, der sie lenkte. Oder eine

KI. Aber es fühlte sich nicht an wie eine Maschine. Nicht wie irgendjemand Beliebiges.

Mir wird klar, dass ich wieder eingeschlafen bin, als mein Dad mich mit einem lauten Grunzer weckt.

Ich reiße mir die Kopfhörer ab. Ich bin wach. Aber ich kann immer noch das rote blinkende Licht sehen, als hätte ich zu lange in die Sonne gestarrt. Rot, rot, rot. Meine Mom ist hier, in Gowanus. Ich weiß es einfach. Ich spüre es. Sie sucht uns. Oder sie wartet darauf, dass wir sie finden. Egal, was von beidem: Wir sollten da draußen sein – *etwas unternehmen* –, nicht im Bett schnarchen und wertvolle Zeit vergeuden. Deswegen habe ich unter den Laken meine Klamotten an. Und deswegen versuche ich krampfhaft, wach zu bleiben. Und deswegen habe ich darauf gewartet, dass mein Dad endlich in seine lange Tiefschlafphase eintritt – zum Glück ist es jetzt so weit.

All die Male, die ich spätnachts in die Küche geschlichen bin? Das waren Übungsläufe für heute. Nur taste ich diesmal im Dunkeln nicht nach dem Kühlschrank. Ich taste mich um das Bett herum. Taste mit den Füßen nach meinen Schuhen und schlüpfe hinein. Dann mit den Armen in die Regenjacke. Meine Hand sucht die Tür.

Der Flur ist leer. Der Lift und die Lobby im Erdgeschoss ebenfalls. Ich bin erst einen halben Schritt aus dem Eingang raus und schon ist mein Gesicht feucht. Der Regen hat nachgelassen und ist zu einem dampfenden Nebel geworden. Fünf Meter in jede Richtung versinkt Gowanus in einem weißen Nichts. Wie bei einem Schneesturm auf Grönland, bloß hat Schnee nicht diesen salzigen Geruch von Seetang. Ich höre ein sanftes Summen im Hintergrund, aber sonst ist der Außenposten so still, dass ich mein Herz in meinem Hals schlagen höre. Ich mache noch einen halben Schritt in das weiße Nichts, so weit ich kann, ohne dabei die Tür zufallen zu lassen.

Es gab diesen einen Moment im Büro des Managementrats, als mein Dad durchdrehte und dem Mann den Bildschirm zerbrach. Und als er erneut seine Fassung verlor und in das Büro stürmte. Da war eine Grenze – und er überschritt sie. Und ich überschritt sie mit ihm. Lief einfach in das Büro und rief nach meiner Mom. Ich war überrascht, wie leicht es war, diese Grenze zu überschreiten. Zu machen, was wir nicht machen sollten. Ich dachte nicht mal drüber nach. Als wäre mein Körper schon bereit gewesen und hätte nur drauf gewartet, dass mein Verstand ihm folgt. So müssen sich Tiere fühlen. Instinktgeleitet. Wie ich jetzt. Als ich meine Lunge mit Nebel fülle. Die Grenze überschreite. Tue, was getan werden muss. Einen Schritt auf die Straße mache, die Tür loslasse, damit sie mit einem Klicken hinter mir ins Schloss fällt.

Der Außenposten Gowanus ist wie ein riesiges Hufeisen. Durch die Mitte verläuft der Hauptkanal, die innere Kurve ist mit Docks übersäht, wie kleine Borsten. Auf den Schenkeln des Hufeisens liegen die Fabriken, Lagerhallen, Flugplätze, Wohnblocks. Ziemlich simpel bis dahin, aber zusätzlich sind da überall diese kleineren Kanäle, die – wie ich jetzt feststelle – es gar nicht so einfach machen, den Weg zurück zum Managementrat zu finden. Trotzdem, als der Nebel mich verschluckt, sage ich mir, dass Gowanus eine Insel ist, und noch nicht mal eine große. Wenn ich immer weiterlaufe, komm ich irgendwann da an, wo ich losgegangen bin.

Ich biege zweimal rechts ab und bin jetzt auf einem breiteren Pfad. Das Hintergrundsummen ist hier lauter. Die Straßenlampen werfen Säulen aus orangefarbenem Licht in den Nebel, die auf dem Boden kleine Inseln im weißen Nichts bilden. An jeder Straßenlampe bleibe ich stehen, um mir einzuprägen, wie viele ich schon hinter mir gelassen habe. Die Laternen sind identisch – die gleichen Poster, die gleichen Trichterturbinen –, aber solange ich mich nicht verzähle, kann ich den Laternen wie Brotkrumen folgen, um zurück zu meinem Vater zu finden. Der Plan funktioniert großartig, bis ich, gerade zwischen zwei Straßenlampen, hinter mir das Geräusch von Stiefeln in der feuchten Dunkelheit höre.

Mich packt die Panik. Ich sprinte zur nächsten Straßenlampe. Halte die Luft an, wische mir die Feuchtigkeit aus dem Gesicht. Ein Elektromotor heult auf. Frontscheinwerfer. Ein Laster biegt in eine Seitenstraße ab. Stimmen wabern durch den Nebel. Irgendwo über mir surrt eine Drohne. Der Laster verschwindet. Stille.

Ich zähle bis zehn, dann laufe ich zur nächsten Straßenlaterne. Das Summen ist jetzt auf meiner linken Seite lauter. Zwei Schritte vom Licht entfernt, treffe ich auf eine Brüstung am Wasserrand. Die Ebbe hat schon eingesetzt, die Wasserbewegung treibt dabei Turbinen an. Tausende davon. Den ganzen Außenposten entlang. Das ist das Hintergrundsummen. Wie Tausende Zellen eines Körpers, die den Organismus mit Energie versorgen. Ich lausche dem Summen und schaue den Tideturbinen zu, wie sie sich drehen – und plötzlich wird mir klar: Ich habe vollkommen vergessen, die wievielte Laterne das jetzt war. Was nicht so toll ist – klar –, aber irgendwie auch seltsam befreiend. Denn sogar wenn ich meine Schritte noch zurückverfolgen und mich dann ins Schlafzimmer schleichen könnte, ohne meinen Dad zu wecken: Ich will gar nicht umkehren. Nicht ohne meine Mom. Nicht ohne es zu versuchen.

Mein Dad würde es nie laut aussprechen, aber ich weiß, dass er meiner Mom eigentlich recht gibt: Ich bin ein privilegiertes Postkrisenkind und habe nicht die geringste Ahnung, wie es sich anfühlt, für etwas kämpfen zu müssen. Aber wie soll man auch lernen, für etwas zu kämpfen, wenn man dazu nie die Chance bekommt? Ich bin die jüngste Person – vielleicht aller Zeiten –, die alleine hier draußen auf dem Gowanus-Außenposten unterwegs ist. Nicht auf einem Schulausflug. Nicht mit meinen Eltern. Nur ich, im Nebel, in der Kälte, in der Dunkelheit, sogar noch jünger als meine Mom oder mein Dad, als sie sich für den Großen Übergang verpflichteten, um Held*innen zu werden und die Welt zu retten. Trotzdem konnten sie ihre eigenen Eltern nicht retten. Sie hatten noch nicht mal die Gelegenheit dazu.

Plötzlich höre ich wieder Schritte. Diesmal viel näher.

Hallo?

Beim Klang meiner Stimme stellen sich mir die Nackenhaare auf. Ich fahre herum und stürme los.

Ich versuche leichtfüßig zu laufen, wie in der Aufwärmphase beim Basketball, aber die Angst macht meine Beine wacklig. Einmal stolpere ich fast und lehne mich an die nächste Straßenlampe an, um zu verschnaufen. Die Laterne ist mit Kopien des Furien-Manifests vollgekleistert. Eine Zeile sticht besonders hervor, die Worte leuchten fast im Nebel: *Wir alle wissen, dass Angehörige, die eigentlich bei uns sein sollten, es nicht mehr sind.*

Und da ist das Geräusch schon wieder: Stiefel auf dem Boden. Irgendjemand verfolgt mich.

Mir rutscht ein Ächzen raus. Aber dann rauscht über mir eine Drohne vorbei. Kleine Lichter im Nebel. Sie blinken rot. Und ich habe dasselbe Gefühl wie vorhin. Als wäre *sie* in meiner Nähe.

Mom?

Meine Stimme verebbt im Nebel.

Ich versuche es lauter: Mom?

Eine Gestalt taucht aus dem weißen Nichts auf. Eine Frau. Mein Körper summt wie ein ganzer Ozean voller Turbinen, ein Chor aus Millionen Rotorblättern.

Hey du, Mann, bist du schnell! Wir dachten, wir würden dich nie finden.

Es ist Reena. Angel direkt hinter ihr. Die Hände auf den Hüften, während sie verschnaufen.

Ich atme keuchend aus, mein Atem wird zu einem Jammern,

gefolgt von äußerst peinlichen Tränen, gefolgt von zitternden Schultern. Teilweise zittern sie, weil ich so die Anspannung abschütteln will, wie es mir mein Vater gezeigt hat. Aber sie zittern auch, weil der Körper manchmal tut, was er will.

Reena und Angel entschuldigen sich, dass sie mir einen Schrecken eingejagt haben.

Schon gut, sage ich ihnen. Ist okay.

Dann schlägt Reena vor, dass wir zurückgehen.

Zurück? Nein. Ich kann nicht zurück.

Warum nicht?

Ich suche meine Mom.

Oh.

Wir flüstern alle. Ich weiß nicht warum, aber es fühlt sich richtig an hier draußen im Nebel und in der Dunkelheit.

Reena kneift die Augen zusammen. Also, was ist der Plan? Ihr zufällig über den Weg laufen?

Sobald Reena es laut ausspricht, wird mir klar, wie lächerlich das ist. Aber sie hat recht: Ich hatte gehofft, meiner Mom einfach so über den Weg zu laufen. Ich hatte praktisch damit gerechnet. Hatte praktisch damit gerechnet, dass sie auch hier draußen rumläuft und nach mir sucht.

Ich gehe zurück zum Managementrat, sage ich. Ich bin mir sicher, dass sie dort ist.

Reena und Angel schauen sich an. Der Nebel ist wieder zu leichtem Regen geworden. Die Trichterwindturbine an der nächsten Laterne fängt an, sich zu drehen. Ich ziehe mir meine Kapuze über.

Ich glaube, wir sollten jetzt besser zurück, sagt Reena und stößt freundschaftlich ihre Schulter gegen meine. Und gleich morgen früh gehen wir zum Rat.

Geh ruhig zurück, wenn du magst, sage ich.

Angel hält die Handfläche in den Regen: Da zieht ein Sturm auf.

Ist mir egal.

Wird dir nicht egal sein, wenn er dich draußen erwischt.

Reena nimmt meine Hand. Gehen wir zurück, tanken eine Nacht Schlaf, lassen den Sturm vorbeiziehen. Dann fangen wir morgen mit deinem Dad mit voller Kraft die Suche an. Alle zusammen. Mehr ist immer besser. Oder?

Stimmt, sagt Angel und fasst nach meiner anderen Hand.

Ich mache einen Schritt zurück.

Reena packt mich an der Schulter.

Was soll das?, brülle ich und winde mich aus ihrem Griff.

Emi, sagt Reena. Du musst uns vertrauen.

Vertrauen? Bei was?

Plötzlich hören wir Stimmen. Schritte. Fast schon neben uns. Angel und Reena reagieren schnell, tragen mich quasi in den dunklen Eingang einer Lagerhalle. Drei Gestalten laufen unter einer der Straßenlampen vorbei und unterhalten sich. Arbeiter auf dem Weg zur Spätschicht vielleicht. Oder auf dem Rückweg.

Wir kauern währenddessen schweigend im Eingang. Der Regen wird immer stärker. Weht schon in den Eingang. Die Trichterwindräder an den Straßenlampen drehen sich immer schneller. Reena und Angel lassen meine Arme los, und ich merke erst, wie fest sie mich gepackt hatten. Ich spüre den Impuls, um Hilfe zu rufen. Aber dann ziehen sie mich schon auf die Beine, zupfen meine Kapuze zurecht und geben mir ein bisschen zu fröhlich recht: Vielleicht doch besser jetzt suchen als morgen, wenn der Sturm alles lahmlegt.

Ihr müsst nicht mitkommen, sage ich.

Wir sind schon hier, sagt Reena und breitet die Arme aus. Und wir sind eh schon pitschnass. Also, warum nicht?

Hiya, sagt Angel.

Okay, in welche Richtung?, fragt Reena.

Ich sehe mich um und gebe zu, dass ich ein bisschen die Orientierung verloren habe.

Angel zieht den Bildschirm raus, sein Gesicht leuchtet blau auf.

Der zentrale Kanal ist da lang, sagt er. Dem können wir folgen.

Wir machen einen Schritt aus dem Eingang, und sofort springen zwei grelle Lichter an und blenden uns.

Keine Bewegung.

Hände, wo wir sie sehen können.

Zwei Stimmen. Männlich und weiblich. Angel und Reena reagieren schnell, sie stellen sich vor mich. Ich hebe die Hand, um meine Augen gegen das Licht zu schützen.

Emiliana Vargas?

Meinen Namen zu hören ist wie in die Bucht von Nuuk zu springen. Ein eiskalter Schock.

Hier, sage ich. Als säße ich im Unterricht. Wie ein Volltrottel.

Gott sei Dank. Bist du okay, Liebes? Bist du verletzt? Haben sie dir wehgetan?

Ihr geht's gut, sagt Angel. Wer sind Sie?

Öffentliche Sicherheit, Nuuk, sagt der Mann. Sie halten die Lampen hoch, um ihre Gesichter zu zeigen. Es sind die Fallmanager aus Nuuk.

Deine Mutter hat uns geschickt, Liebes, sagt die Frau lächelnd. Sie hat sich solche Sorgen gemacht.

Ich falle schon wieder in die Bucht von Nuuk. Das Wasser ist zehnmal kälter. Der Schock raubt mir den Atem. Erleichterung auf Erleichterung.

Sie haben sie gefunden?, frage ich.

Sie wusste, dass du hier draußen bist. Sie wird so froh sein. Sie hat dich gesucht.

Reena lehnt sich zurück und flüstert: *Deine Mom schickt uns, Emi. Sie hat mich und Angel geschickt, um dich zu schützen. Wir sind bei den Furien.*

Sofort weg von ihr!, bellt der Mann.

Emiliana, sagt die Frau. Emi. Ich weiß nicht, wer diese Leute sind oder was sie dir gesagt haben. Aber du kennst mich. Du weißt, wer wir sind. Wir sind von der Öffentlichen Sicherheit. Wir sind hier, um zu helfen.

Reena flüstert wieder: *Lauf los, wenn ich es sage.* Sie fasst nach meinem Arm und drückt ihn sanft.

Hände dorthin, wo wir sie sehen können!, brüllt der Mann.

Lauf!

Alles passiert so schnell. Als Angel sich auf die Fallmanager stürzt, stößt Reena mich fast um, fängt mich aber gerade noch auf. Sie zieht mich am Arm hinter sich her, wirft die Türen zur Lagerhalle auf. Wir sind drinnen und laufen. Schwaches Licht. Das Zischen-Surren-Wumsen von hydraulischen Kränen, die schwere Blöcke in die Höhe wuchten. Hinter uns brüllt die Frau. Nach ungefähr zehn panischen Schritten bleibe ich stehen und zerre an Reena. Ich blicke mich um. In der Tür sehe ich Angel mit dem männlichen Fallmanager ringen. Sie rollen über den Boden. Grunzen. Schlagen. Ihre Bildschirme sind runtergefallen, der eine wirft seinen blauen Lichtstrahl senkrecht in den Regen, der andere beleuchtet den Gehsteig. Ich höre ein feuchtes Knacken. Einen Schmerzensschrei.

Emi!, brüllt Reena. Komm!

Nein, Emiliana!, faucht die Frau. Stopp! Beide. Bleibt stehen, wo ihr seid.

Ich sehe wie in Zeitlupe, dass Reena ein kleines schwarzes Objekt aus ihrer Regenjacke reißt. Ein knisternder Bogen blauer Elektrizität strömt aus ihrer Hand. Sie springt auf die Fallmanagerin zu, aber die Frau weicht aus und schwingt ihre Faust, trifft Reena in die Rippen.

Da laufe ich los.

Ich ducke mich unter einem Block in der Größe einer Magnetbahn hindurch, der gerade vom Lagerhallenboden gehoben wird. Springe über eine Kabelrolle. Krache durch eine Tür ins Freie, wo mir der Regen hart ins Gesicht peitscht. Links durch einen kleinen Park. Rechts eine Gasse runter. Ziellose, panische Richtungswechsel, bis ich in einer Sackgasse lande, Geländer an drei Seiten, darunter Wasser. Ich drehe mich gerade um, als sich ein rotes blinkendes Licht senkt und mir den Weg abschneidet. Eine Drohne, exakt die gleiche Größe und Form wie die, die mein Dad zerstört hat. Ich wische mir den Regen aus den Augen. Starre in das Objektiv. Das rote Licht blinkt.

Mom?, flüstere ich.

Dann Schritte. Die zwei Fallmanager kommen durch den Regen gejoggt.

Emiliana, Liebes, geht's dir gut? Bist du verletzt?

Ich stammele etwas. Schüttele den Kopf. Weiß nicht, was ich sagen soll.

Der Mann hält sich den Arm und verzieht vor Schmerz das Gesicht. Die Frau hat ihre Taschenlampe in der einen Hand und Reenas Elektroschocker in der anderen. Ich linse an ihnen vorbei.

Mach dir keine Sorgen, sagt die Frau. Du bist in Sicherheit. Sie können dir nichts tun.

Mir wird ganz heiß im Gesicht. Ich mache einen Schritt zurück. Das Geländer drückt mir in den Rücken. Die Drohne schwebt immer noch zwischen mir und den Fallmanagern. Regen spritzt von den Rotoren. Dann wischt der Mann mit der gesunden Hand über seinen Bildschirm am Handgelenk und die Drohne schießt davon.

Lasst mich in Ruhe!, schreie ich.

Es ist okay, Liebes, sagt die Frau. Du bist in Sicherheit. Wir haben dich gerade noch rechtzeitig gefunden.

Wo ist meine Mom?

Emiliana, hör mir zu, sagt sie, ihre Stimme ruhig, aber bestimmt. Deine Mutter hat uns geschickt. Sie erwartet dich. Wir haben Glück, dass wir dich gefunden haben, aber gleich landet hier ein Hurrikan. Wir haben keine Zeit rumzustehen und zu reden. Du musst mit uns mitkommen. Bitte. Jetzt sofort.

Wieder spähe ich an ihnen vorbei in die Dunkelheit. Regen strömt mir in die Augen. Ich blinzele ihn weg. Ich blinzele und blinzele und blinzele. Aber das Wasser, es strömt immer weiter.

Wir müssen wirklich los, sagt der Mann. Der Sturm ist hier.

Die Frau streckt eine Hand aus. Ich sehe mir selbst dabei zu, wie ich sie ergreife.

Es wird alles gut, sagt sie und drückt meine Hand. Jetzt haben wir dich.

20 LARCH

SEQUOIAS SIND FÜR FEUER GESCHAFFEN. DIESE GIGANTISCHEN Bäume können fünfundneunzig Prozent ihrer Krone an die Flammen verlieren und trotzdem überleben und ihrem Stamm weitere hundert Jahresringe hinzufügen. Sequoias brauchen das Feuer sogar. Ihre Zapfen würden ohne die Hitze keine Samen freigeben. Wie Atome, die nur im Inferno einer Sonne entstehen können. Aber nichts überlebt ein Trauma, das nicht enden will. Irgendwann kommt ein Bruchpunkt. Das gilt für die Sequoias genauso wie für uns.

Die Führung des Forst Corps wusste ganz genau, unter was für einer Belastung wir standen. Die Waldbrandsaison im amerikanischen Westen war inzwischen zu einem zwölfmonatigen Ereignis geworden. Um zu verhindern, dass ganze Biome verbrannten und als Kohlendioxid in die Atmosphäre strömten, mussten wir das ganze Jahr über schuften. Um mit unserer Kraft hauszuhalten, warnte die Führung Rauchspringer-Crews davor, im Monat mehr als acht Sprünge zu absolvieren. Aber diese acht Sprünge waren nur eine Empfehlung. Freiwillig konnte man mehr machen. Freiwillig konnte man sich für jede Mission melden, für die noch Leute gesucht wurden.

Lucas und ich waren nur noch Sekunden davon entfernt, unseren zehnten Sprung des Monats Juni zu unternehmen, und überprüften gerade dreifach unsere Gurte und das Wasser. Unsere Sägen und die Batterietaschen. Wir befanden uns anderthalb Kilometer über der brennenden Sierra Nevada, unser Flugzeug hüpfte und ruckelte in den thermischen Aufwinden. Es war unser achter Einsatz mit der westlichen Division des Forst Corps. Die ersten sieben waren harte Arbeit am Boden gewesen. Gräben ausheben. Unterholz beseitigen. Baumstümpfe rausreißen. Schläuche schleppen. Flammen löschen. Um unser Leben rennen. *Extreme Landschaftsarchitektur*, nannte es Lucas. Jetzt waren wir halb durch mit unserem ersten Einsatz als Rauchspringer. Drei Monate intensives Training in der Bergkette Sawtooth Range in Idaho – so springt ihr mit einer Kettensäge, so schient ihr einen verstauchten Knöchel, so faltet ihr einen Haufen Nylon zu einem Fallschirm, damit er sich bei fünftausend Fuß gleichmäßig ausbreitet und die Feuerwinde aushält –, dann warfen sie uns über den Einsatzgebieten ab, weit abgelegene Orte, in die kaum Straßen führten.

Manchmal legten wir kontrollierte Brände, gemäß der traditionellen Methode der Karok. Manchmal gruben wir Feuerschneisen. Löschten kleine Brandherde. Verhinderten, dass schlimme Situationen noch schlimmer wurden. Aber dieser Sprung heute war anders. Es war eine Rettungsmission in einem von drei weltweit verbliebenen Beständen aus Riesensequoias. Eine Bodenmannschaft – wir nannten sie Heißsporne – hatte einen Verteidigungsring um die Bäume etabliert. Aber das Feuer hatte sich bei einem plötzlichen Richtungswechsel des Windes rasant ausgebreitet und ihnen den Weg abgeschnitten. Zwei Tage steckten sie zu diesem Zeitpunkt schon fest. Wir sollten Nachschub bringen. Die Retter retten. Das war der Plan.

Fast fünf Jahre waren vergangen, seit Lucas und ich uns aus New York verlegen hatten lassen. Fünf Jahre seit der Schlacht ums Große U. Fünf Jahre seit Osman. Fünf Jahre, seit die Abteilung

Phoenix den Großen Übergang an sich gerissen hatte. Es war schwer, Emi zu erklären, wie schnell danach alles ging. Frag mal andere Eltern.

Ich erinnere mich an diese frühen Tage, nachdem die Abteilung Phoenix die Bewegung übernommen hatte und versuchte, den Übergang neu zu gestalten, diese aufregende Phase von gefühlt endlosen wilden Streiks. Riesige Gewerkschaftskampagnen. Eine Weile lang leiteten sogar niedrigrangige Matrosen die Marine. Große Teile des Militärbudgets wurden umgelenkt in die Solarbehörde Südwest und die Kohlendioxidsequestrierung und Fördertöpfe für Arbeitendenkooperativen. McDonald's – ich weiß es noch genau – war der erste große Konzern, der in Arbeiterhand überging. Kostenlose Happy Meals zur Feier des Tages. Ganz Hunts Point roch nach Pommes. Viele glückliche Kinder. Viele große Veränderungen in kurzer Zeit. Was wir alle gut gebrauchen konnten. Was der Planet gut gebrauchen konnte. Aber das war nur der Anfang. Noch so viel zu tun. Wir mussten das Große U zurückbauen und es um Hunts Point wieder aufbauen, wo es statt Immobilienpreisen Menschen schützen konnte. Wir mussten unsere eigenen Abgeordneten wählen, um die Richtung des Großen Übergangs mitzubestimmen. Wir mussten die Quantencomputernetzwerke der Wall Street umprogrammieren, um damit etwas Klügeres anstellen zu können, als nur auf Aktien zu wetten.

Die Finanzfirmen hatten private Sicherheitsdienste angeheuert, um ihre Quantensysteme heimlich auf Lastkähnen aus New York rauszuschaffen. Fast wäre es ihnen sogar gelungen – wenn nicht eine Crew vom Wind Corps der Abteilung Syracuse zum selben Zeitpunkt Turbinen den Hudson runtertransportiert hätte. Sie rammten aus Versehen den Kahn, der das gesamte Goldman-Sachs-Netzwerk an Bord hatte. Computer und Kühltürme und alles. Der Unfall schaffte es in die Nachrichten. Die Wall Street verspielte das kleine bisschen Ansehen, das sie noch hatte. Das MfE beschlagnahmte die Netzwerke. Borgte sie sich auf unbestimmte Zeit.

Effizienz. Logistik. Das war der Quantensprung. Zuerst nur subtil spürbar. Weniger Versorgungsengpässe. Frischeres Essen. Nichts so Spektakuläres, wie diejenigen versprochen hatten, die so gerne das Heilsversprechen der Technologie predigten. Aber trotzdem wichtig. So richtig merkten wir den Unterschied das erste Mal in den Monaten, in denen wir Solarpaneele auf Lagerhallen in Queens klatschten. Plötzlich erhielten wir sofort die ganze Sicherheitsausrüstung und alle Werkzeuge, die wir brauchten – oft schon, bevor wir selber wussten, dass wir sie brauchten. Ellen und Helen fanden fast nichts mehr, über das sie sich beschweren konnten.

Zeit, in Rente zu gehen, sagten sie. Scherz. Aber irgendwie auch nicht.

Ein MfE-Start-up-Programm bot Übergangsveteranen Fördergelder an, um damit Kooperativen für Kohlendioxidsequestrierung zu gründen. Ellen und Helen wollten eine Seetangfarm aufbauen. Ezekiel wollte unbedingt dabei sein. Ich selbst dachte ernsthaft darüber nach. Vielleicht würde es sich gut anfühlen, zum Ozean zurückzukehren. Vielleicht aber auch nicht. Wie ein Rückschritt. Mein Vater auf dem Granitvorsprung. Meine Mutter, als die Hitze die Fenster platzen ließ. Ich hatte mich beim Forst Corps verpflichtet, um Feuer zu löschen – obwohl ich bis jetzt noch keine einzige Flamme zu Gesicht bekommen hatte. Aber vor allem hatte ich mich aus dem Grund verpflichtet, der hinter jeder Fluchtgeschichte steht: um etwas zu finden, das größer ist als man selbst. Und New York fühlte sich inzwischen klein an. Durch bis Mittag war ohne Osman nicht mehr dasselbe. Ich brauchte was Neues.

Für Lucas war das entweder Seetang anbauen oder ein neuer Einsatz im Westen. Also Wasser oder Feuer. Er folgte mir in die Hitze. Nur kurze Zeit später wussten wir schon gar nicht mehr, wie ein blauer Himmel aussieht. Konnten nicht mehr sagen, wie frische Luft schmeckt. Konnten nicht glauben, dass es in Amerika Bäume gab, die sich noch nicht in silberne Asche verwandelt hatten.

Ein brennendes Kreuz im nächtlichen Dakota, das mal ein Leitungsmast war. Geschmolzene Golfbälle in einem rauchenden Waldstück an einem Golfclub in Oregon, wie Marshmallows nach einem Lagerfeuer. Halb verschmorte Gartenschläuche, die in die Keller verlassener Häuser führen. Das Junge eines Rotluchses in Utah, das sich die Pfoten verbrannt hatte. Ein Haufen Dünger, der in Flammen ausbricht. Ein Safe in den Ruinen eines Hofes in Washington, in dem nur ein einzelner Tropfen geschmolzenes Gold liegt. Eine zerflossene Silberglocke in einem Kirchturm in Colorado. Hasen, die auf der Flucht vor den Flammen zwischen unseren Stiefeln durchschießen. Eine Wetterfahne, die sich um hundertachtzig Grad dreht, stoppt und sich dann wieder in die andere Richtung dreht. Sekunden später plötzlich eine Feuerwand, die den Berghang hochklettert und den Himmel auffrisst. Verbrannte Nadelbäume in Montana, deren Wurzelknollen in der durstigen Luft explodieren, als wir sie umwerfen. Noch ein Safe in noch einem verkohlten Hof – diesmal in Wyoming – so heiß, dass die Bündel aus Dollarscheinen in Flammen aufgehen, als wir die Safetür öffnen. Plünderer, die einen riesigen Billardtisch auf das Dach eines Zweitürers laden. Wie wir ihnen helfen, den Wagen die Einfahrt hochzuschieben. Das *Bamm-Bamm-Bamm* von explodierenden Öltanks in Kellern. Das Piepsen von Bulldozern im Rückwärtsgang. Ein Grand-Canyon-Souvenir-Löffel in einer Schlacke aus geschmolzenem Fensterglas. Glutfunken, die wie Sternschnuppen durch den Nachthimmel rasen. Die wohltuende nächtliche Erleichterung, wenn der Wind verebbt und das Feuer nur noch wie gelöste Butter über den Boden kriecht, fast einladend. Lucas und ich, wie wir panisch einen Unterschlupf schaufeln. Wie wir uns in den Armen halten, während die Flammen über uns vorbeirauschen. Um uns herum. Uns verschonen. Weiterrasen.

Sieben solche Einsätze. Vier volle Jahre. Und dann befinde ich mich im freien Fall.

Zehn, elf glorreiche Sekunden. Fünftausend Fuß. Viertausend. Dreitausend. Ein *Wuuuuusch,* als ich die Reißleine ziehe, der Schirm knallt und zerrt mich in eine aufrechte Position. Die thermischen Aufwinde lassen das gespannte Tuch flattern. Meine Gurte knarzen. Das war immer mein Lieblingsmoment: die plötzliche Stille nach dem Lärm des Flugzeugs und vor dem Feuer, das unter mir wartete. In den Flussbetten flackern Flammen. Aus dem Rauch tauchen plötzlich Legionen verkohlter Bäume auf. Der Boden rosa gestreift mit Flammschutzmittel. Und alles kommt auf mich zu. Greift nach meinen Stiefeln. Aber erst mal: Stille. Das Land so weit unter mir, dass meine Augen mir Streiche spielen. Mir den Eindruck vermitteln, ich würde nicht fallen. Als würde die Erde nicht näherkommen. Als wäre ich irgendwie im Himmel festgepinnt.

Dieser Bestand aus uralten Sequoias umfasste drei Bäume. Die schwarzen Narben an ihren Stämmen reichten ihnen schon bis zum Hals, aber an den entscheidenden Stellen in der Krone waren die Bäume noch grün. Über zweitausend Jahre hatten diese Sequoias ihre Wurzeln schon in diesen steilen Hang gebohrt. Nicht ideal zum Landen, aber die Heißsporn-Crew hatte das Unterholz geräumt und stand bereit, um uns zu helfen, unsere Schirme einzusammeln. Die Landung klappte mit nur minimalen akrobatischen Verrenkungen. Keine verstauchten Knöchel. Sofort legten wir los und steckten Batterien in Sägen und verteilten Trinkwasser.

Der Crewleiter brachte uns auf den aktuellen Stand. Sein Bart und sein Gesicht waren so schwarz vom Rauch, dass seine Zähne fast leuchteten. Seine Leute waren erschöpft. Die Reihen gelichtet. Keine Todesfälle, immerhin. Die Verletzten ruhten sich unter den Sequoias aus. Unser Sanitäter rannte rüber, um sich um sie zu kümmern. Aber sogar die Unverletzten sahen grauenhaft aus. Schwarz vor Asche. Rosa vom Flammschutzmittel. Sie hatten den Einsatz mit Bulldozern und Wassertankwagen und Hunderten Metern Schläuchen und Sprinklern begonnen. Dann schlug der Wind um. Die Bulldozer waren jetzt nur noch ausgebrannte Gerippe. Die Schläuche verbrannt. Die Heißsporne hatten plötzlich nur noch Schaufeln und Äxte. Löschten kleine Brandherde. Beteten, dass der Wind abflachten würde. Lauschten nach dem nächsten Löschflugzeug. Warteten auf uns.

Die Leiterin unserer Division war aus Los Angeles. Sadie. Sie hatte als Teenager die olympische Bronzemedaille im Skateboarden gewonnen und seitdem für den Großen Übergang Feuer gelöscht. Sie gab ihre Befehle: Einige von uns sollten bergab laufen und ein Gegenfeuer im trockenen Flussbett zünden. Der Rest sollte den Heißspornen dabei helfen, punktuelle Brandherde zu löschen. Das Gegenfeuer sollte das größere Feuer teilen, das sich über die andere Hangseite fraß. Das würde uns Zeit verschaffen, das kleinere Feuer bergauf zu bekämpfen und uns wieder Zugang zur Straße zu ermöglichen.

Auf die Plätze, fertig, los.

Sadie joggte mit drei anderen runter ins Flussbett. Bald stieg weißer Rauch auf. Der Rest von uns verteilte sich entlang der Eindämmungslinie wie Außenfeldspieler beim Baseball. Wir suchten den Wind nach Funkenflug ab. Wir waren etwa dreißig. Lucas hatte einen glitzernden Aufkleber mit der Flagge Puerto Ricos auf seinem Helm, woran ich ihn gut identifizieren konnte. Er war dreißig Meter zu meiner Linken. Ich sah, wie er einen Funken ausstampfte. Der Boden war mit Sequoia-Samen bedeckt. Überraschend klein in Anbetracht der Bäume, die über uns in die Höhe ragten. Zweitausend Jahre hatten sie gebraucht, um diese Größe zu erreichen. Die neue Welt, die ihre Nachkommen erben sollten, musste ihnen vollkommen unvorstellbar sein. Aber das war sie ja für uns auch.

Brandstelle! Wir haben eine Brandstelle!

Das Feuer brach bergauf von unserer Eindämmungslinie aus. Ich drehte mich gerade noch rechtzeitig um, um mitzukriegen, wie sich die Flammen in nur zwei Sekunden von einem winzigen Brandherd zu einem gigantischen Lagerfeuer auswuchsen, vielleicht sogar schneller. Wären alle von uns frisch gewesen, wären wir vielleicht rechtzeitig den Hang hochgerast, um anzugreifen. Aber die Heißsporne waren erschöpft. Sie bewegten sich, als wären sie unter Wasser. Dann brach hangabwärts eine weitere Brandstelle aus, und mit einem Schlag waren wir in tödlicher Gefahr.

Plötzlicher Flächenbrand passiert, wenn die Vegetation so trocken und die Luft so heiß ist, dass das Gras unter deinen Stiefeln unvermittelt in Flammen aufgeht. Ich hatte das zuvor schon zweimal erlebt. Aber nicht in diesem Ausmaß. Es war, als wäre der Hang mit Landminen überzogen. Er explodierte förmlich.

Deckung!, krächzte es über Funk.

Die letzten Worte, die wir je von Sadie hörten. Ich ließ meine Säge fallen. Riss mir die Tasche vom Leib und meine Notdeckung raus. Eine Notdeckung lässt sich in dreißig Sekunden aufbauen, wenn du so schnell und fokussiert und erfahren bist wie Sadie. Das war ich nicht. Und ich hatte keine dreißig Sekunden. Ich hatte zehn. Vielleicht weniger. Ich warf die Notdeckung beiseite. Rannte bergauf. Und stolperte sofort über etwas. Jemanden. Ich kämpfte mich auf die Beine. Es war nicht Lucas. Keine Flagge auf dem Helm. Es war ein Heißsporn. Bedeckt von Asche und Dreck. Auf Händen und Knien. Hustend. Ächzend. Würgend. Der Heißsporn versuchte aufzustehen. Ich warf ihn mir über die Schulter und rannte weiter. Setzte einen Stiefel vor den anderen. Ignorierte die Druckwelle aus Hitze hinter mir.

Ignorierte das Brennen in meiner Lunge. Verdrängte das Rauschen, das meine Eltern erwischt hatte und es jetzt auf mich abgesehen hatte.

Wir schafften es an den Sequoias vorbei und standen plötzlich vor der Feuerwand des oberen Waldbrands. Und dann ... teilten sich die Flammen. Öffneten sich für uns. Ich kann's bis heute nicht erklären. Eine kleine, meterbreite Lücke, als würde mir das Feuer noch eine letzte Chance anbieten. Ich nahm sie an. Wir taumelten hindurch. Eine Hitze, die niemand je erleben sollte. Der saure Gestank von verbranntem Haar und Plastik und Fleisch. Schreie. Von uns beiden. Wir brachen in einem ausgetrockneten Bach zusammen, der durch einen breiten Kiesstreifen führte. Ich richtete mich auf alle viere auf und brauchte einen Moment, um zu begreifen, was ich da sah: die Straße. Wir hatten es geschafft. Aber das Feuer kam immer noch näher.

Das Bachbett führte in einem eisernen Kanal unter der Straße durch. So schnell ich konnte, brannte ich an beiden Enden des Kanals das trockene Gestrüpp weg. Dann rein mit uns beiden. In dem Kanal war ein Stinktier. Und ein paar Hasen. Sie rückten fort zum hinteren Ende, rannten aber nicht davon. Wir teilten uns den Unterschlupf. Warteten. Der Heißsporn, den ich reingezerrt hatte, stöhnte. Warf den Kopf hin und her. Das Gesicht und die Hände vollkommen schwarz vor Ruß.

Halt durch, sagte ich. Jetzt kommt es.

Wieder dieses Geräusch, wie ein Frachtzug, wie das Rauschen, das ich damals in meiner Kindheit auf jenem Granitvorsprung vor der Küste gehört hatte. Messer in der einen Hand. Seetang in der anderen. Genau dasselbe Brüllen. Das Feuer hatte mich all diese Jahre gesucht. Die Sekunden dehnten sich zu Stunden. Die Luft war zu heiß zum Atmen. Und dann plötzlich war es vorbei. Weg.

Ich stolperte aus dem Kanalrohr. Hörte aus allen Richtungen Schreie. Knacken. Das tiefe Dröhnen eines Löschflugzeugs, das zu spät kam. Die Krone eines Sequoias stand vollkommen in Flammen. Blüten aus Feuer tanzten zwischen seinen Ästen. Die anderen zwei Bäume waren schon geköpft. Zweitausend Jahre. Ich versuchte zu schreien – Sanitäter! – und fiel vor Schmerz auf die Knie. Fasste mir an die Kehle. Rauchvergiftung und innere Verbrennungen. Also flüsterte ich es in mein Funkgerät: Sanitäter.

Irgendjemand hörte mich. Funkte zurück. Ich erklärte der Person, wo wir waren. Aus dem Kanal drang ein Ächzen. Ich kletterte hinein. Der Heißsporn war in schlechtem Zustand. Die Sonnenbrille zersplittert. Der Rahmen geschmolzen und teilweise in die Haut gebrannt. Uniform zerfetzt. Haare verkohlt. Ich zog den Schlauch von meinem Wasserbeutel raus. Das Wasser traf ihre Lippen, und ihre Augen sprangen auf wie Flutlichter – das Weiß strahlend im geschwärzten Gesicht. Wir schauten uns in die Augen, und dann wurde sie schlaff. Ihr Kopf fiel zur Seite. Sie hatte mit schwarzem Filzstift einen Vogel auf ihren Helm gemalt. Einen Feuervogel. Einen Phoenix.

Hilfe ist unterwegs, röchelte ich. Halt durch. Wir werden es schaffen. Du kommst durch.

Schritte. Funkgeräte krächzten an der Öffnung des Kanals. Stimmen. Hände griffen herein, um uns aus der Asche zu ziehen.

Und so war's, sagte ich Emi. So habe ich deine Mutter getroffen.

21 LARCH

EMI STEHT MIT DEM RÜCKEN ZU MIR. IHR HAAR TROPFT. DIE Wassertropfen bilden auf dem Steinboden geräuschvoll eine Pfütze. Es ist nicht unser Badezimmer in Nuuk, aber eins, das sehr ähnlich ist.

Em? Süße? Bist du okay?

Ich lege ihr eine Hand auf die knochige Schulter. Sie dreht sich um. Sie hat kein Gesicht. Ich will schreien. Doch mein Hals hat sich zugeschnürt. Hitze. Rauchvergiftung. Ich kriege kein Wort heraus. Emi kann nicht schlucken. Sie ist zu dünn für ihr Alter. Sie braucht mehr Kalzium. Zu früh geboren. So gut mit Kindern und Tieren. Wir hätten ihr mehr Druck machen sollen. Wir haben ihr zu viel Druck gemacht. An der Stelle, wo ihr Mund sein sollte, schießt ein Strom Wasser hervor. *Wir alle wissen, was passiert ist.* Wir sind in unserem Badezimmer in Nuuk. Emi ist ein Kleinkind und trägt Kristinas Ausrüstung für den Extraktionsdienst – Schlammstiefel bis zu den Hüften, die Ärmel der Jacke schleifen am Boden. Wir sind auf der Intensivstation für Neugeborene. Wir sind in dem Kanalrohr. Da ist das Stinktier. Da sind die Hasen. Wir sind in einem Wohnheim im Außenposten Gowanus. Es klopft. Es knallt. Ein grelles Licht. Kristina über mir. Wasser tropft aus ihrem Haar auf mein Gesicht. Sie schüttelt mich. Brüllt. Das Licht ist so hell, dass ich die Augen zusammenkneifen und blinzeln muss, um sie zu sehen. Dann sehe ich sie. Kristina. Über mir, das Deckenlicht umrahmt sie wie ein Heiligenschein. Ihr Gesicht. Ich träume nicht.

Meine große Liebe.

Ich springe vom Bett. Meine Hände wandern zu ihren Hüften. Ihrem Hals. Ihrem Gesicht. Ich küsse ihre makellose rechte Wange. Die silbrige Kraterlandschaft auf der linken. Fühle ihren muskulösen Rücken. Ihre Arme. Ihre Hände auf meiner Brust. Sie ist es wirklich. Exakt ihr Duft aus Schweiß und Seife und Feuchtigkeitscreme.

Kristina. O mein Gott. Kristina.

Lucas fragte mich im Flugzeug, als Emi von der Aussicht abgelenkt war: Was ist dein Plan, wenn du Kristina findest? Angenommen, sie ist in Sicherheit. Was wirst du sagen?

Ich habe keine Rede geplant, antwortete ich Lucas. Keine Worte. Ich habe es satt, zu streiten und wütend zu sein. Aber ich war es. Wütend. Kristina hat mich und Emi im Stich gelassen.

Aber jetzt, wo sie vor mir steht, ist da von Wut keine Spur. So zwischen Traum und Aufwachen gefangen, ist es mir egal, ob sie sich mit Kräften eingelassen hat, die sie nicht kontrollieren kann. Ob wir Jahre mit Streit verschwendet haben. Ob wir Dinge gesagt und getan haben, die wir gerne zurücknehmen würden. Ich denke an einen Wald wenige Monate nach einem Feuer – überall schießen grüne Sprossen aus der Asche. Wildblumen. Sprießende Sequoiasamen. Und ich schätze, das sind ungefähr die Worte, die ich mir zurechtgelegt hätte: eine Bitte, neu anzufangen. Eine Chance auf einen Reset in der Hitze der Katastrophe. Für Emi. Für uns.

Aber nichts davon schafft es aus meinem Mund. Kristina lässt mir nicht die Zeit. Sie legt mir ihre kalten nassen Hände auf die Brust. Schüttelt mich. Sagt mir, ich soll verfickt noch mal aufwachen. Sie ist mit dem Leben so wunderschön geworden. Ich bin ein glücklicher Mann. Sie verpasst mir eine Ohrfeige.

Larch! Wo ist sie? Wo ist Emi?

Ich sehe das leere Bett und bin auf einen Schlag wacher und aufmerksamer als je zuvor in meinem Leben. Leute kommen aus dem Flur ins Zimmer. Sie alle tragen die gleichen Regenjacken wie Kristina. Tropfen auf den Boden. Funkgeräte krächzen. Bildschirme leuchten. Keine der Personen ist Emi. Wieder das Gefühl, auf der Türschwelle des Flugzeugs zu stehen, kurz davor zu springen.

Larch? Wo ist sie?

Kristina schüttelt mich erneut. Die Augen weit aufgerissen. Sie blinzelt nicht. Wie das erste Mal, als wir uns in dem Kanalrohr ansahen. Sie fleht mich an, diese wichtige Frage zu beantworten. Aber ich kann nicht.

Ihr Gesicht wird blass, als auch sie es begreift: Unser Mädchen ist weg.

Emi Vargas Brinkman
Nordamerikanische Geschichte
Mrs. Helmandi
Projekt: Der Große Übergang (erster Entwurf)

MOM SITZUNG VI: DER GROSSE ÜBERGANG, TEIL ZWEI

Ich würde vielleicht vorschlagen, mit einem »Inwiefern?« oder einem »Warum?« nachzuhaken

Ich: War Individualismus zum Teil verantwortlich für die Krise?

Meine Mom: Ja. Natürlich.

Ich: Wann hast du rausgefunden, dass deine Eltern und deine Großeltern gestorben waren?

Meine Mom: Ich war dreizehn.

Ich: Wie hast du es rausgefunden?

Meine Mom: Jemand hat es uns erzählt. Ein Sozialarbeiter vielleicht? Ich kann mich nicht erinnern.

Ich: Sie sind am West-Nil-Virus gestorben.

Meine Mom: Das war meine Mutter. Mein Vater bekam Hepatitis. Meine Großmutter ist an einem Hitzschlag gestorben. Wurde mir jedenfalls gesagt.

Ich: Haben wir nicht inzwischen Impfstoffe gegen das West-Nil-Virus?

Meine Mom: Wir hatten auch damals schon Impfstoffe. Genau wie wir auch Beatmungsgeräte und Schutzkleidung und all die Technologie hatten, die für einen sauberen Übergang nötig war. Wir hatten sie schon seit Jahrzehnten. Die Große Krise hätte nicht passieren müssen. Warum haben wir also keinen Übergang angefangen, als wir die Gelegenheit hatten? *Das* ist Individualismus. Folge dem Geld. Wer hat von der Verzögerung profitiert? Von der Zerstörung? Blöd, dass du diese Leute nicht interviewen kannst. Viele davon leben noch.

Ich: Was hast du gemacht, als du rausgefunden hast, dass deine Eltern tot waren?

Meine Mom: Wir waren Gefangene. Was konnte ich schon groß tun?

Ich: Ich hätte geweint.

Meine Mom: Oh, ich *habe* geweint, glaub mir.

Ich: Wirklich?

Meine Mom: Natürlich. Hältst du mich für ein Monster?

Ich: Nein. Aber du weinst nie.

Meine Mom: Tja, vielleicht habe ich all meine Tränen aufgebraucht. Ich werde zumindest jetzt nicht für deinen Bericht flennen, wenn das deine Hoffnung war.

Ich: Nicht sauer werden, Mom. War nur eine Frage.

Meine Mom: Wer wird denn sauer? Das sind unbequeme Unterhaltungen. Es ist wunderbar, dass deine Lehrer dich den Großen Übergang studieren lassen. Aber du solltest keine Sekunde glauben, dass sich dabei alles um exakte Berechnungen und Windturbinen und Solarpaneele gedreht hat. Geschichte besteht nicht aus Fakten und Daten. Sie besteht aus Menschen. Aus Leid. Sie ist ein Krieg zwischen den wenigen Mächtigen und den machtlosen Vielen. Und der Krieg hört nie auf. Wir feiern Tag Null, als hätten wir gesiegt. Aber wir haben verloren und verlieren immer noch.

Ich: Wieso verlieren wir?

Meine Mom: Die Leute waren früher stolz drauf, ihren Extraktionsdienst zu leisten. Aber die neue Generation? Wenn sie nicht schwänzen, beschweren sie sich darüber, dass es eine Pflicht ist. Gestern in der Magnetbahn habe ich eine Frau gehört, die an ihrem Bildschirm über Übergangsveteranen gejammert hat: Wie wir alle verwöhnt und privilegiert behandelt werden, mit den besten Wohnungen und den besten Aussichten – als ob wir nichts dafür getan hätten! Das sind die gleichen Leute, die sagen, wir sollten jetzt schon die Halbe-Erde-Abkommen aufkündigen und das Land neu bewirtschaften. Die Leute, die sagen, dass Klimaverbrecher einfach nur Wirtschaftsführer waren, die es nicht besser wussten. Oder schlimmer noch, dass wir sie einladen sollten, wieder unsere Industrien zu leiten. Und das alles passiert schon! Schau dir einfach mal die Finanz- und Bergbaukooperativen an. Es hätte alles so anders laufen können. Wir sind so gestärkt aus dem Übergang gekommen. Wir hatten Macht. Aber wir haben nie die Chance gekriegt, diesen Sieg bis zum Ende zu führen. Kriegen tut man die nämlich nie. Wir hätten sie uns nehmen sollen. Das war unser Fehler. Ein Sieg hält nicht lange an ohne Kampf. Das ist das Leben. Kampf und Aufopferung. Und Schmerz.

Ich: Okay, Mom.

Meine Mom: Es tut mir leid, Emi, aber das ist die harte Wahrheit. Ich versuche nicht, dir Angst einzujagen. Ich sage dir das, weil ich dich liebe. Lieber würde ich sterben, bevor ich zulasse, dass dir so was passiert wie mir oder meiner Schwester. Deswegen dürfen wir niemals vergessen, was sie getan haben. Was sie uns angetan haben. Dem einzigen Planeten, den wir haben. Die Leute tun jetzt so, als wäre die Große Krise ein unvermeidlicher Naturprozess gewesen. Als hätte man sie nicht verhindern können. Aber in jedem Konferenzraum, in jedem Aufsichtsrat, in jeder Zentralbank: Sie wussten genau, was sie taten. Sie haben schlicht gehofft, dass die Geschichte vergisst. Sie haben gehofft, dass junge Leute nur was über den Tag Null und die Emissionen und den Sieg lernen. Aber wir dürfen nie vergessen. Wir dürfen nie vergessen, was wir verloren haben. Der Moment, in dem wir das vergessen, ist der Moment, in dem wir garantieren, dass es wieder passiert. Auf der Tour als Botschafterin, die ich in den Amerikas machte, gab es eine französische Delegation, die hatten ein Motto: *Lauf, Genosse, die alte Welt ist hinter dir her!* Deswegen erzähle ich dir diese Dinge, Emi. Fortschritt ist fragil. Die Revolution ist ein zerbrechlicher kleiner Vogel. Wir denken, wir haben alles repariert, aber die alte Welt – die zerstörenden Klassen –, die werden alles so schnell wie möglich zurückdrehen, wenn wir ihnen die Chance dazu lassen. Sie versuchen es jetzt schon. Hörst du mir zu? Emiliana?

Ich: Ja, Mom. Ich kann dich hören.

Meine Mom: Ich weiß, dass du mich hörst, aber hörst du mir *zu*?

Ich: Ja. Ich höre dir zu. Das tue ich.

Deine Mom hat recht, Emi: Das sind unbequeme, schwierige Unterhaltungen. Denk daran, was ich dir gesagt habe: Wenn du je über irgendwas reden möchtest, sag Bescheid. Ich freu mich immer, mit dir zu quatschen. Ich schlage vor, später zu diesem Thema zurückzukehren. Die Periode, als Arbeitende den Übergang »an sich rissen«, ist so zentral für unsere Geschichte. Viel Glück. – Mrs. H.

FÜNFTER TEIL

22 EMI

DIE WEIBLICHE FALLMANAGERIN ZIEHT MICH AN DER HAND weiter, fleht mich an, mich zu beeilen.

Bitte, Liebes. Hier ist es nicht sicher. Wir müssen los. Uns bleibt nicht viel Zeit.

Und dann bleibt uns gar keine Zeit mehr: ein Heulen in der Ferne, das ich als Hurrikansirene erkenne.

Der männliche Fallmanager flucht – Verdammte Scheiße –, und ein warmer Wind überrollt uns wie eine Welle, stößt mich gegen die Frau und verwandelt die Trichterwindräder mit einem Schlag in kreischende, verschwommene weiße Wirbel. Der Sturm ist hier. Ein Blitz, und wir rennen los – die Frau zerrt mich hinter sich her. Wir waten durch überflutete Seitenstraßen. Biegen immer wieder abrupt ab. Überqueren Brücken. Hasten an Vordächern vorbei, an denen der Regen herabströmt, dicht wie Vorhänge. Die Fallmanager sagen kein Wort. Benutzen keine Taschenlampen. Bewegen sich, als wüssten sie genau, wo sie hinmüssen. Als wären wir in Gefahr. Wegen des Sturms. Oder wegen etwas anderem.

Ein Blitz lässt die Windräder am Horizont erstarren, die einzelnen Rotorblätter hängen für einen Sekundenbruchteil regungslos in der Luft. Dann wird alles wieder schwarz, bis zum nächsten Blitz. Die Trichterwindräder fahren sich runter, falten sich in die Straßenlaternen zurück, als hätten sie beschlossen, dass ihnen der Sturm zu heftig wird. Irgendwas aus Metall peitscht an uns vorbei, scheppert über den Boden. Ich rutsche aus. Die Frau fängt mich auf. Ich stemme mich mit ihr gegen den Wind. Ich kann nicht denken. Der Sturm lässt mich nicht. Nichts hat je existiert außer Wind und Blitze und die nassen Donnerschläge, die meine Brust vibrieren lassen wie der Bass aus einem Boxenturm, wenn man direkt daneben tanzt. Regen läuft mir in die Augen. Meinen Rücken runter und in meine Poritze und in meine Stiefel. Meine Füße schmatzen mit jedem Schritt. Wenn man an Land ertrinken könnte, dann hier.

Dann laufen wir plötzlich im Gänsemarsch. Die Fallmanager haben sich vor und hinter mir positioniert und schieben mich weiter. Ein Drahtgeländer. Eine Metallbrücke, die sich nach oben neigt. Wasser unter uns. Dann knallt eine schwere Tür hinter uns zu, und es ist, als hätten sie einen Schalter umgelegt und den Sturm ausgeknipst. Kein Regen mehr. Kein Wind mehr. Das einzige Geräusch kommt vom Wasser, das auf den Boden tropft. Und dazu unser Hecheln und Keuchen, während wir verschnaufen.

Gut gemacht, Liebes, sagt die Frau lächelnd und quetscht den Regen aus ihren Haaren.

Wir sind in einem großen, düsteren Raum. Eine Lagerhalle. Kein Hubspeicherkraftwerk, nur Container, die zu Türmen gestapelt sind. Die Decke ist so hoch, dass sie in der Dunkelheit verloren geht, wie in der Tundra-Arena, bevor sie das Team auflaufen lassen. Die Frau wischt mir Wasser von den Schultern. Noch nie, nicht mal beim Basketball, haben sich meine Beine so schwer angefühlt. Der Mann hält sich den verletzten rechten Arm. Er merkt, wie ich ihn anstarre, und macht das gleiche wie mein Dad immer: Er zwingt sich zu lächeln. Tut so, als wäre alles in Ordnung.

Ich glaub, du bist da draußen in einen Pudel gestiegen, sagt er und deutet mit einem Kopfnicken auf meine Stiefel.

Ich schaue runter, dann wieder zu ihm.

Weil das da draußen ein Hundewetter ist, sagt er.

Die Frau stöhnt auf. Ich lache. Nicht weil es witzig ist, einfach nur aus Erleichterung.

Ich bin in Sicherheit. Ich lebe. Bin einen Schritt näher an meiner Mutter.

Das erste Jahr, als meine Familie zum Urlaub auf die Geofarmen reiste, besorgte uns mein Dad ein superschönes Appartement. Wir hatten einen Balkon mit Blick auf den Ozean und die Eisschollen. Wir hatten eine Sauna und einen Whirlpool, groß genug, dass wir uns nach unseren Schichten alle gleichzeitig darin entspannen konnten. Ich hatte mein eigenes Zimmer mit meinem eigenen Bildschirm und Unmengen Kissen, die das halbe Bett einnahmen. Ich erinnere mich an Frühstück in der Lobby mit Crêpes und Gebäck mit Zitronencreme. Ich erinnere mich an Teppiche wie fester Schlagrahm. Aber vor allem erinnere ich mich, wie sich meine Eltern stritten. Meine Mom, die sich beschwerte, wie peinlich das alles war. Mein Dad, der antwortete, dass nichts falsch daran sei, sich einmal im Jahr was zu gönnen. Wir sind nie wieder dorthin. Es war die schönste Wohnung, in der ich in meinem ganzen Leben war. Bis jetzt.

Die Fallmanager führen mich durch ein enges Labyrinth aus Containern, dann ein paar Treppen runter, dann durch noch ein Labyrinth aus engen Gängen, dann durch eine Metalltür – und plötzlich stehe ich im wärmsten goldensten Licht, das ich je gesehen habe. Paneele aus blassem Holz. Regale mit Büchern. Ein riesiges Fenster. Ein rosa-graues Himmelbett, fast so groß wie mein Zimmer in Nuuk. Runde Lampen. Eine Trennwand. Ein Teppich so dick, das meine Füße drin versinken. Der Raum hat alles. Fast.

Wo ist meine Mom?

Ich weiche einen Schritt zurück. Der männliche Fallmanager blockiert die Tür.

Sie wurde vom Sturm aufgehalten, sagt er.

Sie haben gesagt, sie wartet auf mich.

Lass uns erst mal schauen, dass wir dich trocken kriegen, sagt die Frau. Du zitterst ja, du armes Ding.

Ich muss mit meinem Dad reden. Ich muss ihn wissen lassen, wo ich bin. Dass es mir gut geht.

Natürlich, sagt sie und dreht sich zu ihrem Partner: Byron, geh und ping Herrn Brinkman an.

Das können Sie nicht, unterbreche ich. Sein Bildschirm ist kaputt.

Das ist schon in Ordnung, sagt der Mann. Wir wissen, wo er ist.

Er lächelt und verschwindet.

Hat ja keinen Sinn, zu erfrieren, während wir warten, sagt die Frau. Die Dusche hier ist pure Magie. Komm mit.

Ich komme nicht mit. Ich stehe wie angewurzelt da und tropfe auf den dicken Teppich.

Was ist das für ein Laden?

Das ist ein Safe House, ein sicherer Unterschlupf.

Aber wo sind wir?

In Sicherheit. Das ist das Einzige, was zählt.

Sie stellt sich noch mal als Fallmanagerin Min vor. Sagt mir, ich soll sie Rachel nennen. Und ihren Partner, den soll ich Byron nennen. Ihr ist natürlich nicht entgangen, dass ich aufgewühlt bin. Sie denkt, es würde mich beruhigen, sie mit dem Vornamen anzusprechen. Als würden wir so Freunde werden. Als ob ich ihnen dann plötzlich vertrauen könnte.

Sie haben mich und meinen Dad aus Nuuk hierher verfolgt, sage ich.

Sie nickt. Zum Glück für dich.

Woher wussten Sie, wo wir sind?

Das ist unser Job, sagt sie.

Ich sehe wieder die Drohne vor mir, draußen hinter der Markthalle mit den Lebensmittelständen. Das blinkende rote Licht, das ich so dringend für meine Mutter halten wollte.

Fallmanagerin Min nimmt meine Hand. Na los, wir befreien dich aus diesen nassen Klamotten.

Ich lasse mich von ihr ins Badezimmer führen, ein Palast aus poliertem Metall und weißen Fliesen und Glas. Sie geht vor die Tür, damit ich mir die feuchten Sachen abschälen kann. Ich dreh das Wasser so heiß, wie ich es gerade noch ertragen kann, und lausche nach der Vordertür. Nach meiner Mom. Presse meine Hände gegen die Wand der Dusche. Atme den Dampf ein. Die Dusche ist in der Tat so magisch, wie sie es versprochen hat. Der Duschkopf ist so groß wie eine Bratpfanne. Das Wasser so stark wie der Hurrikan, durch den ich in meinem Kopf immer noch laufe. Ich springe auch immer noch in die Bucht von Nuuk. Fliege über die Labradorsee. Renne mit Reena. Alle Versionen von mir gleichzeitig und keine davon ist echt. So muss es gewesen sein, als die Grenzbeamten meine Mom und ihre Schwester von ihren Eltern trennten: Du kannst es einfach nicht begreifen, sagt meine Mom. Du redest dir selbst sein, dass das alles nicht wirklich passiert.

Ich lasse das heiße Wasser in meinen Mund strömen und überlaufen. Das Glas ist vollkommen beschlagen. Mit dem Finger male ich eine Spirale. Fange in der Mitte an und kreise nach außen, wieder und immer wieder.

Als ich aus der Dusche komme, hat sich Fallmanagerin Min schon abgetrocknet und umgezogen. Jetzt trägt sie Jeans. Ein schwarzes Hemd. Sie ist jünger als meine Mom. Größer. Ein großes Muttermal in ihrem Haaransatz, direkt an der Schläfe. Sie reicht mir weiße Handtücher, flauschig weich wie Wolken. Sie gibt mir eine Gesichtslotion, die nach Minze riecht. Noch eine

Lotion für meinen Körper. Setz dich, sagt sie und deutet auf einen roten Hocker. Ich bürste dir die Haare.

Ich kann mir selbst die Haare bürsten.

Jemand bietet dir an, dir was Gutes zu tun, sagt sie freundlich. Verkack's nicht.

Ich setze mich und lasse sie meine Haare kämmen und dann bürsten. Sie verreibt noch eine Lotion in ihren Händen und massiert sie in meine Kopfhaut. Ich schließe die Augen. Und rieche Teebaumöl. Meine Kopfhaut prickelt. Was für gesundes Haar du hast, sagt sie. Ich bedanke mich. Die Situation ist mir etwas unangenehm, aber dann lasse ich mich drauf ein und entspanne mich. Und ganz ehrlich: Es fühlt sich gut an. Nicht nur das Teebaumöl. Auch ihre Hände. Meine Mom hat so was nicht mehr gemacht, seit ich ganz klein war. Ich spüre, wie mein ganzer Körper lockerlässt.

Dann reiße ich meine Augen auf: Sie fasst mir an den Hals. Sie muss mich nach Verletzungen abtasten, erklärt sie. Sie untersucht meine Achselhöhlen, meinen Rücken. Notiert etwas auf ihrem Bildschirm. Macht Fotos von den Kratzern an meinen Unterarmen. Es ist mir kurz peinlich, als sie mich fragt, ob es für mich okay wäre, das Handtuch zu entfernen, aber dann ist es wie beim Arzt – in der einen Sekunde ist man mit einer fremden Person in einem Raum und voll bekleidet, in der nächsten Sekunde nackt. In der einen Sekunde wartest du neben gepackten Koffern darauf, mit deiner Basketballmannschaft Ski fahren zu gehen, in der nächsten springst du in die Bucht von Nuuk. Fliegst nach New York. Rennst in Gowanus durch einen Sturm. Suchst deine Mom.

Emi, kannst du mir einen Gefallen tun?, fragt Min und reißt mich damit aus meinen Gedanken.

Was?

Ich brauche deine Hilfe. Der junge Mann und die Frau, die bei dir waren – ich weiß, dass du müde bist, Liebes, aber es ist besser, Ereignisse zu besprechen, solange sie noch frisch sind. Könntest du mir ein paar Fragen beantworten?

Ich schätze schon.

Haben sie dir ihre Namen verraten?

Ich glaub nicht.

Wie sind sie zuerst mit dir in Kontakt getreten?

Ähm. Ich kann mich nicht wirklich erinnern.

Sie schaut mich im Spiegel an und sagt, der Instinkt, andere zu schützen, sei ganz natürlich. Ein Zeichen, dass ich ein fürsorglicher, empathischer Mensch bin. Ich vermute mal, sie waren nett zu dir?, fragt sie. Haben dir vielleicht den einen oder anderen kleinen Gefallen getan? Dir Komplimente gemacht? Vielleicht ein bisschen geflirtet?

Ich erinnere mich, wie Reena mir Kaffee bringt, ein Croissant, was von McDonald's. Wie Angel mich sein Gedicht lesen lässt, mich Sachen über Musik fragt, die Natur, das Leben. Wie ungewohnt einfach es war, mich mit ihnen zu unterhalten. Wie sie mich so ganz zufällig ansprachen, in der Sekunde, als mein Dad mich in der Station kurz alleine ließ. Jetzt, wo ich mich daran erinnere, spüre ich Hitze von meinem Hals in meine Wangen aufsteigen. Ich sehe mich im Spiegel rot werden.

Das muss dir nicht peinlich sein, sagt Min. Das sind Profis. So stellen sie es an. Deswegen brauche ich deine Hilfe. Was auch immer du mir sagen kannst. Details, die dir vielleicht gar nicht so wichtig vorkommen, könnten buchstäblich Leben retten. Kannst du das für mich tun?

Was meinst du mit *Leben retten*?

Wie heißen sie, Liebes?

Reena, sage ich. Und Angel.

Ich erzähle, dass Reena mit uns in der Hyperloopbahn war. Wie Angel im Bahnhof Brooklyn Heights auf uns zukam. Dass es mir, wenn ich jetzt so drüber nachdenke, gleich so vorkam, als würden die zwei sich kennen.

Min macht Notizen auf ihrem Bildschirm. Fragt, ob die zwei mir ihre Nachnamen verraten haben.

Nein.

War sonst jemand bei ihnen?

Nein. Ich glaub nicht. Wer sind sie?

Sie blickt zur Tür. Wir können nicht über laufende Ermittlungen sprechen. Aber eins kann ich dir verraten: Das waren gefährliche Leute, die dich da verfolgt haben.

Wie, die wollten mir wehtun?

Möglich. Deswegen muss ich wissen: Gab es noch andere?

Ich glaub nicht.

Das ist wichtig, Emi. Versuch dich zu erinnern.

Sie waren alleine. Bin mir ziemlich sicher.

Beschreibe noch mal, wie sie den Erstkontakt hergestellt haben. Was haben sie gesagt?

Ich schildere ihr alles zum zweiten Mal. Und dann ein drittes Mal. Als sie sagt, sie hätten versucht, mein Vertrauen zu gewinnen, frage ich: Wozu? Warum mich?

Sie schaut durch das große Fenster in den Sturm hinaus und reibt sich mit Daumen und Zeigefinger die Augen. Du bist reif für dein Alter, Emi. Ich habe das Gefühl, ich kann dir trauen. Hab ich recht?

Mir trauen, womit?

Sie haben dich wegen deiner Mom verfolgt.

Was ist mit meiner Mom?

Deine Mutter hat ein paar sehr mächtige Leute verärgert, Liebes.

Ihre Worte sind eine Last, die ich in jeder Zelle meines Körpers spüre. Meine Augenlider wollen zuklappen und sich versiegeln. Ich will fragen, ob sie damit meint, dass irgendwelche Leute verärgert sind wegen Moms Kampagne für den Führungsrat. Aber ich weiß, dass sie das nicht meint. Ich bin wieder auf meinem Bett in Nuuk und lese das Manifest der Furien. Sehe meinen Dad vor mir, wie er sagt, Mom habe nichts damit zu tun. So reden alle, wenn sie wütend sind, sagt er. Ein Bauchgefühl. Intuition. Er wollte mich beruhigen. Aber jetzt denke ich: Er wusste es auch. Wie Angel. Wie Reena. Wie die Öffentliche Sicherheit. Alle außer mir. Ich fühle mich noch schwerer. Ich bin mir ziemlich sicher, dass ich mein ganzes Leben lang noch nie so allein war wie jetzt.

Hast du sie umgebracht?, frage ich.

Sie schaut mir im Spiegel in die Augen.

Nein. Aber mach dir keine Sorgen. Hier können sie dir nichts antun.

Sie führt ihre Untersuchung zu Ende, dann gibt sie mir einen Overall aus weißer Baumwolle, der sitzt wie angegossen. Sie verpasst mir eine Führung durch das Safe House. Die Küche hat einen Induktionsherd, einen Mixer, eine Mikrowelle. Einen Kühlschrank voll mit Mineralwasser und Gerichten zum Aufwärmen. Auf dem Nachttisch im Schlafzimmer eine Vase mit sanften rosa Blumen. Neben den Blumen ein antikes Telefon, weiß mit Gold um die Hörmuschel.

Hast du so eins schon mal benutzt?, fragt sie.

Man nimmt einfach ab und spricht.

So ist es. Zögere nicht anzurufen. Egal was du brauchst.

Kann ich meine Mom und meinen Dad anrufen?

Nein, Liebes. Das ist eine direkte Leitung zwischen dir und uns.

Du hast gesagt: Egal, was ich brauche. Und das brauche ich. Ich muss mit ihnen reden.

Nicht jetzt. Vertrau uns. Bitte. Es ist zu deiner eigenen Sicherheit.

Warum sollte ich dir vertrauen?, frage ich tonlos. Woher soll ich wissen, dass du mich nicht auch anlügst.

Sie hält die Handflächen hoch und fragt, ob sie je behauptet hat, jemand anderes zu sein. Du weißt, wer ich bin, sagt sie.

Willst du meine Personalien sehen? Ich bin ein offenes Buch. Frag mich, was du willst.

Wie hast du meine Mom gefunden?

Sie hat *uns* gefunden. Sobald du und dein Vater auf einmal verschollen wart. Sie hat uns kontaktiert.

Wir sind nicht verschollen! Wir sind gekommen, um sie zu retten.

Das wusste sie nicht.

Sie hätte es wissen können, wenn sie einfach zurückgepingt hätte.

Fallmanager Min setzt sich aufs Bett, schlägt die Beine übereinander und fragt, wie alt ich bin: Fünfzehn, richtig?

Ich nicke.

Ich habe eine Tochter in deinem Alter, sagt sie. Ihretwegen bin ich zur Öffentlichen Sicherheit gegangen. Um sie und meine Familie zu beschützen. Meine Tochter ist ein wunderbares Mädchen. Ihr zwei würdet euch mögen. Aber unter uns, Emi, sie ist nicht mal halb so mutig wie du. Du bist eine ganz besondere junge Frau. Jede Mutter wäre dankbar, dich als Tochter zu haben. Ich weiß, *ich* wäre es. Deine Mom muss so stolz sein.

Okay, sage ich, drehe mich zum Fenster und kämpfe ein paar Tränen zurück.

Min reibt mir den Rücken.

Ich weiß, es ist schwer, meine Liebe. Aber wir müssen jetzt Geduld haben und warten, dass der Sturm vorbeizieht. Erhol dich. Entspann dich. Iss eine Kleinigkeit. Schau irgendwas. Ruf an, wenn du mich brauchst. Genieß das Zimmer. Du hast es dir verdient.

Ich starre immer noch aus dem Fenster in den Regen, in die dunklen Wolken, die Blitze. Ich blinzele und blinzele. Konzentriere mich darauf, die Welle in meinem Magen herbeizurufen, rege mich nicht, bis ich höre, wie die Tür mit einem dumpfen Knall zufällt.

Ich atme aus. Ich schau unters Bett und hinter die Türen, um mich zu vergewissern, dass sich da niemand versteckt. Ich öffne und schließe den Kühlschrank. Lasse mich auf das riesige Bett plumpsen. Knete mit Fingern und Zehen die Überdecke. Lasse meinen Blick sich im Material des Himmelbetts verlieren. Schlucke. Zittere. Atme den süßen Duft meiner nassen Haare ein. Denke darüber nach, wie man in der einen Sekunde die eigene Mutter hassen kann und in der nächsten fast alles tun würde, damit sie durch die Tür kommt.

23 LARCH

DER OZEAN NAHM SICH DIE EVERGLADES. DAS FEUER HOLTE sich die Great Smoky Mountains. Der Big-Bend-Nationalpark wurde von der Dürre hinweggerafft. Viele Küstenstädte standen zu diesem Zeitpunkt schon ganz oder zum Teil unter Wasser, aber irgendwie schmerzte es noch mehr, wenn wir eins der großen Naturschutzgebiete verloren. Die Parks hatten wir doch extra aus der Logik der Ausbeutung ausgeklammert. Versprochen, sie zu schützen. Vor uns. Unseren schlimmsten Impulsen. Und trotzdem.

Beim Yosemite-Nationalpark hatten wir allerdings noch nicht aufgegeben.

Yosemite bekam die volle Forst-Corps-Behandlung. Feuerschneisen so tief wie Burggräben. Ein Netzwerk aus Schläuchen und Sprinkleranlagen über mehrere Hektar. Ununterbrochener Einsatz von Löschflugzeugen. Ein Großteil der Sierras war schon verbrannt oder den Käfern zum Opfer gefallen. Aber das Zentraltal von Yosemite war immer noch Wald und Wiese. Felsen und Flüsse. Eine Insel des Lebens in einem Meer des Todes. Das war eine mögliche Betrachtungsweise. Eine andere: eine Festung im Belagerungszustand. Kristina und ich hatten noch eine weitere Betrachtungsweise: der Ort unseres ersten Dates.

Für die sechs Monate, die Kristinas Genesung dauerte, hatten wir Yosemite quasi für uns alleine. Keine Touristen. Keine Menschenmengen. Niemand außer ein paar Mitgliedern des Forst Corps und Angehörige des Stamms der Miwok. Der Park war in einen Stützpunkt im Kampf um den amerikanischen Westen verwandelt worden. Sanitäter hatten einen Flügel des Ahwahnee-Hotels übernommen, das am Fuß eines Gletschers saß. Dieses Krankenhaus hatte eine Abteilung für Verbrennungen, die inzwischen sehr viel Erfahrung in dem Bereich gesammelt hatte. Kristina arbeitete sich vom Rollator zum Gehstock hoch. Ich kam vom Sauerstoffgerät weg. Wir waren dem Tod entkommen. Bald schon sollten wir heiraten und bei der Nuuk-Wohnungslotterie gewinnen und ein kleines Mädchen mit zehn Fingern und zehn Zehen haben. Wir hatten keine Vorstellung, wie viel Glück wir hatten. Das begreift man nie. Aber zuerst mussten wir uns verlieben.

Kristina machte es einem leicht, sie zu lieben. Sie war klug. Selbstbewusst. Hatte ein zurückhaltendes Lächeln, das ausbrechen konnte wie ein Geysir: Es kam aus dem Nichts und gab dann alles auf einmal. Ich liebte ihre Leidenschaft – sie hatte sich so sehr der gemeinsamen Sache verschrieben, dass sie ihre Schmerzen ignorierte und aus dem Bett kletterte und selbst ihre Katheterbeutel ausleerte, damit die Pfleger eine Pause machen konnten. Sie humpelte nach draußen, um für die Rauchspringer Kettensägen zu schärfen. Ich erinnere mich, wie ich mal zu einer Küchenschicht auftauchte und sie schon da war und Zucchini schnitt. Sie konnte nicht anders, als zu helfen, obwohl die Ärzte ihr strikte Bettruhe verordnet hatten. Sie hatten ihr Haut vom linken Oberschenkel auf die linke Wange transplantiert. Später, als wir schon beim frechen Ton offenen Flirtens angekommen waren, erlaubte ich mir zu sagen, wie gesegnet ich mich fühlte, dass sie ihr die Haut nicht vom Arsch genommen hatten: Man zerstört keinen Picasso, um damit einen Bob Ross zu reparieren.

Ist das ein Kompliment?, fragte sie.

Ja. Dein Hintern ist ein Meisterwerk.

Du willst mich nur wegen meines Körpers.

Gar nicht wahr. Ich will dich wegen deines Körpers und deines Ruhms.

Und da war es: dieses Lächeln.

Kristina war berühmt. Jedes Mal, wenn wir die Valley-Loop-Wanderung machten, erkannte jemand sie wieder. Sie war das Gesicht der Abteilung Phoenix und die Abteilung Phoenix war für viele das Herz des neuen Großen Übergangs. Kristina war aus der Asche wiederauferstanden, wie der Vogel aus der Mythologie, und sie hatte die Narben, um es zu beweisen. Alle wollten Zeit mit ihr verbringen. Sie verweigerte nie ein Foto. Sie blieb immer stehen, um zu lächeln, Hände zu schütteln und Leute zu umarmen und zuzuhören. Producer vom Kultur Corps flogen nach Yosemite, um mit ihr auf der Veranda von Ahwahnee Softball zu spielen, die Kameras vorsichtig so positioniert, dass sie über Kristinas Schulter den Half-Dome-Berg ins Bild kriegten.

Kristina Vargas, viele würden sagen, dass Sie mehr Opfer gebracht haben, als eine einzelne Person sollte. Sie könnten mit Schwerbehinderung in den Ruhestand gehen. Aber Sie haben schon einen neuen Einsatz beantragt. Warum?

Der Große Übergang ist noch nicht vorbei. Der Kampf läuft noch. Ich werde gebraucht. Wir alle.

Aber die Emissionen fallen. Das Kohlendioxid in der Atmosphäre ist unter fünfhundert ppm gefallen. Ist es nicht an der Zeit, den Staffelstab an andere zu übergeben?

Der Feind ist auf dem Rückzug. Aber Rückzug bedeutet noch keinen Sieg.

Was werden Sie an dem Tag tun, an dem wir null Emissionen erreichen?

Ha. Fragen Sie mich noch mal, wenn es so weit ist.

Sie ging mit dem Ruhm um wie ein Profi. Aber mir gestand sie, dass sie froh war, nicht die einzige Berühmtheit in Yosemite zu sein. Die andere Berühmtheit war ich. Weil ich jetzt – zusätzlich zu meiner Rolle in *Corps Power* und der Schlacht ums Große U – der Kerl war, der Kristina Vargas das Leben gerettet hatte.

Eine gemeinsame Nahtoderfahrung, die wohl fast alle zusammengebracht hätte, egal wer diese zwei Personen waren. Und natürlich waren wir beide Waisen. Und Flüchtlinge. Es gab ein Programm zum Rückkauf von Gebieten für die neuen Halbe-Erde-Biome, bei denen Land für Rewilding und Kohlendioxid-Sequestrierung erworben wurde. Theoretisch hätte ich mich für das Land in Maine kompensieren lassen können, wo meine Mutter und mein Vater gestorben waren. Aber dafür hätte ich einen Grundbucheintrag benötigt. Papierkram. Anwälte. Und hätte alles wieder ausgraben müssen, was ich beerdigt hatte. Da war es fast leichter, meine Heimat abzuschreiben. Leichter, sie dem Ozean und dem Wald zu überlassen. Leichter, Tage, Wochen, Monate mit Kristina hier in Yosemite zu bleiben, während die Kultur-Corps-Produzent*innen unsere Geschichte als Überlebens-Abenteuerromanze verpackten.

Aus Zerstörung erwächst Liebe
Übergangsheld*innen in Feuerhölle vereint

Ab dann war alles ganz einfach. Wir mussten ihre Geschichte nur noch durchziehen.

Ich hinterließ Kristina Sträuße aus Wildblumen, die ich auf der Weide gepflückt hatte.

Sie schrieb mir einen Liebesbrief auf einer Rolle frischem Verband.

Ich half ihr, einen Löffel in einem Puddingbecher einzufrieren, um damit ihrer Lieblingspflegerin einen Streich zu spielen.

Sie zeichnete mir ein Daumenkino, in dem zwei feuerlöschende Dinosaurier sich verlieben.

Sie hatte mich mal ganz beiläufig gefragt, welches Essen ich am meisten vermisste. Und hatte dann irgendwie das gesamte Kantinenpersonal koordiniert, um mich mit der Kartoffel-Lauch-Suppe meiner Mutter zu überraschen.

Wir lasen einander aus dem Roman vor, den ich in der Ahwahnee-Bibliothek gefunden hatte: *Schlachthof 5 oder Der Kinderkreuzzug*. Über Krieg und Tod und ein großes Feuer. Aber witzig. Was es erträglich machte. Rückblickend war es wahrscheinlich heilsam, über Feuer zu lachen. Manchmal lachten wir, bis es wehtat. Kristina hielt sich dann mit der Hand das bandagierte Gesicht. Ich krümmte mich vor Husten. Ein Schmerz, der sich gut anfühlte.

Wenn wir in Yosemite in der Öffentlichkeit unterwegs waren, spürten wir immer den Druck, unsere Rollen zu spielen – uns so zu benehmen, wie die Leute es von uns erwarteten. Oft hielten uns Fremde an, um sich uns vorzustellen. Uns zu danken, dass wir den Übergang am Leben hielten. Mit uns ihre eigenen Verluste und Tragödien zu teilen. Tränen waren dabei nichts Ungewöhnliches. Die Krise hatte allen etwas genommen. Was konnten wir tun, außer zuhören, mitfühlen und versprechen weiterzukämpfen? Aber unter uns konnten wir darüber sprechen, was für eine Bürde es war, die Hoffnungen so vieler Leute tragen zu müssen. Unter uns konnten wir wir selbst sein.

Von Kristina wurde erwartet, das junge furchtlose und schlachtenerprobte Gesicht der Abteilung Phoenix zu sein. Für die Kameras entfernte sie immer ihre Bandagen. Sie wollte, dass die Zuschauer ihre Narben sahen. Ihre Medaillen, nannte sie es. Keine Zeit für Eitelkeit, wenn man für die Zukunft des Planeten kämpft. So viele hatten Schlimmeres erlitten. Sie sprach offen über ihre Eltern. Ihre Schwester. Ihre Heimat. Ihren Glauben, dass wir dem Selbstmitleid keinen Zentimeter Raum überlassen durften, sonst wäre alles umsonst gewesen. Die einzige Art, unsere Verluste zu ehren, bestand darin, den Übergang bis zum Ende zu bringen, sagte sie. Was hieß: kollektive Opfer. Arbeit. Ein Sieg brauchte uns alle.

Abseits der Kamera war sie anders. Sie hatte den Spiegel aus ihrem Badezimmer entfernt. Ihre Wunden juckten oft so schlimm, dass sie weinen musste. Plötzlich austeilte. Mir sagte, ich solle aufhören, sie anzuschauen. Aufhören, sie zu besuchen. Sie einfach sterben lassen. Ich respektierte ihre Wut. Ihren Heilungsprozess. Ich heilte ja auch. Rauchvergiftung. Verbrennungen zweiten Grades. Nicht mal ansatzweise so schlimm wie ihre, aber genug, um mich aus dem Verkehr zu ziehen, während Lucas und die anderen Rauchspringer weitere Einsätze flogen. Bevor ich Kristina kannte, hatte ich es nicht abwarten können, mir wieder den Fallschirm umzuschnallen und mich ihnen anzuschließen. Jetzt graute mir vor dem Tag, an dem sie mich wieder für einsatzbereit erklären würden. Denn es gab nur genau einen Ort, an dem ich sein wollte.

Du hast mich jeden Tag besucht? Seit sie uns hergebracht haben?

Korrekt.

Sogar als sie mich ins künstliche Koma versetzt haben?

Korrekt.

Das heißt, du hast mich stundenlang beim Schlafen beobachtet.

Wäre es creepy, wenn ich Ja sage?

Creepy und süß.

Nehm ich.

Ich auch.

Der Tagesablauf für Verbrennungsopfer ist die Hölle. Ständige Verbandswechsel und Physiotherapie und eine grauenhafte Behandlung mit dem Namen Débridement, bei der sie ihr in einem eigens dafür vorgesehenen Raum das verbrannte Fleisch abschrubbten. Sogar wenn man auf Morphium ist, dringt der Schmerz durch. Ich konnte Kristina durch die Tür hören. Wie sie stöhnte. Weinte. Sah die Tränenspuren, die danach auf ihrer nicht bandagierten Gesichtshälfte zu erkennen waren. Und wenn das Morphium es nicht schaffte, sie auszuknocken, machte es sie etwas irre.

Warum besuchst du mich ständig?

Weil alle anderen auf der Station die Schnauze voll von mir haben.

Du bist krank, Mann.

Ich?

Du hast einen Heldenkomplex. Ich brauch keinen Helden. Keinen weißen Ritter.

Ich bin kein Held. Ich bin nur ein Typ, der gerne Zeit mit dir verbringt.

Kann sein.

Was kann sein?

Kann sein, dass ich auch gern Zeit mit dir verbringe.

Keiner von uns beiden interessierte sich besonders für Sport, aber als die Frauenbasketballliga WNBA in Spielerbesitz überging, wurden wir Fans, wie fast alle. Dieser Übergang lief nicht wie bei den meisten Kooperativen, wo die Arbeitenden Zuschüsse und Kredite einsetzten, um sich damit eine Mehrzahl der Anteile zu kaufen. Die WNBA machte ein Spektakel draus: Alle Mitglieder der Spielerinnenvereinigung kündigten auf einen Schlag und formierten sich neu: zur Women's New Basketball Association, New statt National. Ab da versammelten wir uns alle in der Ahwahnee Lobby, um die Spiele zu schauen. Die Liga hatte mit dem Kultur Corps eine Partnerschaft gebildet, um Leute für den Übergang zu rekrutieren und die Moral zu heben – wie das Militär früher, als es Musiker*innen und Komiker*innen zu Soldaten*innen im Ausland entsandte. Lucas wurde zum Verbindungsoffizier des Forst Corps ernannt. Seine neuen Pflichten beinhalteten vieles, was er seit Jahren ohnehin gern machte: Freundschaftsspiele organisieren, Turniere, Trainings für Kinder. Für seine neue Aufgaben musste er ständig rumfliegen, um Öffentlichkeitsarbeit zu machen, dass Spielerinnen zum Beispiel Feuerschneisen graben und Eichenschösslinge pflanzen konnten. In den gesamten neun Jahren, die ich ihn kannte, hatte er nie so glücklich und erfüllt gewirkt. Er sagte dasselbe über mich. Wann immer es seine Reisen zuließen, schaute er vorbei. Was normalerweise bedeutete: Er besuchte mich, während ich Kristina besuchte – und triezte dann uns beide.

Was?, fragte ich dann immer. Was ist so witzig?

Nichts. Schaut euch zwei doch mal an. Ein Liebespaar, vom Feuer verschmolzen. Verdammt bezaubernd.

Halt die Klappe, sagte Kristina dann. Und lächelte dabei.

Wir gingen es langsam an. Teilweise, weil Verbrennungsopfer ein geschwächtes Immunsystem haben. Teilweise, weil wir beide in Sachen Liebe so unerfahren waren. Das war für mich so überraschend wie für Kristina. Ich hatte angenommen, dass das Gesicht der Abteilung Phoenix sich ihre Männer frei aussuchen konnte. Und sie dachte dasselbe über mich als *Corps-Power*-Star.

Also *Star* würde ich nicht sagen, meinte ich. Machen einen drei Folgen zum Star?

Du warst so witzig.

Lucas war witzig.

Du warst der Loyalste. Und der Inspirierendste. Und Gutaussehendste. Weißt du, wie viele Leute sich wahrscheinlich deinetwegen verpflichtet haben? Hmmm. Ich hätte dir ewig zuschauen können, wie du deinen Hammer schwingst.

Aha.

Vermisst du die Zeit?

Ich vermisse Osman.
Ich vermisse so vieles, Larch.
Ich vermisse auch so vieles.

Dann schließlich war der Tag gekommen. Die Ärzte gaben mir die Freigabe, wieder zu springen. Oder – falls ich Hemmungen hatte, mich wieder in die Flammen zu stürzen – mich zur Aufforstung einteilen zu lassen. Ich hatte Optionen. Kristina erzählte ich nichts davon. Ich wollte, dass unsere langsamen Tage ewig so weitergingen. Zum Glück war die Küche in Yosemite unterbesetzt. Ich wechselte zum Versorgungsdienst. Sie brauchten Hilfe bei der Planung der Nahrungsversorgung für das gesamte Camp. Dank meiner Erfahrungen in der Great Northern Greens Arena und Hunts Point wusste ich, wie man für große hungrige Gruppen kocht. Wie man Kartoffelpuffer zeitlich so abstimmt, dass sie genau dann knusprig aus dem Ofen kommen, wenn auch die Eier durch sind und der Obstsalat aufgetaut ist. Zwischen den Mahlzeiten bereitete ich für Kristina und die ganze Verbrennungsabteilung Wohlfühlgerichte zu. Manchmal – wenn ich gerade auf dem Weg aus der Küche mehrere Frischhaltedosen voller Soba-Nudeln oder Lasagne oder Ofenpfannkuchen balancierte – flog ein Flugzeug niedrig über das Krankenhaus hinweg. Meine alte Crew auf dem Weg in den Einsatz. Der Anblick und das Geräusch machten mir immer einen doppelten Knoten im Bauch: Einerseits schlechtes Gewissen, dass ich sie nicht begleite. Andererseits eine intensive, fast euphorische Erleichterung, dass ich genau da war, wo ich war.

Larch?
Ich bin hier.
Du hast mir das Leben gerettet.
Es war eine Rettungsmission. Du hättest dasselbe getan.

Ich sollte tot sein.

Aber bist du nicht.

Eines Tages ...

Ja. Ich auch.

Das ist das Problem.

Mit was?

Mit uns. Wir werden uns irgendwann im Stich lassen müssen.

Sie schlief wieder ein. Als sie wieder aufwachte, gestand ich ihr, dass sie mir sehr wichtig war. Ich benutzte dabei das Wort *lieben*. Sie schwieg so lange, dass ich schon dachte, ich hätte mich geirrt. War kurz davor, in Ohnmacht zu fallen. Aber sie war eben auch bloß nervös. Sie winkte mich zu sich. Ich wollte ihre Wange küssen. Sie schüttelte den Kopf. Sie wollte mich in ihrem Bett. Dass ich sie hielt. Dass sie mich halten konnte.

Am nächsten Tag, nach ihrem Débridement im Schrubbraum, wachte sie plötzlich aus ihrem Morphiumschlaf auf und verkündete: Bloß, weil wir einmal Sex hatten, heißt das nicht, dass es wieder passiert.

Das ist wahr, sagte ich.

Nur weil du mir das Leben gerettet hast, muss ich mich nicht in dich verlieben.

Okay.

Ich werde nicht heiraten.

Wozu auch?

Oder ein Kind kriegen.

Wer will schon ein Kind in diese Welt setzen?

Ich liebte Kristinas Morphiumultimaten. Sie verrieten mir, dass auch sie über diese Dinge nachdachte.

Auf dem Valley-Loop-Wanderweg lasen wir *Schlachthaus 5* zu Ende. Saßen auf einem flachen Felsen am Merced River. Kristina las gerade die letzte Seite, die damit endet, dass ein Vogel singt –

und genau in dem Moment zwitscherte ein Vogel auf einem Ast direkt über uns. Wir schauten einander an und lachten los. Wir Menschen sehnen uns nach schicksalhaften Zufällen, schon seit wir auf dieser Erde sind. Wie sollen wir sonst aus den wenigen Jahrzehnten schlau werden, die wir haben? Kristina und ich hatten das Schicksal, in einem Kanalrohr mit einem Stinktier und ein paar Hasen überlebt zu haben, während das Feuer über uns hinweggezogen war. Unser Schicksal war es, als zwei Held*innen des Übergangs unsere Verletzungen auszukurieren. Alles, was war: Es war so gewollt.

In *Schlachthof 5* geht es viel um Zeitreisen. Der Protagonist hat ein schreckliches Feuer überlebt und dabei ist für ihn die Zeit aus den Fugen geraten. Er kann weder Vergangenheit noch Zukunft ändern, aber er kann verschiedene Abschnitte in seinem Leben besuchen.

Wo würdest du hinwollen, wenn deine Zeit aus den Fugen gerät?, fragte Kristina.

Wir waren auf unserem gewohnten Wanderweg. Hielten Händchen. Wasser gluckerte über Felsen. Es klang ein bisschen wie das Meer, wenn es bei Flut in die Gezeitentümpel strömt. Fast konnte ich den Seetang aus der Küche meiner Mutter riechen. Die starken Arme meines Vaters spüren, wie er mir aus dem Boot half. Da würde ich gern hin zurück, sagte ich Kristina. Und du?

Nicht in die Vergangenheit. In die Zukunft.

Was ist in der Zukunft?

Du. Und ich.

Danach musste sie wieder den Schrubbraum und ihre Morphiumträume ertragen. Ich saß an ihrem Bett. Beobachtete, wie sie atmete. Ein bisschen zuckte. Ich legte meine Hand auf ihren Arm, damit sie wusste, dass sie nicht allein war. Ich hatte eine neue Antwort auf ihre Frage. Ich wollte nicht, dass meine Zeit aus den Fugen geriet. Ich wollte nirgendwo anders sein als im Hier und Jetzt.

Das Jetzt endete abrupt, als Kristinas Ärzte entschieden, dass sie aus dem Krankenhaus entlassen werden konnte. Das Kultur Corps hatte sie für einen Einsatz als Botschafterin rekrutiert. Eine Reisetour von zwölf Monaten. Kuba. Bolivien. Venezuela. Chile. Mexiko. Sie sollte Reden halten. Organisieren. Brücken zwischen Arbeiterkooperativen bauen. Erfahrungen austauschen. Sie zählte die Tage, bis es endlich so weit sein würde. Das bedeutete, sie musste das Morphium langsam reduzieren. Für die Dauer des Entzugs bat sie mich um etwas Freiraum. Sie wollte nicht, dass ich sie in diesem Zustand sah. Sie musste einen cold turkey machen, einen kalten Entzug. Von den Drogen und von mir. Sie hatte Tränen in den Augen, als sie mir das sagte. Und es war nicht eins ihrer Morphiumultimaten. Sie meinte es ernst. Unsere Tage waren gezählt. Wie sie es immer sind.

Verlieben war einfach, Larch, sagte sie, eine Hand auf meinem Gesicht. Wir machen es einfach noch mal.

Ich hatte mich für einen neuen Einsatz in Mexicali beworben. Einen einjährigen Dienst zur Wiederaufforstung im Delta des Colorado Rivers. Bis dahin würde Kristina wieder zurück in Nordamerika sein, erklärte sie. Dann konnten wir unsere Urlaubstage koordinieren. Einen Ort und eine Zeit festlegen. Sie versprach es. Sie würde dafür sorgen, dass es klappte.

Jahre später – als wir schon nach Nuuk gezogen waren und Emi bekommen und mehr Glück erlebt hatten, als wir uns je hätten träumen lassen – sollte Kristina recht behalten: Verlieben war einfach.

Verliebt *bleiben*. Das war der schwierige Teil.

24 LARCH

MEHRERE DINGE KÖNNEN GLEICHZEITIG WAHR SEIN. ALLE WISSEN das. Ich weiß das. Aber trotzdem lohnt es sich, es immer wieder zu wiederholen.

Der Planet heilt. Und bleibt gleichzeitig sehr krank.

Wir haben die Schlacht gegen die Krise gewonnen. Und gleichzeitig haben wir verloren.

Emi ist eine junge Frau. Und gleichzeitig ein Mädchen, das vermisst wird.

Ich hab ganz weiche Knie vor Freude, die Frau wiederzusehen, mit der ich seit sechzehn Jahren verheiratet bin. Und gleichzeitig ist mir schlecht vor Wut.

So viele Fragen an Kristina, aber in diesem Moment zählt nur eine. Wo ist Emi? Wir suchen das Wohngebäude ab. Stockwerk für Stockwerk. Klos. Lagerräume. Ein Dutzend von uns, einschließlich Mrs. Jackson und anderen Personen, die ich aus dem Büro des Managementrats wiedererkenne. Wir brüllen Emis Namen. Klopfen. Reißen mit nie da gewesener Wucht Türen auf. Ich wecke ganze Schlafsäle auf. Tut mir leid, sage ich jedes Mal, auch wenn es mir nicht leidtut. Sagt mir einfach: Habt ihr mein Mädchen gesehen? Wir suchen die Markthalle nebenan ab. Die Küche. Emi kann nicht weg sein. Aber sie ist weg. Beide Dinge sind gleichzeitig wahr.

Wir versammeln uns wieder im Schlafzimmer. Machen eine Inventur: Ebenfalls verschwunden sind Emis Regenjacke und ihre Stiefel. Die auffälligste Abwesenheit ist allerdings die von Reena und Angel. Ihr Zimmer ist leer. Für mich ist es offensichtlich, dass sie Emi entführt haben. Kristina nickt nur roboterhaft, als ich ihr das erkläre. Wie die zwei plötzlich im Bahnhof Brooklyn Heights auftauchten und sich an uns hängten.

Hörst du mir überhaupt zu?, frage ich.

Kristina starrt das Bett an, in dem Emi eigentlich jetzt gerade schlafen sollte. Wo sie jetzt noch schlafen würde, wenn Kristina uns auch nur ein einziges Mal angepingt hätte.

Wo warst du?, frage ich. Was geht hier ab, verfickte Scheiße?

Ich schlage vor Zorn gegen ein Kissen und schleudere es durch den Raum – Emis blaue Kopfhörer kommen zum Vorschein, eingekeilt zwischen dem oberen Ende der Matratze und der Wand. Ich nehme die Kopfhörer. Drücke sie an meine Brust.

Die würde Emi nie zurücklassen, sage ich. Reena und Angel. Sie haben sie entführt.

Nein. Du hättest einen Kampf gehört, sagt Kristina. Sicher, dass du nichts gehört hast?

Hab ich dir doch schon gesagt. Nein.

Sie wirft mir nicht offen vor, dass ich Emis Verschwinden verpennt habe, aber das ist der Subtext. Das weiß ich, weil ich mir denselben Vorwurf mache. Mich selber dafür hasse. Es tut mir so leid. So leid. Ich will, dass Kristina das weiß. Will es ihr sagen. Aber erst wenn sie sagt, wie leid es *ihr* tut.

Du hättest ihr einen Bildschirm erlauben sollen, sage ich.

Kristinas Augen fixieren mich funkelnd. Willst du allen Ernstes jetzt diese Unterhaltung führen?

Ich denke kurz drüber nach. Entscheide mich dagegen. Aber eine Tatsache muss ich einfach aussprechen: Emi wäre nicht vermisst, wenn Kristina ihr einen verdammten Bildschirm erlaubt hätte. Wenn sie sie wie ein normales Kind behandelt hätte.

Normal, wie sie eine Woche zum Skifahren in den Norden zu schicken? Genau da sollte sie nämlich gerade sein, Larch. Nichts davon wäre passiert, wenn du sie nicht hierher …

Nein, sage ich. Hör auf. Du willst nicht ernsthaft mir die Schuld geben.

Ähm, Kris?, fragt Jackson. Sie und die anderen stehen im Flur. Was sollen wir tun?

Kristina blinzelt kurz und ist wieder voll bei der Sache. Weckt den Rat auf, sagt sie. Wir müssen eine Warnmeldung für die Außenstelle vorbereiten. Irgendwas Neues vom Fluttor?

Jackson wischt über ihren Bildschirm. Vor fünfzehn Minuten geschlossen.

Kristina atmet erleichtert auf: Gott sei Dank.

Was?, frage ich. Was spielt das für eine Rolle?

Bei diesem Wind kann nichts fliegen, sagt sie. Der einzige Weg, um aus Gowanus rauszukommen, ist das Meer. Solange das Tor geschlossen ist, kann niemand weg.

Warum sollte Emi von hier wegwollen?

Sobald die Worte meinen Mund verlassen haben, weiß ich schon die Antwort auf meine Frage. Wieder habe ich das Gefühl, als stünde ich an der offenen Flugzeugtür. Emi würde hier nicht wegwollen. Aber jemand könnte sie wegbringen.

Kristinas Augen werden feucht, als würde sie genau dasselbe denken. Sie schüttelt den Kopf ein Mal fast ist es ein Schaudern, und sagt mir, ich soll meine Sachen packen.

Wo gehen wir hin?

Gowanus aufwecken und unsere Tochter finden.

Womöglich war ich noch nie so wütend auf Kristina. Und doch gleichzeitig noch nie so dankbar, sie an meiner Seite zu haben. Noch zwei Dinge, die gleichzeitig wahr sind.

Ich werfe alles in meine Tasche. Gerade will ich Emis Kopfhörer hineinschleudern, als ich ein leises, dünnes Geräusch höre. Musik. Ich halte mir die Kopfhörer ans Ohr. Irgendjemand singt, dass er nie vorhatte, mir Sorgen oder Schmerz zu verursachen. »Purple Rain«.

25 EMI

AUF DAS ENDE EINES HURRIKANS ZU WARTEN, IST EIN BISSCHEN wie das, was mein Dad immer übers Wasserkochen sagt: Je länger du zuguckst, desto länger dauert es. Ich tu alles, was ich kann, um nicht ständig aus dem Fenster zu schauen. Ich gehe zum Kühlschrank und mache ihn auf. Lass die Kälte über mein Gesicht strömen. Lass meine Augen über die Lebensmittel wandern. Lass die Welle meines Hungers anschwellen. Schließe den Kühlschrank. Öffne den Kühlschrank. Reite die Welle. Gehe zurück zum Fenster. Stehe da und presse die Nase fest gegen die Scheibe. Regen und mehr Regen. Blitze und mehr Blitze. Mein Zimmer muss ganz am Ende der Lagerhalle sein. Es blickt auf dunkles Wasser und eine Reihe aus geduckten dunklen Gebäuden. Dunkle Wolken. Um die Zeit totzuschlagen, zähle ich die Sekunden Dunkelheit zwischen den Blitzen.

Vier Sekunden. Zwei. Drei. Vier.

Ich sollte mich vom Fenster losreißen. Sollte dieses schicke Zimmer genießen. Sollte dankbar sein für das Gefrierfach voll Mint-Chip-Eiscreme und Pizza mit Champignons. Dankbar sein für den blauen Sessel mit den superkuscheligen Lehnen. Dankbar für die sechs Regale voll Bücher, die Buchrücken alle schön ordentlich auf einer Linie, über die ich meine Finger streifen lassen kann. Dankbar für den riesigen Bildschirm mit jedem erdenklichen Reality-Streamcast, etwa einem Kanal nur für das *Bachelor*-Universum. Ich sollte dankbar sein, dass ich nach der Krise geboren wurde. Dankbar, dass ich nicht in einem Flüchtlingslager aufgewachsen bin. Dankbar, nie wirklichen Hunger erlebt zu haben. Dankbar, dass meine beiden Eltern noch leben.

Also versuche ich dankbar zu sein. Ich mache mir in der Mikrowelle eine Pizza. Suche mir ein Buch aus: *Zähne zeigen*. Nichts hilft. Man kann Gefühle nicht erzwingen. Ein Bissen Pizza, und mein Hals sagt Nein. Meine Augen schweifen über die Seiten von *Zähne zeigen*, ohne dass ich nur ein Wort aufnehme. Ich kann nicht mal *Bachelor in Paradise* genießen. Es ist die Staffel auf Mackinac Island, und ich bringe all die Laurens und Ashleys durcheinander und habe keine Ahnung, wer Trevor ist oder warum er weint. Die Leute verarschen die Bewerber gerne dafür, dass sie im Paradies unglücklich sind. Aber ich verstehe es.

Das Problem ist der Sturm: Ich kann nicht wegschauen. Das Fenster hat grau-rosa Vorhänge. Der gleiche Stoff wie der vom Himmelbett. Ich zieh sie zu. Gehe zurück in die Küche. Mixe mir einen Smoothie, nur um ihn dann anzustarren, während er langsam warm und ungenießbar wird. Ich schütte ihn weg. Die Pizza landet im Müll. Ich lasse mich in den blauen Sessel fallen. Ich seufze und erschrecke mich selber damit. In dem Moment wird mir bewusst, wie vollkommen still das Safe House ist. Das Fenster ist so dick, dass ich den Sturm nicht hören kann. Ich fasse nach den Kopfhörern um meinen Hals, und es ist, als würde meine Hand vergeblich nach einem amputierten Körperteil tasten. Ich suche auf Händen und Knien den Raum ab, schaue im Badezimmer nach, unter dem Haufen aus Handtüchern, als mit einem Mal das uralte Telefon mit dem Klang einer echten Glocke klingelt.

Hallo?

Fallmanager Min fragt, ob alles in Ordnung ist. Ob ich etwas brauche?

Äh. Eigentlich schon. Ich kann meine Kopfhörer nicht finden. Hatte ich sie dabei?

Versuch's mit dem Bildschirm, schlägt sie vor. Du kannst streamen, was du willst.

Danke, sage ich.

Am liebsten ist es mir, Musik direkt aus den Kopfhörern in mein Hirn zu pumpen, aber ein Bildschirm ist besser als nichts. *Alles* ist besser als Stille. Ich wähle sofort Taylor Swift, einfach weil. Zehn Sekunden später sind es die Rolling Stones. Dann Pink. Adele. Janis Joplin. Cher. The Doors. Rihanna. Dann Valerie June. Dann wieder zurück zu den Stones. Manchmal, wenn ich die gesamte Musik der Menschheitsgeschichte zur Auswahl habe, lähmt mich das. Ich schalte den Bildschirm aus, gehe zum Fenster und schiebe die Vorhänge auf.

Vier Sekunden zwischen den Blitzen. Zwei Sekunden. Drei. Vier.

Der Sturm über Brooklyn Heights brauchte lang, bis er vorbeigezogen war, erinnere ich mich. Einen halben Tag und eine Nacht. Aber da hatte ich Gesellschaft von Reena und Angel. Der Gedanke an sie lässt meinen Magen flau werden. Mein Dad hatte mich gewarnt, dass Leute manchmal aus den falschen Gründen nett tun. Ich habe nicht auf ihn gehört. Und dann bin ich weggelaufen. Wie meine Mom weggelaufen ist. Ich sehe meinen Dad vor mir, wie er sich wachschnarcht, und alle, die er liebt, sind weg. Wenn diese ganze Sache vorbei ist, mache ich alles einfacher. Für ihn. Für meine Mom. Für mich. Leichter auf jede Art. Eine neue Emi-Version. Besser. Ich presse die Nase so fest gegen das Fenster, bis der Schmerz mir Tränen in die Augen treibt.

Alles in Ordnung? Wie geht es dir, Liebes?

Die Tür schwingt auf. Fallmanagerin Min hat meine Klamotten in der Hand, getrocknet und gefaltet.

Prima, sage ich und wische mir mit dem Handrücken die Augen.

Da ist ein kurzer Moment, wo sie mich anschaut, als würde sie mir nicht glauben. Aber statt was zu sagen, hängt sie meine Regenjacke an einen Haken neben der Tür. Stellt die Stiefel drunter. Sie reicht mir den warmen Stapel Klamotten. Die Fasern verströmen Hitze.

Danke, sage ich.

Sie berührt meine Hand. Sagt, sie wisse, wie schwer das gerade sei. Dass ich sehr mutig sei. Und wenn ich reden wolle, na, dann käme das doch ziemlich gelegen, weil sie zum Zuhören da sei.

Ich fahr mit dem Finger über eine Niete in meiner gefalteten Hose, das Metall ist noch heiß.

Ich will einfach, dass dieser Sturm aufhört, sage ich.

Ich auch, Liebes. Du wirst froh sein, zu hören, dass wir mit deinem Dad gesprochen haben.

Fasst fallen mir die Klamotten runter. Haben Sie? Kann ich mit ihm reden?

Sie verzieht das Gesicht, fast entschuldigend. Noch nicht.

Warum nicht? Ist er sauer?

Sauer? Nein! Er ist erleichtert, dass du in Sicherheit bist. Sobald der Sturm vorbeizieht, bringen wir ihn mit deiner Mom hierher.

Sie sind zusammen?

Das sind sie.

Ich muss mir schon wieder die Augen wischen, aber dieses Mal verstecke ich es nicht.

Sie drückt zärtlich meinen Arm, deutet auf das Telefon und erinnert mich erneut daran, dass ich sie jederzeit anrufen kann, wenn ich irgendwas brauche: Auch wenn es nur Gesellschaft ist. Auch wenn dir nur langweilig ist. Du bist eine wunderbare junge Frau, Emi. Ich bin mehr als glücklich, dir Gesellschaft zu leisten.

Danke, sage ich. Als sie schon halb aus der Tür ist, halte ich sie noch mal auf. Fallmanagerin Min?

Ja?

Ähm. Mögen Sie Musik?

Sie lächelt und sagt: Alles außer Soft Jazz. Sie sagt, ich solle sie Rachel nennen. Bitte. Sie kommt zurück ins Zimmer und überlegt laut, ob wir Tee machen sollten.

Ich sage: Sicher, Rachel. Tee klingt nett.

26 LARCH

EIN TRUCK BRINGT UNS MEHR ODER WENIGER TROCKEN NACH Gowanus Green. Aber die zehn Stufen zu den Büros des Managementrats sind nicht überdacht und der Sturm macht sich über meine Regenjacke lustig. Drinnen sind viele Gesichter, die alle so müde und nass aussehen wie vermutlich meins. Der kräftige Duft von Kaffee. Ich erkenne den Kerl, dem ich gestern den Bildschirm zerbrochen habe. Ich werfe ihm einen Blick zu, der einerseits um Entschuldigung bittet, aber auch klarstellt, dass ich gerade weit wichtigere Sorgen habe.

Kristina steigt mithilfe eines Stuhls auf einen der Schreibtische. Der einen Gruppe gibt sie die Anweisung, sich auf die Flugfelder zu konzentrieren. Eine andere soll die Docks übernehmen. Eine weitere weist sie an, kürzlich hierher verlegte Leute zu wecken und mit ihnen eine gründlichere Suche zu koordinieren. Sie braucht eine Liste aller Schiffe, die abgelegt haben, bevor die Tore geschlossen wurden. Von jedem Luftschiff, dass gestartet ist, bevor die Luftfelder gesperrt wurden. Sie will alle fünf Minuten Sturmupdates. Die Leute eilen davon. Ich strecke ihr die Hand entgegen, um ihr vom Schreibtisch zu helfen.

Was kann ich tun?, frage ich.

Komm, sagt sie.

Ich folge ihr in ein Hinterzimmer mit einem Tisch und drei Stühlen. Eine der Wände besteht aus einem Wandgemälde mit einem Phoenix. Kristina sagt, ich solle mich setzen. Bringt mir Kaffee, schwarz, sie weiß, wie ich ihn trinke. Ich puste, um ihn abzukühlen. Sie steht neben mir, fasst mir mit einer Hand in die Haare. Ich lehne meinen Kopf gegen ihre Seite.

Du hast also hier das Sagen, sage ich.

Ich bin im Führungsrat.

Das wusste ich nicht, sage ich. Wieder puste ich auf den Kaffee. Frage dann direkt: Bist du bei den Furien?

Ja, antwortet sie.

Ich schlürfe den Kaffee, bin überrascht von mir selbst. Darüber, dass ich nichts mehr fühle. Keine Wut. Keine Kränkung. Keine Abscheu. Nichts. Weil Emi vermisst wird. Das Loch, das ihr Verschwinden hinterlassen hat, ist so unmöglich tief, dass Kristina mir sonst was erzählen könnte. Es wäre mir egal.

Hast du irgendeinen dieser Menschen getötet?

Lass uns später darüber reden, sagt sie. Jetzt musst du dich erst mal konzentrieren, Larch. Diese ersten Stunden sind unsere beste Chance, sie zu finden. An was erinnerst du dich? Erzähl mir alles.

Ich atme ein. Sage, dass es schon ein ziemliches Stück sei – verlogen, würden es manche nennen –, wenn sie mir jetzt Fragen stelle, obwohl sie es sei, die so viel vor mir geheim gehalten habe, und zwar seit wann eigentlich genau?

Ich verstehe, dass es sich vielleicht für dich so anfühlt ...

Oh, es fühlt sich für mich ganz sicher so an.

Vielleicht wäre es leichter, wenn jemand anderes die Befragung durchführt?

Vielleicht, sage ich.

Kristina nickt einer Kameralinse zu, die ich bis eben nicht bemerkt hatte. Einen Moment später geht die Tür auf. Zwei Männer treten ein. Einer davon in meiner Größe mit einem langen schwarzen Zopf. Der andere mit einer breiten Stirn und kleiner als Kristina. Sie stellt sie mir als Rishi und Ravi vor und sagt, sie werden mir helfen, mich zu erinnern.

Sie lehnt sich an die Tür, die Arme verschränkt, und schaut zu, wie die Männer mir höfliche, aber quälend detaillierte Fragen über die vergangenen Tage stellen. Ich fange mit Reena und Angel an. Rishi und Ravi interessieren sich jedoch viel mehr für Rich und besonders für Min. Sie wirken nicht überrascht, als ich erzähle, wie ich bei der Öffentlichen Sicherheit nachfragte und rausfand, dass sie unter dem Namen nicht im Verzeichnis steht. Sie fragen mich: Was wollten sie genau wissen?

Wo Kristina war, sage ich. Wann wir zuletzt von ihr gehört haben. Ich hab ihnen nichts verraten. Wir verbrachten die Nacht dann in Marus Wohnung, unserer Nachbarin, die stand leer. Dann morgens direkt zum Flughafen. Niemand folgte uns. Dafür habe ich gesorgt. Niemals konnten die wissen, dass wir hier sind.

Du hast das Richtige gemacht, sagt Kristina von der Tür aus.

Gut zu wissen, sage ich bissig. Aber was, wenn ich das nicht hätte? Hättest du mich nicht zurückpingen können, nur einmal?

Das wollte ich. Aber wir waren kompromittiert. Ich konnte unseren Kommunikationssystemen nicht vertrauen.

Kompromittiert von wem? Öffentliche Sicherheit?

Möglich, sagt Kristina. Das versuchen wir gerade rauszufinden. Sie nickt Rishi und Ravi zu, dass sie fortfahren sollen.

Sie nehmen den Faden wieder auf. Wir gehen vier, fünf, sechs Mal die gleiche Unterhaltung durch. Ich gebe ihnen eine Beschreibung von Mins Aussehen, so gut ich mich erinnern kann.

Wer wusste sonst noch, dass ihr herkommt?

Lucas Caro. Mein Freund.

Hat er es jemandem verraten?

Nein. Kristina, du kennst Lucas. Das würde er nicht tun.

Unwahrscheinlich, stimmt sie mir zu.

Rishi und Ravi zeigen mir zwei Taschen aus Stoff. In der einen Tasche sind frische Socken und Unterhosen und ein grauer Jogginganzug. Die andere Tasche, erklären sie, sei für meine nasse Kleidung.

Ich ziehe mich um. Sie nehmen meine Kleidung und gehen. Kristina macht Anstalten, ihnen zu folgen.

Warte, sage ich. Wohin gehst du?

Ich war mir bis jetzt nicht bewusst, wie sehr mich ihre Anwesenheit tröstet. Ich kann mir nicht mal vorstellen, wie alleine Emi sich gerade fühlen muss.

Nach nebenan, sagt sie. Bin gleich zurück.

Ich bin erschöpft. Und total aufgedreht. Noch zwei Dinge, die gleichzeitig wahr sein können.

Eine Minute später fliegt die Tür auf. Kristina kommt hereinmarschiert, eine Pinzette in der Hand. Ein Pfefferkorn zwischen den Spitzen.

Das war in einer Karte, die wir in deiner Tasche gefunden haben.

Sie hält mir die Pinzette vors Gesicht.

Das Pfefferkorn ist kein Pfefferkorn. Sondern ein Mikrochip. Ein Ortungsgerät.

Der Mann, Rich, stottere ich. Er gab mir seine Visitenkarte …

Du warst kein bisschen misstrauisch?

Ich …

Ich versuche, es zu erklären. Aber ich kann nicht. Mein Körper gibt nach unter der schrecklichen Last, sie hierhergeführt zu haben. Und gleichzeitig unter der Empörung, dass Kristina allen Ernstes mir die Schuld dafür geben will.

Natürlich war ich misstrauisch, sage ich. Deswegen sind wir ja hergekommen. Weil ich unsere Tochter beschützen wollte. Weil ich für sie da war. Ich. Irgendjemand musste schließlich den Elternpart übernehmen.

Larch.

Ich zeige auf das Phoenixgemälde an der Wand und erinnere sie daran, dass sie der Grund sei, warum die Öffentliche Sicherheit an unsere Tür geklopft habe. Nicht ich. Du, Kristina. Das ist deine Schuld.

Hör auf, sagt sie. Hör auf. Schuldzuweisungen bringen uns jetzt nicht weiter. Wir müssen uns konzentrieren.

Wer sind die?, brülle ich. Was hast du getan, verdammt noch mal!

Die Tür geht auf. Jackson eilt herein und flüstert etwas. Kristina wird blass.

Was?, frage ich. Was ist los?

Kristina führt die Hand zum Mund.

Ich hab es plötzlich so satt, nichts zu wissen. Die ganzen Geheimnisse. Sie ist auch meine Tochter!, rufe ich, wische den Kaffee vom Tisch und werfe einen Stuhl gegen die Wand. Jackson springt aus dem Weg, als der Stuhl vom Phoenixgemälde abprallt.

Wir hatten zwei von unseren Leuten geschickt, erklärt Kristina. Um ein Auge auf Emi zu haben. Und dich. Zur Sicherheit.

Wen habt ihr geschickt?

Reena. Angel.

Diese Kinder? Die waren von euch? Wie haben sie uns so schnell gefunden?

Wir haben deinen Bildschirm getrackt. Seit ich wusste, dass du Emi mit auf die Esplanade genommen hattest. Sie haben am Flughafen auf euch gewartet. Sie haben sich freiwillig gemeldet. Sie waren ausgebildet. Sie wollten helfen.

Kristina spricht mit mir, aber eigentlich spricht sie mit sich selbst. Sie erklärt mir mit tonloser Stimme, dass die beiden in einem Hubspeicherkraftwerk gefunden wurden. Tot.

In der Decke ist ein Luftschacht. Bis eben surrte darin sanft ein Ventilator. Ich höre das Geräusch erst, als es weg ist. Aus dem Raum gesaugt, zusammen mit Kristinas Stimme und dem

Blut in meinem Kopf. Ich höre mich kaum selbst, als ich Emis Namen ausspreche.

Kristina schüttelt den Kopf. Nein. Sie war nicht da. Keine Spur von ihr.

Du kannst dich wie ausgeweidet fühlen, weil deine Tochter vermisst wird. Und gleichzeitig unendlich erleichtert, dass sie nicht gefunden wurde. Noch zwei Dinge, die gleichzeitig wahr sein können.

Kristina und ich fallen uns in die Arme.

Es tut mir leid, weine ich in ihre Haare. Es tut mir so leid.

Ich weiß, mein Schatz. Mir tut es auch so leid.

Emi Vargas Brinkman
Nordamerikanische Geschichte
Mrs. Helmandi
Projekt: Der Große Übergang (erster Entwurf)

MOM SITZUNG VII: DER GROSSE ÜBERGANG, TEIL 3

Ich: Was war dein Lieblingseinsatz?

Meine Mom: Mein Lieblingseinsatz? Der erfüllendste war wahrscheinlich mein letzter, mit der Navy von Cajun. Aber wenn du den wichtigsten meinst, das wäre der Einsatz als Botschafterin.

Ich: Warum?

Meine Mom: Wir haben so viel gelernt, von den Bolivianern, den Chavistas, den Zapatisten. Seite an Seite zu arbeiten. Solidarität aufzubauen. Und ich habe ein paar meiner engsten Bekanntschaften gemacht. Du erinnerst dich an meinen Freund Charlie Little Crow? Wir haben uns auf meiner Tour als Botschafterin kennengelernt. Er war ein geborener Anführer! Charlie hat uns mal in Nuuk besucht, als du jung warst. Erinnerst du dich? Er hatte einen Sohn in deinem Alter.

Ich: Ich erinnere mich nicht.

Meine Mom: Na ja, zumindest habt ihr Kinder euch großartig verstanden.

Ich: Warum war die Navy von Cajun so erfüllend?

Meine Mom: Weil es der schwerste Einsatz war. Beißende Schildkröten, Alligatoren, Schlangen – alles, was du dir vorstellen kannst. Wir alle hatten Dschungelfäule an den Füßen. Und Magen-Darm-Bakterien, von denen wir alle Durchfall bekamen. Es war das komplette Gegenteil von diesen Forst-Corps-Postern, die man heute sieht: mit lächelnden jungen Menschen, die auf Berghängen voller Wildblumen Setzlinge pflanzen. Wir steckten kknietief im Sumpf. Haben Sedimente abgepumpt, um damit Barriere-Inseln wieder zu befestigen. Haben Kanäle gebuddelt, um die Mangrovenwälder zu restaurieren.

Ich: Wie Dads Einsatz in Mexicali.

Meine Mom: Ha. Er hatte nicht annähernd so viele Moskitos.

Ich: Was ist mit Yosemite? Mit Dad?

Meine Mom: Was ist damit?

Ich: War das nicht eine deiner Lieblingszeiten?

Meine Mom: Ich glaube nicht, dass irgendjemand sechs Monate in einer Station für Verbrennungsopfer als »Lieblingszeit« bezeichnen würde.

Ich: Wie fühlt es sich an, wenn man verbrennt?

Meine Mom: Gute Frage. Ich war kaum bei Bewusstsein, als es passiert ist. Ich erinnere mich an so ein warmes Gefühl. Fast schon angenehm. Das ist die Magie des menschlichen Körpers. Er flutet dich mit Chemikalien. Dasselbe passiert bei der Geburt. Damit man sich nicht an die Schmerzen erinnern kann.

Ich: Woran erinnerst du dich von deiner ersten Begegnung mit Dad?

Meine Mom: Ich erinnere mich an Erschöpfung. Wir hatten vier Tage an diesem Sequoia-Hain gearbeitet. Die Leute haben vor Erschöpfung buchstäblich schon gekotzt. Meine Beine waren wie Blei. Ich habe unkontrollierbar gezittert. Und wir hatten kein Wasser mehr. Die Luft war so trocken. Durst – echter Durst – ist viel, viel schlimmer als Hunger. Meine Zunge war geschwollen. Hing mir fast schon aus dem Mund. Ich erinnere mich, wie ich mich gegen den Stamm von einem der Sequoia-Bäume gelehnt habe und die Augen zugemacht habe, um Flüssigkeit zu konservieren. Irgendwann haben wir endlich den Flieger gehört. Ich habe den Rauchspringern bei der Landung geholfen. Dabei, ihre Fallschirme wieder einzusammeln. Sie haben Wasser rumgereicht. Das war wie ein Geschenk des Himmels.

Ich: Hast du auch Dad bei der Landung geholfen?

Meine Mom: Möglicherweise. Ich hab ihn ja noch nicht gekannt.

Ich: Du hast ihn nicht von *Corps Power* wiedererkannt?

Meine Mom: Alle hatten Helme und Beatmungsgeräte und Sonnenbrillen auf. Wir sahen alle gleich aus. Und ich hab vor Erschöpfung fast halluziniert. Aber als die Rauchspringer gelandet sind, gab uns das noch mal Auftrieb. Das ist die Macht der Solidarität; wir können einander durch die tiefsten Tiefs helfen.

Ich: Und dann kam das Feuer.

Meine Mom: Ja.

Ich: Erinnerst du dich dran, wie Dad dich gerettet hat?

Meine Mom: Ich erinnere mich, wie er sein Leben riskiert hat, um meins zu retten. Wir hätten eigentlich beide sterben müssen. Er hat mich diesen steilen Hang hochgetragen. Ich konnte kaum die Beine bewegen. Meine Haare brannten. Mein Gesicht war dabei zu schmelzen. Er hat sich mich ohne zu zögern über die Schulter geworfen. Das war die Essenz des Übergangs: für Wildfremde dein Wohlergehen riskieren. Für Generationen, die noch nicht mal geboren waren. Erinnere dich da dran, ist wichtig für deinen Bericht. Nicht ich bin wichtig oder du oder unsere Familie. Sondern wir alle. Alles Leben. Zusammen. Darauf kommt es an.

Ich: Erinnerst du dich, wie du mit Dad in dem Kanalrohr warst?

Meine Mom: Ein Stinktier hat sich den Unterschlupf mit uns geteilt. Das war überraschend.

Ich: Und Hasen. Dad sagt, da waren auch Hasen.

Meine Mom: Das stimmt. Die Version von deinem Dad habe ich schon so oft gehört, es ist schwer, unsere Erinnerungen auseinanderzuhalten. Ich erinnere mich an den Tunnel. Und an ein grelles Licht am Ende. Ha. Stell dir vor. Irgendwann hab ich das Bewusstsein verloren. Ich hab halluziniert. Ich dachte, es wäre meine Schwester, die mich hält. Mir Wasser in den Mund träufelt. Die sagt, alles wird gut.

Ich: Vielleicht war sie ja da.

Meine Mom: Vielleicht.

27 EMI

FALLMANAGERIN RACHEL MIN HAT NOCH NIE WAS VON Jennifer Lopez oder Bon Jovi oder Otis Redding gehört. Sie kennt Michael Jackson und Madonna, aber sie *kennt* sie nicht. Ich lasse sie ein beliebiges Jahr aussuchen, einen beliebigen Ort auf der Welt, und dann sage ich ihr aus dem Gedächtnis, was damals der Top Hit war. Sie meint, ich hätte ein unglaubliches Gedächtnis. Ich spiele ihr meine Lieblingssongs von Valerie June vor und frage sie nach ihrer ehrlichen Meinung: Wie findest du's?

Ehrlich?, fragt sie. Ich bin ziemlich sicher, dass ich mich in Valerie June verknallt habe.

Voll, oder?, sage ich. Ich hocke im Schneidersitz auf dem Bett. Sie sitzt auf dem Teppich, mit dem Rücken gegen den blauen Sessel gelehnt. Tee zieht in einer weißen Kanne auf einem Schneidebrett neben ihr. Sie ist barfuß. Ihre Fußnägel sind glänzend rot.

Frag mich noch was, sage ich.

Sie schließt ihre Augen: Neunzehnneunundsiebzig. USA.

Ich denke einen Moment nach, mir fällt nichts ein. Ich frage den Bildschirm: Was war Neunzehnneunundsiebzig die Nummer eins im Jahr in den USA?

Der Bildschirm antwortet nicht. Ich sag ihm, er soll MemeFeed aufrufen.

Wir haben kein MemeFeed, sagt Rachel.

Kannst du es installieren?

Den Müll brauchst du nicht.

Sie zieht ihren Bildschirm aus der Gesäßtasche ihrer Jeans und wiederholt meine Frage.

My Sharona?, liest sie vor.

Ach ja, stimmt! Den wirst du entweder lieben oder hassen.

Wir lassen »My Sharona« auf dem Bildschirm an der Wand laufen. Rachel erklärt sich zu einer Liebhaberin. Sie schenkt zwei Tassen Tee ein. Kamille. Soll beruhigend wirken, aber hat null Wirkung auf mich. Meine Mom ist okay. Meine Eltern sind zusammen. Ich kann nicht aufhören, diese Fakten in meinem Kopf ständig zu wiederholen.

Ich setze mich neben Rachel auf den Teppich. Unsere Knie berühren sich fast. Sie soll mich noch was fragen, sage ich. Bei jeder Jahreszahl, die sie mir zuwirft, lande ich einen Volltreffer. Jimi Hendrix. Elvis Presley. Alanis Morissette. Ich muss pinkeln. Als ich zurückkomme, ist sie in der Küche und durchsucht den Müll. Sie öffnet den Kühlschrank.

Du hast fast nichts gegessen.

Ich hab keinen Hunger.

Noch nicht, sagt sie und packt einen Burrito aus. Aber hast du schon mal jemanden mit einem schwarzen Gürtel in Mikrowellenkungfu getroffen?

Sie gibt dem Burrito kurz volle Pulle und schneidet ihn dann auf einem Teller in kleine Sushihäppchen. Macht mir keinen Druck. Beobachtet mich nicht. Interessiert sich nicht dafür, ob ich esse oder nicht. Ich beiße vom kleinsten Stück ab. Nichts Besonderes. Bohnen und Käse. Ich lecke ein kleines Körnchen Salz ab. Mache es mir auf meiner Hungerwelle bequem.

Das ist schön, sagt sie. Musik hören. Quatschen. Meine Tochter – Rose heißt sie –, wenn Rose und ich zusammen sind, schauen wir normalerweise irgendwas. Nicht unbedingt die beste Art, die gemeinsame Zeit auszukosten. Machen du und deine Mom das hier oft?

Ich muss mir ein Lachen verkneifen. Ähm. Nein? Meistens streiten wir.

Sie lässt ein Lächeln aufblitzen und sagt: Wie alle Töchter und Mütter seit Anbeginn der Zeit.

Ich nicke. Dann platzt es aus mir raus, dass mein Dad und ich sie damals in Nuuk niemals anlügen wollten.

Natürlich nicht, sagt sie.

Stecken wir in Schwierigkeiten?

Überhaupt nicht.

Nicht mal meine Mom?

Emi, sagt sie. Wir sind hier, um dafür zu sorgen, dass alle in Sicherheit sind. Das ist unser Job. Wir sind die Öffentliche Sicherheit. Das ist es, was wir machen.

Eine Pause. Wir starren beide auf den Bildschirm. Er streamt gerade Chuck Berry. 1972.

Aber ich bin neugierig, sagt sie. Wie kommst du drauf, dass deine Mom in Schwierigkeiten steckt?

Ich zucke mit den Schultern. Weiß nicht.

Hat sie je die Furien erwähnt?

Nein.

Redet sie je über Klimaverbrecher?

Nicht viel.

Also manchmal.

Alle machen das manchmal. Ich meine, immerhin haben sie die Krise verursacht.

Hat sie je den Namen Matthias Barrack erwähnt?

Denke nicht. Wer ist das?

Was ist mit Ian Rios?

Nein. Kann ich mich nicht dran erinnern.

Wo war deine Mom am Tag Null?

Sie hatte Extraktionsdienst.

War sie hier in Gowanus?

Es folgt eine unbequeme Stille, die nicht mal Chuck Berry übertönen kann. Mir wird klar, dass Rachel mich gerade ausfragt wie eine Fallmanagerin. Was sie ja auch ist. Ich weiß nicht, wo ich hinschauen oder was ich mit meinen Händen anfangen soll. Einfach nur zu existieren, fühlt sich schon verdächtig an. Als würde jede Sekunde Schweigen meine Mom schuldiger machen.

Sie hatte nichts damit zu tun, was am Tag Null passiert ist, sage ich.

Rachel atmet tief aus. Na, das ist eine Erleichterung.

Ja.

Hat sie am Tag Null mit dir gesprochen?

Ich schaue kurz zu ihr und dann sofort wieder in meinen Tee, so schnell, dass ich weiß, dass sie weiß, dass ich es weiß.

Nur um Hallo zu sagen, sage ich.

Sie arrangiert ihre Beine um und sagt, dass manchmal, wenn wir versuchen, Leute zu schützen, wir ihnen am Ende schaden. Je mehr du mir jetzt sagst, Emi, desto besser ist es für dich und deine Mom und deinen Dad.

Okay.

Also lass es uns noch mal versuchen: Wo war deine Mom am Tag Null?

Ich spüre, dass ich rot werde. Ich versuche, mich hinter meiner Teetasse zu verstecken. Warum fragst du sie das nicht selbst?

Haben wir, sagt sie gut gelaunt. Ich versuche nur zu bestätigen, was sie gesagt hat. Um ganz sicherzugehen.

Du hast gesagt, sie steckt nicht in Schwierigkeiten.

Bringt sie oft Freunde zu euch nach Hause?

Weiß nicht. Was ist oft?

Kennst du Charlie Little Crow?

Nicht wirklich.

Nicht wirklich?

Ich glaube, er ist ein Freund meiner Mutter. Warum?

Sie runzelt die Stirn, als würde sie sich Sorgen um mich machen. Und fragt mich, wie gut ich meine, meine Mutter zu kennen?

Ich hasse diese Frage. Ich hasse ihren trällernden Tonfall und das Mitleid in ihrem Blick, und dass sie offensichtlich nur so nett zu mir ist, um etwas über meine Mom rauszubekommen. Sie denkt, ich hab was zu verbergen. Was sie nicht checkt: Auch wenn wir unsere Moms theoretisch besser kennen sollten als sonst jemand – das sind schließlich die ersten Menschen, die wir in unserem Leben treffen –, kennen manche von uns ihre Mom so gut wie gar nicht.

Meine Mom hat mehr Freiwilligenstunden gesammelt als irgendjemand sonst auf unserer Plaza, sage ich. Sie ist eine Heldin des Großen Übergangs.

Ja, das ist sie, unbestritten.

Sie nippt vorsichtig an ihrer Teetasse und balanciert sie dann auf ihrem Knie. Chuck Berry wird zu Justin Bieber, aber er könnte genauso gut zu Rauschen werden. Ich habe diesen heißen Geschmack in meinem Hals, der mir sagt: *einen* unvorsichtigen Schritt und ich falle von meiner Welle.

Ich fühl mich nicht so gut, sage ich ihr. Ich glaube, ich möchte allein sein. Ich muss mich ausruhen.

Sie steht auf und streicht sich die Jeans glatt. Der Teppich hat einen sanften Abdruck von ihrem Hintern. Ich danke ihr für den Tee. Den Burrito. Sie dankt mir für die Musik. Wir machen einen auf freundlich, aber es ist geheuchelt – wie bei den Mädchen in meinem Basketballteam. Sobald sie weg ist und die Tür hinter sich schließt, habe ich ein schlechtes Gewissen, als hätte ich ihre Gefühle verletzt. Sie hat mir nur Gesellschaft geleistet. Wollte nur freundlich sein. Ich war diejenige, die sie gebeten hat, mit mir abzuhängen. Ich war diejenige, die angefangen hat, Fragen zu stellen und über meine Mom zu reden.

Ich springe auf, um mich zu entschuldigen. Aber als ich die

Tür erreiche und den Griff runterdrücke, klemmt er. Ich versuche es noch mal. Ich drücke. Ziehe. Lehne mich mit all meinem Gewicht auf den Griff. Mache eine Faust. Bin kurz davor, gegen die Tür zu hämmern und zu brüllen, als das Telefon klingelt. Ich renne über den Teppich, um abzuheben.

Alles okay?, fragt Fallmanager Rich.

Ähm, ja, sage ich und blicke in die Zimmerecken. Ich entdecke keine Kameras, aber mir stellen sich die Haare im Nacken auf, bei diesem Gefühl, man würde mich beobachten.

Bist du sicher?, fragt er.

Ehrlich gesagt, ich glaube die Tür klemmt.

Sie ist abgesperrt.

Ah, sage ich.

Aus Sicherheitsgründen, sagt er. Brauchst du irgendwas?

Nein. Schätze nicht.

Dann ruh dich gut aus.

Okay. Danke. Mache ich.

28 LARCH

NEUIGKEITEN WIE EBBE UND FLUT. AUF UND AB. GUT UND schlecht.

Eine gute Nachricht ist der Hurrikan. Weil er den Luftverkehr lahmgelegt hat. Und die Fluttore sind zu. Das verschafft uns wertvolle Zeit.

Eine schlechte Nachricht: Kein Sturm dauert ewig.

Gute Nachricht: Die Blitze haben nachgelassen.

Schlechte Nachricht: die starken Winde nicht. Die Überwachungsdrohnen sind nutzlos.

Gute Nachricht: Die Gowanus-Außenstelle hat meteorologische Drohnen, die sogar bei Hurrikanen aufsteigen können. Und sie sind mit Wärmekameras ausgestattet, die es erlauben, große Gebiete abzusuchen.

Schlechte Nachricht: Es gibt weniger als zehn dieser Drohnen. Nicht annähernd genug, um jedes Wohngebäude und jede Lagerhalle und Messehalle und Turbinenfabrik und Batteriefabrik und jeden Quantenknoten und Hangar, jedes Trockendock und die unzähligen Stapel aus Schiffscontainern zu scannen.

Gute Nachricht: Wir haben andere Möglichkeiten, um zu suchen. Wie wir schon während der Krise feststellten: Technologie ist nie die Rettung. Immer sind die Menschen entscheidend. Und davon haben wir viele. Die ganzen jungen Leute, die nach

Gowanus gepilgert sind, um den Furien zu helfen. Sie werden aus ihren Schlafsälen gescheucht und zusammengetrommelt und gebeten, raus in einen Hurrikan zu gehen und eine vermisste Fünfzehnjährige zu suchen – und sie stürzen sich auf die Gelegenheit, sich zu beweisen. Der Führungsrat teilt uns alle in Suchtrupps mit vier bis fünf Leuten ein. Ich schließe mich einer der Gruppen an, die sich in den Sturm hinauswagen. Die jungen Leute klopfen mir auf den Rücken: Keine Sorge, Sir, wir finden sie.

Uns wird eine Reihe Batterielagerhallen zugeteilt. Jemand aus unserer Crew packt dort eine Kofferdrohne aus. Lässt sie brummend bis hoch an die Decke steigen. Der Rest von uns geht zu Fuß. Wir rufen. Öffnen Schiffscontainer. Brüllen in die Dunkelheit. Als wir jeden Winkel der Halle abgesucht haben, pingen wir den Führungsrat an, um den nächsten Auftrag zu erhalten. Die Suche arbeitet sich von innen nach außen vor, wie Wellen in einem Teich. Der Mittelpunkt ist das Hubkraftspeicherwerk, wo Reena und Angel gefunden wurden. Was mich auf die schlechteste Nachricht von allen bringt: Die Leute, die Emi haben – sie sind bereit zu töten.

Gute Nachricht: Sie haben Emi nichts angetan. Kristina verspricht mir, dass es ihr gut geht.

Was meinst du?, frage ich. Wie willst du das wissen?

Weil das schon mal passiert ist.

Wir sitzen uns an einem Tisch in einer Markthalle direkt am Epizentrum der Suche gegenüber, zwischen lauter Getränke- und Essensständen. Jamba Juice. Subway. Panda Express. Die Halle dient uns als improvisierte Kommandozentrale. Leute registrieren sich. Marschieren raus in den Sturm. Essen. Ruhen sich vom Regen aus. Ich wollte eigentlich keine Pause machen, aber irgendwann zwingt dich dein Körper einfach dazu. Ich saß durchnässt und müde an einem Tisch und machte meine Zitterübungen, als Kristina auftauchte. Mir die Hand auf die

Schulter legte. Eine Tasse Kaffee. Vier Stühle um den Tisch wie die vier Punkte eines Kompasses. Sie nahm sich den Norden zu meinem Süden. Umschloss mit ihren Händen meine Hände, die wiederum die Tasse umschlossen. Kristina ist trocken. Was Sinn macht. Sie ist die Führung. Organisiert die Suche. Aber es fühlt sich auch falsch an.

Was meinst du, es ist schon mal passiert?

Erinnerst du dich an Charlie Little Crow?

Charlie? Selbstverständlich. Was ist mit ihm?

Sie haben seinen Sohn geholt.

Wer?

Ian Rios.

Wer ist Ian Rios?

Kristina wirft mir einen Blick zu, den ich nur allzu gut kenne. Sie sagt, sie ist fast schon neidisch auf meine Fähigkeit, so vollkommen ahnungslos zu sein, was in der Welt vor sich geht. Besonders gerade jetzt.

Vor einer Woche hätte uns so ein Kommentar noch direkt in einen lauten Streit katapultiert, der dann ewig um sich selbst gekreist wäre. Jetzt gerade würde sich das wie Luxus anfühlen, eine regelrechte Freude. Denn im Moment bin ich zu ausgelaugt, um zu streiten.

Sag's mir einfach, sage ich. Wer ist das?

Ein Klimaverbrecher, sagt sie. Hat sich im Handel mit Erdgas eine goldene Nase verdient. Hat den Übergang zuerst bekämpft. Dann davon profitiert und noch mal ordentlich was rausgeschlagen.

Und er hat Charlies Sohn gekidnappt.

Nicht er. Diese Leute machen nichts selbst. Auftragsagenten. Eine private Sicherheitsfirma. Die haben Charlies Jungen geholt.

Wozu?

Als Faustpfand.

Faustpfand für was?

Sicherheit. Rios' Leben.

Weil die Furien ihn umbringen wollten, sage ich, als ich endlich die Puzzlestücke zusammenbekomme. Und Charlie ist bei den Furien.

Kristina nickt.

Dann erinnere ich mich wieder an den Namen. Die Nachrichtensendung im Bahnhof Brooklyn Heights. Die jubelnden Jugendlichen. Rio war der, der auf seiner Jacht hingerichtet wurde, sage ich. Von seiner Masseurin getötet.

Physiotherapeutin, korrigiert mich Kristina. Aber ja.

Also habt ihr ihn trotzdem umgebracht. Obwohl er Charlies Jungen als Pfand hatte.

Die Furien haben ihn getötet, sagt sie.

Du hast gesagt, du bist bei den Furien.

Kristina schüttelt den Kopf: So läuft das nicht.

Wie läuft es nicht?

Wir operieren gemeinsam, aber unabhängig. Horizontal. Es gibt keine Führung.

Ich atme tief ein. Meine Sorge springt zwischen zwei Ebenen hin und her. Auf der einen Ebene will ich jedes Detail über diese Fremde erfahren, die mir gegenübersitzt. Auf der anderen Ebene geht mir das Organigramm ihrer Geheimarmee am Arsch vorbei. Mich interessiert nichts außer Emi. Wäre die Tasse in meinen Händen nicht aus Kohlenstofffasern, wäre sie schon längst zerplatzt.

Also haben sie Charlies Jungen getötet, sage ich.

Kristina senkt ihren Blick. Nickt kaum wahrnehmbar.

Sie haben Charlies Jungen getötet, wiederhole ich.

Meine Hand knallt auf den Tisch, Kaffee schwappt über den Rand meiner Tasse. Köpfe drehen sich zu uns um.

Du hast gesagt, sie würden Emi nichts tun, sage ich. Du hast es eben versprochen.

Statt wie sonst bei unseren Streitereien sofort ins rhetorische

Wettrüsten einzusteigen und zu meinem Lautstärkelevel aufzuschließen, wird Kristina ganz leise. Stupst mit ihrem Finger einen Kaffeetropfen auf der Tischplatte herum. Ich habe gesagt, dass sie ihr bis jetzt nichts getan haben, antwortet sie schließlich. Und das werden sie nicht, solange ihr Klient sicher ist.

Wer ist ihr Klient?

Das werden sie uns bald mitteilen.

Und dann?

Sie wischt sich mit dem Handrücken über die Augen.

Dann streicht ihr diese Person von eurer Todesliste, sage ich. Ihr werdet sie verflucht noch mal in Ruhe lassen.

Das kann ich nicht befehlen, flüstert sie.

Bullshit. Ich sehe doch, wie die Leute hier zu dir aufschauen.

Hier. Aber wir sind nicht zentralisiert. Das habe ich dir doch erklärt. Die Physiotherapeutin, die Rios erwischt hat? Sie war zehn Jahre undercover. Kein Kontakt. Wir haben überall Leute eingeschleust. Schläfer. Ich kann ihnen nicht sagen, was sie tun sollen. Das haben wir extra so eingerichtet. Damit keine Einzelperson die Kontrolle an sich reißen kann.

Wer auch immer unsere Tochter entführt hat, scheint das anders zu sehen.

Sie irren sich, sagt sie. Sie sind verzweifelt.

Das bin ich auch!, brülle ich, und meine Stimme bricht dabei. Tu was, Kristina!

Wir verhandeln nicht mit Terroristen, antwortet sie.

Wie kannst du das sagen? Wie kannst du das auch nur denken?

Meine Hand knallt erneut auf den Tisch. Kristina zuckt zusammen. Ich brülle. Keine Worte. Wie ein Tier, ein Schrei aus Schmerz und Wut und Verlust.

Wir haben den Sturm auf unserer Seite, sagt sie. Wir haben Zeit. Wir können sie finden. Sie ist hier.

Aber ihre Stimme ist schwach, ihre Augen sind rot. Als würde sie sich selbst nicht glauben. Als hätte sie Angst. Was sie mir noch mehr entfremdet als das geheime Leben, von dem ich eben erst erfahren habe. Ich brauche sie jetzt als sie selbst. Sie soll kämpfen. Gegen mich. Gegen irgendwas. Wirf etwas! Schlag was kaputt! Schrei! Löse das Problem, das du verursacht hast. Bring das in Ordnung! Finde unsere Tochter!

Sie vergräbt ihren Kopf auf dem Tisch in den Armen. Ihr Rücken bebt.

Ich stehe auf und schiebe meinen Stuhl neben ihren, damit wir uns nicht mehr gegenüber-, sondern Hüfte an Hüfte sitzen. Ich lege ihr die Hand auf den Rücken. Massiere sanft ihre Wirbelsäule.

Gute Nachricht: Die Panik und die Angst lassen fast keinen Platz für Wut übrig.

Schlechte Nachricht: Da ist noch so viel mehr, über das ich wütend sein sollte.

29 EMI

MEINE TÜR IST ABGESCHLOSSEN.

Meine Tür ist von außen abgeschlossen.

Meine Tür ist von außen abgeschlossen und ich werde beobachtet.

Ich gehe durch das Safe House und halte unauffällig nach Kameras Ausschau. Ich finde keine. Stattdessen finde ich weit Schlimmeres, Millionen Mal schlimmer. Zuerst entdecke ich, dass keins der Bücher einen Knick im Rücken hat – bis auf *Zähne zeigen*, das ich selber aufgeschlagen habe. Und der Spiegel im Badezimmer ist verzogen. Und ein paar Fliesen beim Klo sind nicht symmetrisch. Kleinigkeiten. Aber zusammengenommen geben sie dem Safe House plötzlich eine völlig andere Erscheinung.

Ich setze mich aufs Bett und versuche die Welle aus Panik zu reiten. Ich gehe rüber zum Bildschirm und schalte ihn an. Mir wird klar, dass das der einzige Bildschirm in ganz Nordamerika sein muss, der kein MemeFeed und keine Nachrichtensendungen und keine Verbindung zur Außenwelt hat. Dann wandern meine Augen zur Steckdose unter dem Bildschirm: Sie ist schief. Dann bemerke ich, dass die Vorhänge auf beiden Seiten des Fensters Knickfalten haben, als wären sie erst kurz zuvor aus der Verpackung genommen worden. Dann entdecke ich etwas, was den Schlag meines Herzens bremst, als wäre es mit einer zähen Flüssigkeit verstopft.

Ich stehe still. Trete langsam zum Fenster. Zähle die Sekunden zwischen den Blitzen. Ich zähle und zähle. Da ist ein Muster. Es wiederholt sich. Und wiederholt sich. Ich klopfe zwischen den Blitzen im Takt auf mein Bein, um dreifach sicherzugehen, dass ich mir das nicht einbilde.

Vier Sekunden.

Zwei Sekunden.

Drei Sekunden.

Das Muster verändert sich nie. Ich bilde es mir nicht ein. Und nicht nur die Blitze: Nach der zweisekündigen Pause bleibt ein Blatt in der unteren linken Ecke des Fensters kleben. Das Blatt flattert da bis zur viersekündigen Pause, dann fliegt es weg. Und dann passiert es noch mal. Und noch mal. Gleiches Blatt. Gleiche Stelle.

Der Boden unter mir wackelt kurz, als würde sich das Safe House bewegen. Ich beuge die Knie, um das Gleichgewicht zu halten. Lege meine Handflächen flach ans Glas, wie ich es schon im Bahnhof von Brooklyn Heights gemacht habe. Im Bahnhof konnte ich durch die Scheibe den Sturm spüren. Hier? Nichts. Weil es kein Fenster ist. Es ist ein Bildschirm. Ein in die Wand eingelassener Bildschirm, der einen Sturm in Dauerschleife abspult. Zwischen Vorhängen, die gerade erst aus der Verpackung genommen wurden. Was mir vorher wie ein schickes Zimmer vorkam, wurde offensichtlich nur hergerichtet, um schick zu wirken. Und zwar in Eile. Und nur für mich.

Ein Schrei versucht aus meiner Brust zu entkommen. Ich ermahne mich, dass sie mich beobachten. Da sind Kameras. Ich reite die Welle.

Okay.

Ich trinke an der Küchenspüle ein Glas Wasser in einem Zug. Jede Spur beruhigende Kamille hat meinen Körper längst verlassen. Ich schalte den Bildschirm an. Irgendwas, um die Stille zu übertönen. Mir fällt nur Michael Jackson ein, also muss es wohl Michael Jackson sein. »Smooth Criminal«. Ich bin eine Gefangene. Warum? Wegen meiner Mom. Sie wird kommen, um mich zu retten – und dann haben sie sie. Ich bin ein Köder. Es ist eine Falle.

Ich räume alles aus dem Kühlschrank. Leere das Gefrierfach. Küchentherapie nennt mein Vater das. Ich mixe mir einen Smoothie. Mache mir eine Pizza in der Mikrowelle. Schütte mir eine riesige Schüssel mit Cornflakes voll. Michael Jackson geht zu »Wanna Be Startin' Somethin'« über, was normalerweise mein Lieblingssong ist, aber mich jetzt gerade nur an mein Zimmer in Nuuk erinnert. Ich mache ein Glas Hafermilch in der Mikrowelle warm. Gebe etwas Zimt rein. Honig. Wie meine Mom es machen würde, wenn sie hier wäre. Ich richte mein Festessen an. Ich esse. Ich trinke. Meine Kehle will sich zuschnüren, aber ich sage Nein, Nein, Nein. Ich schlucke. Ich schlinge. Ich saufe. Und dann springe ich.

Springen ist anders als Stürzen. Wenn ich von meiner Welle stürze, habe ich die Kontrolle verloren. Wenn ich springe, dann weil ich will. Und ich will. Ich renne zum Badezimmer, falle auf die Knie, lasse das heiße, befreiende Gefühl über mich kommen. Ich liege gerade auf den kalten Fliesen – genau wie meine Mom und ihre Schwester und ihre Großmutter früher, als sie der Hitze ihrer sterbenden Welt entkommen wollten –, als Rachel hereingelaufen kommt.

Emi! Liebes. Alles okay? Du armes Ding.

Wenn ich nicht vorher schon gewusst hätte, dass sie mich beobachten: Jetzt bin ich sicher. Diese Gewissheit lässt eine weitere Reihe Wellen auf mich niederkrachen. Ich krabbele hektisch zur Toilette.

Sie hält mir die Haare. Ich sage, ich habe zu schnell gegessen. Sie murmelt, dass es okay ist.

Sie hilft mir in die Dusche. Ich wasche mich und trockne mich ab und spüle mir den Mund aus. Sie sagt, ich muss erschöpft sein. Das bin ich, nuschele ich schwach. Ich lasse sie mein ganzes Gewicht halten, während sie mir in frische Klamotten und dann ins Bett hilft. Ich nicke, als sie mir ein Glas Wasser anbietet. Nicke, als sie mir einen kalten Waschlappen für meine Stirn bringt. Nicke, dass sie die Musik und die Lichter ausmachen soll.

Ruf mich, wenn du mich brauchst, Liebes. Egal, warum. Wir sind hier. Das meine ich ernst. Ich laufe sofort her.

Danke, flüstere ich.

Sie setzt sich aufs Bett und reibt sanft meinen Arm. Ich schließe die Augen, aber ich schlafe nicht. Ich döse immer wieder ein und wache auf. Wie meine Mom in dem Kanalrohr. Nur, dass ich nicht meinen Dad habe, der mich rettet. Ich habe niemanden, der mich retten kann. Außer mir selbst. Ich öffne leicht ein Auge, als sie geht. Die Tür öffnet sich nach außen. Jetzt weiß ich, was ich tun muss.

30 LARCH

ICH SCHLIESSE MICH EINEM WEITEREN SUCHTRUPP AN. DREI Zeppelinhangars. Arbeitende sind damit beschäftigt, Turbinen für den Transport herzurichten, damit sie sofort verschifft werden können, sobald der Sturm endet. Sie unterbrechen ihre Arbeit, damit wir Container öffnen und die Schiffsladeräume inspizieren können. Die Arbeitenden lassen sich ihren Ärger nicht anmerken und bleiben höflich. Sie wollen einfach nur ihre Stunden ableisten und ihren Dienst zu Ende bringen. Nach Nuuk und zu ihren Familien zurückkehren. Ich verstehe das sehr gut. Aber trotzdem: Es fühlt sich falsch an, dass sie nicht bei der Suche helfen. Fühlt sich falsch an, dass nicht alle wissen, was Emi passiert ist. Mir passiert ist. Die ganze Welt sollte stillstehen, bis wir mein Mädchen finden.

Emi hatte keinen leichten Start ins Leben. Sechs Wochen zu früh geboren, mit Komplikationen. Seltsame Infektionen. Autoimmunprobleme. Die Ärzte waren sich nicht sicher, was da los war und warum. Dann unser erster Tag draußen aus dem Krankenhaus. Euphorisch. Eine neue Familie mit einem neuen Baby in einer neuen Stadt in einer neuen Welt. Kristina und ich saßen im Bett, das Baby zwischen uns. Wir lächelten mit ihr. Zogen Grimassen. Unsere Notfalltasche bei der Tür, falls ihr

Fieber wieder stieg. Was es immer wieder tat. Achtunddreißig. Neununddreißig. Wir hetzten stadtabwärts zum Seaport-General-Krankenhaus. Drückten sie den Pflegerinnen und Pflegern in die Hand, die wir alle schon beim Vornamen kannten. Sensoren und Thermometer und Infusionen. Ventile in allen Öffnungen von Emis winzigem Körper. Unser Baby in besten Händen, aber nicht in unseren. Wir konnten nichts tun, als bei ihr zu sein. Der längste Aufenthalt im Krankenhaus dauerte acht Tage. Wir rieben ihre winzigen Füßchen. Kristina sang ihr auf Spanisch vor. Wir schliefen nur, wenn Emi schlief. Eng umschlungen in einem sehr unbequemen Rollbett. Schwer verliebt. Und das sagten wir einander auch. Verkündeten unsere Liebe. Hielten daran fest. Es war ein bisschen wie bei der Großen Krise: Katastrophen bringen das Beste in uns hervor. Bringen uns zusammen. Ich will, dass es wieder so ist. Aber Emis Infektionen als Baby könnten sonst woher gekommen sein. Die Situation jetzt? Ist eindeutig unsere Schuld.

Wir sind durch mit den Zeppelinhangars. Pingen die Leitung an. Kehren zur Markthalle zurück, wo ich ein Stück kalte Pizza runterwürge und mir eine stille Ecke suche, um mir Emis Kopfhörer auf die Ohren zu schieben. »Purple Rain«. Ihr letztes Lied. Nein. O Gott. Ihr letztes Lied *bis jetzt*.

Meine Augen öffnen sich, als ich das grelle Rascheln einer Notdecke höre. Kristina kniet über mir. Legt mir die Decke über. Ich schüttele sie ab. Rolle mich weg. Sage ihr, dass ich mich nur kurz ausruhen muss, bevor ich wieder weitersuche.

Sie setzt sich neben mich auf den Boden. Hand auf mein Knie. Rücken an die Wand. Sie ist nass. Sie war gerade draußen, um zu suchen. Kein gutes Zeichen. Wenn die Generäle im Schützengraben kämpfen, ist der Krieg schon verloren.

Sie deutet auf Emis Kopfhörer. Fragt, was sie gehört hat.

Musik, sage ich – eine typische Emi-Antwort – und lasse die

Kopfhörer auf meinen Hals rutschen. Mir ist nicht nach teilen. Ich setze mich auf und lehne mich gegen die Wand, damit wir Seite an Seite sind. Wir sagen nichts. Wie damals, als Emi auf der Intensivstation für Neugeborene war. Abwarten. Der Moment wird unterbrochen, als eine Frau, die ich schon mal in den Büros des Führungsrats gesehen habe, zu uns rüberkommt, Kristina eine Hand auf den Unterarm legt und ihr sagt, sie solle stark bleiben.

Danke, Ruby.

Nach ihr kommt Jackson mit einem Update und drückt ihr sanft die Schulter. Dann ein Mann mit buschigen grauen Augenbrauen. Seine Knie knacksen, als er in die Hocke geht, um Kristina zu umarmen. Er nennt sie Kris. Er weint. Als wäre unser Schmerz sein Schmerz.

Kris?, frage ich, als er wieder weg ist.

Paul und ich kennen uns schon lange.

Habe ich Paul schon getroffen?

Ich glaube nicht. Er war auf meiner Tour als Botschafterin dabei.

Wie lang läuft das alles hier schon?, frage ich und weiß genau, dass ich explodieren werde, wenn sie fragt: Wie lang geht was schon?

Aber sie weiß, was ich meine: dieses andere Leben, das sie hat. Phoenix. Die Furien. Diese andere Familie, die sie Kris nennt.

Ein Jahr?, frage ich. Zwei?

Die Frau, die Rios getötet hat, antwortet Kristina, die hat eine volle Ausbildung zur Physiotherapeutin gemacht. Einfach nur, um in die Nähe von jemandem wie ihm zu kommen. Wir haben das nicht über Nacht aufgebaut.

Also mehr als zwei Jahre?

Kristina seufzt. Ja. Mehr als zwei Jahre.

Fünf?

Mehr als fünf.

Zehn? Ich bin kurz davor zu schreien. Die Zahl sollte keine Rolle spielen. Aber sie spielt eine Rolle.

Sechzehn, sagt sie.

O mein Gott. Kristina.

Wir haben am Ende des Übergangs angefangen zu organisieren. Das Fundament zu legen. Nur für den Fall.

Und zwar für welchen?

Falls die Leute vergessen. Falls die Welt die Wichser einfach damit davonkommen lässt.

O Gott, sage ich wieder. Ich denke an den Tag, bevor sie aus Nuuk abreiste. Als sie uns Frühstückstacos machte. Emi zur Schule brachte. Mich bat, die Arbeit zu schwänzen, damit wir tanzen und lachen und Liebe machen konnten. Die ganze Zeit war sie schon bei den Furien. Und davor. Lange davor. Als sie an Elternabenden Emis Klassenzimmer betrat. In all den Sommern auf der Geofarm. Als sie Emis kleine Füße auf der Intensivstation rieb. In allen unseren Erinnerungen als Familie.

Und ich dachte die ganze Zeit nur, dass du eine Affäre hast.

Ich hab dir gesagt, dass ich keine hab.

Es wäre mir lieber gewesen.

Wir lachen beide ein bisschen. Was sich sofort falsch anfühlt. Als hätten wir Emi vergessen.

Du hast mich angelogen, sage ich. Unsere ganze Ehe lang. Und Emi. Gott. Ihr ganzes Leben lang.

Ich hab nicht gelogen. Ich habe es einfach von euch ferngehalten. Wir alle mussten das tun. Um unsere Familien zu schützen.

So viel dazu.

Meine Bemerkung verletzt sie. Sie senkt den Kopf und schluchzt leise in den Hohlraum zwischen ihren gekreuzten Beinen. Es macht mich nicht froh, sie so leiden zu sehen. Aber ich bin froh, dass sie sich schlecht fühlt. Denn das sollte sie.

Ich wollte nicht, dass es so weit kommt, sagt sie. Ich habe für ein Amt kandidiert. Wir haben andere Wege probiert. So viele.

Du hast ja keine Ahnung. Wir haben ihnen Optionen angeboten. Das hier war immer nur der letzte Ausweg.

Mord, sage ich. Der letzte Ausweg war es, Menschen zu ermorden.

Kriminelle, sagt sie. Monster. Du weißt, was sie getan haben.

Und sie umbringen hilft wie genau? Die Vergangenheit kannst du nicht ändern.

Niemand versucht, die Vergangenheit zu ändern.

Sondern?

Gerechtigkeit. Eine Wunde entzündet sich, wenn man sie ignoriert. Eine Infektion breitet sich aus. Wir kommen nicht vorwärts, ohne davor zu heilen. Wir müssen den Verlust zur Kenntnis nehmen. Wir müssen Leute zur Verantwortung ziehen. Nicht für die Vergangenheit. Für die Zukunft.

Es ist falsch zu töten, sage ich. Ich kann es nicht fassen, dass ich das überhaupt aussprechen muss! Alle wissen das, Kristina. Sogar kleine Kinder wissen das.

Ihr Kopf fährt herum und sie blickt mich mit wütenden Augen an. Sagen wir mal, ich stecke dich in einen Raum mit den Leuten, die Emiliana gekidnappt haben. Du lässt sie gehen? Oder was ist mit den Leuten, die sie angeheuert haben? Wenn du weißt, dass kein Gericht sie je verurteilen wird? Keine Staatsgewalt sie je einsperren wird? Im Ernst: Was machst du dann?

Das ist was anderes.

Inwiefern?

Das ist persönlich. Es ist Familie.

Diese Leute hätten unseren Planeten zerstört, wenn wir sie gelassen hätten. Gott weiß, sie haben's versucht. Und sie werden es wieder versuchen. Sie sind schon dabei. Es ist gerade mal sechzehn Jahre her. Sechzehn Jahre sind gar nichts. Das ist der einzige Planet, den wir haben. Das einzige Zuhause, das unser Kind hat. Was kann persönlicher sein als das?

Es tut mir weh, zuzuhören, wie Kristinas Argumentation immer wieder um sich selbst kreist. Sie hatte sechzehn Jahre Zeit, um sich jede Logik und jede Rechtfertigung zurechtzulegen. Ich werde sie in fünf Minuten in der Ecke einer Markthalle nicht vom Gegenteil überzeugen können. Aber es spielt ohnehin keine Rolle. Nur Emi spielt eine Rolle. Das weiß ich. Ich weiß, dass streiten nichts hilft. Aber das war schon immer unser Problem. Wir drehen uns immer im Kreis.

Deinetwegen wären wir auf der Esplanade fast gestorben, sage ich. Emi hätte sterben können.

Was meinst du denn, warum ich unbedingt wollte, dass sie für diese Woche in den Norden reist? Denkst du ernsthaft, es war Zufall, dass ihre Mitspielerinnen sie eingeladen haben? Denkst du ernsthaft, diese Mädchen sind ihre Freundinnen? Ich habe dafür gesorgt, dass sie so weit weg ist wie möglich. *Du* bist derjenige, der sie mit auf die Esplanade genommen hat! Wie oft habe ich dich gewarnt? Wie oft habe ich dir gesagt, du sollst da nicht hingehen? Wie hätte ich das bitte noch klarer ausdrücken sollen?

Du hättest mir verraten können, dass du eine Massenhinrichtung planst.

Das habe ich dir gesagt, Larch! Ich bin ein enormes Risiko eingegangen, um dich und Emi zu warnen!

In letzter Sekunde, sage ich. Emi wurde fast totgetrampelt. Sie musste in eiskaltes Wasser springen. Sie musste um ihr Leben schwimmen. Sie hätte sterben können.

Aber das ist sie nicht. Weil wir sie dazu erzogen haben, stark und widerstandsfähig zu sein.

Ich hab sie großgezogen! Ich! Ich musste alles für sie tun!

Du tingelst mit einer professionellen Basketballmannschaft in einem Flugzeug durch Nordamerika, Larch. Du verbringst mehr Zeit damit, deinen Sauerteig zu perfektionieren, als für unsere Plaza Freiwilligendienst zu leisten. Du machst gerade mal das Mindeste. Wann hast du dich das letzte Mal eingebracht? Du engagierst dich politisch kein bisschen. Du hast keine Ahnung, was vor sich geht. Du interessierst dich mehr für den Eiweißbedarf von zwölf Sportlerinnen als für den Zustand der Welt, die deine Tochter erben wird. Das ist nicht *alles tun*. Das ist aufgeben. Du hast deine Seele verkauft.

Ich hab dem Übergang dreizehn gottverdammte Jahre gegeben! Einundzwanzig Einsätze.

Ja. Und seitdem hast du praktisch jeden Extraktionsdienst geschwänzt.

Irgendjemand musste bei Em bleiben. Irgendjemand musste den Elternpart übernehmen. Ich bin ein guter Dad.

Du bist ein großartiger Dad. Aber dein Kind alleine großziehen – das ist weiß Gott das absolute Minimum. Das ist die Mentalität, die zur Großen Krise geführt hat. Dass alle sich so sehr um ihre eigenen Kinder sorgen. Was ist mit anderen Kindern? Was ist mit dem Rest der Welt?

Hast du uns eigentlich jemals wirklich geliebt? Oder sind wir auch nur Teil deiner Tarnung?

Ich stelle die Frage, um ihr so wehzutun, wie sie mir wehtut. Aber meine sich überschlagende Stimme und meine rotztriefende Nase machen ziemlich klar, dass ich die Frage auch stelle, um mir selber wehzutun.

Sie nimmt mein Gesicht zwischen ihre Hände. Du und Emi seid meine Familie. Ich liebe euch. Natürlich tu ich das.

Was ist dann passiert?, flüstere ich. Wenn du nur einen Bruchteil der Mühe in uns gesteckt hättest, den du in all das …

Du hast keine Vorstellung, wie sehr ich das versucht habe. Der Druck, unter dem ich stehe. Du hast keine Ahnung.

Ich gebe zu, dass sie recht hat: Ich habe keine Ahnung. Keine Ahnung, wer sie wirklich ist.

Als wollten sie diese These belegen, nähert sich uns eine Gruppe von Leuten. Zwei Frauen und ein Mann. Sie sagen uns, wie leid es ihnen tut. Wie wütend sie sind. Sie umarmen Kristina.

Dieses Mal stellt mich Kristina vor. Ich nicke ihnen zu. Nehme ihre Mitleidsbekundungen an. Vergesse ihre Namen sofort. Es ist mir egal. Ich bin nicht wütend. Würde ich die Leute ermorden, die Emi gekidnappt haben? Das würde ich. Und auch ihre Auftraggeber. Damit hat Kristina recht. Ich bin ein guter Vater. Ich stehe auf, um mich einem weiteren Suchtrupp anzuschließen. Ich gebe Kristina Emis Kopfhörer. Schiebe sie ihr sanft auf den Kopf, damit auch sie es mal ertragen muss, das letzte Lied ihrer Tochter zu hören.

31 EMI

IMMER WIEDER DERSELBE FAKESTURM IN DAUERSCHLEIFE, immer im selben Fakefenster. Ich habe keine Ahnung, wie lang er schon läuft. Keine Ahnung, wie lange ich schon hier bin. Keine Möglichkeit, meine Mom zu warnen. Keine Möglichkeit, meinen Dad zu kontaktieren. Keine Möglichkeit, zu fliehen. Genauso müssen sich die Leute während der Krise gefühlt haben: hilflos. Das ist das Schlimmste: genau zu wissen, was passiert – und es trotzdem nicht verhindern zu können. Die Eltern meiner Mom nahmen sie mit, um gegen Pemex zu protestieren. Die Eltern meines Dads installierten Solaranlagen. Ich wette, dass sie tief in ihrem Inneren eigentlich wussten, dass diese kleinen Taten nichts bewirken. Aber ich frage mich, ob es sich für sie besser anfühlte, einfach irgendwas zu tun, statt gar nichts zu tun. Oder vielleicht glaubten Leute damals wirklich, dass solche Kleinigkeiten den entscheidenden Unterschied machen? Also quasi: dass sie, wenn alle zusammen genug Kleinigkeiten beisteuern, so die Krise verhindern könnten?

Und eigentlich hatten sie damit ja auch recht, erinnere ich mich selbst.

Das ist nämlich der Witz an Zusammenarbeit. An der Gegenseitigen Hilfe. So kann man das Große U bauen. Die Solarbehörde Südwest. So kann man die Welt retten.

Aber gleichzeitig ist es auch die größte Herausforderung: wirklich alle dazu zu bringen zusammenzuarbeiten. Das muss man erst mal hinkriegen.

Der Vorteil am Alleinsein: Man muss niemand anderen überzeugen.

Der Nachteil ist, man muss sich selbst überzeugen.

Ich streame einen Song – »Every Breath You Take« von dieser Band The Police – und versuche, mir das Leben im Jahr 1983 vorzustellen, als die Leute quasi keine Ahnung hatten, dass die Krise kommt. Aber sich das vorzustellen, fühlt sich genauso unmöglich an, wie mir die Welt von vor einer Woche vorzustellen, als mein größtes Problem das Schulprojekt zum Großen Übergang war. Oder für einen Skitrip zu packen, auf den ich keine Lust hatte. Oder mit meiner Mom übers Abendessen zu streiten. Leute in meinem Alter haben schon Grenzen überquert. Sklaverei überlebt. Kriege gekämpft. Familien gerettet. Sind für Fremde gestorben. Jeanne d'Arc. Harriet Tubman. Anne Frank. Mama Greta. Meine Mom. Im Vergleich zu denen: Was mache ich? Ich mache nichts. Ich liege in einem rosa-grauen Himmelbett und höre The Police.

Jedes Jahr in der Zeit vor Tag Null haben meine Eltern den gleichen Streit. Meine Mom macht sich über die ganzen Banner und Dekorationen lustig, nennt es eine unglaubliche Verschwendung von Zeit und Ressourcen, während mein Dad sagt, der Feiertag ist wichtig, damit die Leute was zum Hoffen haben und daran glauben können, dass alles gut wird.

Ich finde beides richtig. Hoffentlich wird wirklich alles gut. Aber es wird nicht von selbst passieren. Man muss die Dinge anstoßen, damit sie passieren. Stell dir vor, die Abteilung Phoenix hätte sich nie Befehlen widersetzt? Oder die New Yorker Föderation für Gegenseitige Hilfe hätte nie für einen Generalstreik gestimmt? Oder mein Dad hätte meine Mom nie in das Kanalrohr geschleppt? Was wäre passiert, wenn alle Menschen im Lauf der Geschichte in den hoffnungslosen Zeiten im Bett geblieben wären und gewartet hätten, dass jemand anderes sie rettet?

Du musst was tun, alles ist besser als nichts zu tun. Du musst einfach.

Ich greife zum Telefon und nehme den Hörer ab, noch bevor ich meine Meinung ändern kann. Rachel antwortet sofort.

Hallo, Liebes.

Ich bitte sie, sofort rüberzukommen. Da wäre was, was ich ihr sagen müsste. Was Wichtiges, was mir eingefallen ist.

Okay, sagt sie. Bin sofort da.

32 LARCH

SIE NANNTEN ES AUFFORSTUNG, UND IN DER TAT BEINHALTETE die Arbeit auch, ein paar Bäume zu pflanzen – aber vor allem musste ich graben. Das Forst Corps vom Mexicali Valley hatte sein Camp schon zu Beginn des Übergangs eingerichtet. Das Projekt hatte große Symbolkraft: Es war eine der ersten Missionen, die sich auf ein gemeinsames multinationales Biom konzentrierten, statt sich auf nationale Grenzen zu beschränken. Ich war stolz, dabei zu sein.

Es gab zwei Ziele: das Delta des Colorado River zu renaturieren und den Fluss wieder mit der Mündung im Golf von Kalifornien zu verbinden. Wir pflanzten Amerikanische Schwarzpappeln und Weiden und Mesquiten. Hartriegel und Eisenholz. Wüstenmalven und Salzgräser. Es gab eine riesige Baumschule. Zehntausende Setzlinge in unnatürlich ordentlichen Reihen. Manche Tage verbrachte ich nur damit, Bäume zu gießen, sonst nichts. An anderen Tagen arbeitete ich an den Bewässerungssystemen. Verlegte Rohre. Spannte Membranen auf, um damit Tau zu sammeln. Reparierte kaputte Ventile. Ein Großteil der eigentlichen Aufforstung hatte zu diesem Zeitpunkt schon stattgefunden. Man konnte flussaufwärts zu den Pappelhainen reisen, die im ersten Jahr des Übergangs gepflanzt worden waren. Die Bäume waren inzwischen fünf Meter hoch. Die Luft kühler.

Vögel tauchten ins glasklare Wasser des Flusses. Der Wind raschelte in den Blättern. Biber und Rotwild.

Stromabwärts sah die Lage anders aus. Der Fluss verkümmerte zu einem Rinnsal, auf beiden Seiten flankiert von Feldern aus Staub und vertrockneten Wüstensträuchern. Vor der europäischen Kolonisierung war dieses Delta noch mit Tausenden smaragdgrünen Lagunen gespickt gewesen. Um das Biom wiederherzustellen, mussten wir den Fluss wieder mit dem Tidenhub des Meeres verbinden. Dafür gruben wir Sandbänke, damit das Meerwasser stromaufwärts fließen konnte. Da die Gegend schwer zugänglich war, musste das meiste per Hand mit Schaufeln erledigt werden. Hätte das Forst Corps mich am Anfang des Übergangs dort hingeschickt, wäre ich vielleicht durchgedreht vor Langeweile. Lucas auf jeden Fall. Aber jetzt war ich älter. Fünf Stunden schaufeln war nichts. Ich wusste, was harte Arbeit ist. Ich wusste, was Verlust ist. Ich wusste, was Liebe ist.

Kristina blieb mittels altmodischer Postkarten in Verbindung mit mir. Ihre erste erreichte mich aus La Paz. Dort war sie auf einem Treffen mit einem Jugendcorps. Installierte Photovoltaikpaneele auf unmöglichen Terrakottadächern. Aber in Gedanken war sie immer noch mit mir auf dem Loop-Wanderweg in Yosemite. Und wo auch immer wir uns das nächste Mal sehen sollten.

> *Ich habe alle Verbindung zurzeit verloren, Liebling. Vergangenheit, Gegenwart, Zukunft, überall bist du. Überall sind wir. Das ist die Zukunft, die ich will. Die, die wir gemeinsam aufbauen. Lass uns diese Zukunft erschaffen.*
> *In Solidarität – K.*

Über Monate hinweg schickten wir Postkarten hin und her. Die Post kam immer kurz vor dem Abendessen im Mexicali-Camp an. Das war entweder der beste oder der schlechteste Teil meines

Tages, je nachdem ob eine Karte von Kristina kam oder nicht. Ich las von ihren Reisen durch Südamerika. Wie sie mit Arbeiterkooperativen sprach. Zukünftige Kooperationen organisierte. Projekte ins Rollen brachte. Sie schrieb mit einer derartigen Unbekümmertheit über ihren Einsatz, als wäre es geradezu ein Glück, so hart arbeiten zu müssen.

Mangroven restaurieren in Venezuela. Neues Freiwilligencorps mit 3000 organisiert, die meisten Fischer und Studenten. Knietief im Schlamm. 14-Stunden-Tage. Sonnenaufgänge zum Heulen schön.

Jede dieser Postkarten war mehr als nur Worte. Sie waren physische Gegenstände, die Kristina berührt hatte. Ich konnte sie spüren. Ihre Hingabe. Ihre Leidenschaft für eine bessere Welt. All das, weswegen ich mich so in sie verliebt hatte. Was ich aber noch mehr wollte als Details über ihre Arbeit, war das kitschige Zeug. Sie konnte per Post so zärtlich sein. Sie schrieb, wie sehr sie mich vermisste. Wie sehr sie mich liebte. Wie dringend sie wollte, dass unsere Einsätze endlich vorbei waren. Wie wäre es mit irgendeinem winterlichen Ort über Neujahr? Sie hatte noch nie Schnee gesehen. Sie wollte heiße Schokolade. Sie wollte mich.

Die Obere Hauptinsel von Michigan war sowohl winterlich als auch gut gelegen: eine direkte Verbindung mit dem Bullet Train von Tucson nach Chicago, kurz umsteigen, dann noch eine Zugfahrt durch Milwaukee nach Marquette. Gleich an dem Tag, als mein Einsatz endete, stieg ich in den Zug – ließ mich in meinen Sitz sinken, lehnte mich mit dem Kopf gegen das Fenster und schaute hinaus auf die Welt, die mit sechshundert Kilometern pro Stunde an mir vorbeirauschte. Der Zug raste durch den schwarzen Ozean aus Photovoltaikanlagen der Südwestlichen Solarbehörde. Mit einem Wimpernschlag änderte sich die Landschaft dann vollkommen, von Sonne zu Wind: Am Fenster zogen jetzt die hypnotischen Felder der Great Plains vorbei, Windräder, soweit das Auge reichte, darunter grasende Bisonherden. Ich konnte Helen und Ellen hören, als sie damals gesagt hatten, dass normale Leute wie wir nie die Chance haben würden, mit den Zügen zu fahren, die wir selber bauten. So viel hatte sich verändert, in einer Zeitspanne, die sich schrecklich lang anfühlte – und irgendwie auch schrecklich kurz.

Die Fahrt von Tucson nach Marquette fühlte sich ähnlich an: Sie dauerte nur vier Stunden – und war damit gleichzeitig zu lang und viel zu kurz. Was, wenn die Distanz und die Zeit mich und Kristina verändert hatten? Es machte mich nervös, sie zu sehen. Das Feuer und Yosemite hatten sich wie Schicksal angefühlt. Diese Reise hingegen hatten wir selbst geplant. Kristina hatte eine Hütte in einem Übergangscamp direkt am Lake Superior reserviert. Sieben Tage. So viel Zeit hatten wir noch nie allein zu zweit verbracht. In den Wochen davor hatte ich ganz nebenbei vorgeschlagen, für die ersten paar Tage ein paar Freunde einzuladen. Kristina hatte gestanden, dass sie denselben Gedanken gehabt hatte. So kam es, dass Lucas uns besuchen kam – mit zwölf Flaschen Champagner und seinem neuen Freund Rafi, der ebenfalls als Verbindungsoffizier bei der WNBA arbeitete.

Kristina hatte auch ein Pärchen eingeladen: Charlie und Katya. Freunde von ihr, die sie auf der internationalen Tour als Botschafterin kennengelernt hatte. Charlie Little Crow war ein junger Anführer der Lakota. Katya war eine schwedische Aristokratin – buchstäblich eine Prinzessin –, aber war als Teenagerin von zu Hause weggelaufen, um in einer Wohngemeinschaft zu leben, in der auch Greta Thunberg eine Weile untergekommen war, wie sie uns erzählte. Sie war ein riesiger Fan von *Corps Power.*

Mama Greta war ein Fan?, fragte ich.

Nein, ich, sagte Katya. Ich habe jede Folge gesehen. Ich erinnere mich noch gut an dich.

Hey, was ist mit mir?, fragte Lucas.

Du warst auch süß, sagte Katya. Aber Larch hat immer diesen großen Hammer geschwungen.

Vorsicht, Kleine, neckte Kristina. Das ist mein Reality-Star. Such dir deinen eigenen.

Ich hatte mich nervös gefragt, ob sich mein erstes Wiedersehen mit Kristina nach neun Monaten seltsam anfühlen würde. Aber wir hätten uns keine Sorgen machen müssen. Wir konnten die Hände nicht voneinander lassen. Sie schaffte es kaum, meinen Schoß zu verlassen. Ich konnte nicht aufhören, ihre Beine zu streicheln. Wir beide konnten es nicht erwarten, dass unsere guten, lieben Freunde endlich »Frohes Neues« rufen, zusammenpacken und abhauen würden.

Bis es so weit war, tranken wir zu sechst Champagner. Fuhren hinter der Hütte Schlitten. Rutschten auf dem gefrorenen Lake Superior rum. Entspannten uns im Whirlpool. Außerhalb der Wintersaison nutzten die Ojibwe das Camp als Trainingscenter für regenerative Landwirtschaft. Aber jetzt waren alle Hütten von urlaubenden Übergangsarbeiterinnen und -arbeitern besetzt. Abends gab es ein großes gemeinschaftliches Lagerfeuer, ansonsten blieben die Gruppen unter sich. Wir sechs waren jede Nacht lange wach und redeten. Tranken. Ich erzählte ihnen über Mexicali und die Pappelhaine – ein echter Hoffnungsschimmer, nicht nur für den Colorado River, sondern für den gesamten Übergang. Ontario hatte mit der Südwestlichen Solarbehörde soeben ein weiteres Abkommen über den Tausch von Strom gegen Visas unterzeichnet. Es waren inzwischen so viele Visas im Umlauf, dass sich die alten Staatsgrenzen wie reine Deko anfühlten. Und die Emissionen sanken signifikant. Am Amazonas gab es Anzeichen, dass er sich wieder zu der großen Kohlendioxidsenke entwickeln würde, die er mal gewesen war. Die Navy hatte ihre Nuklearflotte für die Versorgung mit Offshore-Energie bereitgestellt. Koreanische Ingenieure hatten einen effizienteren Fusionsreaktor entwickelt. Und der Bau von neuen Arbeiterstädten wie Nuuk war weit fortgeschritten. So viele Nachrichten, die Hoffnung machten.

Es ist ein guter Anfang, sagte Kristina.

Aber Jahrzehnte zu spät, fügte Charlie hinzu.

Und keiner der Klimaverbrecher wird in die Verantwortung genommen, sagte Katya.

Nein, nein, nein. Es ist Neujahr, Leute!, sagte Lucas und schwenkte eine Flasche. Heute feiern wir. Keine düsteren Untergangsszenarien, wenn ich bitten darf.

Apropos feiern, sagte Rafi und hielt Lucas seinen Becher hin, damit er ihm Champagner nachschenkte.

Kristina und ihre Freunde warfen sich kurze Blicke zu. Wir saßen alle auf dem Teppich. Der Holzofen rauschte. Schnee tippte sanft an die Fenster.

Lasst uns essen, sagte ich. Kommt, setzt euch. Abendessen ist gleich fertig.

Es hatte mich fast einen Monat gekostet, die richtigen Zutaten zu bekommen und alles zu koordinieren, um Kristina die ganze Woche über mit meinen kulinarischen Fähigkeiten beeindrucken zu können. Für unser Neujahrsessen hatte ich eine Misosuppe mit blanchiertem Seetang und getrockneten, geräucherten Shiitakepilzen, gewürfeltem Tofu und in Ringe geschnittenen Frühlingszwiebeln zubereitet. Ich hatte Eier mit Zucker und Reisessig und Gewürzen aufgeschlagen und in ganz dünnen Scheiben gebraten, die ich dann auf japanische Art um Sushireis rollen und falten konnte. Dazu warme Fingerlingkartoffeln mit karamellisierten Zwiebeln und gebratenen Kapern und Rucola. Blaubeerkuchen. Der Tisch war gedeckt. Ich bat alle, Platz zu nehmen. Erinnerte sie daran, dass ich den ganzen Tag gekocht hatte. Versprach ihnen, dass sie nicht enttäuscht sein würden.

Niemand rührte sich.

Was ist falsch am Feiern?, fragte Lucas Katya. Bitte. Sag's mir. Ich will es wissen.

Wir dürfen nicht selbstzufrieden werden, sagte Katya. Es ist noch nicht die Zeit, um sich zu entspannen. Bald werden irgendwelche Leute sagen, der Übergang wäre schon zu weit gegangen. Warte mal ab.

Na ja, was ist weit genug?, fragte Lucas. Die Frage ist durchaus gerechtfertigt.

Das ist es ja eben, sagte Charlie. Sobald wir aufhören, haben die zerstörenden Klassen gewonnen. Wir müssen immer aufmerksam bleiben. Der Übergang darf *nie* enden.

Passt nicht so ganz mit der Definition eines Übergangs zusammen, oder?, murmelte Rafi.

Ich finde es in Ordnung, zu feiern, aber wir müssen trotzdem weiterkämpfen, sagte Kristina und rutschte auf meinem Schoß kurz angespannt hin und her. Der Druck, dass alles endlich wieder *normal* werden muss, wird bald gnadenlos sein.

Ich mag normal, sagte Lucas. Mir fehlt normal. Was ist falsch an normal?

Normal hat uns an den Abgrund gebracht, warf Charlie ein.

Also brauchen wir ein besseres Normal, sagte ich. Das ist es doch, wofür wir schuften, oder? Kommt schon. Darauf können wir anstoßen.

Wir tranken auf ein neues und besseres Normal. Ich servierte das Abendessen. Wir aßen und stellten die Teller dann zum Einweichen in die Spüle, damit wir uns einmummeln und im Wald spazieren gehen konnten. Kristina und Kathy zogen an niedrigen Ästen und ließen sie zurückschnalzen, um Schnee auf Charlie und Rafi zu katapultieren. Lucas und ich ließen uns zurückfallen. Eigentlich dürfe er keiner Seele verraten, dass die Hawks vorhatten, sich in Tundra umzubenennen und nach Nuuk umzusiedeln, sagte er, aber er *müsse* es mir erzählen. Er sagte, er könne ein gutes Wort für mich einlegen. Ich könnte der Mannschaftskoch oder der Ernährungsberater werden. Aber erst müsse ich bei der Wohnungslotterie von Nuuk mitmachen. Meine Chancen stünden dabei besser, wenn ich mich gemeinsam mit Kristina bewarb.

Zwei Helden des Übergangs. Im Einsatz verletzt. Und wenn ihr euch als Familie bewerbt, könnt ihr euch die Wohneinheit sogar aussuchen, sagte er. Ihr zwei müsst heiraten und ein Kind kriegen. Am besten gestern.

Müssen wir?, fragte ich und lächelte so breit, das meine Zähne in der kalten Luft schmerzten.

Wir schafften es gerade noch rechtzeitig zurück zur Hütte. Zählten runter. Köpften mehr Champagner. Küssten uns. Läuteten das neue Jahr ein. Am nächsten Morgen umarmten Kristina und ich alle zum Abschied, schlossen die Tür und öffneten sie drei Tage lang fast kein einziges Mal.

Kristina liebte es, mit ihren Händen über meine Arme zu streichen. Meine Comicmuskeln, sagte sie. Die ganze Schaufelei in Mexicali. Und sie fand meine Sonnenbräune urkomisch. Von den Ellbogen abwärts war ich so dunkel wie sie. Aber sie bräuchte eine Schweißerbrille, wenn ich mein Hemd auszog, lachte sie dann immer. Und lass uns gar nicht erst von deinem Arsch reden, Mann. Ist wie direkt in die Sonne zu starren.

Wenn sie lächelte, verschwanden die schlimmsten Narben in ihren Lachfalten. Ihre Wunden waren zu silbrigen Striemen verheilt, die leicht von der gesunden Haut abstanden. Sie schmierte sie mit Vitaminlotionen ein. Feuchtigkeitscreme. Es war ihr egal, sagte sie. Und vielleicht stimmte das. Sie war so selbstlos. So mutig und wunderschön. Von ihrer Leidenschaft für den Übergang wurde mir schwindelig. Sogar während der begrenzten Zeit unseres Neujahrsurlaubs musste ich sie anflehen, nicht noch irgendwo freiwillig mitzuarbeiten. Sie hatte Mitleid mit den Hausmeistern, die in der Urlaubssaison so einen beschissenen Einsatz zugeteilt bekommen hatten. Können wir ihnen keine Pause verschaffen? Wir übernahmen ein paar Schneeräumdienste, aber sonst versuchte ich sie damit abzulenken und zu beglücken, ihr die kompliziertesten Gerichte zuzubereiten, die mir einfielen.

Frühstückspopovers mit einer Butter aus Minze und geriebener Grapefruitschale.

Marinierte und geröstete Nüsse.

Salate aus Blumen und Kräutern.

Tamales nach dem Rezept, das ich von den Damen in Hunts Point gelernt hatte.

Draußen baute ich uns ein Quinzhee, so wie mein Vater es mir beigebracht hatte: Ich höhlte einen riesigen Schneehaufen aus und ließ den Eingang nach innen steil ansteigen, damit so die warme Luft eingeschlossen wurde. Ich schnappte mir jede Decke, die ich in der Hütte finden konnte, und schleppte sie in das Quinzhee. Schabte kleine Regale in den Schnee und stellte Kerzen rein. Unsere Körperwärme heizte den Raum schnell auf. Wir waren vorsichtig. Danach hielten wir uns in den Armen. Ich erzählte ihr, was Lucas über die Tundra berichtet hatte. Dass er ein gutes Wort für mich einlegen wollte.

Sie runzelte die Stirn. Ich beobachtete die Schatten, die das Kerzenlicht auf ihr Gesicht und die Schneewände warf. Du willst für ein Basketballteam arbeiten?, fragte sie. Was ist mit dem Übergang?

Ich meinte danach, sagte ich.

Nach was? Wir müssen den Übergang am Leben halten.

Klar. Das weiß ich. Ist nur ein Gedanke. Falls wir übergangsweise eine Basis wollen. Einen Ort, an den wir zwischen den Schlachten zurückkehren können. Ein Zuhause.

Ich erzählte ihr von der Wohnungslotterie in Nuuk. Dass Veteran*innen des Übergangs höher platziert wurden und dass wir bessere Chancen hatten, wenn wir uns als Familie bewarben. Also nicht nur wir zwei.

Kristina antwortete nicht. Sie war sehr lang still. Ihr Kopf auf meiner Schulter.

Ich glaube, das würde mir gefallen, sagte sie endlich.

Ihr Gesicht strahlte. Ihr Atem so warm. Dieses Lächeln.

Ich glaube, das würde mir wirklich sehr gefallen.

33 LARCH

NOCH EIN SUCHEINSATZ. NOCH EINE WERKSTATT. ABER DIE anderen in meiner Crew halten nicht mehr mit meinem Tempo mit. Rufen Emis Namen nicht mehr mit derselben Dringlichkeit. Niemand klopft mir mehr auf den Rücken und versichert mir, dass es ihr gut geht. Und mein Herz macht nicht jedes Mal einen Satz, wenn ich eine Tür aufreiße. Am Anfang war ich noch überzeugt, dass ich es sein würde, der sie findet. Dann hatte ich irgendwann akzeptiert, dass es wahrscheinlich ein anderer Suchtrupp sein würde. Jetzt zweifele ich sogar daran.

Wir sind fertig mit der Werkstatt. Machen uns auf den Rückweg. Der Sturm lässt langsam nach. Der Himmel öffnet sich ein bisschen, blaue Flecken werden sichtbar. Die Trichterwindräder fahren sich aus den Laternen aus, um wieder Wind zu ernten. Der Regen lässt nach. Noch sind keine Schiffe im Kanal und keine Zeppeline am Himmel, aber wie lange noch?

Als wir die Markthalle betreten, höre ich lautes Gemurmel. Alle haben sich am hinteren Ende der Halle versammelt. Ich drängele mich durch zu Kristina, die mich schluchzend informiert, dass Emi am Leben ist. Am Leben und anscheinend gesund. Aber – und das ist noch das beste Szenario – wir werden sie nie wiedersehen.

Das Video ist kurz. Zwölf Sekunden. Frontale Kameraeinstellung. Ich hatte mit dem Schlimmsten gerechnet, aber Emi wirkt vollkommen unbeschadet. Trocken. Ihre Haare glänzen gesund. Sie trägt ihren dunkelblauen Pulli und Jeans und steht in einem luxuriösen Zimmer. Hinter ihr ein großes Himmelbett. Bücherregale mit dem Glanz von echtem Holz. Emi blickt direkt in die Kamera, als ob sie wüsste, dass sie gefilmt wird. Keine Anzeichen einer Verletzung. Sie kaut auf ihrer Lippe. Fasst sich an den Hals. Tippt mit der Hand gegen ihre Hüfte, als würde sie einen Rhythmus zählen. Kneift die Augen zusammen, als versuchte sie, uns durch den Bildschirm zu sagen, wo sie ist.

Kristina hält sich an meinem Arm fest, als wäre ich ein Pfosten.

Ich mache dasselbe bei ihr. Wir stützen uns gegenseitig.

Das Video endet. Fängt wieder von vorne an. Wir schauen uns die Dauerschleife an. Wieder und wieder. Ich wische mir mit dem Ärmel die Augen. Irgendjemand ist schon dabei, das Video auf seine Echtheit zu prüfen, erzählt mir Kristina, aber wir beide wissen, dass es kein Deepfake ist. Kein Code könnte unsere Tochter derart detailliert replizieren. Unverletzt, bis auf ihre Arme, auf denen immer noch die Kratzer von damals zu sehen sind, als sie auf die Meeresmauer kletterte und in die Bucht von Nuuk sprang. Aber da hatte sie noch ihre Mutter, um sie zu warnen. Sie hatte mich und Lucas, um ihr zu helfen. Jetzt hat sie nur sich selbst.

Dem Video ist eine schlichte, verschlüsselte Nachricht beigefügt: Jegliche weitere gezielte Hinrichtung wird mit einer gleichwertigen Gegenhandlung bestraft.

Gleichwertig, fick diese Arschlöcher, schnaubt jemand hinter uns verächtlich. Das ist eine Teenagerin.

Eine Fünfzehnjährige, die jeden Hit der Popgeschichte auswendig weiß. Die sich in der Schule so viel Mühe gibt. Die die beste Freiwurfquote der ganzen Ersatzbank hat. Die zwölf Kleinkinder dazu bringen kann, aufzuräumen und sich die Hände zu waschen. Die nie um mehr gebeten hat als um eine Katze und einen Bildschirm und Smoothies – und warum haben wir je Nein gesagt? Was haben wir uns dabei gedacht? Jetzt tu ich es nicht mehr. Denken. Stattdessen klingeln mir die Ohren vor Wut. Plötzlich verstehe ich die Furien mit einer Klarheit, die so leuchtend und durchsichtig ist wie Kristall. Ich will Rache. Vergeltung. Gerechtigkeit. Egal, wie man es nennt. Ein Bedürfnis so unmittelbar und dringend wie das Bedürfnis nach Wasser oder Luft. Das Einzige, was ich noch mehr will, als den Menschen wehzutun, die Emi haben, ist: Emi zu retten. Meine Tochter zu retten. Aber das ist das Problem, wie uns die verschlüsselte Nachricht erklärt: Beides gleichzeitig geht nicht.

Sie nennen uns keinen bestimmten Namen. Sie haben die Lektion mit Ian Rios gelernt. Haben gelernt, dass sie nirgendwo in Sicherheit sind. Dass sie ihren Physiotherapeuten und Putzfrauen und Gärtnern nicht mehr trauen können. Sie haben ihren Fehler begriffen, nämlich sich selber namentlich zu erkennen zu geben, und daraus gelernt. Stattdessen haben sie ein Konsortium gebildet. So nennen sie es. Sie haben keine Lust, auf Jachten vor der Küste erschossen zu werden. Sie wollen keine Gewalt. Und um die Furien zum Gewaltverzicht zu zwingen, werden sie Emi auf unbestimmte Zeit gefangen halten.

Das Gemurmel in der Markthalle versiegt. Ich versuche das alles zu verarbeiten. Kann es nicht verarbeiten.

Der genannte Zeitraum, er macht es unmöglich: weil es keinen gibt. Keine Deadline. Wenn die Hinrichtungen nicht aufhören, werden sie Emi töten, wie sie schon Charlies kleinen Jungen getötet haben. Den Teil verstehe ich. Und *wenn* die Hinrichtungen aufhören? Dann behalten sie Emi, damit die Hinrichtungen nie wieder losgehen.

Egal also, wie es läuft: Wir sehen sie nie wieder. Was der unplausibelste Zeitraum von allen ist. Eine Zukunft ohne Emi ist keine Zukunft. Das ist ein Abhang. Das abrupte Ende der Zeit.

Wie viele kommen infrage?, will ich wissen.

Wie viele was?

Leute, die so was tun könnten. Hunderte? Tausende?

Nicht Tausende.

Kristina und ich sind wieder in der Markthalle. Benommen. Erneut mit leeren Händen von einem Suchtrupp zurück. Ein Block Lagerhallen auf dem Flugplatz. Diesmal zusammen. Unsere Stimmen heiser davon, ständig Emis Namen zu brüllen. Unsere Augen verschwommen davon, immer wieder das Video zu schauen – als könnte jeder Durchgang der Dauerschleife der letzte sein.

Ich will helfen, sage ich. Lass mich bei euch mitarbeiten. Phoenix. Furien. Wie auch immer. Ich will sie töten.

Sag das nicht. Rede nicht so.

Ich weiß, was sie meint. Ich benehme mich, als hätten wir Emi schon verloren. Denn das haben wir. Ich habe Emi in einen Krieg geschleppt, den Kristina angezettelt hat. Und ich habe geschlafen, als sie unsere Tochter holten.

Wir sind ihre Eltern, sage ich. Es ist unsere Aufgabe, sie zu beschützen.

Wir finden sie. Es ist noch nicht zu spät.

Ich will Kristina glauben. Will glauben, dass sie jeden Zentimeter dieses Außenpostens unter strenger Kontrolle hat. Aber sogar ihr Einfluss hat Grenzen. Sie kann das Wetter nicht kontrollieren. Kann die globale Energielieferkette nicht unterbrechen. Das wird schmerzhaft klar, als Jackson mit der Ausstrahlung nervöser Dringlichkeit zu uns rüberkommt und Kristina ihren Bildschirm zeigt, um sie zu informieren, dass wir keine Zeit mehr haben.

Die Transportkooperative fordert, dass wir das Fluttor öffnen, erklärt sie. Die Piloten sind auch angepisst. Fragen, warum wir kein grünes Licht geben, damit sie starten können.

Sag ihnen, der Sturm hat uns gefickt, sagt Kristina. Sag ihnen, das Tor ist kaputt.

Und die Flieger?

Lass sie nicht starten.

Wie denn?

Sag ihnen, die Satelliten sind ausgefallen. Ist mir egal. Tu's einfach.

Jackson blickt mit schmerzerfülltem Gesicht zu einer Gruppe, die auf genau dieses Zeichen gewartet zu haben scheint. Sie kommen mit derselben nervösen Energie wie Jackson zu uns. Da ist Paul, der Kristina vorhin umarmt hat. Rishi und Ravi, die mich befragt haben. Und andere. Kristinas heimliche Familie. Die Führung der Abteilung Phoenix. Furien. Ich kann es nicht mehr auseinanderhalten.

Nuuk pingt uns an wie verrückt, erklärt Paul. Der Rat möchte wissen, was los ist. Wir müssen ihnen irgendwas sagen. Sie sind nicht glücklich.

Der Sozialrat auch nicht, fügt jemand hinzu. Eine Delegation ist auf dem Weg hierher.

Sag ihnen, wir brauchen Zeit, sagt Kristina. Einen Tag noch.

Kris, du weißt, dass das unmöglich ist. Wir haben das doch schon durchgekaut. Es tut mir leid. Wir wussten immer, dass so was passieren könnte. Jedem von uns. Ich kann noch nicht mal ansatzweise ausdrücken, wie leid mir das tut.

Kristina schüttelt den Kopf. Wir geben nicht auf, bis wir sie finden.

Es könnte sein, dass sie nicht in einem der Zeppeline ist, sagt Jackson. Vielleicht ist sie noch nicht mal auf einem Schiff. Wir werden nicht aufhören zu suchen. Wir durchforsten jedes Gebäude. Das ist ein Versprechen.

Die Gruppe murmelt zustimmend.

Nein, sagt Kristina. Die Entführer werden sie so schnell wie möglich hier wegschaffen. Nichts verlässt Gowanus, ehe wir es freigeben.

Paul fährt sich mit einer Hand übers Gesicht und erklärt im

sanftesten Tonfall, dass dreihundert Zeppeline voll beladen auf Starterlaubnis warten. Und fast ebenso viele Clipper im Kanal. Es sind zu viele, Kris. All diese Container. Es würde eine Woche dauern, sie alle zu durchsuchen. Wir können sie nicht aufhalten. Das weißt du. Nuuk wird eingreifen. Sie werden keine Versorgungsengpässe riskieren. Wir werden Gowanus verlieren. Wir werden ganz von vorne anfangen müssen. Denk ans große Ganze. Das könnte alles gefährden, was wir aufgebaut haben. All diese Jahre.

Wir haben Leute im Führungsrat!, stößt Kristina verzweifelt hervor.

Nicht genug, sagt Paul.

Nichts verlässt den Außenposten!, brüllt Kristina. Das ist ein Befehl.

Pauls Stimme wird zu einem Hauchen. Es tut mir leid, Kris. Wir haben schon abgestimmt. Es tut mir so leid.

Kristinas Schrei ist schrill und gleichzeitig tief, ich habe so was noch nie aus ihrem Mund gehört. Nicht während des Feuers, das uns beide fast verschlungen hätte. Nicht aus dem Schrubbraum in der Station für Verbrennungsopfer in Yosemite. Nicht bei der letzten Presswehe, mit der sie Emi in unsere neue, neue Welt brachte.

34 EMI

RACHEL SAGT, SIE IST AUF DEM WEG. ICH SAGE DANKE, lege den Hörer wieder auf die Station und fange an runterzuzählen.

Noch zwölf Sekunden, ich sitze aufrecht auf der Bettkante.

Elf Sekunden, ich laufe über den cremigen Teppich, um mir an der Tür die Stiefel anzuziehen.

Neun Sekunden, ich kriege meinen linken Fuß nicht in den Stiefel. Ich fluche. Fuckfuckfuckfuck. Ich stecke fest. Beschließe, barfuß zu bleiben. Beschließe, ein Stiefel ist besser als keiner. Beschließe, meinen Plan abzubrechen.

Sieben Sekunden, meine linke Hacke rutscht endlich rein. Meine Stiefel sitzen.

Sechs Sekunden, ich ziehe mir meine Regenjacke über.

Bei Sekunde fünf fällt mir plötzlich ein, dass Fallmanager Rich mich sicher beobachtet und Rachel vorwarnt. Mir wird klar, dass ich die Aktion jetzt einfach abbrechen könnte. Noch habe ich nichts Falsches getan. Noch ist es nicht zu spät. Ich laufe zurück zum Bett. Ich könnte einfach unter die Laken schlüpfen. Noch habe ich Zeit. Aber dann habe ich keine mehr.

Ich höre die Tür klicken. Das Zimmer wird auf einmal ganz schmal. Die Klinge bewegt sich. Meine Innereien verflüssigen sich. Mein Herz hämmert in meinen Ohren. Es ist Zeit, zu entscheiden, ob ich jemand bin, der nichts macht, oder jemand, der etwas macht.

Ich springe vom Bett auf. Es ist das letzte Stück rauf zum Gipfelpark, und diesen Morgen werde ich endlich meine Mom schlagen. Indem ich als Erste die Ziellinie überquere. Indem ich mit der Schulter vorausstürme. Indem ich alles gebe.

Ich ramme mit einem lauten Krachen die Tür, genau in dem Moment, als sie sich öffnet. Sie fliegt mehrere Zentimeter auf, kommt dann aber mit einem stumpfen Knall abrupt zum Stehen – und dann passieren zwei Dinge auf einmal. Zum einen schießt mir ein unglaublicher Schmerz von der Schulter in den Ellbogen und lässt meine Ohren klingeln. So heiß und explosiv, als hätte ich einen sechsten Sinn entdeckt. Ich kann meinen rechten Arm nicht bewegen und mustere ihn ein wenig verwundert. Und zugleich: ein leiser Schmerzensschrei. Aber nicht von mir.

Mit dem gesunden Arm drücke ich die Tür noch ein bisschen weiter auf und quetsche mich durch den Spalt. Hinter der Tür kniet Rachel auf dem Boden und hält sich die Nase, Blut tropft aus ihren Händen. Sie schaut auf. Unsere Blicke begegnen sich für eine Sekunde. Dann renne ich los.

Die Karte in meinem Kopf ist unvollständig, ich versuche, mich zu erinnern, wie sie mich hergebracht haben. In meinem Kopf geht es direkt hoch zur Lagerhalle und dann weiter zu einer Tür nach draußen. Eine direkte Fluchtlinie. Bloß jetzt, mit meinem Arm schlaff an der Seite und dem Schmerz in meinen Ohren, sieht nichts mehr aus wie in meinem Kopf – bis ich eine Treppe erreiche. Und an Treppen erinnere ich mich. Zwei Stockwerke, denke ich. Vielleicht drei.

Ich stürme den ersten Absatz hoch und biege um die Ecke. Ein Stockwerk über mir fliegt mit einem Knall eine Tür auf. Fallmanager Rich. Einen Arm in der Schlinge. Er sieht mich und ruft irgendwas in seinen Bildschirm. Ich höre Rachel unter mir brüllen. Ich stecke in der Falle. Vielleicht kann ich alles zurücknehmen? Mich entschuldigen? Nein, es ist zu spät. Kein Ausweg – außer dem Treppenausgang im ersten Stock. Entweder ist die Tür abgeschlossen oder sie ist es nicht. Nur zwei Möglichkeiten. Was auf seltsame Art tröstlich ist. Als wäre es irgendwie die Tür, die entscheidet, nicht ich.

Die Tür entscheidet sich, nicht abgeschlossen zu sein.

Ich bin durch. Laufe schneller. Ein Maschinenraum. Rohre und Ventile und Bildschirme. Noch ein Raum, mit Schaltkreisen und Sicherungskästen, der Geruch von Elektronik und Batterien. Enge Flure. Links abbiegen, rechts abbiegen. Treppen suchen. Einen Weg nach oben. Ich brauche *oben*. Währenddessen macht der Schmerz in meiner Schulter faszinierende Dinge mit mir. Ein Gefühl der Übelkeit breitet sich von der Schulter über den ganzen Körper aus, fast als würde der Schmerz wie eine Blume aufblühen. Aber der Schmerz schärft auch meine Sinne. Meine Augen sind weit aufgerissen. Ich fühle mich wie elektrisch geladen. Als würde ich bei jedem Schritt Funken sprühen.

Noch eine Metalltür. Noch ein enger Flur. Da ist eine Vibration im Boden. Ein ununterbrochenes Summen. Ich frage mich, ob sie Drohnen losgeschickt haben, fange an, Türen hinter mir zu schließen, vorsichtig, ohne sie zuknallen zu lassen. Verziehe das Gesicht, wenn eine Türangel quietscht. Endlich: noch eine Treppe. Ich nehme immer zwei Stufen auf einmal. Auch die Tür oben ist nicht abgeschlossen. Sie schwingt auf, und obwohl einen der Anblick von bis an die Decke gestapelten Schiffscontainern normalerweise nicht mit atemloser Freude erfüllt – bei mir passiert genau das. Ich bin in der Lagerhalle! Ich bin fast da. Dann höre ich Stimmen. Eine Tür knallt. Das mückenartige Fiepen einer Drohne.

Ich husche in das Labyrinth aus Schiffscontainern. Unmöglich zu erkennen, von wo die Stimmen kommen, die Geräusche hallen wild zwischen den Metallwänden hin und her. Ich lehne mich an einen schlammfarbenen Container, um kurz durchzuatmen. Meine Schulter brennt, als wäre sie ein Signalfeuer, ich habe Angst, dass es sie direkt zu mir führt. Und tatsächlich tut es das.

Direkt über mir, über dem Rand eines Containers, taucht eine Drohne auf. Ein rotes blinkendes Licht. Ich halte den Atem an. Erstarre zu völliger Reglosigkeit. Versuche mit reiner Willenskraft zu bewirken, dass die Drohne weiterfliegt. Aber sie bleibt in der Luft stehen. Ein kleiner Scheinwerfer springt an, taucht mich in Licht. Ich renne los, fädele mich unter lauter Antäuschungen zwischen den Containern durch, meine Stiefel quietschen auf dem Metallboden. Aber es ist hoffnungslos, einer Drohne entwischen zu wollen. Ich kann den Scheinwerfer nicht abschütteln. Ein hohes Stöhnen baut sich in meiner Kehle auf.

Rachels verstärkte Stimme ertönt von irgendwo in der Lagerhalle: Emi. Es ist okay. Wir sind nicht sauer. Wir wollen nicht, dass du dir wehtust. Komm zurück.

Wie schön es wäre, ihr glauben zu können. Einfach umdrehen und Neustart. Neustart am Tag Null, nur dieses Mal gehen mein Dad und ich nicht stadtabwärts. Oder noch weiter zurück: Meine Mom fragt mich, ob ich Schule schwänze und mit ihr zum Gipfelpark spaziere, und ich sage: Klar, Mom, so gerne. Oder noch weiter zurück, bevor meine Eltern sich kennenlernten. Bevor ihre Eltern starben. Bevor die Krise kam.

Ich biege noch mal ab. Und noch mal. Versuche alles, um zu entkommen. Und dann – klappt es.

Ich habe es aus dem Labyrinth geschafft. Vor mir eine große Metalltür mit einem runden Bullauge. Ein echtes Fenster. Verkratztes Glas. Tageslicht kriecht hindurch.

Erleichterung überfällt mich. Flutet mich mit Adrenalin, das ich gut gebrauchen kann, denn die Tür hat ein dickes Rad, für das man zwei Hände braucht. Ich verziehe vor Schmerz das Gesicht, als ich mich gegen das Rad stemme, versuche, das quälende

Stechen in Kraft umzuwandeln, um zu schreien und zu stemmen und zu drücken. Das Rad ächzt. Dreht sich. Öffnet sich und erfüllt meine Welt mit Licht.

Meine Augen tränen, so hell ist es. Ich blinzele und torkele auf das Deck eines riesigen Clipperschiffs. Das war gar keine Lagerhalle. Das Schwanken unter meinen Füßen, das ich gespürt hab: Ich habe es mir nicht eingebildet. Ich bin auf See. Über mir eine lange Schlange aus Lastzeppelinen. Der Sturm ist vorbei. Ist er schon eine Weile, den blauen Flecken nach zu urteilen, die zwischen den dunklen Wolken klaffen. Ich rieche Salz. Seetang. Spüre den Wind in meinem Gesicht. Höre das laute Schnalzen der Segel. Den xylophonartigen Klang von Drähten, die gegen Masten schlackern. In der einen Richtung trifft das Grau des Ozeans auf das Grau des Himmels. In der anderen Richtung: Land. Gowanus. Die Fluttore sind weit geöffnet und werden immer kleiner. Ich bin frei. Aber auch nicht.

Stopp! Bleib genau da, wo du bist!

Fallmanager Rich steht in der Tür. Hält eine Betäubungspistole in der gesunden Hand. Seine Brust hebt und senkt sich, er ist außer Puste. Die Drohne schlüpft an seiner Schulter vorbei, um über mich zu schweben.

Ich zittere. Weine. Es ist der Anblick der Betäubungswaffe. Es ist der pulsierende Schmerz in meiner Schulter. Es ist das Fiepen der Drohne. Es ist die Enttäuschung nach dem unerwarteten zweiten Aufwind. Es ist das Schnalzen der Segel, die mich immer weiter raus aufs offene Meer tragen. Es ist meine Mom, die mich jetzt doch nicht retten kann, es wahrscheinlich nie konnte.

Beruhige dich, sagt er. Beruhige dich. Es ist okay. Geh einfach weg von der Reling.

Rich macht einen Schritt auf mich zu. Ich mache einen Schritt zurück. Mein Hintern trifft auf Metall. Ein Geländer, hüfthoch, wie ein Rahmen um das ganze Schiff. Ich lege eine Hand auf das kalte Metall.

Stopp!, brüllt er. Weg vom Geländer! Keine Bewegung. Ich schwöre bei Gott, verdammte Scheiße ...

Er hebt die Betäubungswaffe, da taucht Rachel in der Tür auf, ein rostrotes Dreieck aus Blut auf ihrem Hemd, vom Hals bis zur Brust. Sie legt Rich eine Hand auf den Arm und stellt sich zwischen uns.

Es ist okay. Atme tief durch. Komm wieder rein, Liebes.

Hör auf, mich so zu nennen!, schreie ich gegen den Wind.

Emi. Du weißt nicht, was du da tust. Du hast Angst. Komm rein, bevor du dich verletzt. Wir sind nicht sauer. Wir wollen dich beschützen. Bitte.

Sie sagt irgendwas zu Rich, das ich nicht hören kann, ihre Worte werden vom Wind davongetragen. Jedenfalls senkt er die Waffe um ein paar Grad. Sie tauschen Blicke aus. Das könnte meine einzige Chance sein. Ich stürze los.

Emi!

Das Geländer führt in einem großen Oval ums Deck. In einem Oval gibt es kein Entrinnen. Aber alle fünfzehn Meter sind an der Reling Rettungsringe angebracht. Ich sprinte zu einem ganz hinten. Ich höre Gebrüll. Über mir knallen die riesigen Segel. Unter mir zischt und rauscht der Ozean. Ich höre meine Mom, wie sie sagt, ich bin mutig, wenn ich nur will. Ich höre meinen Dad auf der Meeresmauer, wie er mich im Meer daran erinnert, zu atmen und weiterzuschwimmen. Ich zerre den Rettungsring aus seiner Halterung. Schlüpfe mit der gesunden Schulter durch. Hebe ein Bein über die Reling.

Nein!, brüllt Rachel. Du wirst ertrinken! Emi! Stopp!

Die Sorge in ihrer Stimme klingt echt genug, um mich so lang zögern zu lassen, dass Rich mich zu fassen kriegt, als ich gerade mein anderes Bein über die Reling schwinge.

Mit seinem guten Arm packt er die Kapuze meiner Regenjacke. Wenn Angel ihm nicht den Arm verletzt hätte, würde er mich ganz einfach zurückreißen. Wenn Reena Min nicht so fest in die Rippen geboxt hätte, wäre sie vielleicht auch schon da. Wenn meine Mom mich nicht an so vielen Morgen aus dem Bett gescheucht hätte, um stadtaufwärts zu joggen ... all die Dinge, die wir für eine Zukunft machen, die wir selber vielleicht nie werden genießen können. Mit einem Schrei streife ich die Regenjacke ab und schlüpfe Rich aus den Fingern, und einfach so bin ich frei.

Und falle.

Ich höre das Knirschen der Schiffspropeller. Das Knallen der Segel. Den Wind in meinen Ohren.

Dann ein tiefer, kalter Schock. Und Stille.

35 LARCH

KRISTINA UND ICH HATTEN EINEN LANGEN EMOTIONALEN Abschied am Schnellzug-Bahnhof in Marquette. Die Welt war weiß von frischem Schnee. Das Jahr selbst war noch ganz frisch. Und wir waren frisch verliebt. Wir hatten eine gemeinsame Zukunft abgesteckt: die Wohnungslotterie von Nuuk, eine gemeinsame Familie. Aber noch nicht jetzt, beschloss Kristina. Es gab noch zu viel zu erledigen.

Ihr Einsatz als Botschafterin war vorbei. Sie hatte sich schon für die Restauration der Mangroven am Golf von Mexiko beworben. Diese Crews von der Golfküste nannten sich die Cajun-Navy, was nach Abenteuer klang – aber die Restauration von Mangroven wurde von allen als einer der jämmerlichsten Einsätze angesehen. Moskitos. Alligatoren. Krankheiten. Fäulnis. Dennoch war es für Kristina eine einfache Entscheidung. Sie fühlte sich dazu verpflichtet, die anspruchsvollsten und am schlechtesten besetzten Dienste zu übernehmen. Warum? Weil die Arbeit schließlich erledigt werden musste. Irgendjemand musste es tun. Diese Zukunft, die wir uns wünschten, mit einem Zuhause und einer Familie? Diese Zukunft konnten wir uns nicht gönnen, bis alle diese Zukunft haben konnten. Und diese Zukunft für alle würde sich nicht von selbst ergeben.

Ich war vollkommen ihrer Meinung. Der Übergang bedeutete

mir alles. Er war meine einzige Familie. Und der Grund, warum ich Kristina getroffen hatte. Ich war bereit, alles dafür zu tun. Also bewarb ich mich mit ihr an die Golfküste. Wir würden uns zusammen aufopfern. Seite an Seite.

Vielleicht hätten die Stellenbelegungsalgorithmen eingewilligt, wenn wir verheiratet gewesen wären. Aber der gemeinsame Einsatz wurde nicht durchgewunken. Kristina wurde an den Bayou geschickt, ich nach Nevada – für die zwölf einsamsten Monate meines Lebens.

Die Lithiumminen waren Löcher in der Wüste, zwischen Teichen aus blubberndem Schlamm, hundert Kilometer weg vom nächsten Baum. Es gab kein Entkommen aus der Sonne. Die Minen waren Hybridanlagen, sie fungierten gleichzeitig als Geothermiekraftwerke: Als solche erzeugten sie im Nebenprodukt eine Schlacke mit hohem Lithiumgehalt. Unser Job war es, diese Schlacke durch feine Module zu führen, die mit Perlen besetzt waren. Sobald die Perlen gesättigt waren, benutzten wir eine Säurelösung, um das Lithium auszuspülen. Ein schrecklich schmutziger Prozess vor einem gähnend leeren Horizont, weit und breit nichts zu sehen außer dem Funkeln von weit entfernten Solarfeldern und den salzverkrusteten Becken lang verschwundener urzeitlicher Ozeane.

Das Lager war klein. Mit weniger als hundert von uns besetzt. Alle mit Sonnenbrand. Alle deprimiert. Immer jemand, der sich übergab oder hustete. Die nächste Siedlung, eher eine Kreuzung, war zwanzig Kilometer entfernt. Die Straße dorthin hatte eine einzelne Stromhochleitung für Laster. Man musste am Straßenrand stehen und den Daumen hochhalten. Die selbstfahrenden Laster hielten nie. Die einzige Hoffnung war, dass ein menschlicher Fahrer lang genug die Geschwindigkeit verringerte, damit man aufspringen konnte. Ich versuchte es bei jeder Gelegenheit.

In der Siedlung holte ich Kristinas Postkarten ab und schickte meine ab. Unsere Botschaften waren inzwischen voll Schmerz, aber auf eine gute Art. Sie verströmten die geteilte Sehnsucht nach einer gemeinsamen Zukunft. Nach einer Familie. Pläne, uns in neun Monaten wiederzusehen, wenn unsere Einsätze vorbei waren. Fünf Monate. Drei. Dann bekam ich eines Tages einen Brief. Bis dahin hatten wir uns immer nur Postkarten geschickt. Der Umschlag machte mir Sorgen. Ich steckte ihn ein und wartete mit einer Gruppe auf eine Mitfahrgelegenheit zurück ins Lager. Meine Hände zitterten, als ich den Umschlag im Truck schließlich aufriss.

Kristina war schwanger gewesen. Zehnte Woche. Dann eine Fehlgeburt. Das lag bereits Monate zurück. Es war traurig, schrieb sie, aber traurige Dinge passieren nun mal. So ist das Leben. Sie hatte versucht, sich abzulenken, indem sie wieder zur Arbeit zurückgekehrt war, und sie vertraute darauf, dass ich dasselbe tun würde. Sie liebte mich. Konnte es nicht erwarten, mich wiederzusehen. Sie war stolz auf uns. Wir waren zwei loyale Soldat*innen des Übergangs. Wir leisteten harte liebevolle Arbeit für zukünftige Generationen – ob das unsere Kinder miteinschloss oder nicht.

Ich faltete den Brief zusammen und starrte auf die tote Landschaft, während der Truck durch die Wüste holperte. Mir war nicht klar gewesen, wie sehr ich eine eigene Familie wollte. Es hatte sich noch nie so nah und gleichzeitig so weit weg angefühlt. Ein Schmerz formte sich in meiner Kehle. Hinter meinen Augen. Ich dachte an Osman. Ich blinzelte in der trockenen Wüstenluft.

Der Seetang-Typ? Das gibt's doch nicht!

Ich schaute hoch. Auf der Bank mir gegenüber saß der falsche Therapeut aus der Great Northern Greens Arena. Dr. Alex. Eigentlich unmöglich. Aber da war er. Ein Jahrzehnt älter und in der hellblauen Uniform des CareCorps, aber ich erkannte ihn sofort.

Wir lachten und sprangen auf und umarmten uns. Hielten einander fest, um im schwankenden Truck das Gleichgewicht zu halten. Er hatte fünf Einsätze mit den Green Marines absolviert, Seealgenbetten an der Küste vor Neufundland verankert. Dann wurde händeringend nach professionellem Personal für die Pflege des seelischen Wohlbefindens der Übergangsarbeitenden gesucht. Er bekam eine Ausbildung und wurde dann auf Einsätze geschickt. So hatte er inzwischen jeden Winkel des Kontinents besucht.

Was ist mit dir, mein Freund?, fragte er. Wie hat es dich in diese entlegene Hölle verschlagen?

Ich öffnete den Mund. Fasste nach dem Brief in meiner Tasche – und dann strömte alles aus mir heraus. Über den Straßenlärm hinweg erzählte ich ihm von New York und Osman. Von der Schlacht ums Große U. Von den Leichen, die ich bei den Waldbränden gesehen hatte. Vom Feuer, das mich und die Frau, die ich liebte, fast getötet hatte. Ich erzählte ihm von Kristina. Dass ich Angst vorm Sterben hatte und noch einsamer war als nach dem Tod meiner Eltern.

Weil du Hoffnung hast! Du hast was, für das es sich zu leben lohnt! Das ist großartig, Alter! Habt ihr das alle gehört? Er hat Hoffnung! Yeehaw! Er jaulte und schlug mir auf den Rücken. Die anderen Männer im Truck lächelten.

Dr. Alex blieb zwei Tage und eine Nacht in unserem Lager. Ich wollte mehr Zeit mit ihm, um wieder auf den neuesten Stand zu kommen – aber ich hatte meine Arbeit und er seine. Er schlenderte über das Gelände und redete mit jedem, der jemanden zum Reden brauchte. Und das waren alle. Außerdem: um mich machte er sich keine Sorgen mehr, sagte er. Weißt du noch, was ich dich damals in den Zuschauerrängen gefragt habe?

In der Tat, das wusste ich noch: Was werde ich mit meiner Freiheit anfangen?

Tja, jetzt weißt du's, sagte er. Und das ist gruselig. Das bedeutet, du hast jetzt was zu verlieren. Aber das ist eine Million Mal besser, als nichts zu haben. Du wirst okay sein, Junge. Das kann ich spüren.

Ich war nicht überzeugt. Das Bayou war gefährlich. Kristina konnte sich verletzen. Sie war schon einmal fast gestorben. Und jetzt war ich nicht bei ihr, um sie zu beschützen. Und was, wenn der Übergang scheiterte? Die Ozeane stiegen damals noch. Immer mehr Arten starben aus. Die Katastrophe lauerte überall.

Ich will dir einen Trick zeigen, sagte Dr. Alex. Wir nennen es das Zittern.

Er brachte mir eine Abfolge aus Stellungen bei. Der Schlüssel, um den Körper zu entspannen.

Wirkt Wunder, sagte er. Stress oder Trauma oder Angststörung: Egal wie du's nennst, du kannst es abschütteln. Schon mal 'nen Hund in einem Gewitter gesehen?

Klar.

Selbe Technik. Wir sind auch nur Tiere. Das vergessen wir manchmal. Jetzt mach schon. Zitter es raus. Jep. Das ist die Idee. Gut. Jetzt versuch's noch mal.

36 EMI

KEINE PANIK. WEITERATMEN. AUCH WENN DU DAS GEFÜHL hast, du kriegst keine Luft. Halt deinen Kopf über Wasser, Liebling. Armzug. Beinschlag. Schwimm.

Bloß wohin schwimmen? Wellen wie Gebirge. Von den Gipfeln aus sehe ich nur Himmel. Dann stürze ich runter ins Tal und in die stille betäubende Kälte. Hoch und runter. Ich zittere. Nicht absichtlich. Ich lasse meinen Körper einfach zittern, er weiß, was er braucht. Ich zittere und blinzele und huste. Rot und rot. Reite die größten Wogen in die stille Tiefe. Lasse zu, dass sie mich verschluckt. Schließe die Augen. Lasse die Beine sinken. Unterwasser ist alles leise. Ruhig. Still. Aber dann nicht mehr. Ich höre ein hohes Surren. Ein Brummen, das immer lauter wird. Ich schwimme an die Oberfläche. Hebe den Kopf. Öffne die Augen und sehe den muschelbewachsenen Bug eines Bootes. Arme, die sich mir entgegenstrecken.

Ich stöhne. Ich trete aus und versuche wegzuschwimmen. Hände haken sich unter meine Achselhöhlen. Ziehen mich rückwärts über die Kante eines Gummifloßes. Ich trete und beiße und schreie. Aber es ist nicht Rich. Nicht Rachel. Ein Mann mit langem schwarzem Haar, in seinem Neoprenanzug so glitschig wie eine Robbe. Sanft nimmt er den Rettungsring von meinem Arm. Zieht mir eine Rettungsweste an. Ich schreie auf, als er dabei meine Schulter dreht. Ich weine. Meine Augen brennen. Ich rufe, dass es mir leidtut. Ich kann nicht aufhören zu zittern. Es tut mir leid! Ich weine und schreie. Der Rettungsring liegt auf dem Boden des Floßes. Ein Ring aus Schaumstoff, an dem ein rotes Licht angebracht ist. Ein Notlicht. Es blinkt rot und rot und rot.

Ein verschwommenes Durcheinander aus Booten und Händen und Wärmedecken. Stimmen, die mir sagen: Ich bin in Sicherheit. Was ich schon mal gehört habe. Der Mann im Neoprenanzug bringt mich auf ein Schiff, wo eine Frau mir die Kleidung aufschneidet und mich in Decken wickelt. Ich schätze mal, ich muss in Ohnmacht gefallen sein, weil irgendwann ist das Licht anders, und ein Sanitäter und zwei weitere Frauen sind aufgetaucht. Pistolen. Ich schreie und weine und zittere. Ich kann einfach nicht damit aufhören. Sie sagen, es ist okay. Sie sind hier, um mich zu schützen. Was ich auch schon mal gehört habe. Sie werden mich auf ihr Schiff bringen und dann aufs Festland. Nein. Ich komme nicht mit. Das mach ich nicht. Ich will meinen Dad. Wo ist mein Dad? Ich will meine Mom.

Wir bringen dich zu ihnen, sagen sie. Sie sind auf dem Weg zu dir.

Aber auch das habe ich schon mal gehört.

Sie reichen mich wie Frachtgut herum. Von Schiff zu Schiff. Sie legen an. Ich versuche zu stehen. Ich kann nicht. Sie kutschieren mich in einem Rollstuhl zu einem Krankenwagen, fahren mich zu einer Krankenstation. Vielleicht geben sie mir etwas, damit ich schlafe. Vielleicht bin ich auch einfach nur erschöpfter, als ich es jemals war. Mir fallen die Augen zu. Ich besuche Maru und Alice. Alice' Fell hat so ein leuchtendes Blau, das in blitzartigen Streifen von ihren Ohren unter ihr Kinn führt. Ich frage, ob ich das Blau streicheln darf, und sie – Alice – sagt: Na klar, Kleine, nur zu. Sie schnurrt. Ihr Schwanz zuckt genüsslich. Wie fühlt es sich an?, frage ich. So, sagt sie und macht mit ihrer Pfote bei mir dasselbe.

Ich wache auf und sehe die Hand meiner Mom an meinem Gesicht. Sie liegt neben mir. Auf meiner anderen Seite steht mein Dad. Sein Gesicht ist voller Bartstoppeln, fast ein voller Bart. Meine Mom weint stille Tränen, die wie kleine Bäche durch die Vertiefungen ihrer Narben fließen.

Hi Süße, sagt sie.

Hi Mom. Hi Dad.

SECHSTER TEIL

37 LARCH

ES IST DER LÄNGSTE UND HEFTIGSTE STREIT UNSERER EHE. UND auch der leiseste. Wir müssen flüstern, um Emi nicht zu wecken. Sie kommt frisch aus der OP. Sie hat eine neue rechte Schulter. Karbonfaser. Sie schläft. Wir haben sie aus dem Gowanus-Gesundheitscenter in diesen Raum gebracht: Kristinas geheimes Zuhause, der Ort, wo sie ihr Doppelleben geführt hat, weit weg von uns.

Ihr Zimmer ist klein. Karg. Ein Doppelbett, in dem Emi gerade schläft. Ein Schreibtisch. Ein Stuhl. Ein Bildschirm an der Wand. Eine Truhe. Ein Waschbecken mit einem Spiegel, vollgepflastert mit Fotos. Kristina hockt auf der Truhe. Ich nehme den Stuhl. Wir sitzen uns gegenüber. Wir nehmen Angriffshaltung ein. Wir streiten.

Wir streiten in Runden. Eine Runde beginnt, wenn Emis Atem langsamer wird und sie in den Schlaf wegdriftet. Eine Runde endet, sobald sie sich in ihren Laken räkelt oder stöhnt oder nach uns ruft.

Vierundzwanzig kurze Stunden zuvor dachte ich noch, ich würde sie nie wiedersehen. Wir waren in der Markthalle, als Kristinas Bildschirm mit der Nachricht pingte. Ihre Hand wanderte zu ihrem Mund. Sie konnte nicht sprechen. Sie reichte mir ihren Bildschirm: Eine Teenagerin war anderthalb Kilometer außerhalb des Fluttors aus dem Ozean gezogen worden. Orientierungslos. Unterkühlt. Heftige Verletzungen. Aber sicher. Und sie verlangte, ihre Mom und ihren Dad zu sehen.

Das Einzige, mit dem ich das Gefühl vergleichen kann, war der erste Tag Null. Als wir erfuhren, dass endlich die Zukunft eingetreten war, für die wir so hart gekämpft und so viele Opfer gebracht hatten. Nachrichten wie diese erzeugen ein seltsames verknotetes Durcheinander aus Ungläubigkeit und Trauer und Freude. Ich erlebe das Gefühl jetzt jedes Mal neu, wenn Emi in Kristinas geheimem Zimmer aufwacht und nach uns ruft. Ich bin wieder in der Intensivstation für Neugeborene und reibe ihre unmöglich kleinen Füße. Sie ist wirklich hier. Sie lebt. Dann driftet sie in den Schlaf und Kristina und ich nehmen unseren Streit wieder auf. Wir sagen schreckliche Dinge. Wir zittern vor Zorn. Wir weinen. Wir hassen einander. Wir lieben einander. Wir fassen einen Plan.

Unsere erste Runde beginnt mit den Fotos an Kristinas Spiegel. Ein dämlicher Startpunkt, aber jeder Streit muss irgendwo anfangen. Jedes Foto auf dem Spiegel zeigt Emi. Emi vor der Schule. Emi auf dem Basketballfeld. Geburtstage. Weihnachten. Halloween. Was mich wütend macht, ist der Umstand, dass die Bilder nicht einfach digitale Rahmen sind, sondern richtige Fotografien. Was bedeutet: Kristina hat sich die Zeit genommen, sie auszusuchen, sie ausdrucken zu lassen, sie an den Spiegel zu heften. Kleine Mühen, die bei einer Mutter nichts Überraschendes sein sollten. Aber bei Kristina sind sie überraschend. Das hatte ich nicht erwartet, sage ich.

Erwartet?

Hätte nie gedacht, dass es dir wichtig genug ist. Dass du dir so eine Mühe machst.

Versuchst du, einen Streit anzufangen?

Ist nur eine Feststellung. Zu Hause machst du so was nie.

Warum sollte ich auch zu Hause Fotos von Emi aufhängen, wenn ich sie in Fleisch und Blut vor mir habe?

So meine ich das nicht, das weißt du.

Für mich klingt es so, als wolltest du streiten.

Ich versuche nur, zu verstehen, warum du nie Bock hattest, irgendein alltägliches Anzeichen dafür zu geben, dass dir die Familie am Herzen liegt. Warum fällt es dir so schwer, ein bisschen Zuneigung zu zeigen?

Sie wirft mir ihren wütendsten Blick zu und sagt, dass ich gerade gemein bin.

Ich sage, es tut mir leid – es tut mir leid, ihr ein schlechtes Gewissen dafür zu machen, dass sie keine gute Mutter ist.

Sie steht auf, atmet zitternd aus und ballt die Fäuste. Sie flüstert, dass es so leicht ist, einem Kind das zu geben, was es meint, unbedingt zu wollen. Sie erklärt mir, was ich für ein Glück habe. Wie sehr sie sich wünscht, sie hätte der lustige und entspannte Elternteil sein können.

Niemand hat dir gesagt, wie du sein sollst, sage ich. Ich hab dich nie zu was gezwungen.

Einer von uns musste ihr Resilienz beibringen, sagt sie. Einer von uns musste sie davor bewahren, so zerbrechlich zu werden, wie es Kinder heute sind. Kinder, die ihr Leben am Bildschirm verbringen. Warten, dass andere ihre Probleme für sie lösen. Einer von uns musste ihr beibringen, dass das Leben hart ist. Dass schlimme Dinge passieren. *Das* ist Liebe, Larch. Was hättest du gemacht? Sie dazu erzogen, ihr ganzes Leben aufs nächste Tundra-Spiel auszurichten? Wenn es nach dir gegangen wäre, wüsste Emi nichts über den Übergang. Sie hätte keine Ahnung, wie hart wir gekämpft haben. Wie grausam das Leben sein kann. Sie hätte das hier nicht überlebt. Das weißt du. Wenn es nach dir gegangen wäre, wäre sie jetzt nicht bei uns.

Ich muss mir in die Hand beißen, um nicht zu brüllen. Ich stecke den Kopf zwischen meine Knie. Die Hände vorm Gesicht.

Ich zische und spucke, als ich Kristina aufgebracht flüsternd erinnere, dass sie es war, deretwegen Emi fast getötet worden ist. Ich erinnere sie daran, dass wir auf der Esplanade fast gestorben wären. Erinnere sie daran, dass *ich* Emi gerettet habe, während sie dreitausend Kilometer weit weg war.

Ich war nicht dreitausend Kilometer weg.

Was?

Ich war in Nuuk. Während du dich besoffen hast und unsere Tochter trotz meiner Warnungen mit auf die Esplanade geschleppt hast. Ich war dort.

Ich öffne den Mund. Zögere. Dann sage ich: Ich will es nicht wissen. Es ist mir egal. Kristina versucht, das Ganze so zu drehen, als ginge es um sie. Aber hier geht es um Emi. Es geht um unsere Tochter, die fast *gestorben* …

Emi zuckt im Bett, als würde sie spüren, dass wir eine Pause gebrauchen können.

Kristina geht rüber, um sie zuzudecken, obwohl sich keine ihrer Decken verschoben hat. Sie kehrt zu ihrer Truhe zurück und setzt sich. Schlägt ein Bein über das andere. Stellt es wieder zurück.

Wir hätten sie zu Tode verhätscheln können, sagt sie. Bei der Geburt war sie so winzig. Andere Eltern hätten das getan. Ich bin hart zu ihr. Das weiß ich. Aber Härte war genau das, was sie gebraucht hat. Schau sie dir an, Larch.

Ich schaue. Zusammen beobachten wir unsere Tochter dabei, wie sie ein- und ausatmet.

Ich hab ihr gesagt, du wärst stolz auf sie, flüstere ich.

Das bin ich.

Wir haben ziemlich viel Glück, denke ich.

Ich denke, wir haben am meisten Glück, sagt sie.

Die nächste Runde fängt wieder bei den Fotos an. Ich kann nicht anders. Emi wacht auf und ich füttere sie mit ein paar Löffeln Kartoffelsuppe. Das Rezept meiner Mutter. Kristina reibt ihr die

Beine und fragt, ob sie Musik hören möchte. Emi nickt, schläft aber ein, bevor wir es schaffen, ihre Kopfhörer zu synchronisieren. Kristina verlässt das Zimmer, um aufs Klo zu gehen. Meine Augen driften zurück zu den Fotos am Spiegel. Ich fühle mich dabei furchtbar kleinlich. Trotzdem. Ich stelle sie zur Rede, sobald sie ins Zimmer kommt, um sich die Hände zu waschen.

Warum hast du keine Fotos von mir?

Hier, sagt sie.

Sie nimmt eins vom Spiegel und wirft es mir hin. Ich hebe es vom Boden auf. Ein Foto von uns auf der Geofarm. Emi ist neun. Vielleicht zehn. Zwischen Kristina und mir. Wir posieren als Familie auf den Klippen über dem Meer. Eingefrorenes Lächeln.

Ich meinte: nur von mir und dir?

Sie wirft die Arme hoch und sagt: Erwischt.

Ich will dich nicht erwischen.

Was willst du dann von mir, was soll ich sagen?

Sie schaut sich dabei in dem kleinen Stück Spiegel an, dass sie freigelegt hat, indem sie unser einziges Familienfoto entfernt hat. Nur ihr Gesicht ist zu sehen.

Ich will, dass du mir sagst, was mit uns passiert ist.

Sie setzt sich auf die Truhe und faltet sich nach vorne über ihre Oberschenkel, die Hände auf den Knien. Mit uns beiden ist es schon seit einer sehr langen Zeit nicht mehr gut, sagt sie. Das musst du doch bemerkt haben.

Ich nicke. Ja. Aber warum?, frage ich. Was ist passiert?

Was denkst du denn, was passiert ist?

Menschen verändern sich.

Genau. Menschen verändern sich, so ist es.

Und sie geben auf. Sie hören auf, sich Mühe zu geben.

Genau, sagt sie. Nickt. Stimmt zu. Etwas Weiches in ihrem Blick.

Aber wann?

Wann was?

Wann hast du uns aufgegeben?

Ihre Augen werden hart. Sie schüttelt den Kopf und sagt, sie kann sich nicht vorstellen, wie es sein muss, so selbstbezogen und ahnungslos durchs Leben zu gehen.

Ich?, stoße ich hervor. *Ich* bin selbstbezogen? Ich? Wieso bitte bin *ich* hier der Egoist?

Abgesehen davon, dass du mich gerade anbrüllst, weil ich nicht genug Fotos von dir habe?

Da ging es um *uns*. Nicht um mich. *Du* bist diejenige, die weggelaufen ist. Du bist diejenige, die all die Jahre ein geheimes Leben geführt hat. Ich habe alles für diese Familie getan.

Leise. Du weckst sie auf.

Ich habe alles für diese Familie getan!, flüstere ich. Ich koche jede Mahlzeit ...

Du bist professioneller Koch.

Ich putze. Ich gehe zu Emis Spielen. Ich helfe mit den Hausaufgaben. Ich rede mit ihren Lehrern. Ich mache alles!

Das klingt wunderbar, Larch. Ich wünschte, ich hätte mir diesen Luxus auch leisten können. Du hast doch keine Vorstellung, was ich alles aufgeben musste. Was ich geopfert habe. Ich habe so hart für Emis Zukunft geschuftet. Für die Zukunft aller. Wage es nicht auch nur eine Sekunde, zu behaupten, ich hätte nichts getan.

Ich hab nie gesagt, du machst nichts. Du machst genau das, was du willst. Und sonst nichts.

Sie sagt mir, ich solle die Klappe halten und zuhören. Sie erzählt mir, wie sie sich vor sechzehn Jahren darauf vorbereitet hat, in den Untergrund zu gehen. Sie wussten, dass Tag Null näher rückte. Sie wussten, die Tage des Übergangs waren gezählt. Sie erinnert mich erneut an die Physiotherapeutin, die ihren Abschluss machte und nach Duluth zog, um sich einen Ruf unter den Alten und Reichen aufzubauen. Jahre und Jahre und Jahre.

Nur um irgendwann allein mit Ian Rios auf einer Jacht auf dem Lake Superior sein zu können.

Ich sollte damals Krankenschwester werden, sagt Kristina. Eine persönliche Gesundheitsassistentin. Ich sollte nach Alberta ziehen und mich in die abgeschotteten Wohnviertel der Reichen vorarbeiten und warten.

Was ist passiert?

Du, Larch. Du bist passiert. Und dann hast du dich verändert. Warum kannst du das nicht sehen? Du bist derjenige, der aufgegeben hat. Nicht ich.

An irgendeinem Zeitpunkt in einem langen Streit verliert man den Überblick über die Runden. Man fängt von vorne an. Dieselben Schritte. Dieselben Finten. Dieselben Schlagabfolgen. Du steckst dieselben Hiebe ein. Fängst an, nach ihnen zu suchen. Fängst an, ihren Schmerz zu brauchen. Um dich zu motivieren. Genauso machen Kristina und ich weiter. Zerren einander zurück in den Ring. Kristina behauptet, sie will kein Lob dafür, dass sie mit mir eine Familie gegründet hat, statt in den Untergrund zu gehen. Aber ich weiß, dass sie es eben doch will. Und ich will es ihr nicht geben. Genau wie sie mir nicht zugestehen möchte, dass ich Emi großgezogen habe. Oder meine Arbeit mit Tundra: Sie räumt ein, dass Unterhaltung und Sport wichtig sind. Aber das ist es, was Lucas macht, sagt sie. Nicht du. Sie fragt zugespitzt: Was ist mit dem Mann passiert, den ich geheiratet habe?

Der ist hier, sage ich und klopfe mir auf die Brust. Der ist genau hier.

Du warst ein Soldat des Übergangs. Du hast Tausende inspiriert. Vielleicht Millionen. Du warst ein Vorbild. Die beste Art Anführer. Du warst stark. Du warst stolz.

Ich war ein Kind.

Du warst bereit, einzuspringen, um anderen zu helfen. Du hast

Opfer gebracht. Du hast gekämpft, um die Welt zu retten. Und dafür hab ich mich in dich verliebt. Der Mann, den ich damals kennengelernt habe, würde nicht akzeptieren, was heute aus ihm geworden ist. Er war nicht an Bequemlichkeit oder Status interessiert, er ist nicht in einem Privatflugzeug rumgeflogen.

Ihre Worte sitzen. Ich verhaspele mich fast. Argumentiere dagegen: Das Flugzeug ist nicht privat. Es gehört Tundra. Einer Kooperative. Also uns allen.

Hör dir doch mal selber zu, sagt sie. Du hast versprochen, wir würden immer weiterkämpfen.

Wir haben gewonnen, Kristina. Es ist vorbei. Schon seit Jahren.

Sie schüttelt den Kopf. Frag meine Eltern, ob wir gewonnen haben. Meine Schwester. Deine Eltern. Alle, die ihre Familien verloren haben und ihr Zuhause verlassen mussten, damit ein paar wenige Reiche noch reicher werden konnten. Wir haben nicht gewonnen. Wir haben bloß den totalen Kollaps abgewendet. Das ist nicht der Sieg.

Was sollen wir denn tun? Du kannst nicht ewig weiterkämpfen.

Warum nicht?

Weil du das Leben genießen musst.

Ich genieße das Leben.

Bullshit.

Den Übergang habe ich genossen. Diese Jahre habe ich geliebt.

Und was ist mit den sechzehn Jahren danach?

Kristina schaut Emi an, dann wieder zu mir – und gibt geradeheraus zu, dass sie einsam gewesen sei.

Nein, spucke ich aus. *Ich* bin einsam gewesen!

Ich bin wütend, weil es sich so sinnlos anfühlt. Wenn ich wenigstens gewusst hätte, dass Kristina auch nur halb so einsam war wie ich. Wenn wir offen darüber gestritten hätten. Bevor es sich nach *zu spät* anfühlte.

Ich frage Kristina, ob sie das auch so empfindet: Sind wir zu spät dran?

Sie schaut auf ihre Stiefel: Ich weiß es nicht.

Wir beobachten eine lange Weile Emi, ohne zu sprechen. Wir waren nicht immer so. Ich erinnere mich, wie wir Emi früher badeten – Kristina saß danach immer auf einer Seite des Badezimmers als die Knuddelstation. Ich auf der anderen Seite als Knutschstation. Emi rannte nackt zwischen uns hin und her und kreischte, als gäbe es nichts Besseres auf der Welt, und sie hatte recht. Ich frage Kristina, ob irgendwas davon echt war. Irgendein Moment der letzten sechzehn Jahre. Ich versuche nicht, gemein zu sein, sage ich. Ich muss es einfach nur wissen. War irgendwas davon echt?

Natürlich, sagt sie. Ich liebe dich. Ich liebe Emi.

Warum war es so schwer, das zu zeigen?

Sie geht zum Waschbecken. Lässt sich Wasser über die Hände laufen. Hält sich die kühlen Handflächen an ihre Narben. Dreht sich um und flüstert, dass sie nie wusste, ob die Furien es wirklich durchziehen würden. Ob irgendwas davon wirklich passieren würde. Ich hätte jeden Moment abberufen werden können, sagt sie. Das zu wissen, das baut ein ... eine Art Schild um dich auf. Es macht alles so schwer. Emi wäre dann alleine gewesen. Ohne Mutter. Wie ich. Wie du. Ich musste sie darauf vorbereiten. Und jetzt ist sie darauf vorbereitet.

Wie meinst du das, sie *ist* darauf vorbereitet?

Sie schaut mich an, ihre Augen tief und voller Schmerz.

Du kommst nicht zurück nach Nuuk, sage ich.

Sie schüttelt den Kopf: Ich kann nicht.

Mir wird schwarz vor Augen und schummrig. Wir schweigen, bis es an der Tür klopft. Ein Krankenpfleger, der nach Emi schaut. Er kündigt sich vom Flur aus an.

Wir waren verliebt, flüstere ich, als Kristina aufsteht, um ihn reinzulassen.

Ja, sagt sie. Und das war das Beste, was mir in meinem Leben passiert ist.

Der Pfleger misst Emis Temperatur und ihren Blutdruck, ohne sie aufzuwecken. Aber der Verband an ihrer Schulter lässt sich nicht so sanft wechseln. Emi wacht vor Schmerzen auf. Verzieht das Gesicht. Bittet um Wasser. Fragt nach uns. Der Pfleger wechselt ihre Infusion. Gibt uns ein Daumen hoch und schließt wortlos die Tür hinter sich. Das kleine Bett ächzt, als Kristina und ich vorsichtig zu beiden Seiten hineinklettern. Eine kleine Familie kann so viel Wärme erzeugen. Emi schließt ihre Augen und fragt flüsternd, ob ihre Kidnapper vorhatten, sie umzubringen.

Jetzt bist du in Sicherheit, Süße, sagt Kristina. Du könntest nicht sicherer sein, nirgends auf der Welt.

Was ist mit Reena und Angel?

Ich schaue Kristina an und schüttele den Kopf, aber wie immer besteht sie darauf, Emi die Wahrheit zu sagen.

Sie haben es nicht geschafft. Es tut mir leid.

Sie sind tot?

Kristina nickt.

Emi schluchzt schluckaufartig und weint. Ich spüre ihren Herzschlag. Ich reibe ihren gesunden Arm. Zwischen den Schluchzern quetscht sie heraus, dass sie nicht wusste, ob sie ihnen vertrauen sollte. Sie wusste es nicht.

Es ist nicht deine Schuld, sage ich. Nichts davon.

Wann können wir nach Hause?, fragt sie.

Sobald die Ärzte sagen, dass du so weit bist, sage ich. Sobald du willst.

Ich spüre, wie Emis Herz schneller schlägt. Härter. Als würde es versuchen, aus dem dürren Käfig ihres Brustkorbs zu entkommen. Sie zwickt die Haut an meinem Ellbogen. Knetet sie wie Teig. Wir neigen den Bildschirm an Kristinas Wand und synchronisieren Emis Kopfhörer damit; sie darf sich aussuchen, was sie will. Sie wählt irgendeine VR-Show. Kristina und ich bleiben bei ihr im Bett und schauen ohne Ton zu. Kristina massiert langsam Emis Kopfhaut. Sobald wir sicher sind, dass sie schläft, kriechen wir vorsichtig aus dem Bett und machen einen Plan für die Zukunft unserer Familie.

Das Problem mit der Zukunft ist, dass sie nicht so ablaufen kann, wie ich es brauche. In zwei Tagen muss ich wieder in der Tundra-Küche stehen und die zweite Saisonhälfte vorbereiten. Und Emi – sie muss wieder zur Schule. Wir müssen zurück nach Hause. Aber Kristina sagt, das können wir nicht.

Für wie lange?, frage ich. Monate?

Länger.

Jahre?

Vielleicht nie.

Diese Antwort kann ich nicht akzeptieren. Ich lasse sie sie wiederholen.

Ihr könnt nicht zurück nach Nuuk. Sie wissen, wo wir wohnen. Sie werden auf euch warten. Wenn nicht jetzt, dann in einem Jahr. In zwei Jahren. Zehn. Es tut mir leid, Larch. So war das alles nicht geplant.

Ich sage, dass ihre Entschuldigung nicht reicht. Dass ihre Entschuldigung kein bisschen hilfreich ist. Wut ändert nichts, ich weiß, aber ich muss sie durch meine Adern strömen lassen. Ich erkläre Kristina, dass es mir egal ist, ob sie auf uns warten. Ich werde sie töten, bevor sie es auch nur in Emis Nähe schaffen.

Diese Leute sind ausgebildet, sagt sie. Das sind Profis.

Denen ist ein fünfzehnjähriges Mädchen entkommen. Was sind das bitte für Profis?

Sie hatte verdammt viel Glück. Wir können sie nicht für ewig beschützen.

Was ist mit deinen Leuten? Habt ihr nicht überall irgendwen eingeschleust?

Ich könnte ihre Sicherheit nicht garantieren. Das ist kein Risiko, das ich bereit bin einzugehen.

Ich schüttele den Kopf. Reibe mir die Augen.

Also was? Emi bleibt hier bei dir?

Das ist die eine Möglichkeit, sagt sie.

Ich lache auf und sage, sie ist nicht ganz dicht, wenn sie denkt, Emi verbringt den Rest ihrer Schulzeit in irgendeinem trostlosen Industriegebiet in der Hurrikanzone.

Wir sind unter weit schlimmeren Umständen aufgewachsen, sagt Kristina.

Was ist mit Schule? Was ist mit ihren Freunden?

Sie hat keine Freunde.

Ich muss aufstehen und auf und ab gehen, so wütend bin ich. Ich muss meine Stirn gegen die Wand drücken. Ich muss sagen: Nein. Auf keinen Fall. Emi bleibt nicht hier. Sie wäre das einzige Kind. Ich werde sie nicht zwingen, das zu tun. Das steht außer Frage.

Ich habe gesagt, das ist eine der Möglichkeiten, sagt Kristina.

Was ist die andere?, frage ich.

Ihr beide könntet mit mir mitkommen.

Ich lache so hart und mit so einem bellenden Geräusch, dass Emi kurz aufwacht und die Kopfhörer abnimmt, um zu fragen, ob alles in Ordnung ist. Alles wunderbar, sagen wir. Wir beruhigen sie, bis sie wieder einschläft. Dann streiten wir flüsternd weiter, mimen die Worte fast nur noch.

Kristina führt ihren Vorschlag weiter aus: Emi und ich könnten sie begleiten. Wir würden an Kristinas Seite reisen und leben. Bei den Furien wären wir sicherer als sonst irgendwo.

Du willst, dass Emi im Untergrund lebt? Sich in den Schatten versteckt? In den Schützengräben kämpft?

So arbeiten wir nicht. Wir nennen es eine bewegliche Front. Die Halbe-Erde-Biome. Indigene Gebiete. Emi würde in einem Jahr mehr von Nordamerika sehen, als die meisten Menschen in ihrem ganzen Leben.

Sie ist keine Soldatin, Kristina! Sie ist fünfzehn.

Und sie hat sich als fähiger erwiesen als die meisten Erwachsenen.

Du meinst das wirklich ernst. Ich kann nicht glauben, dass du das ernst meinst. Was ist mit der Schule?

Sie würde eine Bildung bekommen, die am wirklichen Leben orientiert ist, das kriegt sie sonst nirgends. Und die Chance, echte Freundschaften zu schließen, die auf einem gemeinsamen Ziel basieren. Mehr und mehr junge Menschen schließen sich uns an, jeden Tag.

Ja, wie Reena und Angel.

Ich würde sie nie in Gefahr bringen. Sie würde an unserer Seite bleiben.

Unsere Seite. Du denkst also, ich würde mit dir kommen.

Wenn du willst.

Ich helfe dir nicht dabei, Menschen zu ermorden.

Es ist Gerechtigkeit, nicht Mord. Du drehst alles so, wie es dir gerade passt. Vor sechsunddreißig Stunden hast du mich noch angebettelt, dass ich sie alle umbringen lasse.

Da hatten sie Emi.

Und dieselben Leute sind immer noch da draußen. Sie werden anderen wehtun. Denk mal an Charlies Jungen. Denk mal dran, was sie mit dem Planeten angestellt haben. Sie werden nie aufhören. Warum willst du uns nicht helfen? Wir könnten dich gut gebrauchen. Du bist so weit mit Tundra rumgekommen. Du kennst überall Leute.

Versuchst du gerade, mich zu rekrutieren?

Ich versuche unsere Familie zu retten.

O mein Gott, Kristina. Es steht doch völlig außer Frage, verdammt noch mal. Wir kommen nicht mit dir mit.

Wir sollten Emi entscheiden lassen.

Sie hat schon entschieden. Sie will nach Hause. Du hast sie gehört. Sobald sie so weit ist, nehme ich sie mit nach Nuuk.

Das kann ich nicht zulassen.

Du willst mich aufhalten?

Nicht ich persönlich.

Nie würde ich Kristina schlagen, aber gerade im Moment ist der Drang dazu so mächtig, dass ich meine Fäuste unter die Achseln klemmen muss. Ich muss mich zu Emi drehen und einen lautlosen Wutschrei ausstoßen.

Du hast uns das angetan, sage ich.

Habe ich nicht, sagt sie. Ich habe lediglich beschlossen zurückzukämpfen. Und du kannst das auch. Wir können zusammen sein. Als Familie. Es ist nicht zu spät.

Sie legt mir eine Hand auf die Schulter. Ich schüttele sie nicht ab. Ich versuche mir diese Zukunft vorzustellen. Ich versuche es wirklich. Lasse sie vor meinen Augen ablaufen. Sehe, wie wir uns wieder verlieben. Aber nein. Nachdem Emi so knapp dem Tod entkommen ist? Ich kann ihre Zukunft nicht einfach so besiegeln. Das kann ich nicht riskieren. Ich kann ihr nicht ihre Jugend rauben, wie die Krise uns unsere geraubt hat. Es muss noch einen anderen Weg geben. Wenn wir doch einfach neu anfangen könnten, wie ein Wald nach einem Waldbrand. Ein Sequoia, der aus einem einsamen Samen sprießt, der erst dank des Feuers platzen konnte.

Dann fällt es mir ein. Vielleicht können wir das.

Es gibt noch eine Möglichkeit, sage ich. Und du hast recht – wir sollten Emi entscheiden lassen.

Emi Vargas Brinkman
Nordamerikanische Geschichte
Mrs. Helmandi
Projekt: Der Große Übergang (erster Entwurf)

MOM SITZUNG VIII: DER GROSSE ÜBERGANG, TEIL 4

Ich: In Yosemite, hast du dich da auf den ersten Blick in Dad verliebt?

Meine Mom: Liebe auf der Station für Verbrennungsopfer? Ha. Nein.

Ich: Wann hast du dich denn dann in ihn verliebt?

Meine Mom: Du musst verstehen – dein Vater hat mir das Leben gerettet, aber viele meiner Freunde hatten nicht so viel Glück. Manche davon kannte ich seit der Zeit im Lager. Hast du schon mal vom Überlebensschuld-Syndrom gehört? Das gibt es wirklich. Es fühlte sich an, als müsste ich meine Schwester ein zweites Mal beerdigen. Ich hatte solche Schmerzen. Psychisch und körperlich. Ich war sehr deprimiert. Ich hörte die Pfleger, wie sie über mein Gesicht redeten. Sie dachten, ich schlafe. Ich war auf jeder Menge Morphium. Aber ich konnte sie hören. Ich dachte, ich würde nie wieder sehen können. Dabei wollte ich mich nur wieder verpflichten und direkt raus in den Einsatz. Jahrelang konnte ich mich noch an jedes Gesicht von jedem Wächter im Lager erinnern. Gott, wie ich die gehasst hab. Und die Grenzbeamten, die meine Eltern mitgenommen hatten. Und unsere ersten Manager im Übergang – die Profiteure, die unsere Ausrüstung verscherbelt haben. Aber irgendwann wurde mir klar, dass die Leute ganz oben schuld waren. Die, die die Fäden in der Hand hielten und in Luxus und Bequemlichkeit gelebt haben, während der Rest von uns gegeneinander kämpfen und leiden musste. Ich konnte nicht zulassen, dass sie gewinnen. Meine Schwester, meine Freunde – sie durften nicht umsonst gestorben sein. Was war noch mal deine Frage? Worüber habe ich geredet?

Ich: Wie du dich in Dad verliebt hast.

Meine Mom: Richtig. Na ja, er hat mir das Leben gerettet. Und er sah sehr gut aus. Und war berühmt, wegen *Corps Power.* Aber er war nicht einer dieser Übergangsstars, dem der Ruhm zu Kopf gestiegen ist. Er war bescheiden. Und zärtlich. Und witzig. Und hartnäckig. Und ein talentierter Koch, wie du weißt. Er hat mir Gerichte gekocht, die mich an meine Kindheit erinnert haben. Tamales. Mole. Chilis. Und nicht nur für mich. Für die gesamte Station. Patienten, Verwalter, Pfleger. Ich weiß nicht, wie er das geschafft hat. Er war schließlich auch schwer verletzt.

Ich: Wann wusstest du sicher, dass du ihn liebst?

Meine Mom: Der genaue Moment? Kann ich mich nicht erinnern. Das schleicht sich so ein bisschen ein, schätze ich.

Ich: Liebe schleicht sich ein?

Meine Mom: Du bemerkst sie nicht, bis sie schon lange da ist.

Ich: Aber woher weiß man es?

Meine Mom: Das weiß man einfach. Allerdings gibt es einen Unterschied zwischen sich verlieben und jemanden lieben.

Ich: Was ist der Unterschied?

Meine Mom: Sich verlieben ist einfach. Ist nur Chemie. Dopamin, Serotonin. Biologie. Daher kommt auch unsere soziale Veranlagung. Wir sind eine soziale Spezies. Wie fast alle Säugetiere. Einmal, in Colorado, kam ein Hund in unser Camp gelaufen, er hat wie irre gebellt, bis ich ihm zu einer Lichtung gefolgt bin, wo noch ein Hund am Boden lag, verbrannt und bewusstlos. Oder damals diese brennende Farm in Kalifornien, die Scheune voller Rauch und drinnen so viele Tiere, Schweine und Gänse und Ziegen … Alle hatten sich ganz hinten an ein Fenster gedrängt. Sie haben nicht gegeneinander gekämpft, um einen besseren Platz zu kriegen, sie haben geteilt. Kooperation: Das ist die große Erfolgsgeschichte des Lebens. Nicht Wettbewerb. Unsere Biologie drängt uns dazu, mit anderen zusammen zu sein. Zu helfen und uns zu kümmern. Deswegen ist es so leicht, sich zu verlieben. Wirst du noch sehen. Wird dir auch passieren. Aber um jemanden zu *lieben*, braucht es etwas mehr, etwas Tieferes.

Ich: Was denn zum Beispiel?

Meine Mom: Geteilte Freude. Geteilte Verluste. Geteilte Wünsche fürs Leben. Dein Vater und ich ... während des Übergangs hatten wir ein gemeinsames Ziel. Das hatten alle. Aber dann, danach ... die Menschen haben angefangen, sich zu verändern.

Ich: Inwiefern?

Meine Mom: Wir haben erst die Hälfte der Strecke hinter uns. Du hast mich das doch alles schon mal sagen hören? Die Kriminellen, die die Krise verursacht haben – viele davon leben noch, leben in Luxus, arbeiten aktiv daran, sich unseren Fortschritt wieder zu krallen. Wir haben den Job nicht zu Ende gebracht. Was uns auch klar war, vor sechzehn Jahren. Aber manche Leute fanden, wir wären weit genug gekommen. Sie haben gedacht, der Krieg ist vorbei. Wie dein Vater – er hat kein Problem damit, aus Bequemlichkeit Abstriche zu machen. Leider ist das genau die Mentalität, die uns an den Abgrund geführt hat. Nein ... streich den Teil mit deinem Dad. Okay? Vergiss, was ich gesagt habe. Er ist ein guter Mann. Er ist ein wundervoller Vater. Schreib einfach über ihn als Held des Übergangs. Denn das war er. Das ist er. Das ist der Mann, in den ich mich verliebt habe.

Gute Arbeit, Emi. Du musstest mit so vielen schwierigen Themen jonglieren. Als letzten Schritt würde ich anfangen, darüber nachzudenken, wie du alles zusammenführen kannst, was du gelernt hast. Welche Schlussfolgerungen kannst du ziehen? —Mrs. H

38 EMI

UNSER BUS LEGT BEI FLUT AN DER ZWEIUNDVIERZIGSTEN Straße an, also ist südlich von uns quasi alles Wasser. Bis auf ein paar flache Inseln, auf denen Möwen sitzen und sich ein paar Robben tummeln, die miteinander ringen und bellen und in der Sonne glänzen. Meine Mom hilft mir vom Bus auf das Dock. Sie deutet auf die Inseln und weist mich darauf hin, in welchem geometrischen Raster sie angeordnet sind. Ob ich es sehen kann? Sehe ich das Raster?

Ich sehe es, sage ich.

Die Grundmauern von alten Gebäuden, erklärt sie. Die Stadt hat sie als Riffs erhalten. Bei Ebbe können wir da rumlaufen, wenn du magst. Man kann sich eine richtige Führung geben lassen. Da kannst du dann die alten Bürgersteige erkennen und die alten Abwassergitter. Wenn das Wetter hält, können wir sogar eine Bootstour durch die Grand Central Station machen.

Ist eine ziemlich epische Tour, fügt mein Dad hinzu.

Ehrlich gesagt interessiere ich mich nicht so für alte Abwassergitter und Bürgersteige. Und die Ruinen und die Grand Central Station sind ohnehin Teil des Schulausflugs in der elften Klasse. Ich sehe das alles also nächstes Jahr sowieso. Aber meine Mom möchte unbedingt, dass ich heute einen besonderen Tag habe. Sie gibt sich Mühe. Mein Dad auch. Also lächele ich und sage: Das klingt spaßig. Aber können wir erst in den Park, wie wir ’s besprochen hatten?

Natürlich, Süße. Was immer du magst.

Sie winkt uns zwei Pedicabs ran. Eins für uns, ein zweites für Rishi und Ravi, die uns aus Sicherheitsgründen begleiten. Meine Mom geht zum Pedicab und nickt meinem Dad zu, dass er einsteigen soll.

Ladies first, sagt er. Er reicht meiner Mom die Hand, um ihr reinzuhelfen.

Ich danke Ihnen, Sir.

Das Vergnügen ist ganz meinerseits.

Ich sage fast, dass sie ruhig aufhören können, einen auf nett zu machen, aber die Sonne in meinem Gesicht ist so warm, und die Schmerzmittel für meine Schulter fühlen sich an wie eine weiche, schwere Decke – außerdem ich bin kurz davor, das erste Mal den Central Park zu sehen. Mein Dad hilft mir ins Pedicab. Ich lehne mich gegen meine Mom, mein Dad setzt sich rechts von mir hin. Der Fahrer tritt in die Pedale. In der Ferne kann ich schon Bäume erkennen. Der Fahrer fragt, ob wir Musik wollen. Meine Eltern schauen zu mir.

Haben Sie irgendwelche Oldies?, frage ich.

Er wischt auf seinem Bildschirm rum und fragt, ob ich schon mal von Queen gehört habe.

Queen ist großartig, sage ich.

Er wählt »Another One Bites the Dust«, den Song mit dem unglaublichen Bassriff. Sobald Rishi und Ravi sie hören, jubeln und johlen sie hinter uns. Ich bitte den Fahrer, die Musik aufzudrehen.

Am Anfang, als ich mich noch von meiner gebrochenen Schulter und der Unterkühlung erhole, möchte ich die ganze Zeit im Zimmer meiner Mom bleiben. Ich will es nicht verlassen – und keiner zwingt mich dazu. Meine Eltern sind immer da. Beide. Was normalerweise ein Albtraum wäre, aber sie haben sich offensichtlich auf irgendeine Waffenruhe geeinigt. Es ist mega seltsam und unnatürlich. Und gleichzeitig richtig schön. Zu dritt schauen wir Streamcasts, bis uns die Augen bluten. Wir hören Musik: Marvin Gaye und Aretha Franklin und Cher. Ein Lied von Adele ist so hübsch, dass wir alle einfach so losheulen, sogar meine Mom. Wir spielen im Bett Karten. Krieg und Gin Rommé. Nachts schläft meine Mom bei mir, wie an dem Abend, bevor sie Nuuk verlassen hat: Sie drückt mich fest an sich, sodass ich fast schmelze, auf die beste Art. Mein Dad schläft auf einer Matratze bei der Tür. Er würde nie laut aussprechen, dass er Wache hält, aber ich weiß es. Und ich bin froh, dass er da ist.

Meine Mom zieht mir die Socken an. Bürstet mir die Haare. Umarmt mich in willkürlichen Momenten. Sie ist so sanft. Wenn ich Panik kriege – weil ich Schule und Basketball verpasse –, sagt sie, ich solle mir keine Sorgen machen. Als ich am Tag von Reenas und Angels Gedenkfeier Angst habe, rauszugehen, sagt sie, ich müsse nicht. Als ich beschließe, trotzdem hinzugehen, sagt sie, dass ich mutig sei. Es ist, als wäre sie eine völlig neue Person. Ein Teil von mir erwartet die ganze Zeit, dass sie sich plötzlich umdreht und scharfe Raubtierzähne und fiese Katzenaugen hat und mir erzählt, dass ich eigentlich gestorben bin, als ich vom Schiff sprang, und sie ist nur ein Dämon, der so tut, als wäre er meine Mom, und übrigens: Willkommen in der Hölle. Nur ein einziges Mal verliert sie fast die Geduld, nämlich als ich dazu befragt werden soll, was passiert ist. Ich will nicht darüber reden. Sie sagt, das ist keine Option. Fast explodiert sie.

Emiliana. Du bist kein Kind mehr. Wir alle müssen Dinge tun, auf die wir keine Lust haben. So ist das Leben.

Also gut. Meinetwegen. Ihre Freunde befragen mich. Rishi und Ravi. Sie sind meganett. Zuerst kann ich mich nicht mehr an viel erinnern, aber je länger wir reden, desto mehr fällt mir wieder ein. Das Muttermal an Mins Haaransatz. Richs dämliche

Scherze. Welchen Arm er sich verletzt hat. Ich beschreibe das sogenannte Safe House. Das Schiff. Was sie gesagt haben. Ich versuche, mich an jedes Wort zu erinnern. Ich zögere lediglich – und mir steigen Tränen in die Augen –, als sie mich nach Angel und Reena fragen. Ich wusste nicht, dass ich ihnen trauen kann. Rishi und Ravi wollen aber nur die trockenen Fakten wissen: was passiert ist. Und ich gebe mein Bestes. Ich bin gut in Befragungen, sagen sie. Besonders interessieren sie sich für Namen. Sie rattern eine Liste davon runter. Keiner davon kommt mir bekannt vor. Bis auf einen.

Der Name. *Der.*

Matthias Barrack, wiederholen sie. Bist du sicher?

Ja, sage ich. Sie wollten wissen, ob meine Mom ihn je erwähnt habe.

Später frage ich meine Mom: Wer ist das?

Sie muss seine Verbrechen gar nicht erst auf ihrem Bildschirm nachschlagen, sie weiß sie auswendig: Finanzierung von Öl- und Teersandförderung und Pipelines bis tief in die Krise hinein. Erst über die Bank of Canada. Dann über seine eigene Firma, mit der er Lobbyarbeit gegen den Übergang machte. All die vergeudete Zeit. All die eingestrichenen Profite.

Ich frage Mom, ob die Furien ihn töten werden.

Meine Mom macht das, was auch Mrs. Helmandi oft im Klassenzimmer macht, sie dreht die Frage um: Was würdest *du* tun?

Ich will nicht, dass Leute sterben, sage ich.

Ich will auch nicht, dass Leute sterben, sagt sie.

Aber er kann damit nicht einfach davonkommen, sage ich.

Warum nicht?

Es gefällt mir, dass sie mich nach meiner Meinung fragt. Es gefällt mir, dass wir uns wie zwei Erwachsene unterhalten.

Wenn wir ihn damit davonkommen lassen, ist das eine Botschaft an alle anderen, sage ich.

Hmm. Was für eine Botschaft?

So als wäre es uns egal, was passiert ist. So als könnte jeder damit davonkommen.

Der Central Park ist Wald und Wiesen und Teiche und Brunnen. Alles, was man sehen kann, ist wunderschön – und noch schöner ist das, was man nicht sieht: keine Trichterwindräder. Keine Solaranlagen. Keine Kohlendioxidspeicher. Keine Oberleitungen für Elektrofahrzeuge. Keine Quantenknoten. Keine vertikalen Farmen. Deswegen nennen Leute den Park ein lebendiges Museum. Als hätte es die Krise nie gegeben. Zuerst fühlt es sich verschwenderisch an – all das ungenutzte Sonnenlicht und all die Erde –, aber dann fühlt es sich besonders an. Wie etwas Heiliges.

Die eine große Veränderung im Vergleich zu früher ist die Freiheitsstatue. Sie steht am nördlichen Rand des Parks Wache. Die Statue ist ebenfalls Teil der Klassenfahrt in der elften Klasse, aber nächstes Jahr müsste ich sie mit der ganzen Klasse teilen. Und heute haben wir den ganzen Ort fast für uns: nur meine Eltern und ich und Rishi und Ravi, dazu eine Reiseleiterin und vier oder fünf Extraktionsarbeitende, die einen freien Tag genießen.

Die Reiseleiterin trägt eine braune Uniform und einen breiten Hut. Sie erklärt, wie das Kultur Corps die Statue in Jahr eins des Übergangs umgezogen hat.

Mein Dad hat damals gesehen, wie sie die Statue abgebaut haben, sage ich. Oder, Dad?

Sie waren hier?, fragt ihn die Reiseleiterin. Ich auch. Welche Einheit waren Sie?

Sie und mein Dad baden kurz in Nostalgie, während der Rest von uns schweigend die Wendeltreppe hochklettert, die hinter das Gesicht der Statue führt, wo das Metall sich wie Stoff faltet, um Lippen, Nase und Augen zu formen. Von dort nehmen wir einen Lift zur Fackel, jeweils zwei Leute pro Fahrt. Ich fahre mit meiner Mom. Die Türen öffnen sich nach draußen. Eine Plattform umgibt die Fackel. Neunzig Meter über dem Boden, sagt die Reiseleiterin, als sie kurz darauf aus dem Lift steigt. Der Blick nach unten dreht mir den Magen um. Die Reling ist wie die, über die ich geklettert bin, um vom Schiff zu springen. Bloß ist diese hier dünner – und es geht tiefer in den Abgrund. Ich klammere mich mit meinem gesunden Arm daran fest. Mein anderer Arm ist mit einer blauen Schlinge an meine Seite gebunden. Meine Mom legt mir sanft eine Hand in den Nacken. Mein Dad steigt aus dem Lift. Und danach noch Rishi und Ravi. Alle hier, um mich zu beschützen. Ich atme ein. Ich reite die Welle. Ich kann kilometerweit schauen. Keine Sturmwolke weit und breit.

Wir verbringen vielleicht eine halbe Stunde auf der Fackel. Die Reiseleiterin fordert uns auf, mal so weit in die Ferne zu blicken, wie wir können. All das war zwölftausend Jahre lang das Zuhause der Lenape, sagt sie. Heute sind ihre Nachkommen die treibende Kraft hinter den erfolgreichsten regenerativen und rehabilitativen Projekten hier. Wenn du das Glück hast, hier einen Otter zu entdecken, dann danke den Lenape. Ich mustere meinen Dad. Er starrt in die Ferne, aber er hat diesen glasigen Ausdruck, als würde er eigentlich gar nichts sehen. Er bemerkt, dass ich es bemerkt habe. Und lächelt.

Die Reiseleiterin führt uns um die Plattform herum, deutet auf die Klippen am Hudson River. Die Brücken. Die erhöhten Röhren des Hyperloops. Das Große U. Die Algenfarmen und Austernfelder und Offshore-Windparks. Und wenn Sie Ihren Blick Richtung Süden wenden, sagt sie, können Sie noch gerade so das Fundament des Empire State Buildings erkennen, was uns verrät, dass gerade Ebbe ist. Ein witziges Detail für alle Übergangsspezialisten: Siebenundneunzig Prozent der Hauptmaterialien des Empire State Buildings wurden direkt für das Große U recycelt.

Der Kreislauf des Lebens, sagt Ravi, was uns aus irgendeinem Grund alle zum Lachen bringt.

Wir lassen die Sehenswürdigkeiten auf uns wirken. Dann packt mein Dad die Sandwiches aus, die er am Morgen vorbereitet hat. Der Plan war eigentlich ein Picknick im Park, aber hier oben haben wir Sonne und tolle Aussicht, also warum nicht? Er reicht die Sandwiches herum, für mich ein ganz schlichtes: Brot und Butter und brauner Zucker. Ich reiße kleine Stücke ab. Versuche meine Kehle zu entspannen. Meine Mom sagt kein Wort. Mein Dad schaut noch nicht mal in meine Richtung.

Nach dem Essen verlassen die Leute nacheinander die Plattform, bis nur noch meine Eltern und ich übrig sind. Mein Dad nickt meiner Mom zu. Sie nickt zurück.

Was?, frage ich.

Emiliana, sagt meine Mom. Ich muss mit dir reden.

Okay.

Ich sehe euch auf der Erde wieder, sagt mein Dad.

Er gibt mir aus dem Fahrstuhl zwei Daumen hoch, die Türen schließen sich, ich und meine Mom sind allein, neunzig Meter über dem Boden. Am Tag, als sie verschwand, habe ich mich geweigert, mit ihr zum Gipfelpark zu spazieren, weil ich sauer war und sie bestrafen wollte – aus Gründen, die im Rückblick ziemlich dämlich wirken. Aber ich habe mich damals auch geweigert, weil ich nervös war. So wie ich jetzt nervös bin.

Worüber möchtest du reden?, frage ich.

Auf Spanisch erklärt sie, dass sie weiß, wie hart sie zu mir war: Ich weiß, wie viel Druck ich auf dich ausgeübt habe, sagt sie. Ich weiß, dass ich hohe Ansprüche stelle.

Okay.

Die Aufgabe einer Mutter ist es, ihr Kind auf das Leben vorzubereiten. Und das Leben ist hart. Wie du jetzt gesehen hast. Und ich wollte einfach dafür sorgen, dass du stark genug bist, alle Schwierigkeiten zu bewältigen, die dir über den Weg laufen. Und du warst stark. Du bist stark. Ich bin stolz auf dich, Emiliana.

Danke, Mom.

Ich drehe kurz den Kopf, um zwei vorbeifliegenden Amseln hinterherzuschauen. Sie segeln so nah an uns vorbei, dass ich ihre Flügel durch die Luft schneiden höre. Wenn ich den Blick von ihnen abwende, muss ich weinen, das weiß ich. Auf dem Boden unter uns unterhalten sich mein Dad und die Reiseleiterin. Ich habe das Geländer so fest gepackt, dass meine Hand schmerzt.

War's das?, frage ich.

Nein, sagt meine Mom leise. Das war's noch nicht.

Sie atmet tief ein und tut etwas, das sie mir noch weniger vertraut erscheinen lässt als alles, was sie in der vergangenen Woche getan hat: Sie entschuldigt sich.

Es tut mir leid, Emi. Ich will mich entschuldigen. Dafür, was ich tun musste. Dafür, was ich tun muss. Dafür, dass ich alles so kompliziert gemacht habe. Ich mag keine Meinungsverschiedenheiten. Ich streite nicht gerne. Ich liebe dich. So sehr. Es tut mir so leid.

Ihre Entschuldigung ist wie ein Schlüssel, der mit einer einzigen Umdrehung all meine angespannten Muskeln aufschließt. Tränen schießen mir in die Augen, und ich lehne mich an ihre Brust und sage, dass es mir auch leidtut. Ich erzähle ihr vom Kidnapping und davon, wie ich mir selbst geschworen habe, alles nicht mehr so kompliziert zu machen. Manches davon sage ich auf Spanisch. Manches auf Englisch. Ich denke nicht nach, welche Sprache ich benutze, die Worte purzeln so aus mir raus, wie sie wollen. Ich werde mich nicht mehr so viel beschweren, sage ich. Ich werde alles essen. Ich werde nicht mehr versuchen, dich die ganze Zeit so wütend zu machen.

Du machst mich nicht die ganze Zeit wütend, sagt sie.

Tu ich nicht?

Sie hält kurz inne. Lächelt. Stößt ihre Schulter gegen meine und sagt, vielleicht sei sie ganz selten mal ein klein wenig beleidigt.

Wir lachen. Ich winke meinem Dad zu.

Ich will auch nicht streiten, sage ich. Also lass uns einfach damit aufhören, okay? Wir fangen neu an. Wir sind nett zueinander. Du und Dad auch. Wir alle.

Das klingt schön, sagt sie. Ich wünschte, es wäre so einfach.

Sie deutet runter auf Rishi und Ravi und sagt, dass sie hier zu meiner Sicherheit sind. Sie deutet hoch und sagt, dass sie drei Überwachungsdrohnen hier hat, die uns von Gowanus gefolgt sind.

Hier kann ich dich beschützen, sagt sie. In Nuuk kann ich das nicht.

Was meinst du damit?

Du kannst nicht nach Hause, Süße.

Doch, kann ich.

Nein. Dein Vater und ich haben entschieden. Es tut mir leid. Kannst du nicht.

Ich halte mich am Geländer fest. Der Ausblick reicht kilometerweit, aber alles, was ich sehe, sind Maru und Alice und mein Zimmer. Die Kinder in CareCorps. Das Basketballfeld. Die Schule. Mrs. Helmandi. Mein Leben.

Die Schule hat schon angefangen, sage ich. Mein Entwurf für das Projekt zum Übergang ist sowieso spät dran. Ich falle durch.

Deine Noten sind egal, sagt meine Mom.

Ich kann nicht einfach die Schule abbrechen! Ich hab nichts Falsches gemacht. Das ist nicht fair!

Vier Wörter, die meine Mom normalerweise sofort auf hundertachtzig bringen. Aber sie nickt nur und sagt, sie kann nachvollziehen, warum ich mich so fühle. Wir wollen deinen Willen respektieren, sagt sie. Deswegen haben dein Vater und ich das diskutiert. Und wir wollen dich entscheiden lassen.

Was entscheiden?

Wo du leben möchtest.

Egal wo in Nordamerika, erklärt sie. Neues Zuhause. Neue Schule. Neue Nachbarn. Alles neu. Nur so bist du in Sicherheit.

Die zerstörenden Klassen sind gerade sehr verzweifelt, sagt sie. Sie wissen, sie können sich nirgendwo verstecken. Und nichts ist gefährlicher als ein verzweifeltes Tier.

Und was ist mit dir?, frage ich und zeige auf ihre Narben. Alle werden dich erkennen. Sie werden uns finden.

Sie dreht sich zu mir und hält mich so, dass ich ihr in die Augen schauen muss.

Du hast recht, Emi. Du hast nichts Falsches gemacht. Keiner von uns. Wir haben das nicht angefangen. Aber ich muss es zu Ende bringen. Ich komme nicht mit dir und deinem Dad mit.

Ich versuche nicht loszuheulen, aber die Tränen, sie schießen einfach so aus mir raus.

Was wirst du machen? Wo gehst du hin?

In den Untergrund, sagt sie.

Mit den Furien?

Ein Nicken.

Ich komm mit dir mit, sage ich und wische mir die Nase. Ich werde Mitglied bei den Furien. Du kannst mich nicht davon abhalten. Wenn du mich nicht lässt, lauf ich einfach weg. Ich finde dich.

Großartig.

Großartig?

Sobald du mit der Schule durch bist, kannst du tun, was du willst. Ist dein Leben. Bis dahin legen wir fest, dass du bei deinem Vater wohnst.

Aber ich will nicht, dass du gehst! Du könntest verletzt werden. Du könntest sterben! Mom. Du musst bleiben. Du bist meine Mom. Bitte! Du musst!

Sie zieht mich fest an sich, unsere Köpfe berühren sich.

Wir haben nicht die Wahl, in welche Schlachten wir reingeboren werden, sagt sie. Die einzige Wahl, die wir haben: Was wir draus machen. Schließen wir uns dem Kampf an? Oder kehren wir ihm den Rücken zu?

Ich will mich dem Kampf anschließen!, sage ich und schiebe sie von mir weg, damit sie sehen kann, wie ernst ich es meine. Das ist es doch, was ich sagen will! Ich will kämpfen!

Nein, sagt sie sanft. Aber ihre Augen wirken ein bisschen glasig. Als wünschte sie sich eigentlich, sie könnte Ja sagen.

Du hast gesagt, ich kann selbst entscheiden. Das hast du wortwörtlich gerade gesagt.

Sobald du mit der Schule durch bist. Erst musst du noch ein Teenager sein. Du musst das Leben ein bisschen genießen.

Dad hat dich dazu gebracht, das zu sagen.

Dein Vater und ich sind uns einig. Wir sind deine Eltern. Wir versuchen hier, fair zu sein. Du kannst entscheiden, wo du leben möchtest, während du die Schule fertig machst. Es liegt ganz bei dir.

Ich blicke über das Land, das Tausende Jahre lang das Zuhause der Lenape war. Verglichen mit Tausenden Jahren sollten sich zweieinhalb Jahre Schule eigentlich wie ein Klacks anfühlen. Aber es kommt mir vor wie eine Ewigkeit.

Wo will Dad hin?

Ihm ist es egal. Du hast die Wahl.

Überall in Nordamerika?

Überall außer Nuuk.

Windsor-Detroit, sage ich.

Du musst nicht hier und jetzt entscheiden, sagt sie. Lass dir Zeit.

Ich brauch keine Zeit. Windsor-Detroit hat *Cleveland* als Schwesterstadt.

Aha – und?

Die Rock and Roll Hall of Fame, sage ich in einem Tonfall, als wäre das doch wohl offensichtlich.

Sie lächelt. Natürlich.

39 LARCH

MORGENGRAUEN. MIT EINEM LEEREN WASSERBUS DEN KANAL runter. Dann eine Tram zum Flugplatz von Gowanus. Schließlich in einen Hangar. Ein Aufenthaltsraum für Piloten, wo wir auf die Crew warten, die den Zeppelin startklar macht. Unser letzter Moment zusammen als Familie. Kristina und Emi und ich. Nur ist Emi nicht mehr Emi. Und ich bin nicht mehr ich. Es gab ein Kidnapping. Eine verpatzte Rettungsaktion. Wir haben die Nachrichtensendung gesehen. Wir haben uns durch Meme-Feed gescrollt. Wir sind tot. Und in wenigen Minuten werden wir in einen Zeppelin steigen, der uns in unser neues Leben in Windsor-Detroit bringt.

Kristinas Leute brauchten drei Tage, um uns zu töten und wiederauferstehen zu lassen. Emi und ich bekommen neue Namen. Eine neue Unterkunft. Neue Lebensgeschichten. Die neue Retina-ID ist am schwierigsten. Die Prozedur erfordert Expertise. Aber die Furien schleusen schon seit Jahren Leute im Untergrund hin und her. So schaffen sie es hinter die Mauern und Sicherheitszäune von Duluth. Und auf Privatjachten auf dem Lake Superior. Im Vergleich dazu ist es ein Kinderspiel, mich und Emi in einer Stadt mit neun Millionen Einwohnern verschwinden zu lassen.

Sie haben uns eine Wohneinheit besorgt, die direkt auf den Detroit River blickt. Eine Anlage für gemeinschaftliches Wohnen. Wir ziehen um wegen eines Todesfalls in der Familie. Meine Frau. Emis Mutter. Ein Unfall beim Extraktionsdienst. Wo? Was ist passiert? Wenn Emi und ich uns in den Details hier und da widersprechen, dann weil wir von der Trauer so benebelt sind. Wir trauern. Wir brauchen eine neue Umgebung. Wir brauchen einen Neuanfang. Das wird unsere Geschichte sein.

So zu tun, als ob, das wird in manchen Bereichen eine Herausforderung sein. In anderen nicht. So oft habe ich mich schon von Kristina verabschieden müssen. Den ganzen Übergang hindurch. Bei jedem ihrer Extraktionsdienste. Nach unseren schlimmsten Streits. Manchmal auch lautlos in meinem Kopf. Andere Male sehr laut. Dieser Abschied fühlt sich trotzdem anders an. Als könnte es der letzte sein.

Kristinas Bildschirm leuchtet auf.

Zehn Minuten, sagt sie.

Sie ist gekommen, um uns zu verabschieden – aber es fühlt sich eher an, als würden wir sie verabschieden. Kristina und ich haben Emi erklärt, dass Familien seit Tausenden von Jahren solche Abschiede durchmachen. Nimm jeden Soldaten der Menschheitsgeschichte. Jeden Krieg. Statistisch gesehen kommt fast jeder Soldat wieder nach Hause. Und wir haben das Glück, uns verabschieden zu können. Die Zeit wird schnell vergehen. Drei Jahre, dann können wir nach Nuuk zurück. Drei Jahre, dann kann ich mit Lucas bei einem Bier über diese ganze Geschichte lachen. Ihn um Vergebung bitten, dass ich ihn in dem Glauben gelassen habe, ich sei tot.

Drei Jahre, sage ich Emi. Aber natürlich sage ich es auch mir selbst.

Die drei Jahre sind ein Mythos. Ein Mythos, den ich aus demselben Grund geschaffen habe, aus dem jeder Mythos geschaffen wird: damit ich die Gegenwart daran befestigen kann. Die Lücke füllen. In Wahrheit könnten es weit mehr als drei Jahre sein. Und in der Zwischenzeit könnten wir uns dramatisch verändern. Als Familie. Als Ehemann. Als Ehefrau.

Kristina nickt, als ich diese Bedenken mit ihr teile. Wir haben einen seltenen Moment nur für uns, als Emi ein Bad nimmt. Ich sage, dass es wahrscheinlich unrealistisch sei, voneinander zu erwarten, während dieser Trennung strikt monogam zu bleiben.

Du hast wahrscheinlich recht, sagt sie.

Wir sollten uns nichts versprechen, was wir nicht halten können, sage ich.

Sehe ich auch so.

Tust du das?

Es klingt vernünftig. Es macht Sinn.

Und genau das wollte ich von ihr hören. Aber vielleicht hatte ich auch gehofft, dass sie mir widerspricht. Vielleicht wollte ich, dass sie mich anfleht, ihr treu zu bleiben. Auf sie zu warten. Die Flamme nicht erlöschen zu lassen. Okay, vielleicht nicht die Flamme, aber wenigstens die Glut. Irgendeinen winzigen Hoffnungsschimmer. Ein Fünkchen unseres Feuers, das mal so lichterloh brannte.

Etwas, das ich denke, aber nicht aussprechen kann: Unser neues Leben ohne Kristina könnte einfacher sein. Für mich. Für Emi. Für Kristina. Nicht alle Trennungen sind schlecht. Ich habe den Eindruck, dass auch Emi dieses Gefühl hat. Wenn sie laut darüber nachdenkt, wie die Kinder an ihrer neuen Schule wohl sind. Ob sie wohl an Probetrainings der Basketball-Schulmannschaft teilnehmen darf. Sie fragt mich, wann wir Cleveland besuchen. Sie ist ängstlich und wütend, genau wie ich ängstlich und wütend bin. Das weiß ich. Aber genau wie ich leuchtet sie auch ein bisschen. Aus so was wie Aufregung. Sie kann es kaum erwarten, endlich zu sterben. Einen Geschmack vom neuen Leben zu bekommen. Neu geboren zu werden.

Kristina wird erneut angepingt. Fünf Minuten, sagt sie.

Manchmal gibt es so viel zu sagen, dass es zu viel ist. Worte schaffen es nicht. Stattdessen sagen wir es uns, indem wir zusammen sind. Gemeinsam Raum einnehmen. Wärme teilen. Im Aufenthaltsraum für Piloten hängen Poster von alten Flugzeugen und berühmten Zeppelinen. Es gibt bequem aussehende Sofas, aber wir benutzen sie nicht. Wir bleiben am Fenster stehen. Schauen über das Flugfeld. Auf die geankerten Zeppeline. Auf die, die gerade abheben. Emi zwischen uns. Kristina und ich haben unsere Arme so um sie gelegt, dass auch wir uns halten. Im Fenster leuchtet schwach das Spiegelbild einer glücklichen Familie. Über die vergangene Woche waren wir wirklich diese glückliche Familie. Wir haben jedes Museum und jede Sehenswürdigkeit auf Emis Liste besucht. Haben das Denkmal vom Großen U gesehen. Haben Familienfotos angeschaut. Haben Karten gespielt. Musik gehört. Zeit miteinander verbracht. Schöne Zeit. Haben das Beste draus gemacht. Was auch wehtut. Weil es so wenig Mühe kostete. So leicht war, sobald wir es einfach nur versuchten.

Kristinas Bildschirm leuchtet auf. Sie sind so weit, sagt sie.

Zeit, zu gehen.

Zeit, mich zu bücken und meine Hand um den Griff meiner Tasche zu schließen.

Zeit, sich zu verabschieden.

Einfache unmögliche Schritte.

Mir ist schwindelig vor Zweifel. Was zur Hölle tun wir hier gerade? Ich taumele. Meine Sicht verschwimmt.

Dad?

Kristina und ich hatten uns versprochen, keine Szene zu machen. Emi zuliebe. Unmöglich. Das Leben wird ohne Kristina nicht einfacher sein. Wir hätten es hinbekommen. Können wir immer noch.

Dad?, sagt Emi noch mal.

Mir geht's prima, Süße. Bin nur ein bisschen emotional. Ich werde Mom vermissen.

Ich auch!, ruft sie, und wir fallen uns in die Arme, Kristina ruft: Kommt her, meine Lieben. Kommt her. Kommt zu mir.

Mein Vater ließ mich damals alleine auf dem Granitvorsprung zurück. Er eilte zu meiner Mutter ins Feuer. Ich mache das Gegenteil. Ich bleibe bei Emi. Schütze sie. Das ist die Wahl, die ich getroffen habe.

Zeit zu gehen, sagt Kristina, aber sie lässt uns nicht los.

Ich schätze mal, das war's, sage ich, ohne mich zu rühren.

Nein, mein Liebster. Es geht weiter. Als Nächstes kommt was anderes. Wie immer.

Wir halten einander fest. Ich und Kristina und Emi. Meine Familie. Ich bin ein Ehemann. Ein Vater. Ein Sohn. Ich stehe in meinem Neoprenanzug auf dem Granitvorsprung, während meine Welt in Flammen aufgeht. Ich bin ein Waisenkind in der Great Northern Greens Arena. Ich flüstere Osmans Namen während der Gedenkveranstaltung am Großen U. Ich stürze durch den Himmel, um Kristina das erste Mal zu begegnen. Ich reibe Emis Füße auf der Intensivstation für Neugeborene. Das Leben ist ein gerader Pfad, bis es das plötzlich nicht mehr ist. Plötzlich gehst du mit deiner Tochter über ein Flugfeld in Gowanus. Taumelst in den Sonnenaufgang. Steigst im Gänsemarsch die Flugzeugtreppe hoch. Nickst der Crew zu. Schnallst dich in einen Sitz. Winkst der Liebe deines Lebens zum Abschied. Schwebst mit deiner Tochter im Morgenlicht davon. Fängst neu an.

40 LARCH

DIE LETZTEN JAHRE DES ÜBERGANGS WAREN FÜR MICH DIE schwierigsten. Ich absolvierte meinen zweiten Einsatz in den Lithiumminen. Schloss mich einer Crew an, die in den Bergen von Utah in sengender Hitze Zugangsstraßen zu Windrädern baute. Leistete zwei Einsätze in Wyoming, bei denen wir abgestorbene Nadelwälder in Kohlenstoffsenken verwandelten. Machte Aufforstung in Colorado. Und Kristina opferte sich weiter bei ihren grauenhaften Einsätzen an der Golfküste auf: Wenn die Algorithmen eine Aufgabe mit niedriger Besetzung und hoher Priorität ausmachten – Kristina griff zu. Aber es war nicht die harte Arbeit, die diese letzten Jahre so schwierig machten. Die Arbeit musste erledigt werden, und wir waren froh, das zu übernehmen. Was die Zeit so schmerzhaft machte, war die Distanz. Ich hatte Liebeskummer. Kristina und ich kommunizierten täglich über Bildschirm. Postkarten reichten uns nicht mehr. Wir mussten unsere Stimmen hören. Ich musste ihr Gesicht sehen, vorm Schlafen und nach dem Aufwachen und bevor ich mich wieder an die Arbeit machte – um einen Planeten zu retten, den wir selbst vielleicht nie würden genießen können. An manchen Tagen fragte ich mich, ob wir uns damit selber bestrafen wollten: Wenn wir schon nicht zusammen glücklich sein konnten, mussten wir so unglücklich und erschöpft sein wie möglich.

Der einzige Vorteil der harten Arbeit war, dass sie unsere gemeinsame Zeit noch viel schöner machte. Wir nutzten jede verfügbare Minute, die sich uns zwischen unseren Einsätzen bot. In den Wochen unmittelbar vor einer dieser Lücken schlug Kristina einen Ausflug in die Dakotas vor. Charlie Little Crow hatte sie zu einer Zeremonie eingeladen. Wir könnten bei ihm und Katya übernachten. Wir müssen nicht hin, sagte sie, aber es ist eine Ehre, eingeladen zu werden. Und wir würden es wahrscheinlich unser Leben lang bereuen, wenn wir nicht hingehen.

Mich musst du nicht überzeugen, sagte ich. Ich war schon überzeugt, als du *wir* gesagt hast.

Wir kamen am Tag vor der Zeremonie an. Schnellzug nach Bismarck. Elektrofahrzeug Richtung Süden bis Standing Rock. Der Bus kletterte einen letzten Berg hoch, und da, in einer uralten Auenlandschaft des Missouri River, da war es plötzlich: Hektar über Hektar voller Zelte und Tipis und Domkonstruktionen. Flaggen flatterten von hohen Pfählen. Drachen schwebten am Himmel. Lichterketten baumelten von angebundenen Zeppelinen. Pferde und Motorräder und Laster. Ich hatte durchaus eine Menge Menschen erwartet. Aber das hier war schon fast eine kleine Stadt.

Um zu Charlie und Katya zu gelangen, mussten wir einen halben Tag damit verbringen, uns fröhlich und geduldig durch das Lager zu schlängeln. Alle waren in guter Stimmung. Man konnte keine zwei Meter gehen, ohne dass einen jemand auf eine Mahlzeit einlud oder bat, bei irgendwas mit anzupacken. Wir stapelten gehacktes Holz. Wir wuschen Geschirr. Wir aßen Wildreis mit sechs alten Frauen, die Kristina dann in eine Schwitzhütte einluden, während ich draußen warten musste. Danach sprangen wir in den Missouri, damit sie sich abkühlen konnte. Dann liefen wir aus purem Zufall einem Jungen auf einem Pferd über den Weg, der Charlie kannte. Er führte uns zu einem Zelt in der

Nähe eines der zentralen Domgerüste, das für Versammlungen genutzt wurde. Wir schlugen die Klappe zur Seite und da waren Charlie Little Crow und die königliche Hoheit Katya. Fünf Jahre waren seit unserer gemeinsamen Silvesterparty vergangen, aber Charlies Gesicht war um weit mehr Jahre gealtert. Für mich galt dasselbe, das wusste ich. Katya hingegen leuchtete. Sie war sehr schwanger.

Ich spüre eine sehr starke männliche Energie, sagte sie und nahm meine und Kristinas Hände, damit wir das Baby treten fühlen konnten. Findet ihr nicht auch?

Wann gründet ihr beide denn eine Familie?, fragte Charlie. Er war völlig hingerissen von Katya. Konnte die Augen nicht von ihr lassen.

Wir lassen uns Zeit, sagte Kristina.

Ein Schritt nach dem anderen, sagte ich und nickte zustimmend.

Lasst euch nicht zu viel Zeit, sagte Charlie. Wir brauchen die nächste Generation Krieger. Wer soll sonst die Beschützer des Wassers und die Heiler und die Installateure von Solaranlagen ausbilden? Außerdem: Es macht unglaublich Freude.

Sagt der Mann, der nicht im siebten Monat schwanger ist, sagte Katya.

Charlie lachte. Dieser Mann konnte nicht aufhören zu lächeln. Er war all die Jahre in den Dakotas gewesen, um die Aufforstung der Prärie zu leiten. Das Programm war ein internationaler Erfolg. Die Gräser und Tiere kehrten langsam zurück. Und jetzt wurde er Vater. Und zusätzlich zu all diesen guten Nachrichten kam noch der morgige Tag hinzu, an dem er eine wichtige Rede halten sollte, erzählte uns Katya.

Was genau passiert morgen?, fragte ich.

Charlie lächelte breit und legte mir einen Arm um die Schultern: Morgen feiern wir.

Die Zeremonie wurde am Ufer des Missouri abgehalten. Die Leute standen so dicht gedrängt, dass Kristina und ich die Redner nicht sehen, sondern nur hören konnten. Alles wurde zuerst auf Lakota gesagt und dann ins Englische übersetzt. Nach einigen Gebeten hörten wir Charlies Stimme. Er fing mit einer alten Weissagung der Lakota an: Eine schwarze Schlange würde unseren Gemeinschaften Krankheit bringen, sagte er. Die Schlange würde das Land und das Wasser vergiften. Unsere Herzen und Geister. Aber aus diesem Bösen würde ein Widerstand entspringen. Die Lakota würden sich vereinen. Sie würden sich mobilisieren. Sie würden die Schlange töten und als neues Volk auferstehen, das die gesamte Erde heilt.

Tja, wir alle wissen, was passiert ist, sagte Charlie. Wir alle wissen, dass die schwarze Schlange gekommen ist. Nicht als einzelne Schlange, sondern als Schlangennest. Nicht als Krankheit, die nur uns Lakota befällt, sondern als Krankheit der gesamten Gesellschaft. Öl- und Gaspipelines, die Gift durch unser Land pumpten. Unsere Erde töteten, unser Wasser, unsere Luft. Die Welt, wie wir sie kannten, ging zugrunde. Das tat sie wirklich. Wir alle wissen das heute. Wir alle wissen, dass die alte Welt verloren ist.

Aber der andere Teil der Prophezeiung hat sich ebenfalls bewahrheitet, fuhr Charlie fort, seine Stimme klang über die Lautsprecher gigantisch. Seit fast einem Jahrhundert schon bekämpfen die Lakota die zerstörenden Klassen. Wir haben uns vereint. Sind stark geworden. Unter den Leuten, die den Übergang übernommen haben, waren wir die Anführer. Wir haben die schwarzen Schlangen aus unserem Boden gerissen. Eine nach der anderen. Wir haben sie eingeschmolzen und in Turbinen und Solarfarmen und Schuldächer und Bewässerungssysteme verwandelt. Wir haben die Welt neu erschaffen. Und heute ist eine weitere Schlange gestorben.

Eine Welle aus Jubel und Applaus und Trommeln und Hörnern baute sich am Fluss auf und rollte über uns hinweg. Aus zeremoniellen Gründen hatten sie ein letztes Stück der Pipeline bis jetzt im Boden gelassen. Bevor aber die Kräne und Bagger sie aus der Erde heben konnten, forderte eine Gruppe aus Lakota-Älteren einen Gebetskreis. Nicht unter sich, sondern mit allen. Sie wollten, dass wir uns alle an den Händen fassten und unseren Vorfahren dafür dankten, dass sie uns die Stärke gegeben hatten, gemeinsam aufzustehen und zu kämpfen, in dem Moment, als die Erde unseren Mut am nötigsten hatte.

Wir brauchten sehr lang, um aus Tausenden Menschen einen Kreis zu bilden. Alle fragten sich ständig laut, ob die Gebete schon begonnen hatten oder ob wir auf irgendein Zeichen warteten? Dann, immer wenn wir meinten, so weit zu sein, kam eine neue Gruppe hinzu und brauchte noch Platz. Oder die Kette musste aufrücken und sich dafür kurz wieder lösen. Aber wir hatten keine Eile. Der Tag war wunderschön. Mit gerade genug Wolken, um kühl zu sein. Der Missouri strömte ruhig vor sich hin. An der rechten Hand hielt ich Kristina. Zu meiner Linken war ein junger Mann mit einem roten Kopftuch. Wir machten Small Talk. Es stellte sich heraus, dass er ein Penobscot war. Er war aus Maine angereist, als Vertreter der Wabanaki-Allianz.

Ich bin auch in Maine aufgewachsen, erzählte ich ihm. Ich musste fliehen. Nach den Waldbränden.

Da war ich noch ein Kind, sagte er. Beschissene Zeit.

Wie ist es jetzt dort? War seitdem nicht mehr da.

Wir heilen. Wie überall.

Und in dem Moment passierte es. Ein tiefes Gemurmel. Es rollte in kleinen Wellen über die Menge hinweg. Die Wellen wurden größer. Zuerst dachte ich, die Gebete hätten begonnen. Aber es war was anderes: eine Nachricht. Jemand brüllte sie heraus. Jemand anderes sagte: Nein, hört nicht auf irgendwelche Gerüchte, das kann unmöglich stimmen. Dann schrien mehrere Leute. Fingen an zu weinen. Der Kreis brach auseinander, die Leute brauchten ihre Arme, um Fremde zu umarmen oder sich in erschrockener Stille die Hand vor den Mund zu schlagen oder um es so zu machen wie der Penobscot-Mann, der zuerst mich vom Boden hob und dann Kristina. Wir bildeten eine Gruppenumarmung. Jubelten und weinten vor Freude.

Die Netto-Emissionen des Planeten hatten die Null erreicht.

Streng genommen war die Zielmarke schon vor einer Woche erreicht worden, aber die wissenschaftliche Kooperative in Hawaii, die die Werte ermittelte, hatte es gerade eben erst bestätigt. Jahre über Jahre des Kampfes. Und jetzt hatten wir gesiegt. Freude mit einem Schuss Trauer. Du denkst an die, die nie die Gelegenheit hatten zu feiern. An das, was für immer verloren ging.

Jetzt zelebrierten wir all diese widersprüchlichen Emotionen bis zur Erschöpfung. Wir feierten, trauerten, zweifelten. Vom Morgen bis zum Nachmittag. Weiter bis in die Nacht. Glocken und Bläser und Trommeln. Arm in Arm. Wir sangen und weinten und tanzten. Niemand schlief. Du wolltest keinen einzigen Moment verpassen.

Aber ab irgendeinem Punkt waren Kristina und ich wie im Delirium. Sie schlief praktisch im Stehen, an meine Schulter gelehnt. Ich borgte mir aus Charlies Zelt eine Matratze und eine Decke. Mit der Matratze auf meinem Kopf und Kristina in meinem Arm schlenderten wir flussaufwärts, vorbei an kleinen Haufen aus Schatten – Paaren, die dieselbe Idee gehabt hatten. Ich fand eine flache Stelle nah am Fluss. Wir legten uns auf den Rücken. Ein Himmel voller Sterne und Satelliten. Trommeln und Rufe schwebten durch die warme Luft. In der Ferne die glücklichen Schreie eines Rudels Kojoten. Der Fluss gluckerte. Ich dachte schon, Kristina wäre eingeschlafen, aber dann sagte sie, ohne mich anzuschauen: Ich hab mit Katya gesprochen.

Worüber?

Na ja, ich will, dass wir ein Baby kriegen.

Ich auch, sagte ich und lächelte in die Dunkelheit.

Und ich denke, dass wir nach Nuuk ziehen sollten.

Ich auch.
Und eine Familie gründen.
Ich auch.
Sie nahm meine Hand und legte sie auf ihren Brustkorb, damit ich ihren Herzschlag spüren konnte.
Und ich denke, wir sollten ein glückliches Leben führen. Wir sollten uns lieben. Und niemals aufhören, diese Welt zu einem besseren Ort zu machen.
Ja. Ja. Ja.
Versprichst du's, mein Geliebter?
Ich verspreche es.
Wir liebten uns. Kristina schlief mit ihrem Kopf auf meiner Brust ein. Ich streichelte ihr übers Haar, blickte so tief ich konnte in das Herz des Universums und beschloss, dass weder da oben noch hier unten – weder in der Vergangenheit noch in der Zukunft – irgendwas existierte, das mich jetzt noch davon abhalten konnte, glücklich zu sein.
Dann schreckte Kristina aus dem Schlaf.
Ist es wirklich passiert?
Sie dachte, sie hätte die Nachricht nur geträumt. Ich versicherte ihr, dass es wirklich passiert war: Wir hatten gewonnen.
Sie durchlebte noch mal die Hochs und Tiefs: die Freude und die Trauer. Sie weinte. Der Erfolg war so riesig. Und wir so klein, wie wir da unter dem Kosmos lagen. Sie kuschelte sich wieder unter die Decke.
Wir haben gewonnen, flüsterte ich ihr zu. Flüsterte es mir selbst zu. Meinen Eltern und Osman und dem Universum. Es ist vorbei. Es ist wirklich vorbei.
Sie tastete in der Dunkelheit nach meinem Gesicht und legte mir einen Finger auf die Lippen.
Sag das nicht, mein Liebster, murmelte sie schläfrig. Es ist nicht vorbei. Es hat gerade erst angefangen.

Emi Vargas Brinkman
Nordamerikanische Geschichte
Mrs. Helmandi
Projekt: Der Große Übergang (erster Entwurf)

FAZIT

Ich fragte meine Mom, was sie mit ihrem Leben angestellt hätte, wenn es die Klimakrise nie gegeben hätte und sie ein völlig normales Leben hätte leben können. Sie erzählte mir, sie wäre gerne Tierärztin geworden. Das überraschte mich, denn ich habe noch nie bemerkt, dass sie Tieren gegenüber besonders liebevoll wäre. Sie ließ mich auch kein Haustier haben, noch nicht mal eine Katze, egal, wie oft ich sie darum gebeten habe. Aber je mehr ich darüber nachgedacht habe, desto mehr wurde mir klar, dass der Große Übergang nicht nur uns Menschen gerettet hat. Er hat ganze Biome gerettet und so viele Arten vor dem Aussterben bewahrt. Also waren, auf gewisse Weise, meine Mom und mein Dad und alle, die für den Übergang gekämpft haben, die wichtigsten Tierärzte: Sie kümmerten sich um den ganzen Planeten.

Bei all den großen Feiern zum Tag Null, all den Paraden, all den Projekten wie diesem, all den Helden des Übergangs, die jedes Jahr kommen, um an der Schule Reden zu halten: Es wäre leicht, den Eindruck zu kriegen, dass der Große Übergang das Beste war, was je passiert ist. Weil in vielerlei Hinsicht war er das. Dank des Übergangs haben wir Kooperativen und Städte wie Nuuk und mehr Gleichheit als zu irgendeinem anderen Zeitpunkt der Geschichte. Und natürlich: einen Planeten, auf dem wir überleben können.

Aber als Vergleich, als Kontrast: Was, wenn der Große Übergang nie passiert wäre? Was, wenn er nie passieren hätte müssen? Was, wenn unsere Vorfahren die Klimakriminellen aufgehalten hätten und wir sie heute nicht zur Verantwortung ziehen müssten – jetzt, wo der Schaden schon angerichtet ist? Was, wenn die Menschen vor uns bereit gewesen wären, es ein bisschen weniger bequem zu haben, ein bisschen mutiger zu sein, damit zukünftige Generationen und Tiere und Biome nicht hätten leiden müssen?

Zusammenfassend lässt sich sagen, ohne die Klimakrise und den Großen Übergang hätten sich meine Eltern nie verliebt oder wären einander auch nur begegnet. Meine Mom wäre vielleicht Tierärztin und würde mit ihrer Schwester Yesenia glücklich und zufrieden in San Pedro Tultepec leben. Mein Dad würde vielleicht in Maine mit seiner Familie Meeresalgen ernten. Ganz sicher ist: Ich würde das hier nicht schreiben können. Aber das wäre für mich in Ordnung. Wirklich. Wenn es bedeuten würde, dass die Krise nie hätte passieren müssen? Den Tausch würde ich eingehen. Ich wette, das würde fast jeder tun.

DANACH

EMI

DREI DINGE, IN DENEN NUUK UND WINDSOR-DETROIT DAS absolute Gegenteil sind:

Die Luft in Nuuk ist so trocken, dass man keinen einzigen Tag ohne Feuchtigkeitscreme auskommt – die Luft in Windsor-Detroit ist so warm und feucht, dass man nie aufhört zu schwitzen.

Nuuk ist ein einziger steiler Berghang – Windsor-Detroit ist ein Pfannkuchen.

Nuuk hat unglaublich lange Gebäude, Landkratzer, die tief in den Untergrund reichen – Windsor-Detroit hat Supertürme, die sich wie Stacheln in die Wolken bohren.

Die höchsten Supertürme stehen auf der anderen Seite des Detroit River. Der Turm, in den ich mit meinem Dad einziehe, ist der Fordson Tower, er liegt in einem Viertel namens Dearborn. Unser gemeinschaftliches Wohnprojekt befindet sich auf den Stockwerken siebzig bis neunzig. Mein Schlafzimmer ist im zweiundachtzigsten Stock, was laut Nika ein ziemlicher Glücksgriff ist, weil auf dem dreiundachtzigsten Stock CareCorps Junior ist. Und das heißt, dass da nachts niemand die ganze Zeit rumstampft, wie es die Familie über ihr so gerne tut.

Nika ist in unserer Gemeinschaft das einzige Mädchen in meinem Alter. Sie haben für uns eine große Begrüßungsrunde veranstaltet, als mein Dad und ich hier eintrafen. Sie ließen einen Redestab rumgehen, damit jeder sich vorstellen konnte. Als der Stab bei Nika ankam, schaute sie von der anderen Seite des Sitzkreises auf meinen Arm in der Schlinge und sagte: Na ja, schätze mal, wir müssen jetzt Freundinnen sein, also hoffe ich mal, du hast dir den Flügel beim Skaten geschrottet und magst Nirvana.

Die Regeln für so einen Kreis sind ziemlich streng. Du darfst nur reden, wenn du den Stab hast. Aber ich war ganz neu. Ich kannte die Regeln nicht.

Ich *liebe* Nirvana!, platzte es aus mir heraus.

Unser Leben in der Wohngemeinschaft ist so anders als das in Nuuk. Jede Familie hat ihre eigene Einheit, aber alle kochen und essen und treffen wichtige Entscheidungen als Gruppe. Alltägliche Pflichten teilen wir uns auf, etwa Fenster putzen oder gemeinschaftliche Flächen kehren. Alle müssen eine feste Zahl an Stunden ableisten. Ich mache meine bei CareCorps. Mein Dad macht seine in der Küche. Nika leistet ihre auf der Dachfarm. Ihr gefällt der Geruch von Tomatenpflanzen auf den Fingern. Und auf der Farm ist sie wenigstens draußen. Für Nika ist gemeinschaftliches Wohnen nämlich die Hölle. Alle mischen sich ständig in deine Angelegenheiten ein, sagt sie. Hasst du das nicht?

Ehrlich gesagt gefällt es mir irgendwie, antworte ich. Ich habe gerne Leute um mich. Es fühlt sich sicher an.

Sicher? Bist du irre? Sicher vor was? Vor privaten Gedanken?

Nika hat eine große Familie. Eine Großmutter, beide Eltern und zwei süße kleine Schwestern, Tara und Leela, die ich nachmittags immer in CareCorps sehe. Ihre Mom ist irrsinnig freundlich, umarmt mich ständig, versucht mich zu füttern, fragt mich, ob ich nicht noch länger bei ihnen bleiben will. Ihre Wohneinheit ist ein Wirbelsturm aus Schuhen und Bildschirmen und Spielzeug und Disney-Liedern. Ich liebe es dort. Nika kann es gar nicht erwarten auszuziehen. Gemeinschaftliches Wohnen. Fordson Tower. Windsor-Detroit. Holt mich hier raus, sagt sie.

Im Frühling dürfen wir nach Cleveland, sage ich.

Ich mein doch nicht irgend so einen dämlichen Schulausflug! Ich meine für immer.

Wo würdest du hingehen?

Egal, wohin, bloß weg hier.

Sie kommt meistens abends nach dem gemeinschaftlichen Essen zu uns rüber. Manchmal erledigen wir dann auf meinem Bett die Hausaufgaben. Manchmal tun wir auch nur so. Eine der Wände in meinem Zimmer ist aus dickem Glas und schaut auf die Supertürme auf der anderen Flussseite. Wir legen uns auf den Teppich, stemmen unsere Füße hoch gegen das Glas und hören Nirvana und Lauryn Hill. A Tribe Called Quest. No Doubt. Salt 'n' Pepa. Nika liebt Oldies, so wie ich. Sie stimmt mir zu, dass die heutige Musik fade ist und nicht im Ohr hängen bleibt. Sie ist neidisch auf mein Erinnerungsvermögen, findet aber, ich könnte wählerischer sein. Für sie sind die 1990er UGZM: das Unbestreitbare Goldene Zeitalter der Musik. Warum was anderes hören, wenn es Smashing Pumpkins und TLC und Destiny's Child und die Fugees gibt? Nika ist davon überzeugt, dass sie in der falschen Ära geboren wurde. Stell dir mal vor, Wu-Tang live zu sehen? Oder zu Rage zu pogen?

Rage Against the Machine ist Nikas Lieblingsmusik, wenn sie wütend auf ihre Mom ist. Und Hole und Metallica und Nine Inch Nails. UGZM hat was für jede Stimmung, sagt sie.

Warum bist du wütend auf deine Mom?, frage ich sie eines Abends nach dem Abendessen.

Du musst dich *anstrengen*, äfft Nika die klare Stimme ihrer Mutter nach. Du musst bessere Noten schaffen. Zieh dir doch nur ein Mal was an, was nicht schwarz ist. Sei ein Vorbild für deine Schwestern. Trag deinen Helm. Mach dein Bett. Keine Musik am

Esstisch. Was ist bloß los mit dir? Was wirst du mit deinem Leben anstellen?

Wenn ich Nika zuhöre, wie sie sich über ihre Mom beschwert, erinnert mich das daran, wie leicht ich meine Mom auf hundertachtzig bringen konnte. Und umgekehrt: Wie leicht sie mich triggern konnte. Jetzt fände ich es wundervoll, Nikas Probleme zu haben. Aber niemand möchte gesagt kriegen, dass seine Probleme klein sind. Stattdessen höre ich mich selbst erzählen, dass meine Mom auf Extraktionsdienst bei einem Unfall umgekommen ist.

Das tut mir so leid, Selena, sagt Nika und fasst rüber und hält meine Hand.

Danke, sage ich.

Sie fragt nicht weiter nach, will keine weiteren Details. Nicht in dem Moment und auch seitdem nicht. Der Unfall beim Extraktionsdienst ist eine großartige Tarngeschichte, weil es Leuten unangenehm ist, über den Tod zu sprechen. Also sagen sie nichts. Aber manchmal wünschte ich, sie würden was sagen. Ich will, dass Nika fragt, während wir so auf meinem weichen Teppich liegen, mit unseren Fußsohlen gegen das kühle Fensterglas gepresst: Hey Selena, wie war deine Mom so? Was vermisst du an ihr? Was würdest du ihr sagen, wenn du sie je wiedersehen könntest?

Nika nennt mich Selena, weil Selena mein Name ist. Sogar mein Dad nennt mich Selena. Zuerst fühlte sich das seltsam an, aber noch seltsamer ist, wie schnell ich mich daran gewöhnt habe. Mein Dad hat den schwierigeren Job. Ich kann ihn immer noch Dad nennen. Sein Name ist Andrew. Andy. Andy Grant. Selena Grant. Ich warte immer auf den Moment, wo uns vor Leuten der alte Name rausrutscht, aber es passiert nicht. Es ist überraschend einfach, anderen etwas vorzuspielen, fast eine Erleichterung.

Bloß weil Nika und ich Freundinnen sind, heißt das nicht, dass wir alles gemeinsam haben. Nika hasst zum Beispiel Sport, wohingegen ich Probetrainings für die Basketball-Schulmannschaft mache. Ich trainiere hart, gehe am Fluss joggen. Meine Schulter ist inzwischen verheilt, aber die Karbonfaser verzieht mir immer den Wurf. Ich schaffe es nur in die B-Auswahl. Was mir ein bisschen peinlich ist. Ich nehme den Platz nicht an. Aber mein Dad besteht darauf, dass ich nach der Schule irgendwas mache. Er sagt, ich muss mich beschäftigen. Meinetwegen. Es gibt andere Sportarten. Andere Vereine. Ein solcher Verein ist das Projekt für Globale Gerechtigkeit. Das ist der offizielle Name. Inoffiziell nennt man sie die Jungen Furien. Nika warnt mich, dass das alles langweilige beliebte Mädchen sind, aber ich kann nicht anders. So nah würde ich meiner Mom sonst nirgends kommen.

Also tauche ich dort etwas zu früh bei einem Treffen auf. Alle, die nach mir reinkommen, sind hübsch. Alle kennen sich. Sie sind nett zu mir, aber auf diese unechte Art, wie mein altes Basketballteam. Sie werfen ein riesiges Porträt von Mama Greta an die Wand, neben Fahndungsplakaten mit Klimaverbrechern. Manche der Verbrecher sind durchgestrichen. Matthias Barrack ist inzwischen auch durchgestrichen. Er wurde am Tag nach Thanksgiving hingerichtet. Ich saß im Englischunterricht, als es passierte. Wir besprachen gerade einen Roman namens *Die linke Hand der Dunkelheit*. Eigentlich dürfen wir im Unterricht keine Bildschirme haben, aber niemand hält sich dran. Die Nachricht kochte immer mehr hoch, bis Mr. Andrade endlich nachgab. Wir schauten mit der ganzen Klasse eine Nachrichtensendung. Wir diskutierten über Moral und Rache. Als Mr. Andrade mich drannahm, zuckte ich zwei Mal mit den Schultern, dann heulte ich los. Alle starrten mich mit offenem Mund an, bis Mr. Andrade fragte, ob ich nicht kurz bei Mrs. Washington vorbeischauen wolle, der Beratungslehrerin. Auf dem Weg aus dem

Klassenzimmer fiel mir der Stuhl um. Das war vor zwei Wochen. Jetzt, auf dem Treffen vom Projekt für Globale Gerechtigkeit, ist der Anblick von Matthias Barrack kein so großes Ding mehr. Ich habe viel Zeit an meinem Bildschirm verbracht und viel über ihn und seine Verbrechen gelernt. Ich mustere sein durchgestrichenes Gesicht, als die Mädchen sich eine nach der anderen vorstellen. Als ich dran bin, sage ich: Ich bin gerade hergezogen und möchte mitmachen.

Großartig!, sagen sie. Der wichtigste Punkt auf der Tagesordnung ist eine Winterparty, mit der sie die Furien unterstützen wollen. Ich bin etwas verwirrt. Unterstützen wodurch? Mitglieder rekrutieren oder wie?

Sie lächeln. Ähm. Eher so eine Demonstration unserer Unterstützung. Solidarität. Verstehst du?

Den Rest des Treffens widmen sie sich der Frage, was sie anziehen werden. Wen sie einladen. Deko. Essen. Musik. Ich schlage Oldies vor. Sie sagen, sie werden meinen Vorschlag ganz sicher in Betracht ziehen.

Das Treffen endet. Ich gehe nie wieder hin. Nika ist so nett, nicht drauf rumzureiten, dass sie mich gewarnt hatte. Mein Dad hört nicht auf, zu fragen, was ich mit meiner Freizeit anstellen will, also sage ich ihm schließlich, dass ich dem RPG-Club beigetreten bin.

RPG?, fragt er.

Role-playing games. Rollenspiele. Du denkst dir eine Figur aus und erlebst damit Abenteuer.

Auf einer VR-Plattform?

Nein. Keine Bildschirme. Nur Würfel und deine Fantasie. Ist kompliziert. Würdest du nicht kapieren.

Eigentlich ist es eher eine Gruppe Freunde als ein offizieller Verein. Die Gruppe besteht aus mir und Nika, plus zwei ihrer Skater-Freunde – Giacomo und Esme. Wir treffen uns in der Bibliothek in der Nähe vom Fluss, wo wir dann ein Zimmer im

Keller besetzen, auf voller Lautstärke das Unbestreitbare Goldene Zeitalter der Musik hören und ein Spiel namens Dungeons & Dragons spielen. Wir sind auf einer Mission, um ein Dorf vor einem Eisdrachen zu retten, und im Zuge des Abenteuers werden wir steinreich von all den Schätzen, die wir finden. Wir kämpfen gegen Goblins. Wir schlachten Riesenspinnen ab. Wir sind eine Crew. Wir geben einander Rückendeckung. Nach dem Spiel packen wir unsere Würfel ein und gehen skaten.

Nika ist Millionen Mal geduldiger, wenn sie mir zeigt, wie man skatet, als wenn sie sich mal auf Dolly Parton oder Led Zeppelin oder The Doors einlassen soll. Wir fangen langsam an, zuerst halte ich mich an ihrem Ellbogen fest, um das Gleichgewicht zu wahren, dann erhöhen wir ganz allmählich die Geschwindigkeit, bis ich alleine fahren kann. Sie bringt mir bei, nie mein Skateboard an den Achsen zu halten – außer ich will ein Meme werden, über das sich alle Skater der Stadt lustig machen. Sie bringt mir bei, dass man batteriebetriebene Bords angewidert taxieren muss. Sie bringt mir bei, dass die einzige Methode, wirklich besser zu werden, ein fieser erster Sturz ist – und an dem Nachmittag, als ich diesen Sturz endlich hinter mich bringe, umarmt sie mich mit einem megabreiten Lächeln.

Als ich nach Hause komme, tropft mir noch Blut vom Unterarm durch den Ärmel. Ich versuche mich reinzuschleichen, aber Dad erwischt mich, wie ich ein paar vereinzelte Blutstropfen vor meinem Zimmer aufwische.

Sieht schlimmer aus, als es ist, sage ich.

Er hört nicht auf mich. Er dreht durch, genau wie ich es erwartet hatte. Ich soll ihm sagen, was passiert ist, fordert er. Und als dann rauskommt, dass ich nicht wirklich in einem richtigen Verein bin, dreht er noch mehr durch. Er brüllt mich an, weil ich gelogen habe. Weil ich waghalsig war. Er sagt, Nika ist ein schlechter Einfluss.

Ich brülle zurück, dass es ihm wohl lieber wäre, wenn ich

anfange, Ghost zu rauchen und tonnenweise ungeschützten Sex zu haben, wie die ganzen anderen Kinder in der Schule.

Wir knallen Türen zu. Er verbietet mir, mit Nika abzuhängen und Skateboard zu fahren. Was mich natürlich dazu bringt, beides noch ernster zu nehmen. Das ist ihm wohl auch klar, denn schon am nächsten Nachmittag kommt er mit einem Geschenk von seiner Küchenschicht zurück: ein Helm und Schützer für Ellbogen, Handgelenke und Knie. Seine Art, sich zu entschuldigen. Also, sei vorsichtig. Und hab Spaß.

Der beste Ort zum Skaten ist die Flusspromenade, wegen der piezoelektrischen Wege. Denn das Material, das aus den Gehbewegungen der Leute Strom erzeugt, sorgt auch für die geschmeidigste Oberfläche in ganz Windsor-Detroit. Deswegen auch alle paar Meter die Schilder:

SKATEBOARDFAHREN VERBOTEN

Weshalb wir erst recht müssen!, sagt Nika mit der Stimme ihrer Heldin aus Dungeons & Dragons. Dies ist die heilige Pflicht des Volkes der Skater: Ihr sollt shredden!

Eines Nachmittags erfüllen wir gerade diese heilige Pflicht, als jemand brüllt: Ihr zwei! Stopp! Sofort!

Nichts wie weg!, sagt Nika.

Ich trete so schnell, wie ich kann, um mit ihr mitzuhalten. Hinter mir höre ich Schritte, und das Geräusch bringt mich fast aus dem Gleichgewicht, aber ich beuge mein Knie und gleiche den Wackler aus. Mein Herz hämmert mir bis hinter die Augen. Meine Kehle schnürt sich zu. Wir hängen die Verfolger ab, und sobald wir einen guten Vorsprung haben, verstecken wir uns hinter einem Windgurt. Wir lugen zwischen den Spulen durch und beobachten, wie zwei Beamte der Öffentlichen Sicherheit vorbeistapfen.

Hui!, sagt Nika, ihr Atem heiß in meinem Nacken. Das war lustig!

Dann sieht sie, wie ich zittere. Weine. Dieses Mal starrt sie mich nicht an, wie damals mit allen anderen in der Englischklasse, als ich bei der Nachricht von Matthias Barracks Hinrichtung losheulte. Stattdessen wirft sie ihre Arme um mich. Es ist nur Öffentliche Sicherheit, Selena! Du hast sie doch gesehen. Die sitzen den ganzen Tag rum und mampfen Donuts. Die sind alt und fett. Alles ist gut. Komm her.

Sie bringt mich nach Hause. Ich verlasse mein Zimmer das ganze Wochenende nicht. Am Montag schwänze ich Schule. Und Dienstag und Mittwoch. Kein Kerker. Keine Drachen. Kein CareCorps. Keine Nika. Meinem Dad erzähle ich, ich wäre krank. Seit wir hergezogen sind, bin ich mit dem Essen besser geworden, aber jetzt ist es wieder wie in Nuuk: Bei jedem festen Essen krieg ich Würgereflexe. Ich kann nichts dafür. Mein Dad macht mir Smoothies, die dann auf meinem Nachttisch warm und wässrig werden. Er fragt mich immer und immer wieder: Was ist los? Rede mit mir, Süße. Bitte. Er fragt mich durch die geschlossene Tür, ob in der Schule irgendwas passiert ist. Oder mit Nika. Oder ob ich mir Sorgen um Mom ...

Hör auf!, flehe ich.

Niemand belauscht uns, sagt er. Hier ist es sicher. Hier sind nur wir beide. Wir können reden, wenn du magst.

Ich mag aber nicht, sage ich. Ich will nicht.

Er sagt: Okay, Süße. Solange du weißt, dass ich ganz Ohr bin. Ich liebe dich so sehr, Em ...

Das ist nicht mein Name, Dad. Nenn mich nicht so!

Donnerstagmorgen weigere ich mich wieder, zur Schule zu gehen. Ich höre Musik. Beobachte die Clipperschiffe, die über den Detroit River segeln. Reite die Welle meines Hungers. Ich höre meinen Dad in unserer kleinen Küche singen und Gemüse schneiden. Durchs Schuleschwänzen habe ich entdeckt, wie mein Dad seine Tage verbringt. Mir war nicht klar, dass er so aktiv geworden ist. Er hat seine Schichten in der Gemeinschaftsküche und hat sich auch der IHOP-Kooperative angeschlossen, dieser Pfannkuchenkette; er kann kaum aufhören, mir zu erzählen, wie sehr die sich darauf freuen, seine Frühstücksnachos auf das Testmenü zu setzen. Ständig singt oder pfeift er bei irgendeinem Lied mit, und jeden Tag, den ich zu Hause bin, lädt er mich zum Mittagessen mit seinen neuen Freunden im Forst-Corps-Veteranenclub ein. Ich weiß, ich sollte glücklich darüber sein, dass er glücklich ist, aber ich bin es nicht. Stattdessen ertappe ich mich dabei, wie ich versuche, ihn zu provozieren. Nach einem Funken suche, damit er in die Luft geht. Widerspreche, nur um zu widersprechen – wie am Freitagmorgen, als er in mein Zimmer stürmt, die Vorhänge aufreißt und sagt, ich muss nicht zur Schule, aber ich muss ihm entweder in der Küche helfen oder Nika nach dem Abendessen einladen oder mit ihr darüber reden, was bei mir los ist, ob es Mom oder die Schule oder Drogen oder Sex oder was auch immer ist – es ist ihm egal, sagt er, er macht sich nur Sorgen.

Obwohl ich wirklich gerne über meine Mom reden würde – ich kann nicht. Wir können nicht. Es ist nicht sicher. Ganz einfach. Warum kapiert er das nicht? Genau das frage ich ihn ziemlich laut, worauf wir beide immer lauter werden, bis es plötzlich an der Tür klopft.

Wir schauen einander an.

Es klopft noch mal. Das Geräusch gibt mir das Gefühl, wie wenn ich mich direkt an mein Fenster stelle und zweiundachtzig Stockwerke nach unten schaue. Irgendjemand hat unsere Unterhaltung gehört. Öffentliche Sicherheit. Min. Rich.

Selena? Hallo? Mr. Grant?

Es ist Mrs. Washington. Die Beratungslehrerin. Sie schaut vorbei, weil ich die ganze Woche nicht da war, erklärt sie, als mein Dad sie reinlässt. Ich zeige ihr mein Zimmer. Sie lässt die Tür offen stehen und setzt sich auf mein Bett, sagt, dass Nika in ihr Büro gekommen ist und ihr das mit meiner Mom erzählt hat.

Es tut mir so leid, Selena. Trauer ist unglaublich schwer. Wir können sie nicht einfach aufheben und wieder ablegen, wie es uns passt. Wir müssen sie ständig mit uns rumtragen. Manchmal über Jahre. Oft das ganze Leben lang.

Okay, sage ich. Also, wie funktioniert das?

Die Trauergruppe ist nicht verpflichtend, aber ich gehe immer wieder hin. Ich mag Mrs. Washington. Ich mag die anderen Jugendlichen. Sie sind nett und gut im Zuhören, und manche flirten gerne, was seltsam ist, weil es um Trauer geht, aber gleichzeitig nicht seltsam, weil wir so viel übereinander wissen. Dieser eine Junge, Emmanuel, dessen Vater an Krebs gestorben ist, sucht ständig Blickkontakt mit mir. Zuerst denke ich, er hat gecheckt, dass ich nur eine Hochstaplerin bin, dass meine Mutter nicht wirklich tot ist. Aber dann wird mir klar, dass er mich einfach mag. Und ich höre auf, mich wie eine Hochstaplerin zu fühlen, als mir klar wird, dass ich die gleichen Probleme habe wie er und alle anderen. Genau wie sie bekomme ich hier die Gelegenheit, über eine Person zu sprechen, die ich geliebt habe und die nicht mehr in meinem Leben ist. Was ich wünschte, ihr gesagt zu haben. Was ich wünschte, nicht gesagt zu haben. Was ich am meisten vermisse. Was mich am meisten genervt hat. Was ich mache, um die Trauer zu ertragen. Alle nicken, als ich über Skaten und Musik und Dungeons & Dragons und Freunde rede.

Eines Tages, als Mrs. Washington die Sitzung gerade beendet hat, kommt Emmanuel direkt zu mir.

Ähm, hey, sagt er.

Hey.

Haste ’ne Sekunde?

Klar.

Nika wartet draußen auf mich, wie immer nach der Trauergruppe. Wir haben dann ein Ritual. Wir skaten und drehen die Musik auf, Reden verboten. Wir skaten einfach drauflos und schauen, wo wir landen. Aber heute ist auch die Winterparty vom Projekt für Globale Gerechtigkeit. Ich bin aufgeregt und gleichzeitig graut mir davor, was Emmanuel mich gleich fragen wird.

Ich bin ein drachengeborener Hexenmeister, sagt er.

Häh?

Dungeons & Dragons. Ich spiele auch. Ich bin Dunkle Klinge. Ich atme Blitze.

Hiya, sage ich.

Unangenehme Stille. Wir gehen auf den Gang. Nika lehnt wie gewohnt neben dem Lift an der Wand, das Skateboard in der Hand. Sie schaut von ihrem Bildschirm hoch und sieht Emmanuel an meiner Seite. Sie und ich werfen einander Blicke zu, als wir in den Lift einsteigen. Die Türen schließen sich.

Nika, das ist Emmanuel. Er spielt auch. Er ist ein Hexenmeister namens Dunkles Messer.

Dunkle Klinge, korrigiert er. Neuntes Level.

Ich bin zehntes Level, sagt Nika. Mein Name ist Alludra. Ich bin Halbelf und Waldläufer.

Was ist mit dir?, fragt mich Emmanuel.

Oh, ich bin nur drittes Level. Hab gerade erst angefangen. Ich bin nur eine Halbling-Schurkin.

Nur eine Halbling-Schurkin?, schnaubt Nika verächtlich. Die Leute denken, sie ist bloß so ein stiller kleiner Hobbit, aber ein Mal blinzeln, und du bist tot. Sie ist verschlagen und irre witzig und hat eine Fähigkeit erlangt, die Zweite Chance heißt, mit der sie einen neuen Wurf erzwingen kann, und damit kann sie den Lauf der Geschichte ändern. Sie rettet uns jeden Tag den Arsch.

Wir könnten dich für unsere Kampagne gebrauchen, sagt Emmanuel. Wir haben keinen Schurken.

Die Lifttür öffnet sich und ein kalter Windzug knallt uns ins Gesicht. Wir gehen raus auf die Straße, der Himmel ist grau.

Also, willst du irgendwann mal spielen?, fragt er.

Klar, okay.

Okay. Ciao.

Nika und ich kichern, als wir auf unsere Bretter springen und losfahren, unsere Haare wehen hinter uns. Kein Ziel. Nika dreht Nirvana so laut auf, dass wir Emmanuel fast nicht rufen hören.

Wartet! Bleibt kurz stehen!

Da wird wohl gleich jemand auf eine Party eingeladen, triezt mich Nika, als wir bremsen und zum Stillstand kommen.

Halt die Klappe, sage ich.

Wie heißt du?, ruft Emmanuel von der Ecke.

Selena!, rufe ich zurück.

Nein! Deine Figur! Die Halbling-Schurkin!

Ich forme mit den Händen einen Trichter um den Mund, für maximale Lautstärke.

Emi, rufe ich. Mein Name ist Emi!

DANKSAGUNG

DER PLAN ZUR RETTUNG DER WELT – WIE JEDES BUCH, WIE letztlich alles, was wir als Menschen erschaffen – ist das Projekt eines Kollektivs. Der Roman würde nicht existieren ohne eine riesige Anzahl an Unterstützern, Redakteurinnen, Mentorinnen, Freunden, Familienmitgliedern und Kollaborateuren – eine zu große Gruppe, um sie alle zu nennen. Aber hier ein Versuch:

Großes Dankeschön an die Superheldin unter den Literaturagenten, Danielle Bukowski, dafür, dass sie alles mit solch einer Ruhe und einem Selbstvertrauen geregelt und dafür ewig gewissenhaft hinter den Kulissen gearbeitet hat. Danke, Orly Greenberg, dafür, den Roman jenseits der Buchseite angestoßen zu haben. Dank an Will Wolfslau, Samantha Fingerhut, Emily Nemens und besonders Jillian Buckley. Ohne deine selbstlose Hilfe wäre dieses Buch immer noch eine Datei aus fünfzig Seiten auf meinem Desktop.

Dank an Sean deLone und das Team von Atria Books. Ihr habt den Roman in eure Obhut genommen und ihm Glanz verschafft. Sean, danke, dass du vom ersten Tag an daran geglaubt hast.

Danke Dominick Montalto und Liz Byer, dass ihr jedes Wort geprüft habt. Danke Kyoko Watanabe, James Iacobelli und Danielle Mazzella di Bosco für euren Geschmack und euer künstlerisches Auge. Danke Holly Rice-Baturin, Maudee Genao, Morgan Hoit, Nicole Bond und jedes einzelne Mitglied des All-star-Marketing-Teams dafür, dass ihr den Roman in die weite Welt gebracht habt. Und danke Libby McGuire, Dana Trocker, Lindsay Sagnette, Peter Borland und Paige Lytle, dass ihr das Schiff Atria gelenkt habt. Ich bin dankbar dafür, an Bord zu sein.

Danke an die Lehrer! Irwin Fischer, für die zweite und fünfte Klasse; Chris Dubose, für die Highschool. Hasanthika Sirisena, Thaïs Miller und Calvin Hennick, für Gotham Writers' Workshop und Grub Street.

Danke an Jayne Anne Phillips und Alice Elliott Dark, die mit meiner Schreibtätigkeit (und meiner Polizeiakte voller Verhaftungen für zivilen Widerstand) ein Risiko eingegangen sind, um mir die zwei besten Jahre zu schenken, die sich ein Schriftsteller wünschen kann. Danke auch an Rigoberto Gonzales, Tayari Jones und Akhil Sharma für diese unglaubliche Lernerfahrung.

Danke an die Erstleser: Nienke Schuler, Will Urmston und Far Urmston. Eure frühen Ermutigungen und euer Feedback haben mir bis zum Schluss geholfen. Danke an Chef Seth für seine Hilfe mit Larchs kulinarischen Fähigkeiten und Dank an die Kalwani-Brüder für ihre Erfahrungen aus der Station für Verbrennungsopfer und der Notaufnahme. So viel Dank an die Freunde-Ratgeber-Cheerleader-Crew für all die Liebe, die Ratschläge, die Witze: Ben, Geoff, Madelaine, Will, Greg, Kat, Sophia, Katrina, Joe, Eric, Kelly H., Sarah, Kelly D., Christine, Tom, Allison und Matt.

Dank vor allem an die, die mich zu dem gemacht haben, was ich bin: Meinen Bruder Ben, meinen ersten und ältesten Freund, dafür, dass er mir früh beigebracht hat, wie man ein Leben voll wilder Fantasie, Gelächter und Kreativität führt. Meine Mutter und meinen Vater dafür, dass sie unser Zuhause mit Büchern und Wärme und Liebe gefüllt haben und uns immer auf den schmalen Pfad Richtung Glücklichkeit gelenkt haben. Und an Lizzy, meine Partnerin in der Kunst und in der Freude, danke für alles. Du hast in den dunkelsten Momenten die Glut am Leben gehalten. Du bist mein Feuer. Ich liebe dich.